달빛이 머문 순간

이디스 워튼 지음

마이너스 옮김

차례

1부   5

2부   143

3부   283

작품 해설   348

1부

1장

달(Moon)이 그들을 위해 떠올랐으니, 바로 그들의 허니문(Honey-moon)이었다. 낭만과 환희의 무대로 지나치게 유명한 곳이라, 부부는 그런 곳을 선택한 용기를 오히려 자랑스러워하고 있었다.

"이런 실험을 감행하려면 유머 감각이 전혀 없거나, 우리처럼 아주 뛰어나야 했을 거예요."

수지 랜싱은 으레 놓여 있는 대리석 난간에 기대어, 수호성처럼 떠오른 달이 물 위에 마법 양탄자를 펼쳐 그들 발밑까지 끌어오는 장관을 바라보며 말했다.

"그렇지. 아니면 스트레퍼드의 별장을 빌릴 수 있었던 덕분이거나."

닉이 가지 사이로 흘러드는 달빛을 따라 시선을 올렸다. 그 빛이 점차 길게 드러난 옅은 윤곽을 감싸자, 하얀 저택의 정면이 희미하게 모습을 드러내기 시작했다.

"에이, 우리가 고를 수 있는 곳이 다섯 군데나 있었잖아요. 시카고

6

플랫(Flat)[1]까지 포함한다면 말이에요.”

“그랬지. 당신이란 사람은, 정말!”

그가 아내의 손 위에 자신의 손을 겹치자, 그 순간 다시금 그녀 안에서는 그들의 모험을 곰곰이 되짚을 때마다 솟구치곤 하던 경이와 환희가 되살아났다. 그녀가 그저 담담하게 웃는 어조로 덧붙인 말은 그녀다운 반응이었다.

“아니면, 시카고 플랫은 빼고 생각해도 돼요. 괜히 자랑 같으니까요. 그냥 나머지를 봐요. 베르사유의 바이올렛 멜로즈 저택, 당신 숙모의 몬테카를로 별장—그리고 사냥터까지!”

그녀는 마지막 ‘사냥터’를 조심스럽고 다소 과장된 어조로 툭 던졌음을 의식했다. 마치 남편이 그 부분을 얼버무린다고 비난하지 못하게 하려는 듯했지만, 그는 그럴 마음이 없는 듯 보였다.

“불쌍한 프레드!” 그저 그렇게 말했을 뿐이었다.

그러자 수지는 시큰둥하게 숨을 내쉬며 “뭐, 어쨌든—” 하고 대꾸했다.

그의 손은 여전히 그녀의 손 위에 얹혀 있었고, 두 사람은 긴 시간 동안 아무 말 없이 밤의 아름다움 속에 잠겨 서 있었다. 두 손바닥을 타고 흐르는 온기의 맥박의 온기만이 그녀를 감싸고 있었고, 저 아래 달빛은 물 위에 한 줄기 마법 같은 빛을 그어 가며 저편에서 이편까지 이어주고 있었다.

---

1 원문 flat은 영국식 영어로 ‘아파트’라는 뜻이지만, 여기서는 현대 한국의 대단지 아파트가 아니라 20세기 초 미국 대도시에서 흔히 볼 수 있던 고급 임대주택이나 연립주택을 가리킨다.

마침내 닉 랜싱이 입을 열었다.

"5월의 베르사유는 도저히 불가능했잖아. 파리에 있는 친구들이 하루도 안 돼서 우리를 쫓아 내려왔을 테니까. 그리고 몬테카를로는 모두 우리가 갈 거라 예상했던 곳이라 제외됐지. 그러니 당신에겐 미안하지만, 코모 호수로 결정한 건 사실 큰 고민거리가 아니었어."

아내는 자신의 능력을 얕보는 말에 즉각 이의를 제기했다.

"코모에 가도 괜찮다고, 사람들 비웃음을 견딜 수 있다고 당신을 설득하려고 얼마나 애썼는데요!"

"음, 사실 난 좀 더 소박한 곳을 원했어. 적어도 여기 오기 전까진 그렇게 생각했지. 하지만 이제 보니까, 이곳은 완벽하게 행복한 사람이 아니라면 바보 같은 곳이고, 만약 그렇다면... 다른 어디 못지않게 좋은 곳이야."

그녀는 황홀한 행복이 담긴 한숨을 내쉬며 동의했다.

"그리고 스트레피(스트레퍼드의 애칭)가 모든 걸 완벽하게 마련해 놨잖아요. 심지어 그 시가까지도요. 대체 누가 그에게 이 시가를 줬을까요?"

그녀는 잠시 생각하다가 덧붙였다.

"우리가 떠나야 할 때가 되면, 당신은 이 시가가 그립겠죠."

"아, 제발, 오늘 밤에는 떠난다는 얘기는 하지 말자. 우린 지금 시간과 공간을 벗어나 있잖아……? 저기, 저 한 병에 1기니(※ 당시 영국 화폐 단위, 21실링)는 족히 나갈 법한 향기 좀 맡아 봐. 저게 뭐지? 스테파노티스(재스민과 비슷한 꽃)인가?"

"으응…… 그런가 봐요. 아니면 가르데니아(치자꽃)일지도…….

오, 반딧불 좀 봐요! 저기, 물 위에 달빛이 흩뿌려진 곳에 은빛 사과가 황금 그물에 걸린 것[2] 같네요."

두 사람은 어깨부터 손끝까지 한 몸이 되어 함께 몸을 기울였다. 그들의 시선은 잔물결이 만들어내는 덫에 걸린 반짝임에 사로잡혔다.

"이 순간엔 나이팅게일[3] 소리마저도 견딜 수 있을 것 같아……." 닉 랜싱이 말했다.

뒤쪽의 목련나무 숲에서 희미한 울음소리가 들렸고, 머리 위 월계수 덤불에서는 긴 물결 같은 속삭임이 화답했다.

"나이팅게일이 오기엔 철이 좀 지났네요. 우리가 시작할 때, 저들은 끝을 맺는군요."

수지가 웃으며 말했다.

"우리 차례가 올 때도 저 새들처럼 다정하게 작별할 수 있으면 좋겠어요."

남편의 머릿속에는 이렇게 대답하고 싶은 충동이 스쳤다. '저 새들은 작별하는 게 아니라, 이제 가정을 꾸리려는 거야.' 그러나 그것은 그의 계획에도, 수지의 계획에도 맞지 않았기에, 그는 그저 웃음으로 화답하며 그녀를 더 꼭 끌어안았다.

봄밤은 점점 깊어지며 그들을 품에 안았다. 호수의 잔물결은 서서

---

2   잠언 25장 11절의 구절을 인용한 표현으로, '적절한 말은 은 사과가 금 그물에 있는 것과 같다'는 의미다. 작중에서는 달빛에 반짝이는 물결을 성경적 이미지로 겹쳐 묘사한 것이다.

3   나이팅게일은 전통적으로 낭만적 사랑의 상징이지만, 닉은 평소엔 진부하다고 여겼을 그것마저 지금의 행복 속에서는 감당할 수 있다는 역설을 드러낸다.

히 퍼져 사라지며 비단결처럼 매끄럽게 잦아들었고, 산 위로 높이 걸린 달은 금빛에서 하얀빛으로 변해가며 사라져가는 별가루를 흩뿌리고 있었다. 호수 건너 작은 마을의 불빛은 하나둘 꺼져 갔고, 저편 호숫가는 물 위에 떠 있는 검은 어둠으로 변했다. 정일었다 잦아드는 산들바람이 정원의 향기를 실어와 두 사람의 얼굴을 스쳤고, 목련 꽃잎처럼 떠다니던 커다란 흰 나방 한 마리가 물 위로 날아갔다. 나이팅게일은 잠시 울음을 멈추었고, 집 뒤쪽 분수에서 흘러내리는 물소리가 갑자기 또렷해졌다.

수지가 입을 열었을 때, 그 목소리는 꿈결처럼 나른함이 묻어 있었다.

"생각해 봤는데요, 우리 최소한 1년은 더 버틸 수 있을 것 같아요."

남편은 놀라거나 못마땅한 기색 없이 그 말을 받아들였다. 그의 대답은 아내의 말을 이해했을 뿐 아니라, 내심 같은 생각을 해 왔음을 보여 주었다.

"당신 할머니의 진주 목걸이는 계산에 넣지 않고 하는 말이지?" 잠시 후 그가 물었다.

"네. 진주는 빼고요."

그는 잠시 생각에 잠겼다가 다정한 속삭임으로 되물었다.

"다시 한 번 말해 줘. 어떻게 하면 되는지."

"그럼 앉아서 얘기해요. 아니, 난 이 쿠션이 제일 좋아요."

그는 긴 버드나무 의자에 몸을 늘어뜨렸고, 그녀는 보트 쿠션 더미 위에 몸을 말듯이 웅크리고는 그의 무릎에 머리를 기댔다. 눈을 들어 올리면, 날카로운 검은 플라타너스 가지들 사이로 은빛으로 박힌 달빛의 작은 조각들이 보였다. 주위 모든 것은 평화와 아름다움, 그리고 안정감으로 숨 쉬고 있었다. 그녀의 행복은 너무나 강렬해서, 그 연약한 구조물이 빚더미와 빚 독촉이라는 폭풍우 치는 배경 위에 세워졌다는 사실을 떠올리는 것이 오히려 안도감을 줄 정도였다.

"경제적 여유가 있는 사람들[4]은 이렇게까지 행복할 순 없을 거야."

수지는 나른한 속눈썹 사이로 달빛을 여과시키며 그렇게 생각했다.

경제적 여유가 있는 사람들은 늘 수지 브랜치의 혐오 대상이었다. 그리고 이제 수지 랜싱에게는 더욱 위험한 혐오의 대상이 될 터였다. 그녀는 그들을 증오했다. 인류의 타고난 적이라는 점에서, 그리고 늘 비위를 맞춰 줘야 하는 사람들이라는 점에서 이중으로 증오했다. 인생의 대부분을 그들 사이에서 보냈기에, 그들에 대해 알아야 할 것은 대부분 알고 있었고, 거의 이십 년간의 의존 생활이 낳은 경멸적인 눈으로 그들을 판단했다. 하지만 지금 이 순간, 그녀의 적개심은 단지 사랑의 부드러운 효과 때문만이 아니라, 바로 그들로부터 그녀와 닉이 지금까지의 가장 무모한 계획 속에서도 감히 꿈꾸지 못했던 것보다 훨씬 더 많은 것을 얻어냈다는 사실 때문에 누그러지고 있었다.

'결국, 이 모든 건 그들 덕분이야!' 그녀는 그렇게 생각했다.

그 시간의 나른한 행복감에 빠져 있던 남편은 질문을 되풀이하지 않았다. 하지만 그녀는 여전히 그가 시작한 생각의 실마리를 좇고 있

---

4 원문의 people with a balance는 당시 미국 상류층 속어로, 은행에 안정적인 잔고가 있는 부자들, 즉 경제적으로 안정된 계층을 풍자적으로 가리키는 표현이다.

었다. 1년. 그래, 이제는 확신할 수 있다.

조금만 잘 꾸려 나가면, 그들은 이 결혼을, 이 함께하는 시간을, 지루한 사람들과 귀찮은 일들로부터 벗어난 삶을 온전히 1년은 누릴 수 있을 거라고. 그것은 단순한 결혼이 아니라 동반자 관계였고, 두 사람 모두가 당장의 기쁨을 짐작했던 사이였지만, 수지에게는 지금껏 상상도 못했던 더 깊은 조화가 깃든 삶이었다.

—

두 사람이 처음 만난 자리 중 하나—프레드 길로 부부가 억지로 '문학적'이라고 꾸미려 애쓴 잡다한 저녁 식사 자리—에서, 우연히 그녀 옆자리에 앉았던 젊은 남자는 '글을 썼다'는 막연한 소문이 떠도는 인물이었다. 그는 상속녀 수지 브랜치라면 어쩌면 최고의 어리석음으로 자신에게 허락했을 법한 사치품으로 그녀의 상상 속에 자리 잡았다. 반면 무일푼 수지 브랜치는 이 가상의 분신이 자신의 막대한 재산을 어떻게 쓸지 상상하길 즐겼다. 그녀가 부유한 친구들에게 가장 불만이었던 점 중 하나는, 그들이 재산을 너무도 상상력 없이 처분한다는 것이었다.

"저런 남편이라면 증기 요트[5]보다 낫겠어!"

글을 썼다는 그 젊은 남자와 대화를 마친 뒤, 수지는 속으로 그렇게 생각했다. 그의 펜이 지금까지 써 온 것이나 앞으로 써 내려갈 어떤

5   19세기 말~20세기 초, 증기 요트는 대서양을 건너는 부유한 미국 상류층 사이에서 최고의 사치품 중 하나였다. 당시 상류층은 종종 요트를 이용해 지중해 크루즈나 유럽 사교 여행을 즐겼다.

작품도, 아내에게 조정 보트보다 값비싼 것을 사 줄 만큼의 수입을 가져다주지는 못하리라는 사실은 그녀에게 즉시 분명해졌다.

"그의 아내라니! 그런 사람이 있기나 할까? 요트를 얻자고 결혼할 부류는 아니잖아."

과거의 경험에도 불구하고 수지는 여전히 자신의 내면에 깃든 독립성을 충분히 간직하고 있었고, 타인에게서 그 가능성을 감지해 낼 만큼 민감했다. 때로는 마음에 드는 남자에게 그런 잠재력을 충동적으로 부여하기도 했다. 그녀는 그저 버텨 주기만 하면 될 일을 마치 자랑처럼 떠벌리는 사람들을 본능적으로 경멸했다. 물론 그녀 자신도 언젠가는 결혼할 생각이었다. 부자들에게 영원히 매달려 살 수는 없었으니까. 다만 그녀는 최대한의 부와 최소한의 동반자적 자질을 겸비한 상대를 찾을 때까지 기다리기로 마음먹고 있었다.

그녀는 젊은 랜싱의 경우가 정반대라는 것을 즉시 간파했다. 그는 더할 나위 없이 가난했고, 상상할 수 있는 한 가장 동반자적인 사람이었다. 그래서 그녀는 자신의 분주하고 얽힌 삶이 허락하는 한 그를 최대한 많이 보기로 결심했다. 그리고 일련의 능숙한 조율 덕분에, 그것은 꽤 많은 만남으로 이어졌다. 그들은 그 겨울 내내 자주 만났다. 너무나 자주 만난 나머지, 어느 날 프레드 길로 부인이 갑작스럽고 날카롭게 수지에게 그녀가 "우스꽝스러운 짓을 하고 있다"고 쏘아붙였다.

"아…." 수지는 긴 숨을 내쉬며 친구이자 후원자인 그녀의 얼굴을 똑바로 바라보았다.

"그래." 우르슐라 길로가 흐느끼며 외쳤다. "네가 끼어들기 전에는 닉이 나를 끔찍이 좋아했어……. 물론 널 비난하려는 건 아니야…….

하지만, 생각해 보면…."

수지는 아무 대답도 하지 않았다. 생각해 보면, 그녀가 무슨 말을 할 수 있었을까? 지금 그녀가 입고 있는 드레스는 우르술라가 준 것이었고, 돌아오는 길에 그들을 연회장까지 데려다준 것도 우르술라의 차였다. 그녀는 다가올 8월을 뉴포트에서 길로 부부와 함께 보낼 계획이었고……. 남은 대안이라곤 보크하이머 부부와 함께 캘리포니아로 가는 것뿐이었지만, 그녀는 지금까지 그들과 저녁 식사조차 한 번도 함께하지 않았다.

"물론 우르술라, 그건 말도 안 되는 얘기예요. 그리고 제가 끼어들었다는 것도……."

수지는 잠시 망설이다가 조용히 말을 이었다.

"하지만 그게 당신을 조금이라도 편하게 해 준다면…… 그를 덜 만나도록 할게요."

그녀는 우르술라의 눈물 어린 키스에 화답하며, 바닥까지 몸을 낮췄다….

수지 브랜치는 자신의 말에 대해 언제나 스스로를 엄격히 지키는 사람이었다. 다음 날, 그녀는 가장 잘 어울리는 모자를 쓰고 젊은 랜싱 씨의 하숙집으로 향했다. 우르술라와의 약속을 지킬 생각이었지만, 그럴 때일수록 가장 멋진 모습으로 보이고 싶었다.

그녀는 그 젊은 남자를 만날 수 있는 시간을 알고 있었다. 그는 인기 있는 백과사전(V에서 X까지)을 편집하는 지루한 작업을 하고 있었고, 그 끔찍한 일에 얼마나 많은 시간을 바치고 있는지를 그녀에게 털어놓았기 때문이다.

'오, 그게 소설이기만 했다면!' 그녀는 그의 초라한 계단을 오르며 생각했다. 하지만 곧바로 이렇게 덧붙여 생각했다. 만약 그 소설이 자신이 읽을 수 있을 만한 종류였다면, 아마 백과사전 일보다 한 푼이라도 더 벌어다 주지는 못했을 것이라고. 브랜치 양은 문학에 대해 나름의 기준이 있었다.

랜싱 씨가 그녀를 들여보낸 아파트는 계단보다는 훨씬 깨끗했지만, 초라하기는 매한가지였다. 수지는 그가 동양 고고학에 심취해 있다는 사실을 알고 있었기에, 흠잡을 데 없는 중국 청동기 하나나 귀중한 아시아 도자기 파편으로 장식된 텅 빈 방을 상상했었다. 하지만 그런 구원 같은 특징은 전혀 보이지 않았고, 침실 겸 거실의 점잖은 가난을 감추려는 시도도 전혀 없었다.

랜싱은 방문객을 온갖 기쁨의 표시로 맞이하며, 자신의 가구에 대해 그녀가 어떻게 생각할지는 전혀 무관심한 듯했다. 그는 그저 예상치 못한 날에 그녀를 만난 행운만을 의식하는 듯했다. 이 때문에 수지는 약속을 이행하기가 더욱 미안해졌고, 가장 예쁜 모자를 쓰고 온 것이 새삼 기뻤다. 잠시 동안 그녀는 그 공모하는 듯한 모자챙 아래에서 말없이 그를 바라보았다.

서로에 대한 호감이 아무리 따뜻했어도, 랜싱은 그녀에게 사랑의 말을 한마디도 한 적이 없었다. 하지만 이것은 방문객에게 방해가 되지 않았다. 그녀는 세상적이거나 금전적인 이유로 자신의 속마음을 숨길 필요가 없을 때는 분명하게 말하는 습관이 있었다. 그래서 잠시 후, 그녀는 왜 찾아왔는지를 그에게 털어놓았다. 귀찮은 일이긴 했지만, 그는 이해해줄 것이었다. 우르슐라 길로가 질투하고 있었고, 그래서 둘은 더 이상 만나지 않는 편이 나았다.

젊은 남자의 폭소가 터져 나왔다. 그 웃음은 그녀에게 음악처럼 들렸다. 사실, 그녀는 내심 두려워하고 있었다. 우르슐라에게 헌신하는 것이 그의 하루 일과에서 백과사전 작업만큼이나 당연한 일일지도 모른다고 생각했기 때문이다.

"맹세코 말하지만, 그건 완전히 말도 안 되는 오해예요! 그리고 애초에 그녀가 저를 두고 그런 말을 했다고는 믿지도 않습니다." 그가 항의했지만, 수지는 그의 말에 안도하며 상식을 되찾고 곧바로 그의 말을 잘랐다.

"그런 경우라면, 우르슐라는 분명하게 자신의 뜻을 밝힐 거예요. 그리고 당신이 어떻게 생각하는지는 중요하지 않아요. 중요한 건 그녀가 믿는 바죠."

"이봐요! 저도 그 문제에 대해 한마디 할 권리는 있지 않나요?"

수지는 천천히, 그리고 신중하게 방 안을 둘러보았다. 방에는 그가 여분의 돈을 가진 적이 있거나 선물을 받은 적이 있다는 흔적은 단 한 점도 보이지 않았다.

"제가 아는 한, 없어요." 마침내 그녀가 단언했다.

"무슨 뜻이죠? 내가 완전히 자유롭다면……?"

"저는 아니에요."

그는 잠시 생각에 잠겼다.

"아, 그렇다면 당연하죠. 다만 조금 이상하게 느껴질 뿐이에요." 그가 건조한 어조로 덧붙였다.

"그런 경우라면, 항의가 길로 부인에게서 나왔다는 게 말이에요."

"제 백만장자 신랑감 대신 말이죠. 오, 저한테는 그런 사람은 없어요. 그 점에서는 저도 당신만큼 자유롭답니다."

"그렇다면…… 우리 그냥 자유롭게 지내면 되는 거 아닌가요?"

수지는 걱정스러운 듯 미간을 찌푸렸다. 일이 생각보다 훨씬 복잡해질 것 같았다.

"그 점에서는 자유롭다고만 말했을 뿐이에요. 저는 결혼할 생각이 없어요…… 당신도 그렇지 않나요?"

"맙소사, 절대 아닙니다!" 그가 진심 어린 목소리로 외쳤다.

"하지만 그게 완전한 자유를 뜻하는 건 아니잖아요……."

그는 그녀 바로 위에 서서, 불 꺼진 벽난로를 감싸고 있는 흉한 검은 대리석 아치에 팔꿈치를 기대고 있었다. 그녀가 올려다보자 그의 얼굴이 굳어지는 것이 보였고, 그녀의 얼굴은 금세 붉게 달아올랐다.

"그게 당신이 저에게 하러 오신 얘기였습니까?" 그가 물었다.

"오, 당신은 이해하지 못하네요—그리고 우리가 똑같은 부류의 사람들과 오랫동안 어울러 왔다는 걸 생각하면, 왜 이해 못하는지 모르겠네요." 그녀는 충동적으로 일어나 그의 팔에 손을 얹으며 말했다. "부탁이에요, 제발 도와주세요—!"

그는 가만히 서서, 그녀의 손이 닿아 있는 것을 그냥 두었다.

"그러니까, 가엾은 우르술라는 단지 핑계였고…… 사실은 만나는 사람이 있어서—이러저러한 이유로—당신이 저를 자주 만나는 걸 반대할 권리를 가지고 있다고 말하는 거죠?

수지는 짜증 섞인 웃음을 터뜨렸다.

"꼭 소설 속 주인공처럼 말하네요—우리 가정교사가 읽곤 하던 그런 소설 말이에요. 우선, 저는 그런 '권리'라는 건 절대 인정하지 않아요. 절대로요!"

"그럼, 도대체 어떤 권리는 인정하신다는 겁니까?" 그의 표정이 풀리며 물었다.

"왜요—당신이 출판사 편집자에게는 인정할 것 같은 바로 그 권리 말이에요."

그 말에 닉은 쓸쓸한 웃음을 터뜨렸다.

"사업상의 권리라고 부르면 되겠네요." 그녀는 말을 이었다. "우르슐라는 제게 정말 많은 걸 해 줘요. 저는 1년의 절반은 그녀 덕분에 살고 있어요. 지금 입고 있는 이 드레스도 그녀가 준 거예요. 오늘 밤 연회장에 저를 태워다 줄 자동차도 그녀 거고요. 이번 여름도 뉴포트에서 그녀와 함께 보낼 예정이에요… 그렇지 않으면 보크하이머 부부와 캘리포니아로 가야 하니까요—그건 정말 싫거든요."

갑자기 눈물이 터진 수지는, 닉이 붙잡을 틈도 주지 않고, 그의 가파른 3층 계단을 내려와 거리로 뛰쳐나갔다. 나중에 돌이켜 생각해보아도, 닉이 정말로 자신을 붙잡으려 했는지조차 기억나지 않았다. 그녀가 기억하는 건, 겨울의 매서운 빛 속에서 한참 동안 5번가 모퉁이에 서서, 패셔너블한 여인들을 실은 자동차 행렬이 끊어지길 기다리며 스스로에게 이렇게 말했던 것뿐이다.

"결국, 우르슐라에게 약속만 했더라도…… 그리고 계속 그를 만났더라도 됐을 텐데……."

그러나 그렇게 하지 않았다. 다음 날, 닉이 간절히 한마디만이라도 나눌 수 있게 해 달라고 편지를 보냈을 때, 그녀는 다정하지만 단호한 거절을 보냈다. 그리고 곧장 2주간의 캐나다 스키 여행을 따라갔고, 이어 6주 동안은 하우스보트를 타고 플로리다에서 시간을 보냈다.

—

그 회상을 떠올리던 수지의 머릿속에, 플로리다의 달빛 어린 물결, 목련의 향기, 그리고 포근한 공기가 되살아났다. 그 기억은 지금 둘러 싼 달콤한 공기와 하나로 녹아들며, 그녀의 눈꺼풀 위로 졸음 섞인 마법 같은 평화를 내려앉혔다.

그래, 힘든 순간이 있긴 했지만 이제는 다 지나갔다. 지금 그녀는 안전하고 행복하며, 닉과 함께 있다. 그의 무릎 위에 머리를 기댄 채, 그들은 앞으로의 한 해를 온전히 함께할 것이다…… 무려 한 해 전체를.

"진주 목걸이는 빼고 말이에요."

그녀는 눈을 감으며 중얼거렸다.

2장

랜싱은 스트레퍼드의 값비싼 시가 꽁초를 호수에 던져 버리고, 아내 쪽으로 몸을 기울였다. 가엾은 아이! 그녀는 어느새 잠들어 있었다….

그는 몸을 뒤로 젖히고, 다시 은빛으로 가득한 하늘을 올려다보았다. 정말 이상했다—말로 다 표현할 수 없을 만큼—이 빛이 바로 자신의 허니문 덕분에 비춰지고 있다니! 1년 전만 해도, 누군가 자신이 이런 모험을 감행할 거라고 예언했다면, 그는 증세가 보이는 즉시 감옥에 가둬 달라고 했을 것이다….

그의 마음속에는 여전히, 이 모험이 미친 짓이라는 데 의심의 여지가 없었다. 수지가 하루에도 스무 번씩 "우리가 이 일을 해냈잖아요—그러니 왜 걱정해요?" 하고 상기시키는 것은 좋았다. 그녀의 멀리 내다보는 영리함과 지금 자신이 누리고 있는 행복조차도, 그 미래가 이성적인 판단 아래서 견딜 수 있으리라는 확신을 주지는 못했다. 여름 달빛 속, 아내의 머리를 무릎에 두고 앉아 있던 그는, 자신들이 어떻게 스트레피의 호숫가 별장까지 오게 되었는지 그 과정을 되짚어 보려 했다.

랜싱에게 이 모든 일은, 아무것도 놓치지 않겠다는 결심을 품고 하버드를 떠나던 시절까지 거슬러 올라간다. 그곳에는 늘 푸른 '생명의 나무'가 서 있었고, 그 발치에서는 네 개의 강이 흘러나왔다. 그는 그 네 갈래 흐름마다 자신의 작은 배를 띄워 보낼 작정이었다. 그중 두 갈래에서는 멀리 가지 못했고, 세 번째에서는 거의 진창에 빠질 뻔했지만, 네 번째 강은 그를 경이로움의 한복판으로 데려갔다. 그것은 그의 활기찬 상상력의 강이었고, 모든 형태의 아름다움과 기이함, 어리석음에 끝없는 흥미를 불러일으키는 강이었다. 그 강 위에서, 가난과 하찮음, 그리고 독립심이라는 튼튼한 작은 배에 몸을 싣고, 그는 여러 번 주목할 만한 항해를 해 왔다….

그래서 뉴욕 사교 시즌 동안, 그가 가장 아름답고 재미있는 아가씨라고 생각해 애써 찾아 나섰던 수지 브랜치가, 현대적인 계산 능력과 고전적인 신의(信義) 기준이라는 상반된 면모를 동시에 드러내 보였을 때, 그는 그 유혹을 뿌리칠 수 없었다. 그는 알 수 없는 세계로, 또 한 번 배를 띄워 보고 싶은 강렬한 충동을 느낀 것이었다.

그 모험의 본질은, 그녀가 그의 하숙집에 잠깐 들른 그 한 번의 방문 이후로, 닉이 약속을 지켜 다시는 그녀를 만나려 하지 않았다는 데 있었다. 설령 수지의 솔직함이 그의 경쟁심을 자극하지 않았더라도, 그녀의 처지를 이해한 것만으로도 충분히 연민을 느꼈을 것이다. 닉은, 무일푼인 사람의 인기란 얼마나 위태롭고 덧없는지, 그리고 수지 같은 여자가 얼마나 타인의 기분과 변덕에 휘둘리며 살아가는지를 누구보다 잘 알고 있었다. 두 사람 모두 원하는 것을 얻기 위해 종종 원치 않는 일을 해야 하는 처지였다는 점도 문제였다.

하지만 약속을 지키는 일은, 닉이 예상한 것보다 훨씬 지루했다. 수지 브랜치는, 단조롭기만 했던 그의 삶 속에 스며든 유쾌한 활력이었다. 그녀가 사라지자, 그는 비로소 자신의 세계가 얼마나 좁아지고 있는지를 뼈저리게 깨달았다. 한때 그를 크게 즐겁게 했던 많은 것들이 이제는 그다지 재미있지 않거나 전혀 즐겁지 않았다. 경이로움으로 가득 찼던 그의 세상은, 이제 시골의 작은 구경거리에 불과해진 듯했다. 여전히 마음을 자극하는 몇 가지—먼 여행, 예술을 즐기는 일, 낯선 사회와의 접촉—은 점점 더 손에 닿지 않는 것이 되고 있었다.

랜싱은 평생 넉넉한 돈을 가져 본 적이 없었고, 삶에 첫발을 내딛을 때 그나마 있던 돈도 과하게 써 버렸다. 이제 그에게 남은 최선의 미래라 해봐야, 간신히 생계를 유지할 수 있는 하찮은 글쓰기와 짧고 검소한 휴가뿐이었다. 그는 자신이 평균보다는 똑똑하다고 생각했지만, 자신의 재능이 시장성이 없다는 사실은 오래전에 결론 내렸다. 출판업을 하는 친구가 호의로 내 준 얇은 소네트 시집은 겨우 70부만 팔렸고, 「그리스 예술에 나타난 중국의 영향」이라는 논문은 잠깐의 화제와 논쟁, 몇 번의 만찬 초대만 가져다주었을 뿐 실질적인 이익으로 이어지지 않았다.

한마디로, 그가 돈을 벌 수 있는 전망은 전혀 없었고, 그런 제한된 미래 속에서 그는 수지가 주었던 우정의 가치를 점점 더 크게 느끼고 있었다. 그녀를 바라보고, 그녀의 이야기를 듣는 즐거움—다른 사람들이 그저 막연히 즐기던 것을 그는 더 분별 있게, 그러나 똑같이 넉넉한 마음으로 즐겼다―뿐만 아니라, 그들 사이에는 일찍부터 세상을 냉정하게 꿰뚫어 본 사람들만이 공유할 수 있는, 성숙한 관용과 아이러니의 일종의 프리메이슨처럼 비밀스러운 유대감을 느꼈다. 두 사람 모두 어린 시절부터 자신들이 살아가는 세상의 가치를 정확히 재어 보았고, 왜 그래야 하는지도 알고 있었다. 그리고 바로 그 공통된 이유가 그들의 친밀감을 한층 특별하게 만들고 있었다.

그런데 이제, 한 불만 많은 여자의 질투 어린 변덕 때문에―그에겐 그저 좋은 만찬에 대한 예의 바른 미소로 응했을 뿐인―그는, 지금껏 느껴 본 적 없는 완전한 유대 관계를 빼앗기게 된 것이다….

그의 생각은 계속 이어졌다. 그는 수지와 결별한 뒤, 뉴욕에서 보낸 그 길고 지루했던 봄을 떠올렸다. 마지막 기사들을 마감하느라 지친 몸, 여름을 가장 싸고 덜 지루하게 보낼 방법을 무심하게 계산하던 나날들, 그리고 마지못해, 그것도 막판에야 뉴햄프셔 외곽의 가난한 내트 풀머 부부 집에서 일요일을 보내러 간 일이 떠올랐다. 그리고 그곳에서―풀머네와 아는 사이일 거라고는 진혀 생각조차 못 했던―수지를 만나게 된, 그 놀라운 행운까지도.

그녀도, 그 역시도 완벽하게 태연한 태도로 행동했다. 하지만 두 사람 모두 서로를 다시 만나게 된 것이 얼마나 기뻤는지는 숨길 수 없었다. 게다가 풀머 부부의 집 같은 곳에서 그녀와 함께 있는 것은 마음을 어지럽혔다. 두 사람 모두 호화로운 환경에 익숙해 있었기에, 베란다에 스튜디오를 차려 놓고 그림을 그리는 주인, 식당에서 바이올린을 켜는 여주인, 집 안을 쉴 새 없이 뛰어다니며 소리 지르고 나팔을 불고 물병에 올챙이를 집어넣는 다섯 명의 아이들이 있는 이 비좁은 오두막은 낯설었다. 한낮의 식사는 두 시간이나 늦어졌고, 맛은 형편 없었다. 그 이유는 이탈리아인 요리사가 풀머의 그림 모델이 되어 있었기 때문이었다.

랜싱은 처음에는, 이런 환경에서 수지를 만나면 두 사람 모두 남아 있는 미련 따위는 금세 사라질 거라 생각했다. 풀머 부부의 삶은, 젊어서 무모한 선택을 한 사람들에게 어떤 일이 벌어지는지를 보여 주는 끔찍한 교훈 같았다. 아무도 사 주지 않는 그림만 그리는 가난한 내트는 처참할 정도로 몰락했고, 스물아홉의 그레이스는 이제 다시는 사람들이 "그녀가 예뻤을 때를 기억해"라고만 말할 뿐인 여자가 될 것이 뻔해 보였다.

하지만 역설적이게도, 내트가 이렇게까지 즐거운 친구로 느껴진 적은 한 번도 없었고, 그레이스는 걱정 하나 없이 음악처럼 경쾌하고 활기로 가득 차 있었다. 엉망인 집과 어수선한 생활, 형편없는 음식, 그리고 모든 것이 불편하게 뒤엉킨 상황에도 불구하고, 그들과 함께 있는 것이 지금껏 수지와 랜싱이 하품만 하며 견뎌 온, 아무리 호화로운 집들이보다 훨씬 더 즐거웠다.

둘째 날 오후, 수지 브랜치가 그를 좁은 복도로 불러냈을 때, 랜싱은 거의 안도감을 느꼈다.

"이제는 그레이스의 바이올린과 꼬마 내트의 경적 소리 조합은 도저히 못 참겠어요. 저 듀엣이 끝날 때까지 몰래 빠져나가죠."

"저 사람들이 그걸 어떻게 견디는지 정말 궁금하네요." 그가 못된 장난기 섞인 목소리로 맞장구치며, 그녀를 따라 집 뒤편의 숲길을 올랐다.

"알아볼 만한 가치가 있을지도 몰라요." 그녀가 생각에 잠긴 미소를 지으며 대꾸했다.

그러나 그는 단호하게 고개를 저었다. "한두 해만 더 버티면 결국 무너질 거예요! 그의 그림은 절대 팔리지 않을 겁니다. 전시회에 걸릴 일조차 없을 테고요."

"그렇겠죠. 그리고 그 여자는 자신의 음악으로 의미 있는 성취를 할 시간도 영영 없을 거고요."

그들이 도착한 곳은 집이 자리한 바위 절벽 위, 소나무 숲에 둘러싸인 언덕이었다. 끝없이 이어진 나무 언덕들뿐인 황량한 풍경이 사방에 펼쳐졌다.

"1년 내내 이런 데 갇혀 지낸다고 생각해 봐요!" 랜싱이 신음했다.

"알아요. 하지만 잘 맞지 않는 사람들과 함께 세계를 떠돌아야 한다고 상상해 보세요."

"오, 그렇죠. 이를테면, 모티머 힉스 부부와 함께 인도로 간 그 여행 말이에요. 하지만 그건 내 유일한 기회였고, 또 제가 뭘 어떻게 하겠어요?"

"저도 그걸 알고 싶네요!" 그녀가 한숨을 내쉬며, 보크하이머 부부를 떠올렸다. 그때 그가 그녀를 바라보았다.

"뭘 알고 싶다는 거죠?"

"당신이 한 그 질문에 대한 답이요. 양쪽, 아니 모든 면을 다 보고도 도대체 어떻게 해야 할지 모르겠어요."

그들은 소나무 아래, 풍경이 한눈에 내려다보이는 바위에 앉았다. 하지만 랜싱은 발치에 펼쳐진 그 풍경보다, 그녀의 뺨에 드리운 갈색 속눈썹의 떨림에 더 시선이 빼앗겼다.

"그러니까, 내트와 그레이스가 결국엔 우리보다 더 잘살고 있을지도 모른다는 뜻인가요?"

"제가 모든 면을 다 보고 있다고 이미 말했잖아요. 그런데 어떻게 단정할 수 있겠어요? 물론." 수지는 황급히 덧붙였다. "저는 단 일주일도 저들처럼 살 수 없을 거예요. 하지만 놀랍게도 그들의 얼굴의 빛이 거의 바래지 않았어요."

"확실히 내트는 어느 때보다도 더 유쾌했죠. 그리고 그레이스는 훨씬 더 잘 버텨내고 있고요."

랜싱이 곰곰이 생각하며 말했다.

"우리가 그들에게 좋은 영향을 주고 있는 걸지도 몰라요."

"그래요—아니면 그들이 우리에게 좋은 영향을 주고 있는 걸지도요. 어느 쪽일까요?"

그 후로 그는, 두 사람이 한동안 말없이 앉아 있었고, 자신이 이어서 한 말이 세상의 기존 질서를 향한 소년같은 불평이었다는 것을 기억했다. 그리고 만약 그와 그녀가 세상을 바꿀 수도 없고, 둘 다 현실을 똑바로 바라볼 줄 아는 사람들이라면, 주어진 단 한 번의 행복을 붙잡지 않는 것이야말로 어리석은 일 아니겠냐고 격정적으로 물었던 것도 떠올랐다. 랜싱은 그 도전에 수지가 분명한 대답을 했는지는 기억하지 못했다. 하지만 잠시 후, 온 세상이 마치 갑작스레 그들을 위한 입맞춤으로 고요히 둘러싼 듯한 순간이 찾아왔고, 그는 그녀가 낮게 중얼거리는 소리를 들었다.

"이런 시도는 아마도 한 번도 없었을 거예요. 하지만… 우리, 해볼 수도 있지 않을까요."

그 자리에서 수지는, 훗날 두 사람이 감히 실행하게 될 그 실험을 그에게 털어놓았다.

그녀는 은밀한 행복 따위는 절대 바라지 않는다고 못 박으며 이야기를 시작했다. 그리고 늘 그렇듯 명료하고 공정한 어조로 이유를 설명했다. 첫째, 언젠가 자신은 결혼을 해야 하고, 그때에는 정직한 거래를 하고 싶다는 것. 둘째, 사랑에 관한 한, 진정으로 마음을 주지 않은 사람에게는 절대 자신을 내어주지 않을 것이며, 만약 그런 행복이 찾아온다면 거짓말과 술책, 눈치 보기로 사랑의 빛이 반만 남은 채 흐려진 관계는 원하지 않는다고 했다.

"난 그런 일을 너무 많이 봤어요. 내가 아는 여자들 중 절반은 연애를 하면서 그걸 숨기고 거짓말하는 재미로만 연인을 두고 있어요. 나머지 절반은 불행했고요. 나도 분명 불행할 거예요."

바로 이 지점에서 그녀는 자신의 계획을 밝혔다. 그들이 결혼하지 못할 이유가 뭐가 있겠는가? 아주 짧은 시간이라도 서로를 공개적이고 떳떳하게 가진 다음, 만약 둘 중 한 명이라도 더 나은 기회를 얻게 되면 곧바로 자유롭게 풀어주자는 것이었다. 그 당시 법[6]은 그런 '교환'을 쉽게 허용했고, 사회도 점점 그것을 법만큼이나 너그러이 받아들이고 있었다. 수지는 이야기를 이어가며 점점 열을 올렸고, 이 계획이 열어 줄 무한한 가능성을 하나하나 펼쳐 보였다.

6 1920년대 미국 일부 주(특히 네바다 주 등)에서 이혼 절차가 비교적 간단해지면서, 상류 사회에서도 짧은 결혼과 재혼이 점차 흔한 일이 되었다. 사교계에서도 이러한 '교환'이 법적·사회적으로 점점 더 관대하게 받아들여지고 있었다.

"우린 서로를 방해하기보단, 오히려 더 많이 도와줄 거예요."

그녀는 열정적으로 설명했다.

"우린 세상 물정을 누구보다 잘 알잖아요. 한쪽이 보지 못하는 기회는 다른 쪽이 볼 수도 있죠. 게다가 부부로서 우리처럼 신선한 조합은 없을 거예요. 우리 둘 다 꽤 인기가 많죠—솔직히 인정하죠 뭐!—그리고 저녁 초대를 하는 사람들에겐, 둘 다 흥미로운 부부가 얼마나 고마운지 몰라요. 난 우리가 지금보다 훨씬 더 큰 성공을 거둘 거라고 믿어요. 물론…"

그녀는 미소를 지으며 덧붙였다.

"그 정도로 나아질 여지가 있다면 말이죠. 당신 생각은 어떤지 모르겠지만, 남자의 인기는 여자보다 훨씬 덜 위태롭잖아요. 하지만 난 기혼 여성으로 다시 등장하면 확실히 내 평판이 훨씬 더 반짝일 거라 확신해요."

그녀는 발아래 길게 뻗은 계곡 쪽으로 시선을 돌리며 낮은 목소리로 덧붙였다.

"그리고 난 잠시라도, 내 삶에서 완전히 나만의 것을 가져보고 싶어요. 누군가 빌려준 무도회 드레스나 자동차, 오페라 망토 같은 게 아니라."

그 제안은 처음에 랜싱에게 황당하면서도 황홀하게 들렸다. 솔직히 그는 완전히 겁에 질렸다. 그러나 수지의 주장은 반박할 수 없었고, 그녀의 기발한 아이디어는 끝이 없었다. 그녀는 물었다. 혹시 그동안 이 문제에 대해 깊이 생각해 본 적이 있냐고. 그는 아니라고 답했다. 그러자 그녀는 말했다. 자신은 해봤으니, 제발 방해하지 말라고. 우선, 결혼 선물들이 있을 거라고 했다. 보석이나 자동차, 은제 식기 세트를 의미하느냐고 그가 묻자, 그녀는 단호히 고개를 저었다.

"아니에요, 전혀! 수표뿐일 거예요. 그건 제가 알아서 할게요. 한 오십 장 정도는 받을 수 있을 것 같아요. 당신도 몇 장은 더 모을 수 있겠죠?"

그리고 덧붙였다. 그 돈은 단지 용돈일 뿐이라고. 살 집이야 얼마든지 있을 거라고.

"사람들은 늘 새로 결혼한 부부에게 집을 빌려주는 걸 좋아하죠. 그들을 보러 가는 건 즐겁고, 낭만적이고, 기분 좋은 일이거든요. 우리는 그냥 번갈아 그 집들을 받아서 쓰면 돼요. 1년 내내 신혼여행을 다니듯 지내는 거예요! 뭐가 무섭죠? 우리가 충분히 행복할 거라고 생각되지 않나요? 왜 한 번쯤 시도해보려 하지 않죠? 약혼을 하고, 어떻게 되는지 보기만 해도 되잖아요. 설령 제가 완전히 틀렸고 계획이 실패하더라도, 한두 달이라도 행복해질 거라고 믿었던 그 상상만으로도 좋지 않을까요? 난 혼자서도 그 상상을 여러 번 해봤어요. 하지만 당신과 함께 그 상상을 한다면, 그건 완전히 다를 거예요……."

—

그렇게 시작된 일이 결국 이 호숫가의 꿈으로 이어졌다. 아무리 터무니없이 불가능해 보였어도, 그녀가 그려 온 모든 예견은 현실이 되어 있었다. 랜싱이 아직도 정확히 짚어내지 못한 고리들—무슨 조치와 궁리가 어떻게 이어졌는지 분명히 밝혀야 할 부분들—이 몇 가지 남아 있기는 했지만, 언젠가 그녀와 함께 천천히 풀어 가기로 마음먹고 있었다. 그 모든 과거가 어떤 대가를 치르게 했든, 또 미래가 그에게 어떤 값을 요구하든 간에, 이 고요함과 달콤함 속에서 그녀의 잠든 머리를 무릎에 두고 앉아 있는 지금 이 순간, 그 모든 것이 충분히 보상받고 있다고 그는 느꼈다. 마치 잠든 세상이 달빛에 포근히 안긴 것처럼, 그는 기쁨으로 그녀를 꼭 껴안고 있었다.

그는 몸을 굽혀 그녀에게 입을 맞추었다.

"일어나." 그가 속삭였다. "잘 시간이야."

3장

코모 호수에서의 그들의 한 달은 이제 몇 시간만 지나면 끝날 참이었다. 마지막 순간까지도 두 사람은 기적 같은 유예를 기대했지만, 친절한 스트레피도 더는 별장을 내어 줄 수 없었다. 그는 그 집을 엄청난 가격에 빌리려는 성가신 졸부들에게 운 좋게 계약했고, 그들은 약속된 날짜에 반드시 들어가야 한다고 고집했기 때문이다.

새벽녘, 랜싱은 수지 곁을 떠나 마지막 수영을 위해 호숫가로 내려갔다. 수정처럼 맑은 빛 속을 헤엄쳐 돌아오며 그는 꽃으로 넘실거리는 정원과, 그 위로 늘어선 사이프러스 숲 아래 길고 낮은 저택, 그리고 여전히 아내가 잠든 창문을 올려다보았다. 이 한 달은 너무나도 완벽했고, 지금의 행복은 눈앞의 풍경만큼이나 희귀하고 환상적으로 완전했다. 그는 햇빛에 부서지는 물결 속으로 턱을 파묻고, 그저 충만한 만족감에 한숨을 내쉬었다.

이토록 완전한 평온과 행복이 깃든 곳을 떠난다는 건 아쉬운 일이었지만, 다음 여정도 그에 못지않게 즐거울 것 같았다. 수지는 마치 마법사 같아서, 그녀가 말하는 일은 늘 현실이 되곤 했다. 사방에서 집들이 그들에게 쏟아지는 듯 보였다. 베네치아의 피아노 노빌레(귀족 저택의 귀빈층)에서부터 애디론댁 산맥의 캠프까지, 자애로운 수호령들이 날개를 달고 온갖 선물들을 들고 그들에게 다가오는 것만 같았다. 지금으로서는 그중 첫 번째를 선택한 상태였다. 다른 이유는 차치하고서라도, 대서양을 건너는 여행 경비를 감당할 엄두를 낼 수 없었기 때문에, 그들은 대신 지우데카 섬[7]에 있는 넬슨 밴더린 부부의 궁전으로 향하기로 했다. 이번 겨울에는 다시 뉴욕으로 돌아가는 편이 현명할지도 모른다는 데 두 사람은 의견을 모았다. 그래야 세상 사람들 눈에 띄고, 새로운 기회를 얻을 가능성이 컸기 때문이다. 사실 수지는 벌써 떠돌이 사촌 한 명을 잘 구슬려, 요리사를 혹사시키지 않겠다고만 약속한다면 기꺼이 빌려줄 만한 아파트를 염두에 두고 있었다. 하지만 당장 계획을 세워야 할 필요는 아직 멀었고, 스물여덟 살의 젊은 랜싱이 인생에서 완벽히 익힌 기술이 있다면, 그것은 아마 현재를 완전히, 아무 근심 없이 사는 법일 터였다.

  최근 들어 그가 평소보다 자주 미래를 들여다보려 한 건 전적으로 수지 때문이었다. 결혼할 때 그는, 자신에게 그러했듯 그녀를 위해서도 현실을 담담히 받아들이는 태도를 유지하겠다고 다짐했었다. 그리고 무엇보다 수지는, 그들의 동반자 관계를 걱정거리로 받아들이는 것을 못마땅해할 성격이라는 것도 잘 알고 있었다. 하지만 함께 지내는 동안 그녀가 들려준 과거의 단편들은, 그의 마음속에 그녀의 미

7 이탈리아 베네치아(Venezia)에 속한 섬으로, 베네치아 본섬의 남쪽에 위치.

래를 지켜 주고 싶은 격렬한 욕구를 불러일으켰다. 그녀 같은 고귀한 정신이, 자신들이 살아온 그 비참한 삶의 타협 속에서 조금이라도 흐려지거나 훼손되는 일은 도저히 용납할 수 없었다.

그 자신은 별로 신경 쓰지 않았다. 그는 오랫동안 스스로를 위해 간단한 규칙을 만들어 두고 그에 따라 살아왔다. 이득을 위해 참을 수 있는 일들이 있는가 하면, 어떤 대가를 치르더라도 타협할 수 없는 일들도 있었다. 그러나 그는 이제, 여자에게는 사정이 다를 수 있다는 것을 깨닫기 시작했다. 유혹은 더 강력할 수도 있고, 대가는 훨씬 더 클 수도 있으며, 허용할 수 있는 것과 절대로 허용할 수 없는 것의 경계는 훨씬 더 흔들리고 불분명할 수 있었다.

수지는 열일곱 살에 세상에 홀로 던져졌고, 경계의 기준을 제시해 줄 사람이라곤 무능하고 방탕한 아버지뿐이었다. 게다가 모든 상황이 그녀를 그 선을 넘도록 부추겼다. 그럼에도 그녀가 스스로를 지킬 수 있었던 것은, 아마도 인간들이 열광하다가 스스로를 파멸시키곤 하는 그 하찮은 목표들에 대해, 선천적인 경멸심을 지니고 있었기 때문일 것이다. 그녀가 아버지의 이른 파멸을 두고 한 짤막한 평가는 이랬다.

"무너진 이유가 고작 그런 쓰레기같은 것들이었다니."

마치 그녀는, 사람이 무언가에 몸을 망칠 수밖에 없는 운명이라면, 적어도 그것이 정말 가치 있는 것이어야 한다고 굳게 결심한 듯 보였다.

이 신념은 처음에는 랜싱을 매혹시켰지만, 이제는 막연한 두려움을 불러일으키기 시작했다. 까다로움이라는 훌륭한 갑옷은 그녀가 지금까지 노출되었던 종류의 위험으로부터 보호해 주었다. 하지만 만약 더 미묘하게 다른 위험들이 그 갑옷의 틈을 발견한다면 어떨까? 그녀의 섬세한 분별력 속에, 그 규칙에 상응하는 것이 있었을까? 최고이자 가장 희귀한 것만 좇는 그녀의 취향이, 역설적이게도 스스로를 파멸시킬 수도 있는 것 아닐까? 그리고 만약 '쓰레기'가 아닌 무언가가 그녀의 길에 나타난다면, 그녀는 그것을 위해 망가지는 것을 잠시라도 주저할까?

그는 서로의 '기회'를 방해하지 않겠다는 약속을 지키기로 마음먹었다. 하지만 만약 그녀에게 기회가 왔을 때, 자신이 그것을 기꺼이 받아들이지 못한다면 어떨까? 그는 그녀를 위해 열정적으로 언제나 최고의 것을 원했다. 그러나 그 '최고'에 대한 그의 생각은, 그들이 함께한 첫 달의 황홀했던 빛 속에서 거의 알아차릴 수 없을 만큼, 아주 미묘하게 변해 버린 것이었다.

랜싱은 게으른 팔짓으로 천천히 호숫가 쪽으로 나아가고 있었다. 하지만 그 시각이 너무도 황홀해서, 선착장에서 몇 야드 떨어진 지점에서 스트레피의 보트에 매어 둔 밧줄을 붙잡고는 물 위에 떠서 꿈속을 더듬었다. 떠난다는 건 지겨운 일이었다. 아마 그래서 괜히 쓸데없이 이런저런 생각을 뒤집어 보고 있었는지도 몰랐다. 베니스도 물론 멋지겠지만, 지금 이 순간처럼 달콤한 시간은 다시는 없을 것이다. 게다가 그들에게 보장된 시간은 고작 1년뿐인데, 그중 한 달은 이미 흘러가 버렸다.

그는 마지못해 호숫가로 헤엄쳐 나와 집으로 올라가더니, 서늘하게 칠해진 응접실 창문을 밀고 들어갔다. 출발의 흔적은 이미 눈에 띄었다. 현관에는 여행가방이 놓여 있었고, 계단에는 테니스 라켓이 흩어져 있었으며, 층계참에서는 요리사 줄리에타가 미끄러운 보따리를 꼭 껴안은 채 도저히 끈을 조이지 못하고 씨름 중이었다. 그 모든 광경은 그에게 싸늘한 비현실감을 안겨 주었다. 지난 한 달은 무대 위연극 한 장면이었고, 지금은 그 무대 장치가 접혀 날개 뒤로 치워지면서 자신과 수지가 전혀 역할을 맡지 않은 다른 연극이 막 시작하려는 듯한 느낌이었다.

그가 옷을 갈아입고 배고픈 상태로 다시 내려와 그를 기다리던 아침 커피가 있는 테라스에 이르렀을 때, 평소의 즐거운 안정감을 되찾았다. 수지는 이미 나와 있었고, 장미 한 송이를 가슴에 꽂고 햇살을 머리에 이고는 상쾌하고 활기찬 모습이었다. 그녀는 여행 안내서인 『브래드쇼』에 고개를 숙이고 있다가, 아침 식탁 너머로 그에게 손을 흔들고는 잠시 후 얼굴을 들어 말했다.

"맞아요. 우리 어떻게든 해낼 수 있을 것 같아요."

"뭐를?"

"밀라노에서 기차를 잡는 거요. 열 시 정각에 차를 타고 출발하면 돼요."

그가 눈을 크게 떴다. "차라니? 무슨 차?"

"왜요, 새 세입자들의 차요. 스트레피 별장을 빌린 사람들이요. 이름은 저도 못 들었고, 운전사 말로는 자기 발음으로는 도저히 할 수 없대요. 대신 운전사의 이름은 오타비아노라네요. 제가 벌써 친해졌죠. 어젯밤에 도착했는데, 그들이 코모에 오는 건 오늘 저녁이라 아직시간이 있대요. 밀라노까지 태워 달라는 제안을 했더니, 그가 아주 반기더군요."

"이런, 세상에." 랜싱이 중얼거렸다.

수지는 웃으며 벌떡 일어났다.

"정신없는 아침이 되겠지만, 제가 다 맞출게요. 당신은 얼른 올라가서 마지막 짐만 트렁크에 넣으세요."

"알았어. 근데, 이거 비용이 얼마나 들지 생각은 해 봤어?"

그녀는 천연덕스럽게 눈썹을 치켜올렸다.

"기차표 값보다는 훨씬 적게 들죠. 오타비아노에게 밀라노에 있는 애인이 있대요. 무려 여섯 달 동안 못 봤다네요. 그 얘기를 듣고 나니, 제가 알았죠. 어차피 갈 거라는 걸."

그녀의 재치가 기발해 랜싱은 웃음을 터뜨렸다. 하지만 왜인지 모르게 그는, 수지가 늘 이런 식으로 모든 상황을 '해결할 줄 안다'는 작은 증거조차도 점점 불편하게 느끼게 되고 있었다.

그는 속으로 중얼거렸다. '그래. 수지 말이 맞아. 어차피 그 남자는 밀라노에 갈 거였어.'

위층으로 올라가 자기 방으로 향하던 그는, 수지가 화려한 옷가지들에 둘러싸여 그것들을 마지막 여행가방에 억지로 꾸겨 넣고 있는 모습을 보았다. 그녀만큼 짐을 잘 싸는 사람은 본 적이 없었다. 트렁크에 들어가기 싫어 버티는 옷들을 달래가며 밀어 넣는 솜씨는, 마치 그녀가 인생의 모순된 사실들을 억지로라도 자기 삶에 맞춰 끼워 넣는 방식을 그대로 보여 주는 듯했다. 수지는 종종 이렇게 말하곤 했다. "제가 부자가 된다면, 제일 싫은 건 멍청한 하녀가 제 짐 싸는 걸 보는 거예요."

그가 지나가자, 수지는 얼굴을 붉히며 힘겹게 씨름하다가 상자 깊숙한 곳에서 시가 상자 하나를 꺼냈다.

"여보, 오타비아노에게 팁으로 줄 수 있게 시가 두 개쯤 주머니에 넣어 줘요."

랜싱은 놀란 눈으로 바라보았다.

"아니, 세상에, 스트레피의 시가로 지금 뭘 하고 있는 거야?"

"포장하는 거죠, 물론이죠…. 당신 설마 그걸 그 다른 사람들이 쓰라고 두었다고 생각하는 건 아니겠죠?" 그녀는 순진한 놀라움으로 그를 쳐다보았다.

"그걸 누굴 위해 둔 건지 난 몰라. 하지만 적어도 우리 몫은 아니야…."

그녀는 여전히 이해가 안 된다는 듯 그를 바라보았다.

"난 왜 이렇게 진지해지는지 모르겠어요. 어차피 그 시가는 스트레피 것도 아니에요. 틀림없이 어디선가 얼간이 같은 놈한테 얻은 걸 거예요. 그리고 그 사람이 제일 싫어할 일은 그걸 또 다른 사람한테 넘기는 거겠죠."

"터무니없는 소리 마. 그게 스트레피 것도 아닌데, 내 것일 리는 더더욱 없지. 자, 이리 내놔."

"당신이 좋다면야…. 하지만 너무 아깝네요. 물론, 그 다른 사람들은 한 개도 못 가질 거예요…. 정원사랑 줄리엣타 애인이 다 처리하겠죠!"

랜싱은 레이스와 머슬린 물결 사이에서 장밋빛 요정처럼 모습을 드러낸 그녀에게서 시선을 돌렸다.

"남은 상자는 몇 개야?"

"고작 네 개뿐이에요."

"다 꺼내."

그녀는 당장 움직이지 않았다. 잠깐 동안 이어진 침묵 속에는 도전적인 기운이 가득했고, 그 때문에 랜싱은 자신이 화내는 이유와 결과가 너무도 불균형하다는 생각에 오히려 더 화가 치밀었다.

그녀가 상자 하나를 내밀었다.

"나머지는 아래층 당신 여행가방에 있어요. 잠가 두었고 끈도 묶어 놨어요."

"그럼 열쇠를 줘."

"베네치아에서 되돌려 보내면 안 될까요? 그 자물쇠 진짜 성가셔요. 최소한 30분은 걸릴 거예요."

"열쇠 줘." 결국 그녀는 열쇠를 건넸다.

랜싱은 아래층으로 내려가 무려 30분 동안 자물쇠와 씨름해야 했다. 줄리엣타는 곤혹스러운 눈빛으로 지켜보고, 오타비아노는 문간에서 비꼬는 듯한 웃음을 지으며 가끔씩 "밀라노까지 시간이 얼마나 걸리는지 아시죠?" 하고 정중히 상기시켰다. 마침내 자물쇠가 열렸고, 손톱이 부러지고 땀에 젖은 랜싱은 시가 상자들을 꺼내 텅 빈 응접실로 성큼성큼 들어갔다.

그와 수지가 전날 따 모아둔 커다란 황금빛 장미 다발은 대리석 바닥 위에 꽃잎을 흘리고 있었고, 창 사이의 알라바스터 꽃병에는 창백한 동백꽃이 떠 있었으며, 정원 향기가 호수에서 불어오는 바람에 실려 들어왔다. 어느 때보다 스트레피의 작은 집이 쾌락의 둥지처럼 보였다. 랜싱은 시가 상자들을 협탁 위에 올려두고, 마지막 짐을 챙기러 위층으로 올라갔다.

그가 다시 내려왔을 때, 아내는 성취감으로 눈을 반짝이며 빌린 마차 같은 자동차 안에 앉아 있었고, 짐은 능숙하게 실려 있었으며, 줄리엣타와 정원사는 그녀의 손에 입을 맞추며 끝없는 작별의 눈물을 흘리고 있었다.

'대체 뭘 줬길래 저러는 거지?' 그는 속으로 중얼거리며 차에 올라탔다. 자동차는 그들을 태우고 나이팅게일 숲길을 달려 대문 밖으로 나갔다.

4장

찰리 스트레퍼드의 별장은 장미 덤불 속의 둥지 같았다. 반면 넬슨 밴더린 부부의 궁전은 그보다 훨씬 더 장대한 비유가 어울릴 만큼 웅장했다.

그 광대함과 화려함은 수지에게는 오히려 압박으로 다가왔다. 어둠 속에서 거대한 그림자 같은 계단 아래에 도착해 올라간 일, 올림포스 신들이 떠받치고 있는 듯 무거운 천장 아래 어슴푸레한 불빛의 식탁에서 저녁을 먹은 일, 마치 왕좌 앞에서 미뉴에트가 춰졌을 법한 응접실 한 구석에서 서늘한 밤을 보낸 일이, 코모에서의 다정했던 밀착감과는 정반대였다. 어제까지 서로에 대한 신뢰로 가득했던 두 사람은, 오늘 이 웅장한 공간 안에서 갑작스러운 불협화음을 느끼고 있었다.

여행길은 분명 즐거웠다. 수지와 랜싱은 둘 다 갈등을 덮어두는 데 익숙했기에, 처음으로 생긴 불화의 흔적을 서로에게 감추려 특별히 애썼다. 그러나 마음 깊은 곳에서 그 불일치는 여전히 남아 있었고,

자신이 원인이라는 죄책감이 수지의 가슴을 갉아먹고 있었다. 그녀는 태피스트리로 장식된 아치형 침실에서 낡은 거울 앞에 앉아 머리를 빗으며 그렇게 느꼈다.

"난 원래 웅장한 걸 좋아한다고 생각했는데… 이곳은 정말 비현실적으로 커." 그녀는 희미한 거울 속에 비친 창백한 손의 움직임을 바라보며 중얼거렸다. "그런데 엘리 밴더린은 나보다 반 뼘도 크지 않고, 결코 나보다 품위 있어 보이지도 않아…. 아마 오늘 밤 내가 너무 작아 보이니까, 이곳이 더 거대하게 느껴지는 게 아닐까."

수지는 원래 사치를 사랑했다. 화려한 물건들은 언제나 자신을 아름답게 느끼게 했고, 높은 천장은 그녀에게 당당함을 안겨 주곤 했다. 지금껏 부의 증거들에 눌린 적은 없었다.

그녀는 빗을 내려놓고 두 손에 턱을 괴었다. 그제야 다시 생각났다. 대체 왜 시가를 가져왔던 걸까? 그녀는 늘 스스로의 양심적 본능을 중시했다. 이성적으로는 자유분방했지만, 이성으로 설명할 수 없는 어떤 일에 대해서는 유난히 집착하는 편이었다. 그런데도 스트레피의 시가를 가져온 것이다! 아니, 중요한 건 그 시가를 닉을 위해 가져왔다는 사실이었다. 그의 생활 속 가장 사소한 부분까지 편안하고 즐겁고 호사롭게 만들어 주고 싶은 열망이 그녀의 마음을 온통 사로잡고 있었던 것이다. 수지는 자신을 위해서는 결코 하지 않았을 비열한 일을, 그를 위해서만큼은 서슴없이 저질렀다. 그런데 닉은 그 차이를 전혀 느끼지 못했으니, 그녀가 그것을 설명할 길은 영영 없을 터였다.

한숨을 내쉬며 그녀는 자리에서 일어나 풀린 머리칼을 털어내리고, 넓은 프레스코 벽화가 둘러싼 방을 둘러보았다. 하녀가 '시뇨라

[8]가 편지를 두고 갔다'고 말했는데, 책상 위에는 정말로 그녀와 닉의 우편물과 함께 두꺼운 봉투 하나가 놓여 있었다. 아이 같은 필체로 쓰인 엘리의 주소, 그리고 모서리에 굵게 적힌 "비밀(Private)"이라는 표시가 눈에 들어왔다.

"세상에, 글쓰는 걸 그토록 싫어하면서 무슨 할 말이 있다는 거지." 수지는 중얼거렸다.

그녀는 봉투를 뜯었다. 그러자 도장이 찍히고 봉인이 된 편지 네댓 통이 쏟아졌다. 모두 엘리의 필체로 넬슨 밴더린 씨 앞으로 쓰여 있었고, 각 봉투 모서리에는 흐릿하게 연필로 번호와 날짜가 적혀 있었다. 하나, 둘, 셋, 넷—각각 일주일 간격으로.

"맙소사……." 수지는 숨을 죽이며 모든 걸 알아차렸다.

그녀는 탁자 옆 안락의자에 털썩 주저앉아, 번호가 매겨진 편지들을 오래도록 바라보았다. 그 속에서 엘리의 글씨로 가득한 종이 한 장이 흘러나왔지만, 집어 들지 않았다. 내용은 뻔히 짐작할 수 있었기 때문이다. 물론 그녀는 친구에 대해 모르는 게 없었다—불쌍한 넬슨 씨만 빼고. 하지만 엘리가 감히 자신을 이런 식으로 이용하리라고는 상상도 못했다. 믿을 수 없는 일이었다. 이렇게 비열한 짓을 저지를 거라고는 한 번도 생각해 본 적이 없었다. 그녀의 얼굴에 피가 확 달아올랐고, 순간 편지를 갈기갈기 찢어 불 속에 던져버리고 싶은 충동이 치밀었다.

그때 남편이 옆방 문을 두드리는 소리가 들렸다. 수지는 황급히 위

8 시뇨라(Signora) : 이탈리아어 존칭으로, 한국어의 ~부인/여사에 해당

험한 봉투를 흡수지 밑에 밀어 넣었다.

"제발, 여기엔 들어오지 말아 주세요. 아직 짐도 다 못 풀었고, 방이 엉망이에요." 그녀는 문 너머로 소리쳤다. 그러고는 닉의 서류와 편지를 그러모아 방을 가로질러 달려가, 문틈으로 내밀었다. "이거라도 보면서 조용히 있어요." 그녀는 문간에 잠시 얼굴을 내밀며 웃음을 지었다.

그리고 돌아서자, 수지는 수치심으로 다리가 풀릴 것 같았다. 바닥에 떨어진 엘리의 편지를 마지못해 집어 들었고, 한 줄 한 줄 예상했던 말들이 튀어나왔다.

"가는 정이 있으면 오는 정이 있는 법이지……. 물론 너와 닉은 여름 내내 머물러도 좋아……. 너희에게는 한 푼의 비용도 들지 않을 거야. 하인들에게 이미 지시해 두었어……. 네가 천사처럼 이 편지들을 직접 부쳐 주기만 한다면……. 정말 오랜만에 얻은 유일한 기회였어. 만나면 모든 걸 설명할게. 그리고 늦어도 한 달 안에는 클라리사를 데리러 돌아올게……."

수지는 등을 곧추세우며 편지를 램프 불빛에 비춰 읽었다. 클라리사를 데려간다고? 그렇다면 엘리의 아이가 지금 여기 있는 건가? 이 지붕 아래, 자신들과 함께, 자기들에게 맡겨진 채로? 그녀는 분노에 차서 계속 읽어 내려갔다.

"그 불쌍한 아이는 네가 온다는 걸 알고 무척 기뻐하고 있어. 무례를 일삼던 형편없는 가정교사를 내보낼 수밖에 없었는데, 네가 아니었다면 그 애는 믿을 수 없는 하인들만 남은 집에 홀로 있어야 했을 거야. 그러니 제발 불쌍한 내 아이를 잘 돌봐 주고, 이렇게 떠나게 된

나를 용서해 줘. 아이에게는 요양을 가는 거라고만 말했어. 아빠에게는 내가 없다는 걸 절대 말하지 않겠다고 약속했지. 내가 아프다고 생각하면 아빠가 괜히 걱정만 할 테니까. 아이는 믿을 수 있을 만큼 똑똑하고 사랑스러운 천사야…"

그리고 마지막 줄, 비스듬히 휘갈긴 추신이 있었다.

"수지, 만약 네가 내게 조금이라도 빚진 게 있다면, 명예를 걸고 이 사실을 누구에게도 말하지 마. 닉에게조차도. 그리고 번호는 꼭 지워 줘."

수지는 벌떡 일어나 밴더린 부인의 편지를 불 속에 던져 넣었다. 그리고는 천천히 의자 쪽으로 돌아왔다. 그녀 팔꿈치 옆에는 네 통의 불길한 봉투가 놓여 있었고, 이제는 그것들을 어떻게 할지 결정해야 했다.

처음에는 당장 파기하는 게 당연해 보였다. 그것이 어쩌면 엘리를, 그리고 자기 자신을 지키는 길일지도 몰랐다. 하지만 그렇게 한다는 건 곧 내일이라도 이 집을 떠나야 한다는 뜻이었고, 그러려면 엘리에게 연락을 해야 했다. 그런데 그녀는 편지를 아무리 뒤져 봐도 주소하나 찾을 수 없었다. 그래, 어쩌면 클라리사의 보모라면 엄마에게 연락할 방법쯤은 알고 있겠지. 설마 엘리도 딸과의 연락 수단 하나 남겨두지 않고 떠나지는 않았을 테니까. 어쨌든 오늘 밤 당장 할 수 있는 일은 없었다. 내일 떠날 준비를 세세히 짜는 것, 그리고 거절하게 될 이 환대 대신 머물 곳을 어떻게 찾아야 할지 머리를 쥐어짜는 수밖에.

수지는 마음속으로 인정하지 않을 수 없었다. 여름 내내 팔라초 밴더린[9]에 기댈 수 있으리라 얼마나 기대했던가. 그것만으로도 앞날이 훨씬 간단해질 터였다. 엘리의 넉넉한 손길을 그녀는 잘 알고 있었고, 손님으로 머무는 동안 드는 비용이라 해봐야 하인들에게 드문드문 선물을 건네는 정도일 거라고 확신하고 있었다. 그렇다면 대안은 무엇이란 말인가? 그녀와 랜싱은 수많은 대화 끝에 이미 베네치아 석호에서 게으른 여름날을 보내고, 리도 해변의 불타는 듯한 햇살 속에서 시간을 보내며, 지우데카 운하 위 발코니에서 음악과 꿈으로 저녁을 채우는 삶을 마음속에 그려 왔다. 이제 그 즐거움을 포기하고 닉에게서 그 행복을 빼앗아야 한다니, 수지는 분노로 치를 떨었다. 닉은 베네치아에 조용히 자리를 잡으면 글을 쓰겠다고 그녀에게 털어놓았는데! 그녀 가슴속에는 이미 작가의 아내로서 남편의 사생활을 지켜 주고, 뮤즈와의 만남을 돕겠다는 격렬한 결의가 싹트고 있었다. 엘리 밴더린이 이런 덫에 자기를 끌어들이다니, 끔찍하기 짝이 없었다.

결국 방법은 하나뿐이었다. 닉에게 모든 걸 솔직히 털어놓는 것. 얼마 전 시시했던 시가 사건—지금 생각하면 얼마나 사소한가—은 닉이 어떤 태도를 취할지를 보여 주었고, 그 단호한 기운이 그녀에게도 전해졌다. 내일 아침엔 모든 걸 말하고 닉과 함께 빠져나갈 길을 찾을 것이다. 수지에게는 언제나 빠져나갈 길을 찾을 수 있다는 끝없는 자신감이 있었다. 그런데 갑자기 밴더린 부인의 편지 마지막 구절이 떠올랐다.

---

9 Palazzo Vanderlyn (팔라초 밴더린): 베네치아에 위치한 밴더린 부부의 궁전 같은 저택. 작품 속 주요 배경으로, 닉과 수지가 신혼을 보내던 장소이다.

"만약 네가 내게 한 번이라도 신세를 진 적이 있다면, 명예를 걸고라도 닉한테 이 일은 절대 말하지 말아 줘…."

물론, 이런 부탁은 누구도 그녀에게 할 권리가 없는 일이었다. 애초에 '권리'라는 말 자체가 이런 부정한 상황에 쓰일 수 있기는 한가? 하지만 사실은, 호의의 차원에서라면 자신이 엘리에게 진 빚이 많았다. 이번이야말로 엘리가 처음으로 그 대가를 요구한 셈이었다. 곰곰이 생각해 보니, 예전에 우르술라 길로가 똑같은 논리로 닉 랜싱을 포기해 달라고 했을 때와 똑같은 상황에 처한 것이었다. 그렇지만, 수지는 또 생각했다. 넬슨 밴더린 역시 자신에게 친절했었고, 엘리가 그렇게 후하게 베풀던 돈도 사실은 넬슨의 것이었다….

그 순간, 수지가 세워 온 가치관의 기묘한 건물은 기초부터 흔들렸다. 무엇이 옳은 건지, 이 더럽고 뒤엉킨 상황 속에서 어디에 공정함이 있는지, 그녀 자신조차 알 수 없었다.

그녀가 처한 곤경의 깊이는, 오히려 그녀 자신을 더 혼란스럽게 했다. 곤란한 상황에 몰린 적은 이전에도 많았다. 사실, 어떤 식으로든 옭아매지 않는 상황이 드물 정도였다. 되돌아보면 그녀의 과거는 온갖 양보와 임기응변으로 짜여진 거대한 그물망과도 같았다. 하지만 지금처럼 발목이 잡히고, 입이 틀어막히고, 온몸이 묶인 듯한 감각을 느낀 적은 단 한 번도 없었다. 시가 사건이 남긴 작은 불쾌감은 여전히 그녀를 괴롭히고 있었고, 이제는 그 상처 위에 커다란 굴욕까지 겹쳐졌다. 확실히, 그들의 신혼여행 두 번째 달은 구름 낀 채 시작되고 있었다.

침대 옆 탁자 위의 에나멜 장식 여행용 시계를 힐끗 본 그녀는, 시간이 이렇게 늦었다는 사실에 깜짝 놀랐다. 결혼 선물 가운데 유일하게 현물로 받기를 허락했던 몇 안 되는 물건 중 하나였다. 곧 닉이 들어올 터였다. 목구멍에서 불편한 긴장이 치밀어 오르는 게 느껴졌다. 신경이 곤두서고 초조한 나머지, 자칫하면 하지 말아야 할 말을 쏟아낼지도 몰랐다. 평소처럼 경계를 늦추지 않으려는 습관에 따라 그녀는 다시 거울 앞으로 갔다. 창백하고 초췌한 얼굴이 비쳤다. 그녀는 손재주 좋은 화장으로 그 피로를 한층 더 부각시키고는, 방을 가로질러 남편의 방 문을 살며시 열었다.

닉은 탁자 위에 램프를 켜 두고 편지를 읽고 있었다. 그녀가 들어서자 그는 편지를 옆으로 밀어 두었다. 그의 얼굴은 여전히 엄숙했고, 수지는 속으로 '그는 아직도 시가 문제를 곱씹고 있는 게 틀림없다'고 생각했다.

"여보, 너무 피곤해요. 머리가 끔찍하게 아파서 이제 자려고 왔어요."

그녀는 그의 의자 등받이 위로 몸을 기울여 팔을 감쌌다. 닉은 두 손을 들어 그녀의 손을 꼭 잡았다. 그러나 고개를 뒤로 젖히며 웃어 보일 때도, 그의 눈빛은 여전히 심각하고 어딘가 멀리 있는 듯했다. 마치 처음으로 두 사람 사이에 얇은 막이 드리워진 것만 같았다.

"미안해. 오늘 하루가 유난히 길었지."

그는 심드렁한 어조로 말하며 그녀의 손등에 입을 맞췄다.

그 순간, 수지는 두려워하던 목의 경련을 느꼈다.

"닉!" 그녀는 팔에 힘을 주며 갑자기 외쳤다. "잠자리에 들기 전에

제 명예를 걸고 맹세해 줘요. 제가 그 시가를 제 욕심으로 챙긴 게 아니라는 걸 당신은 알고 있다고!"

잠시 동안 두 사람은 서로의 눈을 똑바로 바라보며 진지하게 마주했다. 그러나 곧 같은 웃음이 터져 나오더니, 수지가 품고 있던 모든 죄책감은 폭풍처럼 몰아친 웃음 속에 흔적도 없이 사라졌다.

다음 날 아침, 수지는 오래된 브로케이드 커튼 사이로 햇살이 쏟아져 들어오고, 운하 물결에 부딪혀 반사된 빛이 천장의 아치에 황금빛 비늘 무늬를 드리우는 것을 보며 깨어났다. 시녀가 침대 곁의 가느다란 마케트리 탁자 위에 쟁반을 내려놓았고, 그 쟁반 너머로 수지는 클라리사 밴더린의 작고 진지한 얼굴을 발견했다. 그 순간, 잠자코 있던 불안감이 다시 깨어났다.

클라리사는 여덟 살이었지만 또래보다 작은 편이었다. 둥근 턱은 간신히 다구 세트와 같은 높이에 닿았고, 맑은 갈색 눈은 토스트꽂이 사이와 낡은 무라노 유리병 속의 한 송이 장미 사이로 수지를 바라보고 있었다. 수지가 그녀를 본 것은 2년 만이었는데, 그사이 유년기의 사색적인 모습에서 금세 여성적인 경험의 익숙함으로 옮겨간 듯 보였다. 아이는 엄숙하게도 환영의 기색을 보였다.

"와 주셔서 정말 기뻐요." 작고 고운 목소리가 울렸다.

"저는 당신이 무척 좋아요. 자주 함께하지는 못하겠지만, 그래도 저를 챙겨 주실 거죠?"

"당연하지! 지금처럼 예쁜 말을 해 준다면, 나는 눈을 떼고 싶지 않을 거야."

수지는 웃으며 베개에 몸을 기대 작은 아이를 곁으로 끌어당겼다.

클라리사는 미소를 지으며 비단 이불 위에 편안히 몸을 눕혔다.

"알아요. 신혼이시니까 제가 항상 곁에 있을 수는 없죠. 그래도 식사만은 꼭 챙길 수 있도록 해주실 수 있나요?"

"세상에, 가엾은 것! 항상 식사를 거르는 거니?"

"엄마가 요양 가실 때면 잘 먹지 못해요. 하인들이 말을 잘 안 들어요. 제가 또래보다 키가 작잖아요. 물론 몇 년 뒤에는 제가 크든 안 크든 들어야 하겠지만요."

그녀는 신중한 어조로 말하며 손을 뻗어 수지 목에 걸린 진주 목걸이를 만졌다.

"작지만 아주 좋은 진주네요. 여행 갈 때는 다른 건 안 가져오시나 봐요?"

"다른 거? 아가씨, 난 다른 건 없단다. 아마 앞으로도 없을 거고."

"진주가 더 없어요?"

"보석은 전혀 없어."

클라리사는 눈을 크게 뜨며 물었다.

"그게 정말이에요?" 마치 세상에 없는 광경을 목격한 듯한 표정이었다.

"정말이야." 수지는 인정하며 웃었다. "그래도 하인들은 내 말을 잘 듣게 할 수 있을 거야."

그러나 그 얘기는 클라리사의 흥미에서 멀어진 듯했고, 여전히 심각하게 수지를 관찰하다가 또 다른 질문을 꺼냈다.

"이혼하실 때 보석을 다 내놓으셔야 했나요?"

"이혼?" 수지는 베개에 머리를 젖히며 웃음을 터뜨렸다.

"그게 무슨 소리니? 넌 내가 지난번에 너를 봤을 때 아직 결혼도 안 했던 거 기억 안 나니?"

"기억해요. 하지만 벌써 2년 전이잖아요."

작은 소녀는 두 팔을 수지 목에 감고 다정히 몸을 기댔다.

"곧 그렇게 되실 건가요? 원치 않으시면 제가 절대 말 안 할게요."

"이혼 말이니? 당연히 아니야! 세상에, 왜 그렇게 생각한 거니?"

"왜냐하면…… 당신이 너무 행복해 보이니까요."

클라리사 밴더린은 단순하게 대답했다.

5장

사소한 일이었지만, 그날의 기억은 수지의 마음속에 오래 남아 있었다. 베네치아에서 맞은 첫 아침, 닉은 그녀를 보러 오지 않고 그냥 나가 버렸다. 수지는 늦게까지 침대에 누워 클라리사와 이야기를 나누며 언제든 방문이 열리고 남편이 들어올 거라 기대했다. 그러나 아이가 떠나고, 서둘러 닉의 방을 들여다본 순간 방은 텅 비어 있었고, 화장대 위에는 전보를 보내러 나갔다는 짧은 메모만 남아 있었다.

그가 부재를 굳이 설명하는 건 연인다운, 아니 소년 같은 다정함이었지만, 왜 직접 들어와서 말해 주지 않았을까? 수지는 본능적으로 그 작은 사실을 전날 밤에 닉의 얼굴에서 읽어낸 근심 어린 기색과 연결지었다. 그날 밤, 그녀는 닉의 방에 들어갔다가 그가 한 통의 편지에 몰두해 있는 모습을 보았던 것이다. 그래서 옷을 갈아입는 내내 그 편지에 무슨 내용이 있었는지, 닉이 급히 보낸 전보가 혹시 그 답장이었는지 궁금해졌다.

끝내 알 수 없었다. 아침 햇살만큼이나 잘생기고 행복해 보이는 얼굴로 돌아온 닉은 아무 설명도 하지 않았고, 수지는 평생 지켜 온 원칙대로 쓸데없는 질문을 하지 않았다. 그것은 단순히 그녀가 자신의 자유를 질투하듯 지켜 온 것과 같았다. 다른 사람의 자유를 존중하는 태도이기도 했다. 수많은 사회적 암초와 얕은 여울을 헤치고 살아오면서, 마음의 평화를 지키는 길이 얼마나 좁은지 잘 알고 있었기 때문이다. 그녀는 자신의 작은 배를 언제나 물길 한가운데로 유지하려 했다. 하지만 그 사건은 기억 속에 남아, 남편과의 관계에서 일종의 전환점처럼 상징적인 의미를 띠게 되었다. 행복이 줄어든 건 아니었지만, 이제 그녀에게 그 행복은 언제 폭풍이 닥쳐 무너질지 모르는 바다 위의 불안정한 섬처럼 보였다. 그녀가 닉에게 숨기고 있는 모든 것, 그리고 닉이 자신에게 숨기고 있다고 의심되는 것들이 만들어내는 위협이 늘 주위를 맴돌았다.

그로부터 약 3주 뒤, 베네치아에 머무른 어느 오후 그녀는 이런 생각에 잠겨 있었다. 해질 무렵, 발코니에 앉아 물 위에 드리워진 빛의 그물과 오래된 궁전 기단에 붉게 번지는 반영을 바라보고 있었다. 그 시간에 그녀는 거의 언제나 혼자였다. 닉은 오후마다 글을 쓰기 시작했는데, 결혼 초에 했던 약속을 지켰고, 영감 또한 그를 찾아온 듯 보였다. 닉은 늘 해질녘에야 아내에게 합류해 라군에서 늦은 보트 산책을 함께했다. 수지는 그날도 클라리사를 데리고 자르디노 푸블리코[10]

---

10 자르디노 푸블리코(Giardino Pubblico)는 베네치아 카스텔로 지구에 위치한 19세기 공원으로, 나폴레옹 치하였던 1807년 베네치아의 대규모 도시 재편 과정에서 조성되었다. 당시 베네치아에는 제대로 된 공공 정원이 없었기 때문에, 시민들이 산책하고 휴식할 수 있는 공간으로 계획된 것.

에 다녀왔고, 공손하지만 무심하게 '놀이'를 이어가는 아이를 돌려보낸 뒤, 그녀는 음악 수업을 받으러 갔다. 멀리 창문 너머에서 흘러나오는 선율의 메아리가 지금도 수지의 귀에 스며들고 있었다.

수지는 클라리사에게 점점 더 깊이 감사하게 되었다. 그 아이가 아니었다면, 남편이 일에 몰두하는 것을 자랑스럽게 여기는 마음이 종종 자신이 소외되고 잊힌 듯한 기분으로 얼룩졌을지도 모른다. 하지만 닉의 부지런함은 그들이 지금 이곳에 있는 가장 확실한 이유였고, 자신이 그 모든 일을 감행한 정당한 근거였으므로, 클라리사가 곁에 있어 덜 외롭다고 느낄 수 있다는 사실이 수지에게는 큰 위안이었다. 사실 클라리사는 닉 못지않게 수지가 침묵을 지키고, 베네치아에 머물며, 일주일에 한 번씩 엘리의 번호가 매겨진 편지를 부치러 슬그머니 빠져나가게 만든 또 다른 정당성이었다.

팔라초 밴더린에서 하루만 지내도, 클라리사를 버려두고 떠나는 것은 불가능하다는 걸 깨달을 수 있었다. 수지는 오래전부터 사람들이 북적이는 집일수록 아이들의 보모실은 더 외로운 법이라는 것, 그리고 부유한 아이일수록 오히려 보살핌을 적게 받는 아이들이 겪지 않는 위험에 쉽게 노출된다는 사실을 알고 있었다. 하지만 예전까지 그런 사실은 그저 뒤엉킨 인생 그림 속의 보기 흉한 한 조각에 불과했다. 이제는 다르다. 예전에는 단순히 판단만 했던 그 일이, 직접 느껴지는 일이 된 것이다. 아슬아슬한 행복 속에 전혀 새로운 무게의 연민이 실려왔다.

그런 생각과, 다가오는 엘리 밴더린의 귀환, 그리고 그녀의 귀에만 들려줄 진실들을 어떻게 전할까 곱씹고 있던 참이었다. 그때 발코니

아래 계단으로 고물 파나마 모자를 흔들며 반가운 손짓을 하는 한 사내가 눈에 들어왔다. 남루한 옷차림의 키 큰 신사, 스트레피였다.

"스트레피!" 수지도 환히 외쳤다. 그녀는 계단을 반쯤 내려가고 있었고, 그가 짐꾼과 함께 뛰어오르고 있었다.

"괜찮지? 엘리가 오라고 했거든." 그는 늘 그렇듯 경쾌하고 높은 목소리로 말했다. "난 앵무새 장식이 있는 초록색 방을 쓰면 된대. 어차피 샴푸 때문에 가구가 엉망으로 얼룩져 있거든."

수지는 그의 등장을 환한 웃음으로 맞았다. 그의 존재는 언제나 친구들에게 진한 만족감을 안겨 주곤 했다. 세상에 스트레피만큼이나 못생기고 어수선하면서도 즐거운 사람은 없다고 모두가 입을 모았다. 뻔뻔스러운 이기심과 흔들리지 않는 유쾌함을 이토록 절묘하게 결합시킨 사람은 없었고, 상대가 매력을 발휘하고 있다고 느끼게 만드는 기술에 이토록 능숙한 사람도 없었다.

게다가 수지에게만큼은, 아마 본인조차 자각하지 못한 또 다른 매력이 있었다. 바로 그녀가 속한 유동적이고 잡다한 세계 속에서, 그가 유일하게 뿌리내린 존재처럼 보인다는 점이었다. 수지가 늘 함께 살아온 사람들은 국적이 지워진 이들이었다. 러시아 사람인 줄 알았는데 사실은 미국인이었고, 뉴욕 출신이라고 믿었는데 알고 보면 로마나 부쿠레슈티에서 온 사람들이었다. 그들은 각국의 호화 저택이나 국제적인 손님과 하인이 섞여 사는 호텔에 머물며, 전 유럽 대륙을 무대로 결혼하고, 사랑하고, 이혼하며 살아왔다.

스트레포드 역시 그 세계에 집을 두고 있었지만, 그것은 그의 삶 중 한 부분에 불과했다. 다른 한쪽은 거의 언급조차 하지 않는 고향, 영국 북부의 칙칙한 대저택이었다. 그곳에서는 대대로 단조롭고 자족적인 삶이 이어져 왔다. 그 집이 지닌 의미와 그것이 상징하는 가치가, 가끔 그의 말이나 태도 속에서 스며나올 때, 그는 다른 사람들보다 한층 뚜렷한 윤곽과 안정된 발판을 지닌 존재로 드러났다. 겉보기에는 모두와 다를 바 없이 세련되고 냉소적인 태도를 경쟁하듯 보여주었지만, 그 속에는 여전히 오래된 신념과 관습의 뼈대가 남아 있었다.

"스트레포드는 우리 모두처럼 여러 언어를 잘하지만, 적어도 자기 모국어만큼은 누구보다도 잘하잖아요."

예전에 수지가 그렇게 평한 적이 있었고, 그 말을 전해 들은 스트레포드는 그녀를 바보라며 웃었지만 내심 흡족해했다.

그와 팔짱을 낀 채 계단을 올라가면서, 수지는 그의 이런 성격의 가치를 새삼 깨닫고 있었다. 뉴욕과 필라델피아에서 뿌리 깊은 사촌 관계를 가진, 정통 미국인이라 할 수 있는 자신과 랜싱조차도, 정신적으로는 어디에도 얽매이지 않고, 국제 박람회를 떠도는 호객꾼처럼 어디서든 안착하는 사람들이었다. 그들이 흔히 미국인으로 인식되는 건 단지 프랑스어를 너무 잘하고, 닉이 지나치게 금발이라 외국인 같아 보이지 않았으며, 얼굴이 날카로워서 영국인으로 보이지 않았기 때문일 뿐이었다. 하지만 찰리 스트레포드는 오래된 습관처럼 몸에 밴 영국인이었고, 수지의 내면에서는 그런 '습관의 아름다움'에 대한 감각이 서서히 깨어나고 있었다.

여행의 흔적조차 지우지 않은 채 그녀를 따라 발코니에 느긋하게 앉은 스트레포드는, 그녀의 최근 이야기에 크게 흥미를 보였다. 그 이야기가 자기 집에서 벌어진 일이라는 사실을 무척 만족스러워했고, 또 닉의 하루 일과가 끝날 때까지는 그를 보여주지 않겠다는 그녀의 단호한 태도를 가볍게 비웃으며 재미있어했다.

"글을 쓴다고? 웃기는군! 무슨 글이야? 사실은 널 길들이고 있는 거야. 변명거리 하나 만들어두는 거지. 내기할래? 지금쯤 담배나 피우면서 〈르 리르(Le Rire)〉나 뒤적이고 있을걸. 가서 직접 확인해 보자고."

그러나 수지는 물러서지 않았다.

"그가 쓴 첫 장을 내게 읽어줬는데, 정말 훌륭했어. 철학적인 로맨스야. 〈마리우스〉 같은 느낌, 알지?"

"아, 그래—알지!" 스트레퍼드가 큰 소리로 웃자, 수지에게는 그 웃음이 한심하기만 했다.

이어서 수지는 아이처럼 얼굴을 붉히며 말했다.

"정말 바보 같아, 스트레피. 나랑 닉은 변명 같은 건 필요 없어. 서로가 변화를 원하면 그냥 손잡아 주기로 했잖아. 감시하고 속이고 잔소리하려고 결혼한 게 아니야. 우린 서로한테 도움이 되는 동반자가 되기로 한 거라고."

"좋아, 그거 훌륭하네. 하지만 닉이 변화를 원할 때, 그게 진짜 너한테도 도움이 된다고 어떻게 확신할 수 있지?"

그 말은 언제나 수지를 은밀히 괴롭히던 의문이었다. 닉도 같은 의문에 시달리고 있을지 그녀는 자주 궁금해했다.

"그럴 땐 상식적으로 판단하면 되는 거잖아—" 수지가 말하려 하자, 스트레퍼드가 가로막았다.

"상식이라! 결국은 그거잖아. 어떤 쪽으로 논리를 세우든, 결국 둘

다 상식에 기대야 하잖아."

그의 날카로운 지적은 수지를 당황하게 했고, 그녀는 약간 짜증 섞인 목소리로 말했다.

"그럼 넌 결혼한다면 어떻게 할 건데? … 쉿, 스트레피! 그렇게 소리치지 마, 곤돌라들이 다 쳐다본다고!"

"그걸 내가 어떻게 해?" 그는 의자에 몸을 뒤로 젖히며 웃었다.

"'네가 결혼한다면'이라니! 마치 '스트레피, 네가 갑자기 미친 광인이 된다면 어떻게 할 거야?'라고 묻는 거랑 똑같잖아!"

"나는 그런 말 한 적 없어. 네 삼촌과 사촌이 죽으면, 너는 내일이라도 결혼할 거잖아. 너도 알잖아."

"오, 이제야 말이 통하네."

스트레퍼드는 긴 팔을 접고 발코니에 기대어 불빛이 얼룩진 어두운 물결을 내려다보았다.

"그런 경우라면 나는 이렇게 말할 거야. '수잔, 사랑하는 수잔. 자비로운 주님의 섭리로 그대가 이제 대영제국의 올트링엄 백작부인이 되었고, 아일랜드 귀족부의 던스터빌 여남작, 그리고 스코틀랜드 귀족부의 당블레 여남작이 되었으니, 그대가 대영제국에서 가장 오래된 가문 중 하나의 일원이라는 것을 기억해 주길 바라네. 그리고 들키지 않도록 하게.'"

수지는 웃음을 터뜨렸다.

"그 경고가 무슨 뜻인지 나도 알아! 내 동명이인이 정말 안쓰럽네."

그는 몸을 홱 돌리며 작고 못생겼지만 반짝이는 눈으로 그녀를 흘깃 보았다.

"세상에 수잔이라는 이름 가진 여자가 또 있긴 한가?"

"글쎄, 이름이 중요하다면, 다른 수잔도 있겠지. 하지만 설령 닉이 날 버린다 해도, 난 절대 그런 역할을 떠맡을 생각은 없어. 그런 경우를 실전에서 너무 많이 봤거든."

"뭐, 내가 아는 한, 올트링엄 사람들은 모두 완벽하게 건강해."

그는 주머니를 뒤적여 만년필 하나, 잉크가 묻은 손수건, 그리고 흐트러진 담배 한 갑을 꺼냈다. 담배에 불을 붙이고 나머지를 다시 집어넣으면서 태연하게 말을 이었다.

"그나저나 어떻게 해서 길로 부부와 잘 정리한 거야? 지난여름 뉴포트에 있을 때 우르슐라가 펄펄 뛰더라. 사람들이 네가 닉이랑 결혼할 거라고 말하기 시작할 즈음이었거든. 내가 걱정했던 건 그녀가 네 발목을 잡을까 봐였는데, 들으니 오히려 네 손에 두둑한 수표를 쥐어 줬다더군."

수지는 대답하지 않았다. 스트레퍼드가 나타났을 때부터 언젠가 그 질문이 나올 거라는 걸 알고 있었다. 그는 원숭이만큼 호기심이 많았고, 알고 싶다고 마음먹은 건 끝내 알아내고야 마는 성격이었다. 잠시 망설인 끝에 그녀는 말했다.

"프레드랑 좀 가볍게 놀았어. 귀찮았지만, 그는 꽤 점잖았거든."

"그럴 만하지, 불쌍한 프레드. 그러고는 네가 우르슐라를 완전히 겁먹게 만든 거지!"

"뭐, 충분히 그랬지. 다행히 그때 로마에서 네로네 알티네리가 뉴욕으로 일자리를 찾으러 와서, 우르슐라가 프레드에게 자기네 철강 회사에 취직시키라고 했어." 그녀는 잠시 말을 멈추더니, 갑자기 내뱉

듯 덧붙였다. "스트레피! 네가 내가 그런 짓을 얼마나 싫어하는지 알면 좋겠어. 차라리 닉이 지금 들어와서 솔직하게, 그 사람답게, 자기가 곧 떠날 거라고 말해주는 게 나아."

"코럴 힉스랑 같이?" 스트레퍼드가 짐짓 떠보듯 말했다.

수지는 웃었다.

"가엾은 코럴 힉스! 도대체 왜 힉스 집안을 떠올려?"

"며칠 전 카프리에서 그들을 봤거든. 배 타고 돌아다니면서 여기 들를 거라고 하더라."

"아, 귀찮게 됐네! 우리를 못 찾았으면 좋겠다. 닉이 인도 갔을 때 그들이 정말 친절하게 대해줬는데, 그 단순한 사람들이라면 닉이 반가워할 거라고 기대할 게 뻔하거든."

스트레퍼드는 담배 꽁초를 아래쪽에서 안내서를 들여다보던 관광객의 푸가리(옮: 터번의 일종)에 던졌다. 그것이 맞는 걸 보고는 만족스럽게 중얼거렸다.

"코럴 힉스, 좀 에뻐지고 있디라."

"아, 스트레피, 꿈도 꾸지 마! 안경에 굵은 발목까지, 그 덩치 큰 아이가? 불쌍한 힉스 부인은 늘 닉에게 그러곤 했어. '내 남편과 내가 코럴을 교육시킨 건데, 유럽에서 교양이 이렇게 수요가 없는 줄은 몰랐다오.'"

"뭐, 두고 봐. 시작만 하면 그 아이 교육 같은 건 방해가 안 될 거야. 그러니까, 만약 닉이 들어와서 네게 떠난다고 말했다면—"

"코럴 같은 애랑 간다고 한다면, 난 오히려 감사할 거야! 하지만 너도 알잖아." 그녀는 웃으며 덧붙였다.

"우린 적어도 1년은 아무 일도 없기로 약속했으니까."

6장

수지는 스트레퍼드가 처음에는 늘 그렇듯 가벼운 농담을 늘어놓다가도, 이번에는 평소보다 훨씬 친절하고 성심껏 반응해 주는 것을 발견했다. 그가 닉과 그녀의 미래에 보이는 관심은, 언제나처럼 호기심 많은 관찰자의 과학적 태도에서 비롯된 것이 아니라, 단순한 우정에서 비롯된 듯했다. 그는 닉의 첫 장을 볼 수 있는 특권을 누렸고, 매우 호의적인 인상을 받은 나머지, 수지에게 남편의 작업 시간을 반드시 존중하라고 엄숙하게 충고했다. 심지어 클라리사 밴더린에게 아버지 같은 관심을 보일 정도였다. 물론 스트레퍼드는 아이들에게 언제나 다정했지만, 대개는 언제 질려버릴지 모른다는 불안감 속에서 신중하게 거리를 두곤 했다. 그런데 이번만큼은 그런 방어적인 태도를 완전히 버린 듯했다.

"가엾은 꼬마야! 너랑 닉이 같이 나가면 누가 저 애를 봐 주지? 설마 엘리가 가정교사를 내쫓고 아무 대책 없이 떠난 건 아니겠지?"

"나더러 맡기고 간 거지." 수지는 약간의 신랄함을 띠고 말했다. 닉과 단둘이 나갈 때마다 발코니에서 아쉬운 듯 손 흔드는 작은 모습이 자꾸 떠올라 마음이 무거웠기 때문이다.

"역시 엘리답네. 널 이렇게 크게 빚지게 만들면, 반드시 그만한 값을 챙기는 법이거든. 근데 네가 이렇게까지 성실하게 돌볼 줄은 몰랐을 거야."

"아마 그랬을 거야. 1년 전이었다면 나도 이렇게까지는 안 했을지도 몰라. 하지만 말이야…" 그녀는 잠시 멈췄다가 속삭였다. "닉이 너무 좋은 사람이니까. 그 덕에 많은 걸 다르게 보게 됐어."

"닉이 좋아서가 아니라 네가 행복해서 그런 거야. 행복이 잘 맞는 부류가 있는 거지."

수지는 몸을 젖히며, 눈썹 사이로 그의 비뚤어진 빈정거리는 얼굴을 살폈다.

"그럼 넌 뭐가 그렇게 잘 맞은 거니, 스트레피? 이렇게 인간적인 모습은 처음이야. 혹시 별장 임대료를 엄청 받게 돼서 기분 좋은 거 아냐?"

스트레퍼드는 웃으며 가슴주머니를 두드렸다.

"바보가 아니고서야 안 그러겠니? 방금 전보가 왔어. 한 달 더, 어떤 값이든 내겠다고 하더군."

"정말 운이 좋구나! 그런데 대체 누구야?"

그는 긴 의자에서 몸을 일으키며 미소를 지었다.

"너랑 닉처럼 사랑에 눈먼 멍청이들이 또 한 쌍이지…. 자, 돈 다 써버리기 전에 클라리사한테 멋진 선물이나 하나 사 주자고."

날들은 눈부시게 빠르게 흘러갔다. 클라리사에 대한 걱정만 아니었다면, 수지는 엘리 밴더린의 긴 부재를 거의 의식하지 못했을 것이다. 부인은 "길어야 4주"라고 했지만, 그 기한은 이미 지났고 그녀는 오지도, 변명 한 줄 보내지도 않았다. 유일한 흔적은 수지와 닉이 도착한 다음 날 클라리사에게 도착한 엽서 한 장뿐이었다. 거기엔 착한 아이가 되라는 말과 몽구스를 잊지 말고 먹이라는 당부가 적혀 있었고, 우편소인은 밀라노였다.

그녀는 스트레퍼드에게 자신의 불안감을 털어놓았다.

"나는 저 초록 눈의 유모를 믿지 않아. 늘 젊은 곤돌리에랑 붙어 다니거든. 그리고 클라리사는 너무나 영리해. 엘리가 왜 오지 않는지 모르겠어. 지난 월요일에 올 예정이었는데."

그가 웃었는데, 그 웃음에는 엘리의 행방을 수지보다 더 잘 알고 있다는 기색이 비쳤다. 그 여자의 일이라면 언제나 느껴지는 혐오감 때문에, 수지는 재빨리 그의 관대한 미소에서 눈길을 돌렸다. 그 순간, 닉에게 모든 걸 털어놓고 어디로든 떠나고 싶다는 열망이 가슴을 치밀어 올랐다. 하지만 클라리사가 있었다….

그 유혹을 떨쳐내려, 그녀는 의도적으로 남편에게 생각을 집중했다. 닉의 행복에 대해서는 의심의 여지가 없었다. 그는 그녀를 사랑했고, 베네치아를 즐겼고, 자신의 작업에 몰두하고 있었다. 그 작업의 질에 대한 그녀의 판단 역시 마음만큼 확고했다. 그가 글로 생계를 꾸릴 수 있을지는 여전히 의문이었지만, 적어도 언젠가는 주목할 만한 작품을 쓸 거라는 확신은 있었다. 단순한 소설이 아닌 철학적 로맨스에 매달린다는 사실만으로도 그의 내적 우월성을 입증하는 듯했다. 혹시라도 그녀 자신의 편파적 감정이 의심스러울 경우, 스트레퍼드의 찬사가 안도감을 주었다. 그들 사이에서 스트레퍼드는 이런 문제에 권위를 가진 인물로 통했기 때문이다. 사람들은 언제나 그를 평가하며 이렇게 덧붙였다. "게다가 글도 쓰지 않나." 사실 대중은 그의 몇 편의 글에 별 반응을 보이지 않았다. 하지만 그는 취향과 재능을 혼동하는 사람들 사이에 살고 있었고, 가장 서투른 문학적 시도에도 감탄하는 그들의 평가 덕에 빛을 보았다. 그는 그 평가를 겉으로는 경멸하고 자신의 작품도 대수롭지 않게 여기는 척했지만, 수지는 속으로 그가 "아, 스트레퍼드가 마음만 먹었더라면…!" 하는 말을 듣는 걸 은근히 즐긴다는 걸 알고 있었다.

스트레퍼드가 닉의 철학적 로맨스를 칭찬해 준 덕에, 수지는 베네치아에 남아 있기를 택한 게 닉을 위해서 충분히 가치 있었다고 느꼈다. 만약 엘리만 돌아와서 클라리사를 생모리츠나 도빌로 데려가 준다면, 그들의 행복이 기초하고 있는 불쾌한 사건은 구름처럼 흔적도 없이 사라지고, 오롯한 기쁨만 남을 터였다.

하지만 엘리는 오지 않았고, 대신 모티머 힉스 부부가 나타났다. 그러자 닉은 아내가 이미 예견했던 대로 양심의 가책에 휩싸였다. 어느 저녁, 리도에서 돌아온 스트레퍼드가 항구에 정박한 유람선들 사이에서 아이비스 호의 커다란 윤곽을 봤다고 전했고, 바로 다음 날 저녁, 팔라초 밴더린의 손님들이 플로리안에서 아이스를 맛보고 있을 때, 힉스 부부 일행이 피아차 저편에서 다가왔다.

사생활을 지켜 달라는 수지의 호소는 소용이 없었다.

"여보, 당신은 글을 쓰려고 여기 있는 거잖아요. 누가 방해하지 못하게 하는 게 의무라고요. 그냥 곧 떠난다고 말하면 되잖아요."

"소용없어. 어디서든 마주칠 게 뻔한데. 게다가 힉스 부부를 피하긴 싫어. 아이비스 호에서 다섯 달이나 신세 졌잖아. 가끔 지루하긴 했어도, 그래도 인도는 아니었지."

"어차피 우리를 아퀼레이아로 데려가게 만들면 되잖아." 스트레퍼드가 태연하게 말한 순간, 힉스 부부가 방어할 틈도 없이 다가왔다.

힉스 부부가 위압적인 건 단순히 체격 때문만은 아니었다. 두 사람은 장엄하게 볼륨감 넘치는 몸집을 자랑할 뿐만 아니라, 늘 비서 두 명(외국어 담당 포함), 힉스 씨의 주치의, 힉스 부인의 사촌 겸 속기사 엘도라더 투커, 그리고 딸 코럴 힉스를 대동하고 다녔다.

수지가 마지막으로 봤을 때, 코럴 힉스는 뚱뚱한 안경 쓴 여학생으로, 늘 부모 뒤에서 마지못해 푸들을 끌고 다니곤 했다. 그런데 이제 푸들은 사라지고, 주인은 당당히 행렬의 맨 앞을 이끌고 있었다. 통통한 학생은 응집력 있는 체형의 아가씨로 변했고, 두꺼운 안경 대신 긴 손잡이 모노클을 들고 세상을 비판적이면서도 자신감 넘치는 시선으로 바라보고 있었다. 수지는 순간 그녀의 기세를 단번에 알아채고 속으로 중얼거렸다. '다행이다, 예쁘기까지 한 건 아니네!'

예쁘지는 않았지만 옷차림은 세련됐고, 과하게 교육받은 티가 나도 스트레퍼드가 말했듯 그마저도 소화해 낼 기세였다. 적어도 감출 생각은 없어 보였다. 그리고 파르페가 다시 채워지고 불과 5분이 지나기도 전에, 그녀는 닉과 메소포타미아 탐사 이야기를 하고 있었다.

그날 밤, 발코니에서 마지막 담배를 피우며 닉이 수지에게 말했다.

"코럴, 참 별난 애야. 오늘 그러더라, 내가 인도에서 했던 말들을 많이 기억하고 있다고. 그땐 내가 얘기할 때마다 캐러멜이랑 퍼즐에만 정신 팔린 줄 알았는데, 사실 다 듣고 책도 닥치는 대로 읽었대. 그래서 오리엔트 고고학에 푹 빠져서 작년에 브린 마에서 강의까지 들었대. 내년 봄엔 바그다드로 갔다가 페르시아 고원과 투르키스탄을 거쳐 돌아올 거래."

수지는 닉의 손을 잡은 채 호사스럽게 웃었다. 늦은 달빛이 산 조르조의 종탑 위로 오렌지빛 둥근 광채를 띠며 떠오르고 있었다.

"가엾은 코럴! 정말 삭막하네—"

"삭막하다고? 왜? 그런 여행이라면 뭐든지 할 만한 가치 있지."

"아니, 내 말은… 당신이나 나 없이 혼자서 하는 게 삭막하다는 거지." 수지가 웃으며 게으른 몸짓으로 안으로 들어섰다. 달빛이 방을 가로지르며 두 갈래 그림자를 드리웠고, 벽화가 그려진 베네치아식 침대 위에는 접혀진 시트와 다마스크 이불, 레이스 장식 베개가 놓여 있었다. 그녀는 닉의 따스한 팔에 안기며 얼굴을 들어 올렸다.

—

힉스 부부는 닉이 아이비스 호에서 지냈던 시간을 아주 다정하게 기억하고 있었고, 그와 다시 만난 걸 천진하게 기뻐하는 모습을 본 수지는, 닉이 자신의 충고를 따르지 않고 그들을 피하지 않은 게 오히려 다행이라고 생각했다. 그녀는 언제나 사람을 가차 없이 이용하고 버리는 스트레퍼드의 재능을 내심 존경해 왔지만, 이번만큼은 닉이 힉스 부부에게도 그렇게 대하지 않기를 바랐다. 설령 긴 낮과 은빛 불이 번지는 밤마다 커다란 요트가 문 앞에 정박해 있는 게 불편했더라도, 닉을 향한 힉스 부부의 존경심 덕분에 수지는 그들을 기꺼이 받아들일 수 있었던 것이다.

그녀는 심지어, 예전 같으면 곱게 보지 않았을 특징들 때문에 오히려 그들에 대한 호감을 느끼기 시작했다. 수지는 돈 많은 '속물'을 좋아하도록 훈련받아 왔다. 그런 경우라면 핑계와 이해심을 끝없이 끌어낼 수 있었다. 하지만 전제가 하나 있었다. 그들은 반드시 '성공한 속물'이어야 했고, 문제는 힉스 부부가 그녀의 기준으로 볼 때 실패자였다는 것이었다. 그들이 우스꽝스럽다는 건 문제가 아니었다. 하늘도 알다시피, 우스꽝스러운 부류는 어디에나 있었으니까. 그러나 힉스 부부는 우스꽝스럽기만 한 게 아니라 실패자이기도 했다. 그들은 세상 물정을 아는 조언자들의 손길을 거듭 뿌리치며 잘못된 사람들과 어울리고, 엉뚱한 파티를 열고, 아무도 관심 두지 않는 일에 수백만을 쏟아부었다. 온갖 '운동', '대의', '이상'을 믿으며 늘 그 유행의 전도사들을 곁에 두었고, 색 바랜 페플럼 차림의 여인네들이 하는 강연을 들어 달라고 졸랐으며, 유행과는 인연이 없는 괴짜 화가들에게 초상화를 의뢰하곤 했다.

예전 같았으면 이런 모습은 그녀의 경멸심을 더할 뿐이었을 것이다. 그러나 지금은 오히려 그들의 결점 때문에 애정을 느꼈다. 단순한 성실함, 괴짜 같은 추종자들과 기생자들 속에서 외따로 모여 살아가는 모습, 엘도라더 투커와 주치의, 두 명의 비서가 둘러싼 작은 무리로 세상과 유리되어 함께 떠도는 그들의 태도가 수지를 움직였다. 그리고 힉스 부부 스스로를, 마치 르네상스 궁정 문화를 재현하는 존재쯤으로 여기는 자기만족도 흥미로웠다. 엘도라더는 물론 그들의 제1 전도사였지만, 심하게 '밝고 현대적'인 두 비서, 벡과 버틀스조차도 그 시각을 조금씩 공유하며 힉스를 '예술의 후원자'라고 불렀다. 그것은 마치 판돌피노가 메디치의 후덕함을 찬양하던 것과 비슷했다.

"나 요즘 힉스 부부가 진짜 좋아졌어. 만약 그들이 다니엘리 호텔에 묵고 있다 해도, 난 친절하게 굴었을 것 같아." 수지가 스트레퍼드에게 말했다.

"네가 요트 주인이라 해도 말이야?" 그가 받아쳤고, 이번만은 그의 농담이 허를 찌르지 못했다.

아이비스 호는 끝없는 6월의 나날 동안 그들을 요정 같은 해안 이곳저곳으로 데려다 주었다. 그들은 유가네아 언덕을 거닐고, 아퀼레이아와 폼포사, 라벤나를 보았다. 주인들은 기꺼이 그들을 더 멀리, 아드리아 해를 건너 에게 해의 황금빛 그물망으로까지 데려가고 싶어 했지만, 수지는 닉의 원칙을 어길 수 없었다. 닉 역시 글에 집중하기 위해 머무는 쪽을 택했다. 다만 이제는 이른 아침에 글을 쓰고, 정오 전에 길을 떠나 밤늦게 라군의 불빛으로 돌아오는 일정이었다.

닉의 원고는 계속 쌓여갔고, 수지는 알 수는 없지만 느낄 수 있었다. 그 한 장 한 장이 닉 안에서 응축된 에너지를 끌어내고 있다는 것을, 언젠가 두 사람의 삶을 바꿔 놓을지도 모를 무언가가 점차 형성되고 있다는 것을. 구체적으로 어떤 변화일지는 짐작할 수 없었지만, 단지 닉이 어떤 일을 택하고 그것을 밀고 나가고 있다는 사실만으로도, 비록 짧은 여름 몇 주에 불과했지만, 그에게는 이제 전과는 다른 "예", "아니요"가 생겨나고 있었다.

7장

닉 랜싱은 자신 안에서 어떤 새로운 내적 동요가 일어나고 있음을 또렷이 느끼고 있었다. 그는 수지나 스트레퍼드보다도 자신이 쓰고 있는 책을 더 잘 판단했다. 작품의 약점과, 글이 잘 풀린다고 믿는 순간 어김없이 틀어져 버리는 변덕스러움, 그리고 단단히 붙잡았다고 생각할 때마다 빠져나가려는 불안정함을 누구보다 잘 알고 있었다. 그러나 동시에, 완전히 실패했다고 여겨지는 순간에도 그것이 불현듯 날개를 크게 퍼덕이며 다시 그의 앞에 나타난다는 사실도 알고 있었다.

그는 작품의 상업적 가치에 대해서는 환상이 없었고, 수지가 『마리우스』를 언급하며 칭찬했을 때도 기쁨보다는 민망함이 앞섰다. 그의 책 제목은 『알렉산더의 행렬』이었다. 젊은 정복자가 아시아의 환상적인 풍경 속을 전진하는 모습을 그려내는 발상이 그의 상상력을 매혹시켰다. 그는 묘사하는 글쓰기를 좋아했고, 에세이로 쓰자니 지식이 부족했지만, 소설 형식을 빌리면 조금은 수월하게 자신이 가진 사상을 펼칠 수 있을 거라 막연히 믿었다. 사실 그는 이 주제를 쓰기에는 충분히 알지 못했음을 알고 있었지만, 빌헬름 마이스터가 수많은 미학 이론서보다 오래 살아남았음을 떠올리며 스스로를 위로했다. 때로 자기혐오에 빠졌다가도, 수지가 그를 평가해 주듯 스스로를 받아들이며, 이 작업에서 순수한 기쁨을 느꼈다.

이토록 끝없이, 확신에 차서 행복했던 적은 단 한 번도 없었다. 하찮은 글쓰기 일이 그에게 '꾸준히 쓰는 습관'을 길러 주었는데, 지금은 그 습관이 영감의 빛을 띠고 있었다. 이전의 문학적 시도들은 늘 소심하고 시험적이었지만, 이번 작품은 손 안에서 자라나고 강해지는 듯했다. 그건 모든 조건이 달라졌기 때문이었다. 그는 편안했고, 안정되어 있었으며, 만족스러웠다. 무엇보다도, 어릴 적 어머니가 세상을 떠난 뒤 처음으로, 그는 자신이 지켜야 할 존재, 자신에게 속한 특별한 존재를 갖게 되었고, 그를 위해 책임을 져야 한다는 감각을 처음으로 누리고 있었다.

수지 역시 여전히 뉴욕과 필라델피아의 사교계 사람들과 같은 기준과 언어를 지니고 있었고, 그들의 쾌락을 누리길 원했지만, 그들이 숭배하는 가치까지 존중하지는 않고 그저 받아들이고 있었다. 하지만 그녀가 아내가 된 순간부터, 닉은 수지를 향한 새로운 경외심을 키워갔다. 그녀는 그의 것이었고, 그가 선택한 여인이었으며, 예전 랜싱 가문의 여자들처럼 사랑받고, 존중받고, 때로는 배신당했던 그 계보에 자리하게 되었다. 그는 그 논리를 스스로도 설명할 수 없었지만, 단지 그녀가 아내라는 사실만으로도 자신의 충동에 목적과 연속성이 생겼고, 작업에는 신비로운 헌신의 빛이 더해졌다.

결혼 초 며칠 동안, 닉은 가끔 몸서리치듯 스스로에게 물었다. 만약 언젠가 수지가 그를 지루하게 만든다면 어떻게 될까? 과거에도 그는 강렬했던 다른 감정들이 금세 싫증으로 바뀐 경험이 있었다. 그의 지난 연애는 늘 "나는 사냥꾼이자 사냥감이었다"는 말로 요약될 만했다. 처음에는 추격하다가도 이내 도망쳐야 하는 쫓기는 자로 전락했던 것이다. 그 경험은 언제나 쓰라린 고통을 주었고, 그는 상대에게도, 자신에게도 동정심을 느꼈지만 결국 자기 자신을 더 불쌍히 여기며 관계를 끝내곤 했다.

  그러나 그런 과거의 기억은 지금의 그에게 전혀 적용되지 않았다. 수지에게 싫증을 느끼거나, 그녀에게서 도망치려는 자신을 상상할 수조차 없었다. 그녀는 적도, 동업자도 아니었다. 동업자란 언제든 적이 될 수 있는 존재니까. 그녀는 기적처럼, 우정 이상의 기쁨을 나눌 수 있는 존재이면서도, 그 모든 환희 속에서도 변함없이 '친구'로 남아 있는 사람이었다.

  이 새로운 감정은 그의 삶에 대한 전반적 태도를 바꿔놓지는 않았다. 다만 삶의 궁극적인 즐거움에 대한 그의 믿음을 더 굳건히 해주었을 뿐이었다. 좋은 식사는 그 어느 때보다 맛있었고, 아름다운 석양은 그 어느 때보다 황홀했다. 그는 여전히 둘 다 똑같이 깊이 음미할 수 있다는 사실을 기뻐했다. 그는 여전히 수지의 영리함과 편견 없는 태도를 자랑스러워했고, 이제 그녀가 '아내'라는 사실 때문에 그런 면모가 더욱 빛나 보였다. 그는 현재를 열정적으로 누리는 그녀의 기질을 온전히 공유했고, 그것을 가능한 오래 지속시키려는 그녀의 조급한 열망에도 전적으로 동의했다. 수지가 새로운 방법을 궁리하고 있을 때, 닉은 몰래 그녀와 함께 고민하곤 했다. 엘리 밴더린이 아직 돌아오지 않은 것이 고마웠고, 올여름 내내 궁전을 단둘이 차지할 수 있기를 은근히 바랐다. 만약 그렇게 된다면, 그는 책을 완성할 시간을 가질 수 있고, 수지는 결혼 축의금으로 약간의 이자를 쌓아둘 수도 있을 것이다. 그러면, 마법 같은 그들의 1년이 2년으로 이어질지도 몰랐다.

사교 시즌이 한창은 아니었지만, 수지와 닉, 그리고 스트레퍼드가 베네치아에 있다는 사실만으로도 그들의 무리에서 떠돌던 몇몇 사람들이 하나둘 찾아왔다. 언제나 무심하면서도 서로 이상하게 달라붙는 이 부류의 사람들은, 일정 시간이 지나면 서로 떨어져 지내는 걸 견디지 못하고 어딘가 불안해하는 게 특징이었다. 닉 역시 익숙한 감정이었다. 그도 가끔은 그런 가벼운 찔림을 느낀 적이 있었고, 다른 이들의 그 불안감을 달래준 적도 많았다. 그것은 배가 든든히 차 있는 사람이 간식 시간이 되면 어김없이 허기를 느끼는 것과 비슷한 정도의 감각일 뿐이었다. 하지만 그 작은 허기가 목적 없이 떠도는 사람들에게 일종의 동기처럼 작용했고, 매년 도빌에 갈지 생모리츠로 갈지, 비아리츠로 갈지 카프리로 갈지 망설이는 이들을 결단하게 해주곤 했다.

그러니 닉은, 그해 여름 베네치아에 와서 '랜싱 부부'를 구경하는 것이 유행처럼 퍼지고 있다는 말을 들어도 놀랍지 않았다. 언제나 선례를 만드는 건 스트레퍼드였고, 그의 선례는 늘 따라 하는 이들이 생겼다. 게다가 수지의 결혼은 여전히 호기심 어린 화제였다. 사람들은 결혼 축의금 이야기를 잘 알고 있었고, 그 돈이 얼마나 오래 버틸지 궁금해했다. 그래서 그해는 신혼여행을 늘려 주겠다며 집을 내어주는 것이 하나의 유행처럼 번졌다. 결국 6월이 끝나기도 전에 여러 친구들이 리도 해변에서 랜싱 부부와 함께 일광욕을 즐기고 있었다.

닉은 그들의 방문이 예상외로 불편하다는 것을 깨달았다. 쏟아질 농담과 호기심 어린 질문들을 피하려 그는 집필을 중단했고, 수지에게도 책 이야기는 꺼내지 말라고 했다. "잠시 휴식이 필요하다"는 이유였다. 수지는 곧바로 그 말에 동의하며, 닉이 일하지 않도록 지나치리만치 조심했고, 닉은 사실 책이 난관에 부딪혀 잠시 손을 뗀 것임을 들키지 않으려 애썼다. 하지만 글을 쓰지 않는 게 싫진 않으면서도, 동시에 주어진 한가로움이 예상치 못한 무거움으로 다가왔다. 예전 같으면 한가롭게 어울려 시간을 보내는 일이 즐거웠는데, 이제는 전혀 달랐다. 그들과 함께하는 일이 예전보다 덜 유쾌한 게 아니라, 그 사이에 훨씬 더 값진 경험을 맛본 자신이 이제는 그들과 너무나 차이가 난다고 느꼈기 때문이다. 어쩌면, 그들과 자신을 비교하는 게 공정하지 않을 만큼 격차가 벌어진 듯 보였다.

닉은 수지도 같은 기분을 공유하리라 믿었다. 하지만 수지가 오히려 친구들의 도착으로 더욱 활기를 띠는 것을 보고 은근히 짜증이 났다. 마치 그녀를 더 빛나게 했던 내면의 광채가, 역설적이게도 그들과 같은 사람들이 곁에 있을 때 더 반사되어 번쩍이는 듯했다.

그는 은근한 불쾌감을 느꼈고, "오랜만에 예전 친구들이랑 다시 어울리니 어때?"라고 묻자, 수지는 웃으며 "얘네들이 내가 얼마나 지루해하는지 너무 티 나지 않길 바랄 뿐이에요"라고 대답했다. 닉은 그 노골적인 부정직함에 충격을 받았다. 그녀가 사실은 지루하지 않다는 걸 닉은 알고 있었고, 그녀가 단지 닉의 기분을 눈치채고 그대로 맞춰 준 것뿐임을 알았다. 이제부터는 언제나 자신의 생각을 따라가려 한다는 뜻이었다. 그 두려움을 확인하려 닉이 일부러 "그래도 잠깐 이렇게 같이 노니는 것도 나쁘지 않네" 하고 가볍게 말하자, 수지는 곧장 "그렇죠? 역시 좋은 친구들이에요"라고 같은 확신으로 대꾸했다.

미래에 대한 불안이 다시 닉의 마음에 차갑게 스쳤다. 수지의 독립적이고 자족적인 성격은 그에게 큰 매력이었는데, 만약 그녀가 단순히 메아리처럼 변한다면, 그들의 달콤한 이중주는 순식간에 가장 따분한 독백이 되고 말 것이다. 방금 전까지만 해도 수지가 친구들을 반갑게 여기는 것이 불만이었던 그였지만, 이번엔 반대로 자신과 의견이 일치하는 게 지루하게 느껴졌다. 사랑이란 게 참 모순적이었다. 반대하면 화가 나고, 똑같이 맞장구쳐도 지루해지는 것.

결혼이라는 상태 자체가 자신에게 근본적으로 맞지 않는 건 아닐까 하는 의심이 다시 고개를 들었다. 하지만 그는 이내 마음을 달랬다. 수지가 그의 기분에 맞춰주는 것도 오래가진 않을 것이라는 점을 알았기 때문이다. 다만, 애초에 그들의 결혼은 어디까지나 한시적인 계약이라는 사실은 단 한 번도 떠올리지 않았다. 서로의 행복을 위해 언젠가는 헤어질 수도 있다는 합의 따윈 이제 더는 그의 생각 속에 남아 있지 않았다.

이런 무한한 사교 생활이 몇 주 이어진 끝에, 닉은 그나마 지루하지 않은 사람들이 힉스 부부라는 사실을 깨달았다. 힉스 부부는 이제 아이비스 호를 떠나 카나레지오 근처의 낡고 거대한 궁전 한 채에 저택을 빌려 살고 있었다. 그들은 자신들이 새롭게 발굴한 화가에게서 그곳을 빌렸고, 현대식 편의 시설이 전혀 없는 불편함을 감수하면서도 '분위기'라는 귀중한 이점을 얻었다는 사실에 만족해했다. 그 특권적인 공기 속에서 힉스 부부는 언제나처럼 학구적인 사람들과 새 이론의 전도사들을 마구 섞어 모았고, 서로의 불균형을 전혀 자각하지 못한 채, 드디어 진정한 지혜의 근원에 도달했다고 믿으며 흡족해했다.

예전 같았으면 닉은 그런 모임에서 반짝이는 재미를 잠시 맛보다가, 이내 긴 지루함에 빠졌을 것이다. 하지만 이번에는 달랐다. 과거엔 자기 주변 친구들보다 힉스 부부가 더 견디기 힘들었는데, 이제는 오히려 그 친구들로부터 도망칠 수 있는 피난처가 힉스 부부라는 사실이 흥미로웠다. 적어도 그들은 베네치아를 단순히 목욕과 불륜의 기회로만 여기지 않았고, 비록 서툴지만 경건하게 이곳의 고유하고 형언할 수 없는 가치를 느끼고 최대한 누리려 했기 때문이다.

"결국, 이 사람들에겐 '종교'가 있잖아…"

어느 저녁, 힉스 부부의 크고 믿음 어린 얼굴들을 차례로 바라보던 닉은 이렇게 중얼거렸다. 말이 입 밖으로 나오자마자, 그것이 자신의 새로운 마음가짐을 정확히 짚어낸 표현임을 깨달았다. 힉스 부부의 뒤섞인 열정은 지금의 그가 품고 있는 새로운 세계관과 맞닿아 있었다. 삶의 경이와 무게를, 비록 희미하게나마 느끼는 이들은, 그것을 은행 잔고로만 계산하는 사람들보다 앞으로는 늘 그에게 더 가까운 존재일 터였다. 아마도 그래서, 그들을 두고 '종교가 있다'고 생각한 것일 것이다.

며칠 뒤, 닉의 평온은 뜻밖에도 프레드 길로의 등장으로 흔들렸다. 닉은 늘 길로에게 너그러운 호감을 가지고 있었다. 그는 덩치가 크고 미소가 떠 있는 말없는 청년이었는데, 자신의 재산과 지위로 누릴 수 있는 모든 것을 놓치지 않으려는 강박적인 열의를 지니고 있었다. 다만 그 경험들을 실제로 어떻게 활용하는지는 알 수 없었고, 자신의 소박한 모험들을 나름대로 철저히 겪어낸 닉으로서는 늘, 프레드는 그저 교묘히 위장한 방관자에 불과하다고 의심해왔다. 하지만 이번에야 비로소 그는 프레드를 다른 눈으로 보기 시작했다.

사실 길로 부부는 닉의 양심 속에 남아 있는 유일한 불편한 지점이었다. 수지와 닉은 처음부터 그들에 대해서는 다른 어떤 무리보다도 말을 아꼈다. 수지가 닉의 하숙방을 찾아와 "우르슐라 길로가 당신을 포기하라 했어요"라고 말하던 날부터, 결혼 직전 수지가 "우리의 첫 결혼 선물이야! 프레드와 우르슐라가 준 거금의 수표야!" 하고 환호하던 날까지, 그들의 이름은 두 사람 사이에서 암묵적으로 금기시되었다.

그 사이에 무슨 일이 있었는지는 친절한 사람들이 얼마든지 알려 줄 준비가 되어 있었지만, 닉은 일부러 묻지 않았다. 오히려 자신이 이미 모든 걸 알고 있다는 듯 행동해, 알고 싶어 안달하던 이들조차 더 이상 말할 엄두를 못 내게 만들었다. 그러면서 차츰 자신 역시 남들과 같은 관점을 공유하게 되었다고 믿어버린 것이다.

그러나 이제 그는 자신이 아무것도 모르고 있었다는 사실을 깨달았다. 수지가 "안녕하세요, 프레드!"라며 반긴 인사가 그저 그들 집단에서 통용되는 관습적인 인사, 즉 모두가 "옛 친구"라 부르고 별명으로 불러대는 그들만의 은어였을 수도 있고, 혹은 알 수 없는 공모의 내막을 숨긴 환영일 수도 있었다.

수지는 프레드를 만나 기뻐하는 기색이 역력했다. 하지만 요즘 그녀는 무엇이든 기뻐했고, 그 기쁨을 드러내는 데 주저함이 없었다. 그 모습에 닉은 오히려 무장해제되었고, 자신의 불안이 부끄럽게 느껴졌다. 그는 스스로에게 "차라리 진작에 이 문제를 끝까지 생각했어야지, 아니면 아예 생각하지 말았어야지"라고 충고했지만, 그 충고는 공허했을 뿐이었다. 왜냐하면 곧바로 그는 다시 그 문제를 곱씹기 시작했기 때문이다.

프레드 길로는 남의 마음을 불편하게 한다는 기색이 전혀 없었다. 그는 날마다 리도의 모래사장에 드러누워 몇 시간이고 팔을 머리 밑에 괴고, 스트레퍼드의 잡담에 귀를 기울이며 졸린 눈으로 수지를 바라보았다. 하지만 수지와 단둘이 만나려 하거나, 무리에서 따로 대화하려는 기색은 보이지 않았다. 그는 여전히 값비싼 구경거리를 자기만의 오락으로 즐기는 관객처럼 만족해 보였다.

그러다 어느 날 아침, 수지가 날이 점점 더워지고 모기가 성가시다며 투덜대자, 그는 마치 오래전부터 둘이 함께 의논해 두었던 결론을 꺼내듯 태연하게 말했다.

"8월 초가 지나면, 사냥터[11]가 준비될 거야."

닉은 순간, 수지가 약간 얼굴을 붉히더니 발밑의 잔잔한 물결 위로 조약돌을 세차게 튕겨 보내며 평소보다 더 도전적인 자세를 취한 듯 보였다.

"스코틀랜드에 가면 훨씬 시원할 거야." 프레드가 평소답지 않게

11　사냥터(moor) : 영국과 스코틀랜드 귀족 사회의 전형적인 들꿩 사냥터를 의미.

분명히 말하려고 애쓰며 덧붙였다.

"정말요? 그러실래요?" 수지는 경쾌하게 받아쳤다. 그리고 하이힐을 축으로 삼아 몸을 돌리며, 비밀스러운 듯 중요한 얘기인 양 말을 이었다. "닉은 여기서 할 일이 있어요. 아마 여름 내내 바쁠걸요."

"일? 씨—냄새 때문에 죽을 걸." 길로는 기울어진 모자챙 아래로 허공을 어리둥절하게 올려다보다가, 오래 앓아온 불평 한 자락을 끄집어냈다. "다 정해진 줄 알았는데."

그날 밤, 리도에서 늦은 저녁을 먹고 엘리의 서늘한 응접실로 돌아오던 길이 닉이 아내에게 물었다. "길로는 우리가 8월에 개네 사냥터로 간다고 알았나? 왜 그렇게 생각했던 걸까?" 친구의 성으로 부르는 것이 이상하게 느껴져 자신도 모르게 얼굴이 붉어졌다.

수지는 레이스 망토를 흘려 발치에 두고, 은은한 빛 속에서 검은 시스루를 통해 날씬하고 하얗게 반짝이는 모습으로 그 앞에 섰다. 그녀는 아무렇지 않다는 듯 눈썹을 치켜올렸다.

"제가 오래전에 8월에 우리를 초대했다고 말했잖아요."

"당신은 그 초대를 받아들였다고 말하진 않았어."

수지는 프레드를 평소처럼 가볍게 여기는 표정으로 미소 지었다. "저는 다들 주는 대로 받아들였잖아요."

그가 뭐라 답할 수 있을까. 그건 바로 그들이 합의한 원칙이었다. 만약 그가 "아, 그런데 이건 달라, 난 길로가 질투나"라고 말한다면 과거를 어떻게 설명할 수 있을까? 질투할 시간은 결혼 이전, 그리고 결혼을 가능하게 한 호의들을 받아들이기 전이어야 했다. 그런 양심의 가책이 그때는 왜 없었는지 그는 조금 의아해했다. 자신의 모순이 그를 짜증나게 했고, 길로에 대한 불쾌감도 커졌다. '저 자식 우리가 자기 소유인 줄 아나?' 하고 속으로 불만을 토로했다.

그는 안락의자에 주저앉았고, 수지는 빛나는 아라베스크 문양의 대리석 바닥을 가로질러 다가와 그의 발치에 앉아 가냘픈 몸을 그에게 기댄 채 얼굴을 들고 입을 맞닿듯 속삭였다. "당신이 싫어하는 곳이라면 굳이 갈 필요 없어요." 평소와 다른, 달콤한 굴복이었다. 그는 그녀를 꼭 껴안고 키스하며 낮게 답했다. "그럼 거긴 가지 말자."

그녀의 포옹에서 그는, 앞으로 그가 어떤 결정을 내리더라도 그러한 순간들을 충분히 허락해 주기만 한다면 그녀의 전부가 기꺼이 따르리라는 확신을 느꼈다. 두 사람은 말없이 서로를 굳게 붙들고 있을 때 그의 의심과 불신은 어리석은 억울함처럼 느껴지기 시작했다.

"엘리가 허락하는 한 여기 계속 있자." 그는 그림자진 벽과 반짝이는 바닥이 자신의 행복을 에워싼 마법의 결계인 양 말하였다.

그녀는 동의하며 일어나 어깨 위로 게슴츠레한 팔을 쭉 뻗었다. "정말 너무 늦었네요…. 벗겨 줄래요? … 아, 저기 전보가 있어요."

그녀는 탁자 위에서 전보를 집어 들더니 찢어 읽고 메시지를 잠시 응시했다. "엘리에서 왔어요. 내일 온대요."

그녀는 창가로 가서 발코니로 나갔다. 닉은 그녀의 허리를 감싸 안고 따라나섰다. 아래 운하에는 달빛 한 점 없이 어둠이 깔려 있었고 여기저기 남아 있는 불빛들이 가로줄처럼 새겨져 있었다. 멀리서 마지막으로 곤돌라의 음악이 뜨거운 바람에 실려 올라왔다.

"참, 우리 구닥다리 엘리." 수지는 한숨을 쉬었다. "그래도…. 이 모든 게 당신하고 내 것이라면 좋겠어요."

8장

밴더린 부인이 도착한 뒤에도, 그 궁전이 더 이상 랜싱 부부의 것이 된 듯한 느낌이 줄어든 건 전혀 그녀의 탓이 아니었다.

그녀는 전반적으로 한없이 너그러운 기분으로 도착했기 때문에, 마침내 단둘이 되었을 때조차 수지는 그녀로 하여금 자신의 최근 행적조차도 너그럽게 바라보도록 만드는 데 실패할 수밖에 없었다.

"이 모든 일에 대해 네가 천사처럼 이해해 줄 걸 알았어. 당신은 날 이해해 줄 거라고 확신했으니까—특히 지금은 더 그렇지." 그녀는 가냘픈 손을 수지의 손에 포개고, 클라리사와 꼭 닮은 크고 빛나는 눈을 반짝이며 과거의 쾌락과 미래의 계획을 이야기했다.

그러나 그러한 확신의 표현은 뜻밖에도 수지 랜싱에게 불쾌하게 다가왔다. 따뜻한 고백을 이렇게 차갑게 흘려들은 것은 처음이었다. 수지는 늘, 스스로 행복할 때면—밴더린 부인이 당연시하는 것처럼—다른 사람의 행복도 그 성격이 다소 의심스러울지라도 더 관대하게 받아들이게 되는 거라 여겨왔다. 그래서 친구의 쏟아내는 말에 이렇게 무심하게 반응하는 자신이 거의 부끄럽게 느껴졌다. 하지만 그녀는 자신의 행복을 엘리에게 털어놓고 싶지 않았다. 그렇다면 엘리 역시 비슷한 자제심을 보일 수는 없는 걸까?

"모든 게 너무 완벽했어. 알다시피, 자기야, 난 행복해지기 위해 태어난 거야." 엘리는 마치 자신에게 그런 특별한 자질이 있기에 특별한 권리를 누릴 수 있다는 듯 말을 이어갔다.

수지는 약간 날카로운 어조로, 모두가 행복해지기 위해 태어난 줄 알았다고 응수했다.

"오, 아니, 그렇진 않아, 자기야. 가정교사나 시어머니나 수행원 같은 사람들은 달라. 그들은 애써도 행복해지는 방법을 몰라. 하지만 당신과 나는—"

"전 제가 전혀 특별하다고 생각하지 않아요." 수지가 말을 잘랐다. 사실은 이렇게 덧붙이고 싶었다. "적어도 당신처럼은 아니야—." 하지만 조금 전, 밴더린 부인이 여름 내내 궁전을 마음껏 쓰라고 제안하며, 자신은 단지 물건을 챙겨 생모리츠로 떠나기 전까지 잠시만 머무를 거라고 말했던 기억이 그녀의 비꼬는 마음을 억눌렀다. 그래서 수지는 대화를 보다 안전한 주제로 돌렸다. 이를테면, 생모리츠에서 한 시즌을 보내려면 낮 드레스와 저녁 드레스가 각각 몇 벌이나 필요할지 같은 이야기였다.

그녀의 이 주제에 대한 열변은 다른 주제에서와 다르지 않았다. 수지는 밴더린 부인의 옷장을 가득 채운 화려한 의상들 앞에 서서, 자신이 과거에 어떤 삶을 살았고 무엇을 위해 살아왔는지 새삼 깨달았다. "이게 바로 내가 예전에 살던 방식이었지. 내가 목숨 걸고 좇던 것들이었어." 그렇다고 해서 이제 그런 것들에 관심이 전혀 없는 건 아니었다. 레이스와 실크, 모피들을 바라볼 때마다 자신이 그것들을 걸친 모습을 상상했고, 어떻게든 또 다른 기적 같은 꾀로 자신이 같은 명장의 손에서 꾸며진 듯 보일 수 있을지를 고민했다. 그러나 이제 그것들은 부차적인 흥미일 뿐이었다. 지난 몇 달은 그녀에게 새로운 관점을 주었고, 엘리에게서 가장 당황스러웠던 점은 사랑과 사치와 카드놀이와 사교 모임이 모두 그녀에게는 동일한 차원에 있다는 사실이었다.

드레스들을 살피는 일은 꽤 오래 걸렸고, 그 과정에서 밴더린 부인의 기분은 오르락내리락했다. 그녀는 생모리츠에 촌스럽게 하고 나타날 수는 없다고 툴툴거렸지만, 파리에서 새 옷을 보낼 시간은 없었고, 집에서 대충 손질한 옷으로 나서고 싶지도 않았다. 그러다 문득 눈이 번쩍 뜨이며 두 손을 마주 잡았다.

"아, 넬슨이 가져다주면 되잖아—넬슨을 완전히 잊고 있었네! 지금 바로 전보를 치면 딱 맞출 수 있어."

"넬슨이 생모리츠에 합류할 건가요?" 수지가 놀라 묻자,

"세상에, 아니야! 넬슨은 여기 와서 클라리사를 데려가 자기 어머니와 함께 오스트리아의 어떤 답답한 요양지로 갈 거야. 운이 좋네, 전보만 치면 내 옷들을 가져다줄 수 있겠어. 그를 기다리려던 건 아니지만, 기껏해야 하루 이틀 늦어질 뿐이야."

수지의 가슴이 철렁 내려앉았다. 엘리 혼자라면 크게 두렵지 않았지만, 엘리와 넬슨이 함께 있으면 예측 불가능한 위협이 될 수 있었다. 두 사람의 충돌에서 어떤 진실의 불꽃이 튀어 나올지 알 수 없었

기 때문이다. 수지는 두 위험을 따로따로 상대할 수는 있어도 동시에 마주할 자신은 없었다.

"하지만, 엘리, 굳이 넬슨을 기다릴 필요는 없잖아요? 여기에 생모리츠로 가는 사람쯤은 분명 있을 테니, 그가 옷을 가져오면 대신 맡겨 보낼 수 있을 거예요. 객실을 잃는 위험을 감수하는 건 아깝잖아요."

이 말에 밴더린 부인도 잠시 고개를 끄덕였다.

"맞아, 호텔들이 꽉 찼다고들 하더라. 정말 당신은 항상 실용적이야, 사랑하는 친구." 그녀는 향기로운 가슴에 수지를 꼭 끌어안았다. "그리고 사실, 당신도 날 떼어내고 싶을 거야, 당신이랑 닉 둘 다! 아, '말도 안 돼요' 같은 위선적인 말은 하지 마. 나 다 알아... 축복 같은 그 몇 주 동안, 우리 둘이 함께였을 때도 너희 두 사람을 얼마나 자주 떠올렸는지 몰라…."

순간, 엘리의 아름다운 눈에 눈물이 그렁그렁 차올라 아래 짙게 그린 푸른 그림자가 붉은 화장과 뒤섞일 듯 번져가는 걸 본 수지는 괜스레 가책을 느꼈다.

'불쌍한 사람... 아, 불쌍한 사람.' 그녀는 속으로 중얼거렸다. 그때 저녁 석양을 보러 나가자고 닉이 부르는 소리가 들리자, 수지는 결코 상상할 수 없는 최고의 기쁨을 결코 맛보지 못할 저 가련한 여인을 향해 깊은 연민을 느꼈다. 하지만 동시에, 계단을 서둘러 내려가며 생각했다.

"그래도 넬슨을 기다리지 말라고 설득한 건 잘한 일이야."

며칠 동안 수지와 닉은 단둘이 석양을 즐기지 못했는데, 그 사이 수지는 두 사람을 이어 주는 공감이 다른 무엇보다 우월하다는 사실을 다시금 깨달았다. 이제 그녀에게 나머지 인생은 그저 하나의 구경거리일 뿐이었다. 물론 놓쳤다면 아쉬웠을 흥겨운 구경거리이긴 했지만, 필요하다면 언제든 일어나 떠날 수 있는 것—단, 함께 떠난다면 말이다.

땅거미 속에서, 곤돌라의 뱃머리가 거꾸로 물 위에 비친 궁전들과 숨겨진 정원들의 향기를 스치며 나아가자, 수지는 그의 어깨에 몸을 기대며 엘리와의 장면을 떠올리듯 중얼거렸다.

"닉, 내가 옷이 하나도 없다면 날 끔찍하게 미워할 거예요?"

남편은 담배에 불을 붙이며, 성냥불에 드러난 미소로 대답했다.

"그런데 말이야, 내가 그런 기미를 단 한 번이라도 보였던가?"

"오, 말도 안 돼요! 여자가 '옷이 없다'고 말할 때는, '제대로 된 옷이 없다'는 뜻이에요."

닉은 천천히 연기를 내뿜으며 생각에 잠겼다.

"아, 엘리의 화려한 옷들을 같이 둘러봤군."

"그래요. 트렁크에 가득, 또 가득. 그런데도 생모리츠에 입고 갈 게 하나도 없다나 뭐라나."

"그럴 줄 알았지." 닉은 만족스러운 기분에 잠긴 채 대수롭지 않게 중얼거리며, 밴더린 부인의 옷차림 문제에는 별 관심을 보이지 않았다.

"생각해 봐요—엘리는 파리에서 트렁크 두세 개를 더 가져오라고 넬슨을 기다릴까 하다가, 다행히 제가 설득해서 그건 어리석다고 생각하게 만들었죠."

그 순간, 닉의 느슨하던 몸이 거의 눈에 띄지 않게 움직였고, 수지는 그의 반쯤 감긴 눈꺼풀이 미세하게 떠지는 걸 놓치지 않았다.

"당신이 '설득했다'고—?" 그가 단어를 비꼬듯 멈추는 것 같았다. "왜?"

"왜라니, 뭘요?"

"평생에 드문 일인데, 엘리가 처음으로 넬슨을 기다려 보겠다는데, 대체 왜 당신이 그걸 막으려고 했어?"

수지는 얼굴이 홧하게 달아오르는 걸 느끼며, 자신이 기댔던 그의 푸른 플란넬 어깨로 심장의 격한 고동이 전해질까 두려워 몸을 약간 뒤로 뺐다.

"정말, 여보!" 그녀가 낮게 중얼거렸지만, 그는 뜻밖의 완강함으로 다시 물었다.

"왜?"

"엘리가 생모리츠에 빨리 가고 싶어 안달이잖아요. 게다가 호텔에서 방을 안 지켜줄까 봐 겁에 질려 있기도 하고." 수지는 숨을 고르듯 급히 대답했다.

"아—알겠어." 닉이 잠시 멈췄다. "당신은 참 헌신적인 친구로군, 그렇지?"

"이상한 질문을 하네요! 저만큼 엘리에게 헌신할 이유가 있는 사람도 드물걸요." 아내가 그렇게 대답하자, 그는 미안하다는 듯 그녀의 손을 꼭 잡았다.

"그럼, 자기야. 나도 그래. 엘리가 우리 둘만 이 천국에 남겨둔 것만 해도 얼마나 고마운지."

물 위엔 어둠이 내려앉았고, 그녀가 고개를 들어 올린 입술이 그의 입맞춤을 맞이했다.

—

그날 저녁, 저녁 식사에 늦게 나타난 엘리는 결국 넬슨을 기다리는 게 가장 안전하겠다는 결론을 내렸다고 선언했다.

"내 물건들을 못 받으면 속을 끓이다 병이 날 거예요." 그녀는 늘 그랬듯 자기 어려움을 말할 때 특유의 다정한 어투로 말했다. "결국 자기한테 필요한 걸 다 참아내는 사람들은 괴팍하고 비뚤어지게 되잖아요, 그렇죠?" 그녀가 애처로운 투로 반문하며, 모인 이들을 향해 사랑스러운 눈길을 번갈아 보냈다.

스트레퍼드가 근엄한 표정으로, 그 병 때문에 자기 건강도 치명적으로 해쳤다고 하자, 이어진 웃음 속에 일행은 자연스레 거대한 아치가 있는 천장의 식당으로 흘러들어 갔다.

"스트레피, 당신이 날 비웃어도 상관없어." 엘리는 그의 팔을 제 팔에 바싹 끌어당기며 대꾸했다. 그러고는 순식간에 주고받은 그들의 눈빛이 전해져 오자, 수지는 섬뜩한 불안에 사로잡혔다.

"역시 스트레퍼드는 모든 걸 알고 있어. 그가 도착했을 때 엘리가 없다는 걸 전혀 놀라워하지 않았잖아. 그가 알고 있다면, 넬슨이 모르게 할 방법이 뭐가 있겠어?"

왜냐하면 장난기가 발동한 스트레퍼드는 못된 아이처럼 신뢰할 수 없는 사람이었으니까.

수지는 그 순간, 필요하다면 편지의 비밀까지 드러내더라도 반드시 그와 단둘이 얘기할 결심을 했다. 자신의 위험이 얼마나 큰지 털어놓는 길밖에는 그의 침묵을 얻어낼 방법이 없다고 느꼈던 것이다.

그날 늦은 밤, 다른 이들이 실내에서 젊은 작곡가가 브라우닝의 「토카타」[12]를 바탕으로 풀어내는 낮은 선율에 귀 기울이고 있을 때, 발코니에 나선 수지는 마침내 기회를 잡았다. 스트레퍼드가 부름도 받지 않고 그녀를 따라 나와, 말없이 곁에 서서 담배를 피우고 있었다.

"있잖아, 스트레프… 우리끼리 왜 비밀을 만들어야 하지?"

그녀가 갑자기 말을 꺼냈다.

"그러게, 왜 그래야 하지. 그런데 우리 사이에 정말 비밀이 있나?"

수지는 피아노 주위에 모인 무리를 힐끗 돌아보았다.

"엘리 말이야… 그리고 넬슨."

"세상에! 엘리와 넬슨? 그게 비밀이야? 네 고향 거리에 불 밝히는 백만 촛불짜리 광고판에다 그 단어를 붙여도 되겠어."

"그래, 그렇긴 한데…….." 그녀는 다시 말을 멈췄다. 엘리에게 말하지 않겠다고 암묵적으로 약속하지 않았던가.

"수잔, 뭐가 잘못됐어?" 스트레퍼드가 물었다.

"잘 모르겠어….."

"난 알겠는데? 네가 걱정하는 건, 엘리랑 넬슨이 여기서 마주치면 엘리가 뭔가 실언할까 봐 그거지?"

"아니, 절대 그럴 리 없어!" 수지가 확신에 차서 외쳤다.

12　로버트 브라우닝(Robert Browning, 1812-1889)의 시 「A Toccata of Galuppi's」(1855)를 가리킨다. 이 시는 18세기 베네치아 작곡가 발다사레 갈루피(Baldassare Galuppi)의 토카타를 듣는 화자가 음악을 통해 베네치아의 향락적 과거와 그 뒤의 허무를 성찰하는 내용을 담고 있다.

"그럼 누가 하겠어! 난 그 초인적인 아이가 그러지 않을 거라고 믿어. 그리고 나도, 너도, 닉도—"

"오." 그녀가 그를 가로막으며 숨을 헐떡였다. "바로 그거야. 닉은 몰라······. 의심조차 하지 않아. 그리고 만약 그가 그랬다면······."

스트레퍼드는 담배를 내던지고 그녀를 뚫어지게 바라보았다.

"도무지 모르겠네, 정말. 결국 우리 중 누구 일이긴 한거야?"

그건 언제나 체면으로 꾸며낸 공모의 논리였다. 하지만 이제 수지에게는 전혀 설득력이 없었고, 그녀는 망설였다.

"만약 닉이 내가 안다는 걸 알게 된다면···."

"세상에! 닉은 네가 아는 거 모른다고? 이게 네가 처음으로··· 기혼 친구들의 비밀을 받은 것도 아니잖아. 닉이 설마 네가 지금 나이 될 때까지 그런 거 한 번도 못 겪었다고 생각해? 대체 왜 이러는 거야, 얘?"

수지는 그에게 뭐라 설명할 수 있을지조차 알 수 없었다. 하지만 동시에, 반드시 그를 자기 편에 묶어두어야겠다는 생각이 더 강하게 들었다. 일단 말로 약속만 받아내면 그는 안전했다. 그렇지 않으면, 아이처럼 제멋대로 해를 끼칠 수도 있으니까.

"들어봐, 스트레프. 너랑 나, 둘 다 알잖아. 엘리가 요양 때문에 떠난 게 아니라는 거. 그리고 가엾은 클라리사가 비밀을 지키라고 맹세한 건, 아버지가 엄마 건강 때문에 걱정할까 봐서가 아니라는 거." 그녀는 일부러 비꼬려 했던 자기 목소리를 스스로 미워하며 멈췄다.

"그래서—?" 그가 깊이 파묻힌 의자 속에서 물었다.

"그래서 닉은 전혀··· 전혀 모르고 있어. 만약 그가 알게 된다면, 우리가 이 여름을 여기서 보내는 게 결국은… 내가 그 사실을 알고 있기 때문이라는 걸….”

스트레퍼드는 어둠 속에서 놀란 눈빛을 그녀가 느낄 만큼 침묵했다.

“세상에!” 마침내 휘파람을 낮게 불며 중얼거렸다.

수지는 난간에 몸을 숙이고, 돌 기둥에 부딪히는 심장 고동을 느꼈다.

“영혼에 남은 건 뭐였을까—?” 작곡가의 가느다란 목소리가 열린 창문을 통해 울려 나왔다.

스트레퍼드는 다시 침묵에 잠겼다가, 수지가 불빛이 새어 나오는 문 쪽으로 돌아서자 비로소 몸을 일으켰다.

“좋아, 내 친애하는 친구. 우리 둘이, 그리고 클라리사까지 합쳐서 끝까지 이걸 잘 헤쳐나가 보자고.” 그는 거친 웃음을 터뜨리며 그녀를 따라 안으로 들어갔다. 손을 잡아 짧게 꼭 눌러주고는. 거기선 엘리가 프레드 길로에게 애잔한 목소리로 이렇게 말하고 있었다.

“저 노래만 들으면 꼭 아기처럼 울고 싶어진다니까요.”

9장

넬슨 밴더린은 여전히 여행복 차림 그대로 자기 집 식당 문턱에 서서, 그 광경을 바라보며 만족스러운 표정을 지었다.

그는 키가 작고 통통한 체구에, 희끗한 머리칼과 장난기 어린 작은 눈, 그리고 잘 속아줄 듯한 큼직한 미소를 가진 남자였다.

점심 식탁에는 그의 아내가 찰리 스트레퍼드와 닉 랜싱 사이에 앉아 있었고, 그 옆 높은 의자 위에는 클라리사가 어린아이 특유의 눈부신 아름다움으로 앉아 있었고, 수지 랜싱은 그녀의 복숭아를 잘라주고 있었다. 창밖 주황빛 차양을 비집고 들어온 햇살이 흰 옷차림의 무리를 환히 비추고 있었다.

"오, 오, 오! 딱 걸렸군!"

늘 아내와 친구들을 불시에 덮친 듯 장난스럽게 부르는 버릇이 있는 행복한 아버지가 외쳤다. 그는 살짝 뒤에서 다가와 딸을 번쩍 들어올렸고, "안녕, 오랜 친구 넬슨!" 하고 반가움의 합창이 터졌다.

닉 랜싱이 넬슨 밴더린을 본 건 이삼 년 만이었다. 지금 그는 뉴욕의 거대 은행 '밴더린 & 컴퍼니'의 런던 대표가 되어, 5번가의 호화 저택을 버리고 메이페어에 그보다 더 화려한 집을 차지하고 있었다. 젊은 닉은 호기심 어린 눈길로 그를 유심히 살펴보았다.

밴더린 씨는 나이가 들고 뚱뚱해졌지만, 그의 얼굴은 여전히 다소 닳은 낙관주의의 표정을 유지하고 있었다. 그는 아내를 껴안고, 수지에게 다정하게 인사했으며, 두 남자에게 진심 어린 악수를 나누었다.

"어이구, 이게 뭐야?"

그가 갑자기 클라리사의 목에 걸린 진주와 산호 장신구를 발견하고 외쳤다.

"누가 내 딸에게 보석을 줬는지 알고 싶군!"

"스트레피예요! 아빠! 책보다 이게 더 좋다고 했더니, 이렇게 선물해 주셨어요."

클라리사가 아버지 목을 꽉 끌어안으며 눈을 반짝이며 설명했다.

넬슨 밴더린의 눈에, 물질적 가치가 있는 얘기가 있을 때마다 나타나는 예리한 기색이 스쳤다.

"뭐, 스트레피? 딱 걸렸군! 애를 이렇게 버릇없이 만들다니, 영 딴청 피우는구만! 이 아름다운 바로크 진주라니."

그는 부자 특유의 돈 없는 친구가 너무 값비싼 선물을 준 것 같아 민망한 어조로 중얼거렸다.

"왜 안 되는데? 클라리사한테 너무 아깝다고? 아니면 내 형편에 너무 사치라고? 물론 첫 번째 이유는 입 밖에도 못 낼 테고, 두 번째는… 마침 뜻밖의 횡재(Windfall)가 생겨서, 숙녀 분들에게 펑펑 쓰는 중(Blowing it in)이야."

닉은 스트레퍼드가 곤란한 상황에선 일부러 미국식 속어[13]를 섞어 쓰며 화제를 돌리는 습관이 있다는 걸 알아차리고 있었다. 그런데 지금은 왜? 누구의 주의를 피하려는 걸까? 사실 밴더린의 항의는 형식적인 것일 뿐이었다. 그는 대부분의 부자들처럼 가난한 이들에게 돈이 어떤 의미인지를 제대로 알지 못했다. 하지만 스트레퍼드가 누군가에게, 그것도 값비싼 선물을 하는 건 드문 일이었고, 아마 그 점이 밴더린의 눈길을 붙잡은 듯했다.

"횡재라고?" 밴더린이 흥미롭게 되물었다.

"별거 아니야. 코모에 있는 내 별장에 엄청난 임대료를 주겠다는 제안이 와서 말이지. 그래서 여기 와서 여러분과 함께 내 '재산'을 탕진하는 거지." 스트레퍼드가 태연하게 말했다.

밴더린의 눈빛이 곧장 관심과 공감을 띠었다.

"뭐야, 신혼 여행을 보낸 그곳 말인가?" 그는 닉과 수지를 향해 환한 미소를 지었다.

"그래, 덕분에 얻게 된 보상이지. 자, 시가 하나 주겠나? 코모에 아주 좋은 걸 두고 와버려서 말이야, 운도 지지리 없지. 솔직히 말하자면, 엘리는 담배 보는 눈이 영 없고, 닉은 행복에 취해서 뭘 피워도 신경 안 쓰더라고." 스트레퍼드는 투덜대며 시가 케이스로 손을 뻗었다.

"나는 보석이 제일 좋아." 클라리사가 아버지를 꼭 끌어안고 속삭

13 예시: "windfall" (뜻밖의 횡재), "blowing it in" (돈을 흥청망청 쓰다), "thumping" (엄청난, 거대한), "old man" (친근하게 부르는 호칭) 같은 표현

였다.

밴더린이 아내에게 건넨 첫마디는, 여행길에 그녀의 모든 옷가지를 가져왔다는 것이었다. 아내는 열렬한 환영으로 답했고, 보는 이들에게는 그 기쁨이 남편을 만난 기쁨이라기보다 옷을 되찾은 기쁨에 더 가까워 보였다. 하지만 밴더린은 그런 의심 따윈 전혀 하지 않은 채, 오랜만에—하루 남짓이나마—아내와 아이와 한 지붕 아래 있는 걸 마음껏 누리고 있었다. 그는 다음 날 곧장 어머니와 합류하겠다고 약속한 걸 못내 아쉬워하며, 아내를 향해 애틋하게 말했다.

"당신이 날 기다릴 줄 알았더라면 얼마나 좋았을까!"

하지만 그는 가정사든 일터든 책임감이 철저한 사람이었으므로, 자신을 낳아준 까다로운 노부인을 실망시키는 건 전혀 고려조차 하지 않았다. "우리 어머니는 워낙 남을 싫어하셔서 말이지, 내가 다른 집 아들들보다 더 곁에 있어야 하거든." 그는 부모의 까다로움을 은근히 자랑스럽게 여기며 늘 그렇게 말하곤 했다. 그러면서도 싱긋 웃으며, 클라리사가 다음 날 저녁에 출발할 수 있도록 준비하라고 지시했다.

"그러니까 그 전까지는, 즐길 수 있는 건 다 즐겨야지."

일행의 여자들은 모두 이 제안을 반겼고, 점심을 대충 끝내자마자 엘리, 클라리사, 그리고 수지가 그를 데리고 토르첼로로 소풍 겸 티타임을 가기로 했다. 스트레퍼드나 닉을 따라오라고 권하지도 않았고, 다른 젊은이들을 부르자는 말도 없었다. 수지가 말했듯, 넬슨은 자기 '하렘'과만 함께 가고 싶어 한 것이다. 그렇게 해서 닉과 스트레퍼드는, 세 명의 아름다운 여인들 사이에 파샤[14]처럼 앉아 떠나는 행복한 남편의 뒷모습을 지켜보게 되었다.

"저게 바로 결혼이지!" 스트레퍼드는 해진 파나마 모자를 흔들며 말했다.

"아뇨, 전 아니라고 봅니다!" 닉이 웃으며 대꾸했다.

"맞아요. 하지만—" 스트레퍼드가 말을 멈추더니 몸을 돌려 닉을 바라보며 말했다.

"만약 깨달음이 거칠게 찾아온다면, 저는 그 자리에 있고 싶지 않아요. 분명 그땐 도자기 몇 개쯤은 깨질 거라고 믿거든요."

"그럴지도 모르겠군요." 닉 랜싱은 무심하게 대답했다. 그는 자기 방으로 걸어가 버리고, 스트레퍼드는 파이프를 물고 혼자 철학적인 상념에 잠겼다.

닉은 예전부터 불쌍한 넬슨 밴더린의 사정을 이미 알고 있었다. 넬슨 자신을 빼고는 모르는 사람이 없을 정도였다. 한때는 너무 전형적인 경우라 오히려 우스워 보였는데, 이제는 넬슨이 그토록 완벽한 바보라는 사실이 짜증스럽게 느껴졌다. 하지만 그도 내일이면 떠날 테고, 엘리도 함께 떠날 테니, 그 뒤로는 이 궁전이 마법 같은 몇 주 동안 다시 닉과 수지의 것이 될 터였다. 많은 이들이 드나들었지만, 이 집을 제대로 즐기고 그 참된 쓰임을 아는 사람은 두 사람뿐이었고, 그래서 이 궁전은 진정으로 자기들의 것이 될 수 있었다. 그런 생각을

---

14 파샤(Pasha): 오스만 제국 시절의 고위 관직자(총독, 장군, 고관 등을 뜻하는 칭호)이며, 유럽 문학에서는 주로 "아내나 첩들을 거느린 권세 있는 동양의 군주" 같은 이미지로 쓰인다.

하니 밴더린 부부는 잠시 머물다 사라질 불청객에 불과해 보였다.

이렇게 마음속에서 그들을 편리하게 멀리 밀어내고 나자 닉은 책상에 틀어박혀 글을 썼다. 며칠간의 휴식을 마치고 새 기운을 얻은 그는 작품을 빠르게 끝내겠다고 결심했다. 큰돈을 벌 거라는 기대는 없었지만, 어느 정도 성공을 거둔다면 평론이나 잡지에 발을 들일 기회가 열릴 수도 있었다. 그렇다면 고고학은 버리고 소설을 쓰겠다는 것이 그의 계획이었다. 자신과 수지가 먹고살려면, 허구를 파는 일밖에 길이 없다고 생각했기 때문이다.

늦은 오후, 펜을 내려놓은 그는 밖으로 나섰다. 그는 날로 뜨거워지는 베네치아의 여름을 사랑했다. 닳아 해진 집의 벽면에 맺힌 멍든 복숭아빛, 짙푸른 운하 위에서 유약처럼 반짝이는 햇살, 반쯤 썩어가는 과일과 꽃의 향이 뒤섞여 퍼지는 나른한 공기. 그 곁에 수지가 함께 있다면, 어느 허물어진 궁전의 다락방에 몸을 눕히고, 아래로는 옥빛 물길과 작은 버려진 정원을 내려다보며, 출판사에서 때맞춰 들어오는 원고료 수표로 살 수 있을 텐데! 왜 그들은 이곳 베네치아에서 아예 자리 잡지 못할까, 글만 잘 풀려준다면 말이다.

걸음을 옮기다 보니 그는 스칼치 성당 앞에 이르렀다. 무거운 가죽문을 밀고 들어가자 티에폴로[15]의 대형 천장화 속에서 장미와 레몬빛 천사들이 소용돌이치는 아래로 중앙 회랑이 이어졌다. 관광객을 마주칠 만한 성당은 아니었는데, 합창대 가까이에 서 있는 한 여인이 망

---

15 Tiepolo(티에폴로): 18세기 베네치아의 대표적 화가 조반니 바티스타 티에폴로 (Giovanni Battista Tiepolo). 화려하고 극적인 천장화와 벽화를 많이 남겼으며, '스칼치 교회(Scalzi)'에도 그의 작품이 있다.

원경으로 천상의 소용돌이를 유심히 들여다보고 있었다. 그녀는 가끔 손에 든 안내서를 내려다보기도 했다.

닉의 발걸음 소리가 돌 바닥에 울리자, 그 여인은 몸을 돌렸고, 그가 누구인지 드러났다. 바로 힉스 양이었다.

"아―여기도 좋아해요? 그런데 이건 당신 전공하고 몇 세기는 벗어난 거 아닌가요?" 닉이 악수를 청하며 말했다.

그녀는 진지한 눈빛으로 그를 바라보았다.

"왜 자기 전공 밖의 걸 좋아하면 안 되죠?"라고 대답했고, 닉은 웃으며 동의했다. "오히려 자극이 되곤 하죠."

그녀는 계속해서 진지한 시선을 그에게 고정했다. 티에폴로에 대해 몇 마디 나눈 뒤 닉은 그녀가 더 개인적인 화제를 꺼내려 한다는 걸 알아챘다.

"혼자 만나서 기뻐요." 마침내 그녀가 말했다. 그 말투는 어색할 법도 했지만, 워낙 무심하고 자연스러워 전혀 그렇게 느껴지지 않았다. 그녀는 짚으로 만든 의자들이 놓여 있는 쪽을 향해 몸을 돌리며 닉에게 옆자리에 앉으라고 손짓했다.

"저는 혼자 있는 경우가 드물거든요." 그녀는 무겁지만 미소 지을 때만큼은 묘한 매력이 깃드는 얼굴로 진지하게 웃으며 말을 이어갔다. 닉이 부정할 틈도 주지 않고 곧바로 말을 이었다.

"당신과 얘기하고 싶었어요. 아버지가 페르시아랑 투르키스탄 여행에 함께 가자고 한 초대에 대해 설명하고 싶어서요."

"설명이라니?"

"결혼하고 막 도착했을 때 그 편지를 받았죠? 그때 우리가 왜 그런

때에 초대한 건지 이상하게 생각했을 거예요. 하지만 우린 당신이 결혼했다는 걸 전혀 몰랐어요."

"아, 그 정도는 짐작했죠. 워낙 조용히 치른 결혼이라, 예전 친구들에게조차 제대로 알리지 못했거든요."

닉의 이마가 살짝 찌푸려졌다. 그는 그날 저녁으로 생각이 옮겨갔다. 베네치아에 도착했을 때, 우편물 더미 속에서 힉스 부인의 편지를 발견했던 바로 그날 말이다. 그날은 그에게 불쾌하고 굴욕적인 '시가 사건'이 연상되는 날이었다. 스트레퍼드의 별장에서 수지가 비싼 시가를 가져가고 싶어 했던 그 일. 두 사람이 그 문제로 짧게 주고받은 말은, 완벽했던 행복에 첫 번째 얼룩을 남겼다. 그 기억만 떠올려도 닉은 여전히 불편하게 달아오르는 얼굴을 느꼈다. 몇 시간 동안은 수지와의 삶이 견딜 수 없을 만큼 버거워 보이기도 했는데, 바로 그때 그는 힉스 부인의 편지를 받았던 것이다. 그 편지에는 거의 거부하기 힘든 초대가 담겨 있었다. 그 초대를 거의 받아들일 뻔했다는 걸 힉스 양이 알면 얼마나 놀라워했을까!

"정말 엄청난 유혹이었죠." 닉은 웃으며 말했다.

"우리랑 같이 가는 게요? 그럼 왜—?"

"아, 이제는 모든 게 달라졌으니까요. 글쓰기에 전념해야 해요."

힉스 아가씨는 여전히 눈 하나 깜박이지 않고 그를 뚫어지게 바라보았다.

"그럼 진짜 일은 포기하겠다는 뜻인가요?"

"진짜 일이라니—고고학 말인가요?" 닉은 약간의 아쉬움을 감추려 웃어 보였다. "안타깝지만 그걸로는 생활비조차 벌기 힘들 것 같아서요. 그 점을 생각하지 않을 수 없죠."

그는 갑자기 얼굴이 붉어졌다. 혹시 힉스 아가씨가 이 고백을 듣고 무슨 거창한 도움 제안을 꺼낼까 걱정이 스쳤던 것이다. 힉스 가족 특유의 무분별한 후함은 때때로 사람을 부담스럽게 만들곤 했다. 그러나 그녀의 눈에 눈물이 가득 고인 것을 보자 그런 우려는 잦아들었다.

"저는 그게 당신의 소명이라고 생각했어요." 그녀가 말했다.

"나도 그렇게 믿었죠. 하지만 인생이란 게 늘 와서 뒤흔들잖아요."

"알아요. 모든 걸 포기할 만큼 값진 게 있을 수도 있겠죠."

"있어요!" 닉은 환하게 외쳤다.

힉스 아가씨의 눈빛은 그 한마디 이상의 대답을 요구하는 듯했다.

"하지만 당신 소설은 실패할 수도 있잖아요." 그녀는 특유의 거친 목소리로 말했다.

"그럴 수도 있죠—아마 실패할 확률이 더 크죠." 닉은 담담히 동의했다. "하지만 그런 가능성만 따지다 보면 아무것도 할 수 없어요."

"하지만 아내가 있다면 따져야 하지 않나요?"

"아, 코럴 양—지금 몇 살이죠? 아직 스무 살도 안 됐잖아요?" 닉은 다정하게 그녀의 손 위에 형제처럼 손을 얹으며 물었다.

그녀는 잠시 그를 바라보다가 어설프게 의자에서 벌떡 일어났다.

"난 한 번도 어린 적이 없었어요… 그 말씀이 하고 싶은 거라면. 부모님이 다행히도 나한테 훌륭한 교육을 시켜주셨죠. 예술은 멋진 자원이니까요."

(그녀는 RE-source[16]라며 영어식 억양을 과장해 발음했다.)

닉은 여전히 다정한 눈길로 그녀를 바라보며 말했다.

"언젠가는 다시 젊어질 거예요. 그때는 예술도, 다른 것도 필요 없을 거예요."

"사랑에 빠질 때 말이죠? 하지만 난 이미 사랑에 빠졌어요—아, 저기 엘도라다랑 벡 씨가 오네요!"

그녀는 말을 툭 끊고는 망원경을 들어 막 들어서는 두 사람에게 신호를 보냈다.

"오늘 이곳에서 만나면 티에폴로를 이해시켜 보겠다고 했거든요. 우리 집에서는 티에폴로를 제대로 이해한 적이 없어요. 벡 씨랑 엘도라다만이 그걸 깨닫고 있죠. 버틀스 씨는 도무지 안 믿으려 하고요."

그녀는 닉을 향해 손을 내밀었다.

"난 사랑에 빠져 있어요. 그래서 예술이야말로 나에게 가장 큰 자원인 거예요."

그녀는 안경을 고쳐 쓰고, 안내서를 펼친 뒤, 기대에 찬 초심자들을 향해 교회를 가로질러 걸어갔다.

닉은 그녀의 뒷모습을 바라보다가 잠시, 그 사랑의 대상이 혹시 벡 씨일까 생각했지만, 곧 고개를 저었다. "아니, 절대로 그럴 리는 없어." 하지만 그럼 누구일까—? 더 파고들어 봐야 소용없다는 듯 그는 그만 생각을 접었다. 그리고 마음속으로, 피크닉을 떠난 이들이 벌써

16　코럴은 단어 resource를 사전식 억양대로 "리-소스"라며 앞 음절을 과장해 발음했다. 이는 배운 티를 내려는 어색한 습관을 드러낸다.

팔라초 밴더린에 도착했을지 궁금해했다.

그들은 저녁 무렵이 되어서야 돌아왔다. 농담과 웃음이 끊이지 않았고, 여전히 서로의 동행에 매료된 듯했다. 넬슨 밴더린은 아내에게 밝은 미소를 보냈고, 딸에게는 입맞춤을 해주며 잠자리에 보냈다. 과일과 꽃으로 가득한 식탁 앞에 기대 앉은 그는 "내 생애 이렇게 즐거운 날은 없었다!"라고 선언했다. 수지 역시 그의 칭찬을 듬뿍 받았고, 닉은 엘리가 친구에게 유난히 다정한 모습을 보인다고 느꼈다. 한편 스트레퍼드는 여주인 옆에 앉아 있다가 몇 차례 수지를 향해 의미심장한 눈길을 보냈는데, 닉에게는 그것이 마치 밴더린 부부의 애정 과시에 대한 은밀한 논평처럼 느껴졌다. 하지만 스트레퍼드는 언제나 사람들과, 혹은 사람들을 두고 사적인 농담을 하는 타입이었고, 닉은 괜히 친구들의 뒷거래를 의심하는 자신이 짜증스러웠다.

"내가 이젠 스트레피까지 질투하려는 건가—!" 그는 자조 섞인 표정을 지으며 속으로 중얼거렸다.

분명 수지는 누가 봐도 눈부시게 아름다워 보였다. 예전에는 어떤 이들에게 조금 날카롭고 가늘어 보인다는 평을 듣기도 했지만, 이제는 그 선명한 선율 위에 은은한 깊이가 더해져, 마치 별빛을 머금은 듯한 기운이 감돌았다. 움직임은 예전보다 느려지고 부드러워졌고, 입술에는 살짝 의지하듯 내려앉은 곡선이, 긴 속눈썹은 눈꺼풀을 무겁게 감싸고 있었다. 그러나 때때로, 그 나른한 분위기를 뚫고 옛날의 날카로운 정신이 번쩍 드러나곤 했는데, 이는 마치 단맛 속에 감춰진 과일의 은근한 산미 같았다. 남편인 닉은 꽃과 불빛 너머 그녀를 바라보며, 세상의 다른 모든 것이 아무 의미 없음을 새삼 깨달았다.

다음 날 아침 일찍 넬슨과 클라리사가 떠났고, 엘리 역시 오후에 생 모리츠로 가야 했다. 그녀는 떠나기 전 마지막 시간을 하녀와 수지와 함께 옷차림을 상의하는 데 쏟았다. 스트레퍼드와 프레드 길로, 다른 친구들은 리도에 수영하러 나갔고, 닉은 마침내 다시 원고를 붙잡을 기회를 얻었다.

웅장하게 메아리치는 그곳의 고요함은 다가올 고독을 미리 예고해 주는 듯했다. 8월 중순이 되면 그들의 무리는 모두 흩어질 터였다. 힉스 부부는 크레타와 에게해로 크루즈 여행을 떠날 것이고, 프레드 길로는 자기 사냥터로, 스트레퍼드는 카프리에서 친구들과 지내다가 9월이면 늘 그렇듯 노섬벌랜드로 향할 것이다. 다른 이들이 하나둘 떠나고 나면, 랜싱과 수지만이 남을 것이다. 햇빛을 가려주는 웅장한 궁전 속에서, 별빛 가득한 하늘 아래, 그리고 산 조르조 종탑 위에 여전히 자신들의 것처럼 떠오른 거대한 주황빛 달과 함께. 그 축복받은 고요 속에서라면, 그의 소설도 꿈결처럼 조화롭게 펼쳐지리라.

닉은 시간 가는 줄 모르고 글을 써 내려갔다. 그러다 문이 열리고 뒤에서 발소리가 들렸다. 순간 두 손이 그의 눈을 덮었고, 공기 중에는 밴더린 부인의 새로운 향수가 가득 퍼졌다.

"친애하는 닉, 제가 이제 떠나는 거 아시죠." 그녀가 말했다. "수지가 당신이 일하는 중이라길래, 절대 내려오게 하지 말라고 했어요. 수지랑 스트레피가 역까지 함께 가 주기로 해서 기다리고 있는데, 저는 꼭 작별 인사를 하기 위해 들렀답니다."

"엘리!" 죄책감이 몰려든 닉은 원고를 밀쳐 두고 자리에서 벌떡 일어났다. 그러나 그녀는 그를 눌러 앉혔다.

"아니에요, 절대 방해하고 싶지 않았어요. 사실 오면 안 되는 건데, 수지도 말렸는데… 그래도 말해야 했어요, 당신께… 감사하다고…."

짙은 여행복 차림에, 눈에 띄면서도 절제된 모자와 베일로 화장을 가리고, 장갑으로 반지를 가린 그녀는 지금껏 본 적 없는 젊고 소박한, 더 자연스러운 모습처럼 보였다. 불쌍한 엘리, 결국은 좋은 사람이잖아, 닉은 그렇게 생각했다.

"고맙다고요? 뭘 두고요? 여기서 즐거우셨던 걸요?" 그는 웃으며 그녀의 손을 잡았다.

엘리는 그를 바라보더니 같이 웃으며 그의 목에 팔을 감았다.

"여기서가 아니라, 다른 데서 행복할 수 있게 해 준 것 말이에요. 당신과 수지, 정말 축복받은 두 사람!" 그녀는 그의 뺨에 입을 맞추며 외쳤다.

잠시 동안 두 사람의 시선이 마주쳤다. 곧 그녀의 팔은 힘없이 흘러내려 옆구리로 떨어졌다. 닉은 돌처럼 굳은 채 그녀 앞에 앉아 있었다.

"아… 왜 그렇게 쳐다봐요? 몰랐나요…?" 그녀는 헐떡이며 속삭였다.

그때 계단 위에서 스트레퍼드의 날카로운 목소리가 울려왔다.

"엘리, 도대체 어딨는 거야? 수지가 곤돌라에 있어. 기차 놓치겠어!"

닉은 벌떡 일어나 밴더린 부인의 손목을 움켜잡았다. "무슨 뜻이에요? 지금 무슨 말을 하는 거죠?"

"아무것도… 그냥 당신들이 그 편지들 건네받고도 아무렇지 않게 굴어 줬던 거… 그리고 넬슨이 여기 와 있을 때도… 닉, 손목 아파요!
이젠 가야 해요!"

그녀는 손을 빼내고, 높은 구두 굽이 쨍쨍 울리며 방과 긴 복도를
달려 사라졌다. 닉은 그대로 얼어붙은 듯 서서, 메아리치는 발소리를
멍하니 들었다.

테이블로 돌아오자, 그의 원고 더미 위에 작은 모로코 가죽 케이스
가 떨어져 있었다. 그것은 열려 있었고, 연한 벨벳 안감 위에는 완벽
한 진주가 박힌 스카프 핀이 놓여 있었다. 닉은 상자를 집어 들어 곧
장 그녀를 쫓아갈 생각을 했다. 원래 엘리라면 보석을 흘리듯 흘리고
가도 이상하지 않았으니까. 그러나 상자 뚜껑에 새겨진 자기 이니셜
을 발견하는 순간 멈춰 섰다.

그는 상자를 뜨거운 숯덩이처럼 내던지고 오랫동안 멍하니 바라보
았다. 금빛으로 새겨진 'N. L.'이 살 속에 지워지지 않는 불자국처럼
새겨지는 것만 같았다.

마침내 그는 정신을 가다듬고 자리에서 일어섰다.

10장

안도의 한숨을 내쉬며 수지는 모자를 고정한 핀을 빼내고 소파에 몸을 던졌다.

그녀가 두려워하던 시련은 끝났다. 밴더린 부부는 무사히 각자의 길을 떠났던 것이다. 불쌍한 엘리는 신중함과는 거리가 먼 사람이었고, 삶이 조금만 미소를 지어주면 감사의 마음을 지나치게 드러내는 습관이 있었다. 그러나 수지의 경계심 덕분에, 그리고 아마도 스트레퍼드의 묵시적인 협력 덕분에, 두려웠던 스물네 시간은 무사히 지나갔다. 넬슨 밴더린은 조금도 의심을 품지 않은 채 떠났고, 닉과 작별 인사를 마치고 내려온 엘리의 얼굴에 다소 평온하지 못한 기색이 스쳤지만, 곧 보통의 모습으로 돌아왔다. 그녀의 보석함이 든 빨간 모로코 가방이 없어진 사실이 밝혀지자마자 말이다. 역에 도착해 곤돌라 깊숙한 곳에서 가방이 발견되었을 땐 이미 출발 시간이 다 되어 있었고, 덕분에 그녀를 급히 침대차에 태워 보낼 수 있었다. 창문 너머에서 엘리는 언제 그랬냐는 듯 태연한 얼굴로 손을 흔들며 친구들에게 작별을 고했다.

"자, 우린 끝까지 버텼네." 스트레퍼드가 생큰한 숨을 내쉬며 말했다. 생모리츠행 특급 열차가 역을 빠져나가고 있을 때였다.

"그래." 수지가 가볍게 동의하며 한숨을 내쉬었다. 그러나 자신이 속내를 드러낸 게 불안했던지, 곧 덧붙였다. "불쌍한 애, 자기 좋아하는 건 꼭 가져야 하니까."

"맞아. 설령 그게 형편없는 인간일지라도." 스트레퍼드가 맞장구쳤다.

"형편없는 인간? 난 아직도—"

"아직도 그게 데이브넌트라고 생각했어? 천만에, 벌써 지난 반년은 아니었어. 그거 엘리가 말 안 했어?"

수지는 얼굴이 화끈거렸다. "내가 묻지 않았어."

"묻지 않았다니? 애초에 네가 못 하게 한 거잖아."

"그래, 못 하게 했어. 그리고 지금 네게도 못 하게 하는 거야." 수지가 날카롭게 덧붙였다. 그가 그녀를 곤돌라에 태워 주고 있을 때였다.

"좋아, 알았어. 네 말이 옳을지도 모르지. 그게 더 단순하니까." 스트레퍼드는 태연하게 수긍했다.

수지는 대꾸하지 않았다. 두 사람은 침묵 속에 집으로 미끄러져 돌아갔다.

이윽고 자기 방의 고요 속에 누워 수지는 지난 1년 동안 자신이 걸어온 거리를 곰곰이 되짚었다. 스트레퍼드는 늘 그렇듯 그녀의 마음을 간파하고 있었다. 사실, 예전에는 엘리가 모든 것을 자신에게 털어놓는 것이 당연하다고 여겼던 적도 있었다. 젊은 데이브넌트의 뒤를 이은 남자의 이름쯤은 당연히 알게 될 거라고 말이다. 그러나 이제는 달랐다. 엘리 자신도 어렴풋이 그 변화를 느낀 듯했다. 한 번쯤은 다시 수지에게 비밀을 털어놓으려 했지만, 곧 애매한 감사의 말과 의미심장한 미소와 한숨으로 대신했다. 그리고 마지막 작별 포옹에서 그녀의 손목에 슬며시 끼워준 사파이어 팔찌라는 '깜짝 선물'이 그 증거였다.

팔찌는 꽤 훌륭한 것이었다. 경매사의 눈을 가진 수지는, 볼록하게 다듬어진 짙푸른 사파이어와 그 사이를 채운 작은 에메랄드, 다이아몬드의 가치를 정확히 가늠할 수 있었다. 그녀는 그것이 자기 것이 된 사실이 기뻤고, 날씬한 손목에서 빛나는 모습에 매혹되었다. 그러나 동시에, 그것을 이미 현금으로 환산해 집안의 필요한 비용을 얼마나 충당할 수 있을지 계산하고 있었다. 이제 수지에게 다가오는 것은 무엇이든, 결국 닉을 위해 바칠 수 있는 무언가일 뿐이었기 때문이다.

문이 열리며 닉이 들어왔다. 이미 어둑어둑해져서 그의 얼굴은 똑똑히 보이지 않았지만, 문손잡이를 잡아채는 동작에서 수지는 본능적으로 불안한 예감을 느꼈다. 그녀는 손목을 앞으로 내밀며 황급히 그에게 다가갔다.

"이것 좀 봐요, 여보—엘리가 정말 너무 다정하지 않아요?"

수지는 화장대 위의 스탠드 불을 켰고, 그 불빛 속에서 닉의 얼굴이 낯설게 떠올랐다. 그녀는 팔찌를 풀어 그 앞에 들어 보였다.

"난 그보다 더 근사한 게 있어." 닉은 웃으며 말했다. 그리고 주머니에서 모로코 가죽 상자를 꺼내 향수병들 사이에 휙 던졌다.

수지는 기계적으로 상자를 열고, 안에 놓인 진주를 멍하니 바라보았다. 다시 닉을 마주볼 용기가 나지 않았기 때문이다.

"엘리가—당신한테 이걸 줬다는 거예요?" 그녀가 마침내 물었다.

"그래. 이건 나한테 준 거야." 닉이 잠시 말을 멈추었다가, 무표정한 목소리로 이어갔다. "도대체 무슨 대가로 우리가 이렇게 후하게 보수를 받은 건지, 설명 좀 해줄래?"

"진주는 참 예쁘네요." 수지가 중얼거리며 시간을 벌었다. 머릿속은 도저히 감당할 수 없는 공포로 어지러웠다.

"당신 사파이어도 예뻐. 하지만 자세히 따져보면, 내 쪽 헌신이 당신 것보다 더 높게 평가된 것 같군." 닉은 차갑게 말을 이었다. "그 헌신이 뭔지 구체적으로 말해줄래?"

수지는 고개를 치켜들고 그를 똑바로 바라봤다. "대체 무슨 말을 하는 거예요, 닉! 엘리가 우리한테 이런 선물 왜 못 줘요? 우리가 그녀한테 작은 편지칼이나 단추고리 같은 걸 주는 거랑 다를 게 뭐가 있죠? 지금 도대체 뭘 말하려는 거예요?"

이 말을 하는 동안 그의 눈을 똑바로 마주하는 데 적지 않은 노력이 필요했다. 닉과 엘리 사이에 무언가가 있었음은 분명했다. 치밀한 계획을 단숨에 무너뜨릴 수 있는, 끔찍하고도 예기치 못한 실수 같은 것. 수지는 다시 한번 자신의 행복이 위태로워지는 것에 몸을 떨었다. 그러나 예전의 훈련이 도움이 되었다. 과거에도 여러 번, 남의 인생 전체가 그녀가 침착함을 잃지 않는 데 달려 있던 순간이 있었다. 하물며 지금, 자기 인생 전체가 걸려 있는데 어떻게든 버텨내야 했다.

"뭘 말하고 싶은 거예요?" 그녀가 초조하게 재촉했다. 닉이 여전히 침묵을 지키고 있었기 때문이다.

"그걸 묻고 싶어서 온 거야." 닉은 눈길을 그녀만큼이나 흔들림 없이 유지하며 말했다. "당신 말대로 엘리가 우리한테 선물을 못 줄 이유는 없지. 마음만 먹으면 얼마든지 값비싼 걸 줄 수도 있고. 진주도 정말 멋지고. 내가 묻고 싶은 건 단 하나야. 그 선물들이 정확히 어떤 대가로 주어진 거냐는 거지. 아무리 세련된 사람들끼리의 관계에 양심 따위는 없다 치더라도, 그래도 어느 정도의 선은 있잖아. 적어도 지금까지는 그 선이 있었는데…."

"정말 무슨 말인지 모르겠어요. 엘리는 우리가 클라리사를 돌봐준 데 대해 고마움을 보여주고 싶었던 거겠죠."

"하지만 그 대가로 우리한테 이 모든 걸 준 거잖아?" 닉은 손을 휘저으며, 그림자 속에서도 아름답게 빛나는 방 안을 둘러보았다. "원한다면 여름 내내 누릴 수 있는 걸."

수지는 미소 지었다. "그것만으로는 부족하다고 생각했나 보죠."

"정말 자식 생각을 많이 하는 어머니군! 그만큼 자기 아이를 귀하게 여긴다는 증거야."

"당신은 클라리사를 귀하게 여기지 않아요?"

"클라리사는 참 사랑스러워. 하지만 엘리가 나한테 이 보답을 건넬 때, 그 아이 얘기는 한마디도 안 했어."

수지는 고개를 다시 들었다. "그럼 누구 얘기를 했는데요?"

"밴더린." 닉이 말했다.

"밴더린? 넬슨 말이에요?"

"그래. 그리고 몇 통의 편지들... 편지에 관한 뭔가.... 대체 우리가 넬슨 밴더린에게 뭘 감추도록 고용된 건지, 난 그걸 알고 싶어. 그래야 알 수 있잖아." 닉이 갑자기 거칠게 터뜨렸다. "우리가 받은 대가가 정당했는지 말이야."

수지는 입을 다물었다. 힘을 가다듬고 다음 수를 생각할 시간이 필요했다. 두려움이 머릿속을 휘몰아쳐, 결국은 이렇게 되묻는 말밖에 나오지 않았다.

"엘리가 당신한테 뭐라고 했는데요?"

닉은 다시 비웃듯 웃었다. "그게 바로 당신이 알아내고 싶은 거잖아? 그래야 해명을 어떻게 꾸밀지 방향을 잡을 수 있으니까."

그 조롱은 닉조차 예상 못 한 효과를 냈고, 수지 자신도 놀랄 만큼 깊이 꽂혔다.

"아니, 제발... 우리 서로에게 그런 식으로 말하지 말아요!" 그녀는 울먹이며 외치고, 화장대 앞에 주저앉아 얼굴을 손으로 가렸다.

이 순간 그녀에게는 오직 하나만이 중요했다. 둘 사이의 사랑과 믿음이 치유 불가능한 상처를 입지 않도록 지켜내는 것. 수지는 닉에게 모든 걸 털어놓을 준비가 되어 있었다. 아니, 정말 털어놓고 싶었다. 단, 닉이 자신을 이해해 줄 거라는 확신만 있다면. 하지만 '시가 사건'의 기억이 다시 떠올라 그녀를 얼어붙게 만들었다. 그저 닉이, 서로 사랑하는 한 다른 건 아무 의미가 없다는 걸 알아주기만을 바랄 뿐이었다.

그의 손길이 연민을 담아 그녀의 어깨 위에 내려앉았다.

"불쌍한 내 사랑... 그러지 마." 닉이 말했다.

두 사람의 시선이 마주쳤다. 그러나 그의 표정은 그녀의 눈물 속에서 피어나려던 미소를 가로막았다.

"보이지 않아?" 닉이 이어갔다. "이 문제는 우리 둘이 끝까지 풀어야 해."

수지는 눈물에 젖은 시야 너머로 그를 계속 바라보았다. "난 못 해요... 당신이 저렇게 서 있는 한은." 그녀는 어린아이처럼 더듬거렸다.

그녀는 다시 몸을 움츠리고 소파 구석으로 파고들었지만, 닉은 곁에 앉지 않았다. 정중한 다과 자리에서 손님처럼, 맞은편 의자에 앉았다.

"이 정도면 돼?" 그는 그녀를 달래려는 듯, 굳은 미소를 지으며 물었다.

"아무 소용 없어요―당신이 당신답지 않은데."

"내가 나답지 않다니?"

수지는 지친 듯 고개를 저었다. "무슨 소용이에요? 당신은 겉으로는 받아들이면서... 막상 일이 닥치면 이렇게 나오잖아요...."

"무슨 일? 무슨 일이 있었던 거야!"

갑작스런 초조함이 수지를 덮쳤다. 대체 닉이 뭘 안다고 생각하는 걸까.

"엘리 얘기는 다 아시잖아요. 예전에도 자주 얘기했잖아요."

"엘리랑 젊은 데이비넌트 말이지?"

"네, 젊은 데이비넌트든… 아니면 다른 사람들이든요…."

"다른 사람들이든. 하지만 그게 우리랑 무슨 상관이 있겠어?"

"맞아요, 저도 그렇게 생각해요!" 수지는 안도감에 확 터지듯 벌떡 일어섰다. 닉도 따라 일어섰지만, 그의 얼굴에는 어떤 빛도 없었다.

"우린 그 모든 일 바깥에 있는 거잖아. 아무 상관도 없지, 그렇지?"

"네, 전혀 상관없어요."

"그럼 도대체 엘리의 그 감사 인사는 무슨 뜻이지? 우리가 무슨 편지를 처리해 줬다느니, 밴더린과 관련해서 뭘 해줬다느니 하는 감사 말이야."

"그건 당신이 아니에요!" 수지가 무심결에 외쳤다.

"내가 아니면, 그럼 당신이 했다는 거야?" 닉은 다가와 그녀의 손목을 움켜쥐었다. "대답해. 당신, 엘리의 더러운 일에 끼어든 거야?"

잠시 침묵이 흘렀다. 팔찌가 있던 손목을 태우듯 조이는 그의 손아귀 때문에 수지는 말을 꺼낼 수가 없었다. 마침내 닉은 손을 놓고 물러섰다.

"대답해."

"말했잖아요. 제 일이었고, 당신 일이 아니에요."

그는 잠자코 받아들이더니 다시 물었다.

"편지를 대신 보낸 거군. 누구한테?"

"왜 절 그렇게 괴롭히세요? 넬슨은 엘리가 어디 다녀온 걸 몰라야 했어요. 그래서 엘리가 편지를 맡기고 가면서, 제가 일주일에 한 번씩 보내달랬던 거예요. 우리가 도착한 첫날 밤, 여기서 그 편지들을 찾았고요.... 이 모든 건 그 대가였어요—우리가 여기 있을 수 있었던 대가. 닉, 제발 말해 주세요. 이게 그래도 가치 있었던 거라고. 최소한 그만한 값어치는 했다고 해 주세요!"

그는 꼼짝도 하지 않은 채 대답하지 않았다. 한 손가락만이 그녀의 화장대 모서리를 두드리고 있었고, 그때마다 보석 팔찌가 덩달아 흔들렸다.

"편지가 몇 통이었어?"

"모르겠어요... 네 통, 다섯 통쯤.... 그게 뭐가 중요하죠?"

"그리고 여섯 주 동안, 매주 한 통씩―?"

"맞아요."

"그걸 아무렇지도 않게 받아들였다는 거야?"

"아니에요. 싫었어요. 하지만 제가 뭘 어쩔 수 있었겠어요?"

"어쩔 수 없었다니?"

"우리가 함께 있는 게 그걸로 걸려 있었는데요? 닉, 제가 어떻게 당신을 포기할 거라고 생각하세요?"

"날 포기한다고?"

"그렇잖아요―우리가 함께 있는 건 결국, 다른 사람들에게서 뭘 얻어낼 수 있느냐에 달려 있잖아요. 언제나 주고받기가 있어야 했고요. 세상에 공짜가 어디 있어요?" 수지는 갑작스레 격앙되어 외쳤다. "당신도 나처럼 이런 사람들 사이에서 오래 지내셨잖아요. 이번이 처음도 아닐 텐데―"

"맙소사, 난 처음이야." 닉은 얼굴을 붉히며 외쳤다. "그리고 그게 차이야―근본적인 차이."

"차이라니요!"

"당신과 나 사이에. 난 평생 남들 대신 더러운 일을 해준 적이 없어. 더구나 무슨 대가를 받고선 더욱더. 당신은 그걸 알고 있으니까, 이 끔찍한 일을 나에게서 숨겼던 거겠지."

수지의 관자놀이에도 핏기가 확 올랐다. 그렇다, 그녀는 알고 있었다. 그가 허름한 하숙방에 살던 시절, 처음 그를 찾아갔을 때부터 본능적으로 느껴온 사실이었다. 닉에게는 자신보다 더 엄격한 기준이 있다는 걸. 하지만 어떻게 말할 수 있을까. 그의 영향으로 자신도 그 기준에 가까워졌고, 그래서 그의 분노를 피하기 위해서라기보다 자기 스스로의 굴욕을 감추기 위해 입을 다물었던 것이라고.

"내가 알았다면 여기에 하루도 더 머물지 않았을 거라는 걸 당신이 알았겠지." 그가 계속했다.

"그럼… 우린 도대체 어디로 가겠어요?"

"당신 말대로라면, 당신이 주고받음이라고 부르는 것이 우리가 함께 있기 위한 조건이라는 뜻이야?"

"그건…그렇지 않나요?" 수지는 더듬으며 말했다.

"그렇다면 우린 헤어지는 게 낫지 않겠어?"

그의 목소리는 낮고 신중했으며, 마치 지금까지의 격렬한 논쟁이 결국 이 결론을 향해 흘러온 것 같았다.

수지는 대답하지 못했다. 무슨 이유 때문에 이런 일이 벌어졌는지는 순간 희미해졌다. 단지 그 사실 자체가, 무너진 잔해처럼 그녀를 짓누르고 있을 뿐이었다.

닉은 화장대를 떠나 창가로 가서, 불빛이 반짝이는 어둑한 운하를 바라보았다. 수지는 그의 등을 보며, 만약 달려가 그의 목을 끌어안는다면 무슨 일이 일어날지 생각했다. 하지만 설령 그것으로 이 얼어붙은 분위기를 깰 수 있다 해도, 정말 그 방법을 택하고 싶은지는 확신할 수 없었다. 그 침묵의 고통 밑에는 묘한 억울함이 끓어오르고 있었다. 둘이 이 괴상한 계약을 맺을 때, 닉 역시 그녀만큼이나 타협과 양보 위에 함께 살아가야 한다는 걸 알고 있었던 게 아닌가. 그가 그 사실을 잊었다니 믿을 수 없었다. 혹시 닉은 엘리의 경솔함을 핑계 삼아, 이미 지겨워진 관계에서 빠져나가려는 건 아닐까. 공포가 새로이 치밀자, 그녀는 갑자기 고개를 들고 쓴웃음을 터뜨렸다.

"결국 당신 말이 맞았네요. 날 당신의 애인으로만 두려고 했던 게."

그는 놀란 눈빛으로 돌아보았다. "당신을, 애인으로?"

그 말 속에, 그런 가능성은 이제 전혀 떠올릴 수도 없다는 기색이 담겨 있었다. 그것만으로도 수지는 아픈 순간에 오히려 기묘한 자부심을 느꼈다. 하지만 그녀는 끝까지 밀어붙였다.

"풀머 집에서 그날, 기억 안 나세요? 우리가 결혼하는 건 미친 짓이라고 말했을 때요."

닉은 창가에 기대 바닥의 모자이크 무늬를 바라보며 잠시 침묵했다.

"그때 내가 우리 결혼이 미친 짓이라고 한 건... 충분히 옳은 말이었어."

수지는 온몸을 떨며 벌떡 일어났다.

"좋아요, 그럼 간단하네요. 우리의 계약은―"

"그 계약이라니." 닉은 초조한 웃음을 터뜨리며 끊었다.

"지금 당신이 그걸 이행하라고 요구하는 거 아니에요?"

"내가 '헤어지는 게 낫겠다'고 말했으니까? 하지만 그 계약은―난 거의 잊고 있었는데―서로 더 나은 기회가 생기면 상대에게 길을 열어주자는 거였지? 솔직히 말해, 터무니없는 농담이었어. 적어도 내 입장에선. 난 더 나은 기회 같은 건 원하지 않아. 다른 기회도 필요 없어…."

"닉, 닉… 그렇다면…." 수지는 눈물이 가득 고인 시야 너머로 그의 얼굴을 올려다봤다. 그러나 닉은 그녀를 밀어냈다.

"우리가 그렇게 쉽게 떼어낼 수 있는 사이였다면, 쉬웠을 거야. 하지만 현실은 달라. 우린 끔찍하게 아플 거고, 말로 푸는 건 아무 소용 없어. 당신이 말했듯이, 우리가 어떻게 살겠어? 우린 둘 다 타고난 기생충 같은 존재일 거야. 하지만 나 혼자라면, 억지로라도 받아들일 수 있는 일들이 있겠지. 하지만 당신이 나 때문에 그런 걸 감수하게 할 순 없어. 절대…. 코모에서 그 시가들 말이야. 그게 나 때문이었다는 거, 내가 모를 줄 알았어? 이번 일도 마찬가지고. 그래선 안 돼… 절대 안 돼…."

그는 말을 멈췄다. 용기가 꺾인 듯 보였다. 수지는 흐느끼듯 말했다.

"하지만 당신의 글이라도… 책이 성공한다면…."

"가엾은 수지. 그건 다 자기기만일 뿐이야. 내 글로는 절대 돈을 벌 수 없어. 그리고 대안이 뭐겠어? 똑같은 비열함을 되풀이하면서, 점점 무뎌져 가는 것뿐이지. 적어도 지금까지는 어떤 일들은 내가 괴로워했어. 그런데 앞으로 그런 것조차 당연하다고 여기게 되고 싶진 않아."

수지는 두려움에 손을 내밀었다. "당신은 안 그래도 돼요. 나한테 믿고 맡기기만 하면 돼요…."

닉은 재빨리 몸을 젖혔다. "당신은 그게 단순해 보이지? 하지만 남자는 달라." 그는 화장대로 다가가 결혼 선물로 받았던 작은 에나멜 시계를 흘끗 보았다.

"이제 옷 갈아입을 시간이네. 나 없이 저녁 자리 괜찮겠지? 스트레피랑 다른 사람들이랑 같이 해. 난 차라리 혼자 오래 걷고 싶어. 당분간은 나 자신 말고 다른 누구와도 말하고 싶지 않으니까."

그는 그녀 곁을 스쳐 빠르게 나가버렸다. 수지는 꼼짝하지 못한 채, 손을 뻗지도, 붙잡을 말 한마디도 찾지 못했다. 어지럽게 흩어진 화장대 위엔 밴더린 부인의 선물이 등불빛에 반짝이고 있었다.

그래, 닉이 말했듯 남자는 달랐다.

11장

그러나 살다 보면 불가피한 타협이 생기기 마련이었고, 지금까지 그렇게 살아 왔다. 닉도 예전에는 그 점을 가장 먼저 인정하던 사람이었다….'고지식한 사람들[17]'을 두고 함께 얼마나 자주 비웃곤 했던가. 길 건너로 피해 다니는 그들 말이다. 착한 사마리아인이 되려면 웬만큼 허리를 굽히고 더러운 것들을 뒤적일 각오가 있어야 하는데, 그들은 절대 그렇게 하지 않았다. 그런데 이제 닉이 갑자기 그 '고지식한 사람'이 되어 버린 것이다….

그날 저녁, 저녁 식탁 상석에 앉은 수지는 흩어져 떠도는 생각들 틈으로, 구역질이 날 만큼 익숙한 얼굴들을 바라보았다. 그녀가 친구라고 불러온 사람들—스트레퍼드, 프레드 길로, 오늘 막 도착한 뉴욕 무

---

17 원문은 Perpendicular People(직역: 수직적인 사람들)로, 도덕적으로 똑바르다는 명분 아래 현실의 타협을 거부하고, 성경의 '선한 사마리아인' 비유(눅 10:31-32)에서처럼 더럽고 불편한 문제에 몸을 굽혀 개입하지 않는 사람들을 풍자적으로 가리키는 표현.

리 중 키득거리기만 하는 브레켄리지라는 젊은 바보, 그리고 '우르슐라의 왕자'라 불리던 네로네 알티네리 왕자. 우르슐라는 지루하기 짝이 없는 요양지에 가 있었고, 공작은 너무도 당연하다는 듯, 오히려 베네치아에서 아내의 친구들과 함께 지내는 편을 택한 것이다. 수지는 이제 막 눈을 새로 뜬 사람처럼 그 얼굴들을 하나하나 훑으며, 삶이 이런 얼굴들로만 채워진다면 과연 어떤 꼴일까 하고 생각했다….

아, 닉이 결국 고지식한 사람이 되어버렸구나! 결국 대부분의 사람들은 인생을 정해진 동작 몇 가지로만 살아내는 게 아닌가. 미리 짜여진 무도회의 스텝처럼, 지침서에 어느 순간에 '곧게 서라'라고 적혀 있으면 자동으로 그렇게 하는 것. 닉이 바로 그랬다!

"그런데 수지, 도대체 올여름 내내 이런 숨 막히는 곳에서 뭘 할 작정인거죠?"

프레드 길로의 어리둥절한 목소리가 아득히 먼 곳에서 날아온 듯 들려왔다.

"그건 닉에게 물어보라구, 친구." 스트레퍼드가 그녀 대신 대꾸했다.

"그런데 닉은 어디 있나요? 혹시 물어봐도 된다면 말이죠." 브레켄리지가 말을 보탰다.

"외식 중이야." 수지가 태연하게 말했다.

"찾아온 손님들이 있었는데, 차마 여러분까지 괴롭힐 수는 없는, 흥깨는 지루한 사람들이었거든."

익숙한 거짓말이 어쩜 이렇게도 술술 나오는지!

"그런 사람들 알잖아. '꼭 한번 놀러 오라' 말은 하지만, 사실 평생 내내 피하게 되는—마치 힉스 부부 같은 사람들 말이야." 스트레퍼드가 덧붙였다.

힉스 부부라니—그래, 닉은 지금 힉스네와 함께 있는 거야! 그 생각이 번개처럼 수지를 꿰뚫었고, 방금 전까지 가볍게 흘려 한 거짓말이 갑자기 끔찍하게도 사실처럼 다가왔다. 수지는 안절부절못하며 속으로 되뇌었다. "저녁 끝나면 당장 힉스네에 전화 걸어서 닉을 곤란하게 만들어야지." 하지만 곧 힉스네의 중세풍 생활에서는 애초에 전화 따위 철저히 배제했음을 떠올렸다.

닉과 잠시나마 연락이 닿지 않는 이 상황에서 그가 정말 힉스네에 있다는 확신이 들자, 수지의 불안은 비웃음 섞인 짜증으로 변했다. 아, 바로 그게 닉이 말하는 '원칙'이자 '기준' 같은 거였구나. 오래된 게임에다 새삼 들이댄 그 규칙들! 애초에 눈치채지 못한 게 바보 같았다.

"아, 힉스네라니—닉은 그 집안을 무척 좋아하거든요. 이제 곧 코럴이랑 결혼할지도 몰라요." 수지는 일부러 가벼운 농담처럼 테이블 위로 흘려보냈다.

"세상에!" 길로가 말문을 잃었고, 공작은 무표정한 미소를 지었는데, 수지는 그가 매일 아침 뮐러 체조를 하듯 연습한 표정이라며 속으로 비아냥댔다.

갑자기 스트레퍼드의 시선이 자신에게 꽂히는 걸 느낀 수지는, 테이블을 나오며 그의 팔에 팔짱을 끼우며 물었다.

"나한테 문제 있어? 립스틱이 진한가?"

"아니. 오히려 너무 옅어서 그래. 거울 좀 보라구." 그가 낮은 목소리로 답했다.

"아, 이 낡은 거울에선 다들 운하에서 막 건져 올린 사람처럼 보인다니까!"

수지는 홱 돌아서 홀바닥을 휙휙 걸으며, 양손을 허리에 올리고 래그타임[18]을 휘파람으로 불었다. 공작과 브레켄리지가 잽싸게 따라붙자, 그녀는 이번엔 브레켄리지와 손을 잡고 다시 홀 안을 빙빙 돌았다. 길로는—사람들이 그가 할 줄 아는 유일한 재주라고 믿는—손가락을 부러뜨리는 듯 소리를 내며 발을 쿵쿵 구르며 뒤따랐다.

수지는 창가 소파에 털썩 앉아 흩날리는 스카프로 부채질했고, 남자들은 담배를 찾아다니며 곤돌리에들을 불러 시원한 음료가 담긴 쟁반을 들고 오게 했다.

"자, 다음엔 뭐 하지—이게 다일 리 없잖아?" 길로가 땀에 젖은 얼굴로 반쯤 누운 채 투덜댔다. 프레드 길로는 자연의 진공 혐오[19]처럼, 인간의 이성적인 시간이란 언제나 무언가를 하러 움직이는 동기로 채

18 래그타임(Ragtime): 19세기 말~20세기 초 미국에서 유행한 대중 음악 장르. 피아노 음악으로 특히 유명하고, 재즈의 전신 같은 역할을 했다.

19 "Nature abhors a vacuum(자연은 진공을 혐오한다)"라는 말은 고대 철학자 아리스토텔레스의 주장에서 비롯된 표현이다. 그는 자연에는 빈 공간(진공)이 존재할 수 없다고 보았고, 따라서 자연은 본능적으로 빈 곳을 채우려 한다고 설명했다. 비록 후대 과학은 진공의 존재를 증명했지만, 이 말은 여전히 비유적으로 사용되어 '자연스럽게 공백이 채워진다' 또는 '빈틈을 싫어한다'는 의미로 쓰인다.
본문에서 "Fred Gillow, like Nature, abhorred a void"는 바로 이 표현을 빌려, 프레드 길로가 빈 시간이나 정적을 못 견디고 늘 뭔가를 해야 직성이 풀리는 성격임을 풍자적으로 묘사한 것이다.

워져야 한다고 믿는 사람이었다. 브레켄리지도 같은 생각이었고, 공작 역시 어딘가로 몹시 가고 싶어 했다. 그래서 셋은 누군가가 오늘 리도에서 무도회를 연다는 얘기를 꺼냈다.

스트레퍼드는 고개를 저었다. 리도는 방금 갔다 왔다면서, 이번엔 기분 전환으로 걸어서 어딘가 가자고 제안했다.

"좋죠! 재밌겠다!" 수지는 벌떡 일어섰다. "누구 집에 불시에 들이쳐볼까요? 누가 제일 싫어할지 모르겠지만, 스트레피, 공작님, 누가 가장 우리 방문을 불편해할까요?"

"오, 목록이 너무 길어. 출발하고, 가는 길에 희생자를 고르자고." 스트레퍼드가 제안했다.

수지는 방으로 달려가 얇은 망토 하나를 걸치고, 굽 높은 새틴 슬리퍼도 갈아 신지 않은 채 네 남자와 함께 밖으로 나섰다. 달은 없었다—천만다행으로 달은 없었다!—그러나 별들은 과일처럼 가까이 매달려 있었고, 정원 담장 너머로 은밀한 향기가 흘러오고 있었다. 수지의 가슴은 코모에서의 기억으로 조여왔다.

그들은 웃고 지체하며, 정처 없는 사람들처럼 바람결에 이끌리듯 걸어갔다. 누군가가 산 조르조 마조레 성당 정면을 가까이서 보자고 제안하자, 곤돌라를 불러 흔들리는 등불과 기타 소리를 지나 물길을 건넜다. 다시 육지에 오르자, 경치에 질려 늘 미간을 찌푸리던 길로 가, 한밤중에 미학 운운하는 건 지긋지긋하다고 투덜대며 근처의 나이트클럽을 가자고 했다. 공작도 열렬히 찬성했지만, 수지가 단호히 거절하자 일행은 다시 골목을 빙빙 돌아다니며 피아차와 플로리안 카페 아이스를 향해 걸음을 옮겼다. 그러다 수지는 낯설면서도 어딘가 익숙한 골목 모퉁이에서 멈춰 서서 주위를 둘러보며 웃음을 터뜨렸다.

"어머, 힉스 저택 아니에요? 창문마다 불이 환하잖아! 분명 파티 중일 거예요. 아, 우리 그냥 올라가서 깜짝 등장해볼까요?"

자기가 낸 아이디어가 그토록 우스꽝스럽게 느껴진 적은 없었고, 동행들이 시큰둥하게 반응하는 게 오히려 이상할 정도였다.

"힉스를 놀래킨다고 뭐가 그리 재밌나?" 길로가 기대하던 자극을 빼앗긴 듯 불만을 토로했다. 스트레퍼드도 덧붙였다. "솔직히, 내가 가는 게 더 놀라운 일일걸."

그러나 수지는 열을 올리며 우겼다. "당신들은 몰라. 엄청난 일일지도 몰라! 내 느낌엔 오늘 코럴이 약혼을 발표하는 것 같아—닉이랑 약혼 말이야! 자, 스트레프, 내 손 잡아. 프레드, 너도!…" 그녀는 《돈 조반니》에서 도나 안나가 등장할 때의 첫 부분을 흥얼거리며, "아, 검은 망토랑 가면만 있었으면 딱인데…"

"그 얼굴이면 충분해." 스트레퍼드가 그녀 팔에 손을 얹으며 말했다.

순간 수지 얼굴이 새빨갛게 달아올랐다. 브레켄리지와 공작은 성큼 앞서 올라가 버렸고, 길로도 느릿느릿 뒤따라 계단을 반쯤 오르고 있었다.

"내 얼굴? 내 얼굴이 왜? 내가 힉스네 집에 가면 안 될 이유라도 있어?" 수지가 갑자기 화를 내며 쏘아붙였다.

"없어. 단 하나도. 다만 네가 가면 내가 죽도록 지루할 뿐이지." 스트레퍼드가 태연히 대꾸했다.

"그러면—!"

"아냐, 가자. 저 바보들이 벌써 문 두드리는 소리 들리잖아." 그는 그녀 손을 붙잡아 계단을 오르기 시작했다. 하지만 첫 층참에서 수지는 멈춰 서더니 그의 손을 비틀어 뿌리치고, 한마디 말도, 뚜렷한 생각도 없이 긴 계단을 달려 내려가 울려 퍼지는 현관을 가로질러 어둑한 골목길로 뛰쳐나갔다.

스트레퍼드가 곧 따라잡았고, 둘은 한동안 밤 속에서 말없이 서 있었다.

"수지—도대체 무슨 일인데?"

"무슨 일이냐고? 안 보여? 나 너무 피곤해. 머리도 깨질 듯 아프고—당신들이 다, 하나같이, 날 지루해 죽게 만들어!" 그녀는 그의 팔에 사과하듯 손을 얹으며 덧붙였다. "스트레피, 미안해. 하지만 제발 곤돌라 하나 잡아서 날 집에 보내줘."

"혼자 가겠다고?"

"혼자."

스트레퍼드는 언제나, 자신이 이해할 수 없는 일을 굳이 따져 묻는 법이 없었고, 수지는 그가 순순히 응해주리라는 걸 알았다. 둘은 말없이 다음 운하까지 걸어가, 지나가던 곤돌라 하나를 세웠고, 그는 그녀를 태워 보냈다.

"이제 가서 즐기고 와요." 그녀는 곤돌라가 다리 밑을 미끄러져 들어가자 뒤따라 외쳤다. 만약 닉이 자기 삶에서 사라진다면, 남는 건 결국 허무함과 헛됨뿐일 터였다. 그렇다면 차라리 혼자 있는 편이 낫다고 생각했다.

"하지만 어쩌면 그는 이미 떠난 걸지도 몰라… 영영." 수지는 팔라초 밴더린의 문턱에 발을 올리며 그렇게 생각했다.

짧은 여름밤은 이미 서서히 밝아오고 있었다. 갓 태어난 바람이 얼룩진 물결을 흔들며 오래된 궁전 문을 강하게 두드렸다. 거의 새벽 두 시였다! 닉은 틀림없이 벌써 돌아왔을 것이다. 수지는 그의 존재를 떠올리며 안심한 채 서둘러 계단을 올랐다. 두 사람의 눈과 입술이 다시 닿는 순간, 그 무엇도 그들을 갈라놓을 수 없으리라는 것을 믿으며.

계단참에 졸고 있던 곤돌리에가 일어나 그녀를 맞으며 봉투 두 개를 내밀었다. 위에 놓인 것은 스트레퍼드 앞으로 온 전보였다. 수지는 그것을 내려놓고, 화려한 천장화 아래 매달린 등불 아래 멈춰 섰다. 다른 한 봉투가 손에 남아 있었는데, 주소는 닉의 필체였다.

"이걸 시뇨레[20]가 언제 맡겼죠? 또 밖에 나간 건가요?"

"아니요, 시뇨레는 저녁 이후로 돌아오지 않았습니다." 곤돌리에는 확신에 차 있었다. 그는 온종일 현관을 지키고 있었던 것이다. 그 편지는 낯선 소년이 가져왔는데, 수지 일행이 외출한 지 반 시간쯤 지난 뒤였다고 했다. 소년은 기다리지 않고 편지만 두고 갔다.

수지는 그의 말을 거의 듣지도 않은 채 방으로 달려갔다. 두 달 전, 엘리 밴더린의 불운한 편지를 비추었던 바로 그 램프 옆에서 닉의 편지를 뜯어보았다.

---

20 시뇨레 (signore): 이탈리아어로 '신사, 주인님'을 뜻하는 남성 호칭. 여기서는 닉을 가리킨다.

"당신에게 매정하게 굴고 싶진 않아, 하지만 이 문제는 나 혼자 풀어야 해. 빠를수록 좋다고 생각해—당신도 동의하지? 그래서 곧 밀라노행 급행열차를 탈 거야. 며칠 안에 정식으로 편지를 쓰겠지. 지금은 내가 무정한 사람이 아니라는 걸 증명하고 싶지만… 당장 할 말이 생각나지 않네.

N. L."

남은 밤은 얼마 없었고, 설령 시간이 있다 해도 잠들 수는 없었다. 수지는 편지를 떨어뜨리고 발코니로 나가, 난간에 이마를 묻은 채 바람에 흔들리는 얇은 레이스에 몸을 웅크렸다. 꼭 감은 눈꺼풀과 힘주어 짓누른 손가락 사이로도, 차갑게 파고드는 빛이 전해졌다. 또 다른 하루가 매정하게 밀려오고 있었다. 목적도 의미도 없는 하루. 넉이 없는 하루였다. 간신히 두 손을 내려놓고, 메마른 눈으로 대운하 너머 지붕 위로 불길 같은 빛이 번지는 것을 보았다. 수지는 벌떡 일어나 방 안으로 달려 들어가 무거운 커튼을 창문 위로 거칠게 당겨 내렸다. 깜깜해진 방 안을 더듬으며 라운지 소파 쪽으로 비틀거리며 쓰러져 얼굴을 베개 속에 파묻었다. 마치 더 깊은 밤을 파고들려는 듯이.

수지는 뻣뻣하고 쑤시는 몸을 일으키며 발치 바닥에 드리워진 황금빛 햇살의 쐐기를 보았다. 잠들었던 걸까, 정말? 벌써 여덟 시나 아홉 시가 된 게 분명했다! 그녀는 그 편지를 팔꿈치 곁 탁자 위에 둔 채, 술 취한 사람처럼 깊이 잠들어버린 것이다. 아, 이제야 떠올랐다. 꿈속에서조차 그 편지가 단지 꿈이라고 착각했던 것이다! 그러나 거기, 가차 없이 현실로 존재하고 있었다. 그녀는 편지를 집어 들어 천천히, 고통스럽게 다시 읽었다. 그리고는 그것을 갈가리 찢어 성냥을 찾아 헤맨 뒤, 텅 빈 벽난로 앞에 무릎 꿇고 앉았다. 마치 장례 의식을 치르는 듯 한 조각 한 조각을 태워 재로 만들었다. 언젠가 닉은 자신에게 고맙다고 할지도 몰랐다!

욕조에 몸을 담그고 서둘러 단장을 마친 뒤, 그녀는 한결 젊어지고 희망이 되살아나는 기분을 느끼기 시작했다. 어차피 닉은 단지 "하루 이틀쯤" 떠나 있겠다고만 했을 뿐이었다. 그리고 편지도 차갑지만은 않았다. 짧고 건조한 문장 속에서도 다정한 기운이 배어 있었다. 그녀는 거울을 바라보며 굳은 미소를 지어 보이고, 핏기 없는 입술에 붉은 빛을 가볍게 더한 뒤 하녀를 부르기 위해 종을 울렸다.

"조반나, 커피 좀 줘요. 그리고 스트레퍼드 씨께 제가 곧 뵙고 싶다고 전해줘요."

만약 닉이 정말 며칠 동안 자리를 비우겠다는 결심을 지킨다면, 그의 부재에 대해 뭔가 그럴듯한 변명을 꾸며내야 했다. 하지만 머리는 도무지 돌아가지 않았고, 그녀가 떠올릴 수 있는 유일한 방법은 스트레퍼드에게 털어놓는 것이었다. 진짜 곤경에 닥쳤을 때 그는 믿을 만한 사람이었다. 그의 장난기 어린 악의는, 친구들이 곤란에 처했을 때 기발한 기지로 바뀌곤 했기 때문이다.

하녀는 어리둥절한 눈길로 그녀를 바라보았다. 수지는 다소 날카롭게 같은 말을 반복했다.

"괜히 깨우지는 말아요. 자칫 스트레퍼드 씨 성격에 화낼 수도 있으니까."

그러자 하녀가 머뭇거리며 대답했다.

"하지만 시뇨라, 그 신사 분은 이미 외출하셨습니다."

"이미 나갔다구요?"

점심때 전까지는 침대에서 끌어내기도 힘든 스트레퍼드가? 수지는 믿기지 않는다는 듯 소리쳤다. "벌써 그렇게 늦은 건가요?"

"아침 아홉 시가 넘었습니다. 그 신사 분은 여덟 시 기차로 영국으로 떠나셨어요. 제르바조가 전보를 받았다고 했습니다. 부인께 편지를 쓰겠다고 전해 달라는 말만 남기셨습니다."

하녀가 나가자 문이 닫혔고, 수지는 여전히 거울 속 화장한 얼굴을 멍하니 바라보고 있었다. 마치 불쑥 끼어든 낯선 사람과 눈싸움을 벌이듯 뚫어져라 응시했다. 이제 의논할 사람이 남아 있지 않았다. 남은 건 불쌍한 프레드 길로뿐이었다. 그녀는 그 생각에 얼굴을 찡그렸다.

하지만 대체 스트레퍼드를 영국으로 불러들인 일이 뭐지?

12장

닉 랜싱은 밀라노행 특급 열차 안에서 무릎 위에 비스듬히 드리운 햇살에 눈을 떴다. 그는 하품을 하며 옆에서 꾸벅꾸벅 자고 있는 무표정한 승객들을 불쾌한 눈길로 바라본 뒤, 왜 하필 밀라노로 가겠다고 결심했던 건지, 그리고 막상 도착해서는 대체 뭘 해야 할지 의아해했다. 단호한 결정을 내리는 데 따르는 문제는, 정작 다음 날 아침이 되면 대개 텅 빈 공허함만 마주하게 된다는 점이었다.

열차가 밀라노 역에 들어서자 그는 허겁지겁 내려 커피를 들이켰고, 곧장 제노바까지 가기로 마음을 바꿨다. 수동적으로 몸이 떠밀려가는 그 상태가 행동을 늦추고 사고를 무디게 해주었는데, 열두 시간 내내 광적으로 머리를 굴린 끝에 그는 그것이야말로 자신이 원하던 상태임을 깨달았다.

그는 다시 선잠에 빠졌다가 간헐적으로 수척한 표정으로 깨어 더 많은 생각에 시달리다, 다시 열차의 덜컹거림과 쇳소리에 잠이 들곤 했다. 깨어 있는 순간마다 그의 머릿속에서도 똑같은 덜컹거림과 쇳

소리가 멈추지 않고 이어졌다. 전날 밤 팔라초 밴더린을 떠난 직후 한 시간 동안, 그는 이미 분명하게 생각할 수 있는 건 다 해 본 상태였다. 그 이후로 그의 뇌는 지칠 줄 모르고 같은 문제만을 되풀이해 굴려댔고, 밀라노에서 마신 커피는 사고를 맑게 해주기는커녕 오히려 그 속도를 더 가속시켰을 뿐이었다.

제노바에 도착한 그는 뜨거운 거리들을 배회하다가 값싼 여행 가방과 속옷 몇 벌을 사고, 기억 속에 남아 있던 항구 근처의 작은 호텔을 찾아갔다. 한 시간 뒤, 그는 호텔 식당에 앉아 담배를 피우며 저녁을 기다리는 동안 멍하니 신문을 넘기다가, 옆 테이블에 앉아 있는 작은 체구의 둥근 얼굴 신사 한 사람이 안경 너머로 자신을 머뭇거리면서도 유심히 살펴보고 있음을 알아차렸다.

"어, 버틀스 씨!" 닉 랜싱이 외쳤다. 티에폴로를 이해시키려는 코럴 힉스의 노력에 완강히 저항하던 그 비서가 눈앞에 있는 것을 알아보고 놀란 것이다.

버틀스 씨는 듬성듬성 난 머리카락 뿌리까지 붉게 달아오르며 반쯤 일어나 정중히 고개를 숙였다.

닉 랜싱이 처음 느낀 건, 홀로 골똘히 생각하던 순간이 방해받은 것에 대한 짜증이었다. 그러나 곧, 설사 버틀스 씨와의 대화라 해도 그 답답한 사색을 잠시 미룰 수 있다는 사실에 안도감을 느꼈다.

"여기 있는 줄 몰랐어요. 혹시 요트가 항구에 들어와 있나요?" 닉은 물었다. '아이비스'호가 막 출항을 앞두고 있을 터라 생각난 것이다.

버틀스 씨는 의자 뒤에 바짝 서서 손짓으로 고개를 저었다. 당장은 말하기조차 민망하다는 듯 보였다.

"아—선발대처럼 먼저 와 계신 건가요? 그러고 보니, 그제 베네치아에서 힉스 양을 만났었죠." 닉은 말을 이으며, 불과 48시간 전 스칼치교회에서 코럴을 마주쳤던 일을 떠올리며 어안이 벙벙해졌다.

버틀스 씨는 여전히 말을 삼가고 있다가 조심스레 닉의 테이블 쪽으로 다가왔다.

"랜싱 씨, 잠시 이 자리에 앉아도 되겠습니까? 고맙습니다. 사실 저는 선발대가 아닙니다. 아이비스 호는 아마 내일쯤 도착할 걸로 압니다." 그는 목을 가다듬고 비단 손수건으로 안경을 닦아 다시 코에 걸었다. 그리고는 장중하게 이어갔다. "혹시 오해를 없애기 위해 말씀드리자면, 저는 더 이상 힉스 씨의 고용인이 아닙니다."

랜싱은 그를 동정 어린 눈길로 바라보았다. 이 사실을 털어놓는 게 버틀스 씨에게 무척 고통스러운 일임이 분명했으나, 그의 단단한 얼굴에는 과장된 감정 표현이 전혀 드러나지 않았다.

"정말입니까?" 닉은 미소 지으며 대꾸했다. 그러곤 농담처럼 덧붙였다.

"설마 티에폴로가 싫어서 그만두신 건 아니겠죠?"

"아, 힉스 양이 뭐라고… 말했나요…? 아닙니다, 랜싱 씨. 저는 티에폴로와 그의 동시대 화가들이 보여준, 이미 힘을 잃은 퇴폐적 예술에 원칙적으로 반대합니다. 그러나 힉스 양이 잠시라도 이탈리아적 퇴락의 불건전한 마력에 자신을 맡기기로 했다면, 제가 감히 항의하거나 비판할 일은 아니지요. 그녀의 지적, 미학적 폭은 제 보잘것없는 역량을 훨씬 뛰어넘으니까요. 제가 끼어드는 건 우스꽝스럽고, 어울리지 않는 일일 겁니다."

그는 말을 멈추고 다시 안경을 벗어 미세한 땀방울을 닦아냈다. 분명 그는 무언가를 털어놓고 싶으면서도 두려워하는 괴로움에 시달리고 있었다. 그러나 닉은 더 이상 그의 말을 이끌어내려 하지 않았다. 그러자 버틀스 씨는 잠시 머뭇거리다 다시 이어갔다.

"제가 오늘 여기 온 건, 다소 성급하게 떠난 뒤라 우리 친구들에게 마지막 인사를 건네지 못한 채 떠나기가 차마 힘들었기 때문입니다. 그래서 아이비스 호를, 그토록 많은 자극적인 시간을 함께 보낸 그 배를, 마지막으로 한번 바라보고 싶었을 뿐입니다. 하지만 제발 부탁드리건대, 힉스 양이나 일행 중 그 누구에게도 제가 제노바에 있었다는 말을 꺼내지 말아주십시오. 저는….." 버틀스 씨는 담담하게 덧붙였다. "아무에게도 들키고 싶지 않습니다."

닉은 그를 다정한 눈길로 바라보았다.

"하지만 그건 너무 무정한 일 아닌가요?"

"다른 길은 없습니다, 랜싱 씨. 당신의 재량에 맡기겠습니다. 사실 제가 여기 있는 건 아이비스 호를 다시 보기 위해서가 아니라, 힉스 양을… 단 한 번만 다시 보기 위해서입니다. 제 심정을 이해하시고, 제가 겪고 있는 이 고통을 헤아려주시리라 믿습니다."

그는 다시 정중히 고개를 숙이고, 작은 발에 꼭 맞는 구두를 신고 종종걸음으로 문 쪽으로 향했다. 문턱에 이르러서는 다시 한 번 멈추더니, "처음부터 가망 없는 일이었지요." 라고 말한 뒤 유리문 너머로 사라졌다.

그 모습을 지켜보던 닉의 마음속에 순간 연민이 스쳐 지나갔다. 활기차고 유능하던 버틀스 씨가 이렇게 짝사랑에 힘없이 무너진 모습이라니, 어딘가 우스꽝스러우면서도 애처로웠다. 그리고 힉스 일가가 받은 충격도 짐작할 만했다. "외국어를 구사하는 사람"이었던 비서가 하루아침에 사라져버렸으니 말이다. 계정 장부와 숙박 정산은 벡 씨가 맡고 있었지만, 이름 모를 천재들이 힉스 일가 곁으로 몰려들 때 그들을 각국의 언어로 응대하는 건 오롯이 버틀스 씨의 몫이었다. 닉은, 곧 그리스로 떠날 크루즈 여행을 앞두고 그가 사라진 일이 얼마나 난처할지 상상할 수 있었다. 힉스 부인은 분명 이번 여정을 "현대판 오디세이"라고 불렀을 터였다.

이내 닉의 눈앞에서 코럴의 가망 없는 구혼자의 모습은 사라지고, 그는 다시금 자신의 비탄의 수레바퀴 위에서 빙글빙글 돌고 있었다. 전날 밤, 팔라초 밴더린 근처의 단골 작은 레스토랑에서 수지에게 짧은 쪽지를 보냈을 때만 해도, 그는 며칠 동안 자리를 비우며 마음을 추스르고 이 상황을 정리할 수 있으리라 여겼다. 그러나 쪽지를 그 레스토랑 주인의 어린 아들에게 맡기고 나서는 마음을 바꾸었다. 그 아이는 수지와 특별히 친했기에, 닉은 혹시 답장을 받아올지도 모른다는 희망에 아이가 돌아올 때까지 기다려보기로 했다. 비록 아이에게 답장을 청하라고 하지는 않았지만, 호기심 많고 친근한 이탈리아 사람 특유의 성정으로 보아, 수지를 한 번이라도 보려는 마음에 계단 근처를 서성일 것이라 짐작한 것이다. 닉은 하녀가 어두운 방 문을 두드리고, 수지는 눈물 자국을 가리기 위해 황급히 분가루를 두드린 뒤 불을 켜는 장면을 상상했다. 이렇게 가엾고 어리석다니!

그러나 아이는 닉의 예상보다 훨씬 일찍 돌아왔고, 답장은 없었다. 시뇨라는 집에 없었고, 모두가 밖에 나가 있었다는 말뿐이었다.

"모두?"

"궁전에서 함께 저녁을 먹던 시뇨라와 네 분의 신사들 모두요. 식사 후 곧장 도보로 함께 외출했습니다. 편지를 전할 사람은 현관에 있던 곤돌리에뿐이었습니다. 시뇨라께서 늦게 돌아오겠다고 하시면서 하녀를 먼저 재웠거든요. 물론 하녀는 금세 인나모라토(각주: 이탈리아어로 연인)를 만나러 나가버렸습니다."

"그렇군…." 닉은 아이의 손에 사례를 쥐여주고 레스토랑을 나섰다.

수지는 늘 그랬듯 나가 있었다. 한여름의 무더운 나날이면 으레 함께 어울리는 그 무리와 또다시 어울려 나갔던 것이다. 닉과 나눈 대화 따위는 없었던 듯, 마치 둘의 세계가 눈앞에서 산산이 무너져내린 일이 전혀 없었던 듯이 말이다. 불쌍한 수지! 어쩌면 그저 살아남으려는 본능, 곤경을 감추고 웃음을 지으며 앞으로 나아가던 옛 습관대로 움직였을 뿐일지도 모른다. 그러나 대부분의 친구들처럼 그녀 역시도 쉽게 '비극을 겪고도 금세 춤으로, 슬픔에 젖었다가도 곧장 영화관으로 뛰어가는 것'처럼 그 습관이 무감각해진 건 아닐까? 닉은 그녀의 영혼 속에 무엇이 남아 있는지, 과연 남아 있는게 있는지 자문했다.

그의 기차는 자정이 되어야 출발했기에, 닉은 레스토랑을 나온 뒤 무더운 골목길을 헤매며 걷고 또 걸었다. 지친 다리가 그를 멈춰 세운 곳은 피아체타[21] 근처, 포도덩굴로 덮인 곤돌리에 술집의 퍼골라 아래

21 피아체타(Piazzetta): 베네치아 산마르코 광장 옆의 작은 광장으로, 곤돌라 선착장이 모여 있는 곳이다.

였다. 그곳에서 그는 역으로 갈 시간이 될 때까지 시원한 술잔을 기울일 수 있었다.

열한 시가 조금 넘어가고, 그는 배를 찾기 위해 두리번거리기 시작했다. 그때 검은 뱃머리가 계단으로 미끄러져 들어왔고, 웃음소리와 농담이 뒤섞인 채, 정장을 차려입은 젊은이 무리가 뛰어내렸다. 포도 덩굴 그늘 속에서 닉은 그들 사이에 여성은 단 한 명뿐임을 알아보았다. 등불에 비춰질 필요조차 없었다. 머리에 아무것도 쓰지 않은 채 웃음을 터뜨리며, 가벼운 스카프가 맨 어깨에서 흘러내리고, 손가락 사이에는 담배를 든 수지가 스트레퍼드의 팔에 몸을 기댄 채 플로리 안 쪽으로 걸음을 옮겼다. 그 뒤로는 길로와 공작, 그리고 젊은 브레켄리지가 뒤따랐다.

닉은 열차 안에서의 긴 시간과 제노바 거리에서 무의미하게 방황하는 시간 동안 그 짧디짧은 장면이 수백 번이나 떠올랐다. 다람쥐 쳇바퀴처럼 돌아가는 랜싱 부부의 세계에서는 계속 달리거나 탈락해야 했다. 그리고 수지는 계속 달리기로 확실히 선택한 듯했다. 선착장에 내리던 순간, 램프 불빛 아래서 본 그녀의 얼굴은 분장으로 철저히 가려져 있었다. 그들 사이의 파국이 남겼을 흔적은 찾아볼 수 없었다. 닉은 심지어 그녀가 눈을 더 빛나 보이게 하려고 아트로핀[22] 몇 방울을 떨어뜨렸을지도 모른다고 생각했다.

자정 열차를 타려면 지체할 시간이 없었다. 그런데 마침 눈에 띄는

22 아트로핀(atropine): 동공을 확장시키는 의약품으로, 눈을 또렷하고 반짝이게 보이게 하는 데 쓰인다. 당시 일부 여성들은 미용 목적으로 소량을 사용하기도 했다.

곤돌라는 수지가 방금 내린 바로 그것뿐이었다. 닉은 성큼 올라타 곤돌리에에게 역으로 가자고 지시했다. 등받이에 몸을 기댔을 때 쿠션에서 그녀의 향기가 흘러나왔다. 역의 전등 불빛 아래 발치에는 그녀의 드레스에서 떨어진 장미 한 송이가 놓여 있었다. 그는 그것을 밟아 으깨며 열차에서 내렸다.

그것이 마지막이었다. 그녀에 대한 마지막 장면, 마지막 기억. 닉은 이제 더는 돌아가지 않으리라는 것을 알았다. 적어도 예전의 삶으로는 돌아가지 않겠다고. 어쩌면 그녀를 한 번은 다시 만나 이야기를 하고, 미래에 대해 무언가 정리해야 할지도 몰랐다. 그는 분명 악의는 품고 있지 않았다. 다만, 다시 그 늪으로 들어갈 수는 없었다. 그렇게 하면 결국 한없이 끌려 내려가 끝없는 타협 속에 잠식당할 게 분명했으니까.

제노바 항구의 뜨거운 여름밤은 태평한 사람조차 잠들 수 없게 했지만, 닉은 밤새 뒤척이며도 그 소음을 전혀 의식하지 못했다. 머릿속 소용돌이가 훨씬 더 요란했기 때문이다. 새벽이 와도 마음은 조금도 가벼워지지 않았고, 그는 지쳐 무거운 잠에 빠져들었다. 눈을 떴을 때는 이미 정오 무렵이었다. 창밖으로는 항구의 눈부신 햇살 속에 아이비스 호의 검은 윤곽이 뚜렷이 솟아 있었다. 닉은 그 배의 주인들을 마주칠까 두려워하지 않았다. 그들은 이미 오래전에 내려 시원하고 세련된 곳으로 떠났을 터였다. 이상하게도 그 사실은 오히려 닉의 고립감을 더 짙게 만들었다. 이제 세상 어디에도 의지할 이가 없다는 절망감과 함께. 그는 옷을 챙겨 입고, 축 늘어진 채 그늘진 구석에서 커피 한 잔을 마시러 나섰다.

커피를 마시는 동안 생각이 점차 정리되었다. 자신이 미친 사람처럼, 아니면 어린애처럼 행동했음을 인정하지 않을 수 없었다. 차라리 미친 사람 쪽이라고 생각하고 싶었다. 만약 수지와 헤어져야 한다면, 그것은 차분하고 품위 있게 끝낼 수도 있는 일이었다. 그들같은 부류의 사람들이 늘 그렇게 해왔듯이. 작은 쾌락과 무미건조한 일상으로 살아가는 세계에 괜히 멜로드라마를 끌어들이는 것은 우스꽝스러운 짓이었다. 닉은 자신의 행동이 얼마나 어울리지 않는 것이었는지 되새기며 피식 웃었다. 그러나 곧 눈에 눈물이 차올랐다. 수지 없는 미래는 감당할 수 없고, 상상조차 할 수 없는 것이었다. 그렇다면, 왜 꼭 헤어져야 한단 말인가? 그렇게 자문하는 순간, 그녀의 얼굴이 바로 곁에 다가와 있는 듯했고, 위쪽 입술이 살짝 올라가며 만들어내던 그 미묘하고도 아름다운 미소가 떠올랐다. 그래, 그는 돌아가야 했다. 하지만 협상이나 정리, 사업을 접듯 관계를 끝맺기 위한 귀환은 아니었다. 그가 돌아간다면 조건 없이, 영원히, 그녀 곁으로 돌아가는 것이 될 터였다.

그러나 문제는 미래였다. 결혼 축의금이 다 쓰이고, 할머니의 진주 목걸이까지 팔아버린 뒤에는? 결국은 부유한 친구들에게 노골적으로, 아무 조건 없이 얹혀사는 신세, 공인된 '기생충'이 되는 수밖에 없지 않은가? 다른 해결책은 없는가, 삶을 새롭게 꾸려갈 길은 전혀 없는가? 아니, 없었다. 닉은 사치와 여유의 배경에서 벗어난 수지의 모습을 도저히 그려낼 수 없었고, 두 사람 중 누구도 풀머 부부 같은 삶을 살아가는 모습은 상상할 수 없었다. 뉴햄프셔의 초라하고 어수선한 방갈로[23], 게으른 하인들, 먹을 수조차 없는 음식, 사방에서 달라붙는 아이들…. 그런 생활을 수지에게 함께하자고 할 수 있을까? 아니, 한다 해도 수지는 아마 현명하게 거절했을 것이다. 그들의 결합은 한여름의 순간적인 광기 위에 세워졌고, 이제는 그 대가를 치러야 할 차례였다.

그는 편지를 쓰기로 결심했다. 만약 헤어져야 한다면 직접 마주할 용기가 없었다. 닉은 종이를 달라며 웨이터를 불러 펜과 잉크를 청했다. 커피가 놓여 있던 탁자 구석의 읽지 않은 신문 더미를 밀어내고 자리를 비우려는 순간, 눈길이 멈춘 곳에 이틀 전 날짜의 『데일리 메일』이 놓여 있었다. 편지를 미루려는 핑계 삼아 그는 그 신문을 집어들고 첫 면을 훑어보았다. 거기에는 이런 기사가 실려 있었다.

"솔렌트[24]에서 비극적인 요트 사고.
올트링엄 백작과 그의 아들 댐블레 경 익사.
두 시신 모두 수습."

그는 눈을 크게 뜨고 기사를 끝까지 읽었다. 사고는 자신이 베네치아를 떠나기 전날 밤, 솔렌트 해협의 안개 속에서 일어난 충돌로 벌어

---

23 방갈로(bungalow): 원래 인도에서 유래한 주거 양식이며, 19세기~20세기 초 미국과 영국에서 흔했던 주택 양식. (나무로 지은 1층 위주의 주택이며 현관이 있고 낮고 넓게 퍼져 있는 구조로 별장이나 시골집처럼 실용적이고 아담한 주택)
24 솔렌트(Solent): 영국 본토와 와이트 섬 사이의 해협으로, 요트 경주와 해상 사고로도 유명한 지역이다.

진 것이었다. 그 결과, 옛 친구 스트레퍼드가 이제는 올트링엄 백작이자 영국에서 손꼽히는 거대한 사유 재산의 상속자가 된 것이었다. 가난에 찌들었던 스트레퍼드가 이런 사건의 주인공이 되다니, 어지럽게 현기증이 일었다. 단 하루 만에 운명의 수레바퀴가 이렇게 돌다니. 자신은 가장 깊은 나락으로 내던져진 반면, 다른 이는 별들 위로 치솟게 만들다니!

그 순간 닉의 눈앞에는 다시금 수지가 곤돌라에서 내려오는 모습이 떠올랐다. 골목 계단에서 울려 퍼진 그녀의 웃음소리, 스트레퍼드와 주고받던 농담, 그의 팔에 매달리듯 몸을 기대고 다른 남자들을 휘몰아 데리고 가던 모습…. 스트레퍼드—수지와 스트레퍼드! 닉은 이미 여러 번, 친구가 수지에게 말을 걸 때 부드럽게 변하는 목소리의 억양이나 그녀를 바라볼 때 게으른 눈빛 속에 깃들던 응시를 눈치챈적이 있었다. 하지만 결혼의 행복 속에 안주하던 닉은 그런 징후들을 대수롭지 않게 넘겨버렸었다. 그가 진짜로 질투했던 사람은 프레드 길로였다. 여자의 어떤 변덕이든 채워줄 수 있는 무한한 재력이 그에게 있었기 때문이다. 그러나 닉은 그런 물질적인 이점만으로는 수지를 더 이상 만족시킬 수 없다는 것을 알았다. 스트레퍼드는 길로와는 달랐다. 철저히 '자격 없는 남자'로 여겨지던 시절에도 수지는 그의 곁을 즐겼다. 그렇다면 막대한 재산과 새로운 지위를 손에 넣은 지금, 수지는 과연 그의 매력을 뿌리칠 수 있을까?

닉의 뇌리에 잊혔던 그들의 결혼 계약 조항이 다시 떠올랐다. 그가 수지와 함께 엄숙히 맹세했던, 터무니없는 약속 말이다. 그러나 과연 터무니없기만 했을까? 그것은 수지의 제안이었고(주님께 감사하게도 자기 제안은 아니었다), 그녀는 그때 생각보다 더 진지했을지도 모른다. 어쩌면 이번 파국이 일어나지 않았더라도, 스트레퍼드에게 갑작스럽게 영예가 주어진 사실만으로도 그녀는 자유를 원했을지 모른다.

돈, 사치, 유행, 쾌락. 그것이 그녀의 삶을 떠받치는 네 개의 기둥이었다. 닉은 늘 그것을 알고 있었고, 수지 자신도 마지막 끔찍한 대화에서조차 인정했었다. 한때 닉은 그녀의 솔직함을 자랑스럽게 여기기도 했다. 하지만 그녀가 그 욕망을 채우기 위해 언젠가는 지금보다 더 몸을 굽히지는 않을 거라고, 그는 왜 지금까지 믿어왔던 걸까. 어쩌면 스트레퍼드에게 그녀를 내어주는 것이 그녀를 구하는 길일지도 몰랐다. 어쨌든 지금 과거의 맛은 너무 쓰디써서, 그는 그 부고 기사 한 줄을 눈앞에 들이민 운명에게 감사하지 않을 수 없었다.

"사랑하는 수지에게.

운명이 우리 앞날을 대신 맡아준 듯해, 우리가 애써 풀 필요조차 없게 되었어. 내가 우리가 어떤 조건을 바탕으로 결혼했는지를 잊을 만큼 이기적이었더라도, 지난 이틀 동안의 고독이 그 약속을 다시 일깨워 주었어. 당신은 한 남자가 얻을 수 있는 가장 큰 행복을 내게 주었고, 그 밖의 것은 내겐 아무런 의미가 없어. 하지만 내가 당신에게 원하는 걸 줄 능력이 없는 이상, 당신 앞길을 막을 권리도 없지. 우리는 더 이상 어떤 '은밀한 대가'로 베네치아의 궁전을 빌려서는 안 돼. 신문에서 보니 이제 스트레프는 당신이 원하는 만큼의 궁전을 줄 수 있더군. 그에게 기회를 줘. 분명 기꺼이 받아들일 테고, 지금 눈에 띄는 이들 중엔 그가 가장 나은 남자야. 나도 그가 부럽다.

곧 다시 편지를 쓸게. 그때는 정신을 좀 가다듬고, 내 주소도 알려 줄 수 있을 것 같아.

닉."

그는 짧게 현재의 자금 상황을 덧붙이고는, 봉투에 편지를 넣어 "니콜라스 랜싱 부인" 앞으로 적었다. 그러면서도 아내의 기혼 이름을 처음으로 써본 것이라는 사실을 깨달았다.

"하나님 맙소사, 이제 그 이름을 쓸 다른 여자는 없겠군."

그는 주머니에서 우표를 꺼내며 그렇게 다짐했다.

피곤한 듯 기지개를 켜며 자리에서 일어섰다. 날씨는 숨이 막힐 만큼 더웠다. 그는 편지를 주머니에 넣으며 생각했다.

'직접 부치자. 그게 안전해. …그다음엔 도대체 뭘 해야 하지?'

모자를 눌러 쓰고 작열하는 햇볕 속으로 걸어 나갔다. 우체국 앞 광장에서 발길을 돌리려는 순간, 지나가던 마차에서 하얀 양산이 흔들렸다. 코럴 힉스가 몸을 앞으로 내밀며 손을 내뻗었다.

"역시 여기서 찾을 줄 알았어요." 그녀는 의기양양하게 말했다. "몇 시간째 이 땡볕 속을 오가며 쇼핑도 하고 당신을 기다리기도 했거든요."

닉은 멍하니 그녀를 바라볼 뿐, 자신이 제노바에 있는 걸 그녀가 어떻게 알았는지조차 의아해할 겨를이 없었다. 그녀는 특유의 수줍은 당당함으로, 마치 오케스트라 단원을 지휘하듯 그를 압도했다.

"어서 마차에 타주세요. 더는 이 열기 속에서 기다리게 하지 말아요." 그러고는 마부에게 "알 포르토(항구로)!" 하고 외쳤다.

닉 랜싱은 그녀 곁에 몸을 기댔다. 그때 바닥에 쌓인 짐보따리들을 보고, 자신이 그저 그 무더기에 하나 더 보태진 기분을 느꼈다. 아마 그녀는 전리품을 아이비스 호로 가져가는 중일 것이고, 자신은 갑판 위에 올라가 전시될 물건 하나가 될 터였다. 뭐, 그래도 하루는 흘러갈 것이고, 밤이 되면 자신의 앞날에 대해 결단을 내릴 수 있으리라 그는 생각했다.

—

닉이 떠난 지 사흘째 되던 날, 팔라초 밴더린에 수지 앞으로 세 통의 편지가 도착했다.

첫 번째는 스트레퍼드의 것이었다. 기차 안에서 급히 휘갈겨 토리노에서 부친 편지였다. 신문에서 이미 읽었을 그 끔찍한 사고 때문에 급히 귀국하게 되었다고 간략히 알린 뒤, 영국에서 다시 쓰겠다고 했다. 서둘러 덧붙인 추신에는 이렇게 적혀 있었다.

"작별 인사를 하고 싶었는데 도저히 시간이 안 됐어. 닉에게 안부 전해줘. 올트링엄으로 꼭 한 줄 써 보내주길."

그날 오후, 제노바에서 온 두 통의 편지가 더 도착했다. 수지는 먼저 남편의 글씨체를 알아보고 그 편지를 붙잡았다. 손이 심하게 떨려 당장은 봉투를 열 수도 없었다. 겨우 펼쳐 읽고 나서는, 편지를 무릎 위에 올려둔 채 한참을 멍하니 응시했다. 너무나 많은 의미로 읽힐 수 있는 글이었다. 냉담과 절망, 아이러니와 애정, 그 모든 가능성이 뒤섞인 대안들을 상상했다. 닉이 이 글을 쓸 때 고통에 몸부림쳤을까, 아니면 그녀를 고통 주려는 의도로 쓴 걸까? 혹은, 그냥 있는 그대로의 마음을 담은 것일까? 정말로 그는 자신들의 터무니없는 계약을 끝까지 지켜야 한다고 믿고 있는 걸까?

분명 닉은 분노와 격분 속에서 떠났지만, 자세히 보니 그의 글에는 단 한마디의 원망조차 없었다. 그래서일까, 마지막에 가서 그 글이 더 차갑게 느껴졌다. 그녀는 몸서리치듯 떨며 다른 봉투를 집어 들었다.

어딘가 낯익으면서도 확실히 기억나지 않는 큼직하고 뻣뻣한 필체였다. 봉투를 열자, 돛을 활짝 펼친 아이비스 호가 잔물결 위를 가르는 그림엽서가 나왔다. 그 뒷면에는 이렇게 적혀 있었다.

"랜싱 씨를 잠시 우리 크루즈에 내주셔서 너무 고마워요.
최선을 다해 그를 돌볼 테니 안심하세요.

코럴."

2부

13장

지난 겨울, 뉴욕에서 바이올렛 멜로즈가 수지 브랜치에게 말했다.

"아니, 도대체 왜 당신과 닉은 내 베르사유의 별장에서 신혼여행을 보내지 않는 거야? 난 중국으로 떠나기 때문에, 여름 내내 그곳을 마음대로 쓸 수 있을 텐데."

그 제안은 연인들의 마음을 흔들기에 충분히 매혹적이었다.

그 집은 순진할 만큼 소박하면서도, 실은 막대한 부의 여유로움이 낳은 무장해제 같은 단순함으로 가득한 곳이었다. 수지에게는 마치 '절제의 첫걸음'을 내딛기에 더없이 알맞은 집처럼 보였다. 하지만 닉은, 그 계절의 파리는 지인들로 붐벼 언제고 사방에서 그들을 찾아낼 거라며 반대했다. 수지 또한 경험상, 부유층이 가장 즐기는 일이란 결국 가난한 사람들과 무작정 어울리며 흥을 돋우는 것이라는 사실을 알고 있었다. 그래서 결국 두 사람은 스트레퍼드의 빌라를 택했고, 수지는 마음속으로 '바이올렛의 별장은 나중에 더 유용하게 쓰일지 모른다'는 가능성을 담아뒀다.

그런 생각이 그녀의 머릿속을 맴돌고 있었다. 8월 말, 비 내리는 오후, 역에서 잡은 마차 지붕에 짐을 가득 실은 채 멜로즈 저택에 다다랐을 때였다. 수지는 베네치아에서 곧장 달려왔고, 밀라노에서는 단지 전보 답신을 확인하기 위해 잠시 멈추었을 뿐이었다. 멜로즈 부인이 늘 자랑하던 완벽한 가정부—"모든 게 지켜지면 난 예고도 없이 베르사유의 오두막으로 달려가 달걀 스크램블만 먹으며 혼자 지내곤 해"—라는 말을 가능케 하던 가정부였다.

수지가 보낸 전보에 그 완벽한 가정부는 이렇게 답했다.

"멜로즈 부인께서는 틀림없이 크게 기뻐하실 겁니다."

수지는 더 생각할 것도 없이 베르사유행 열차에 몸을 실었고, 이제 비가 부슬부슬 내리는 가운데, 스핑크스 석상이 지키는 파빌리온 현관 앞에 서 있었다.

계절은 돌고 돌아, 멜로즈의 집이 제법 유용할 때가 된 것이다. 8월 말의 베르사유에는 더 이상 방문객을 염려할 필요가 없었다. 수지가 고독을 찾는 이유는 처음에 생각했던 것과는 전혀 달랐지만, 그 절박함만큼은 조금도 덜하지 않았다. 오로지 혼자이고 싶었다. 프레드 길로와 그의 추종자들이 끈질기게 붙어 있던 첫 며칠, 늪처럼 감도는 여름의 햇살 속에서, 마치 좁은 우리에 갇힌 짐승처럼 안절부절못하며 몸을 뒤틀던 그 시간 이후로, 고독은 유일한 도피처요 갈망이었다. 베네치아의 관능적인 화려함과는 정반대의, 그 푸른 하늘과는 전혀 닮지 않은 회색빛 하늘 아래서라면 더할 나위 없었다. 선택할 수만 있었다면, 이름 모를 북쪽의 음습한 도시 여관에 숨어들었을 것이다. 그러나 그것이 불가능한 사치였다면, 이렇게라도 비가 내리는 황량한 저택 앞에 서 있는 게 차선이었다.

프레드 길로는 시무룩한 얼굴로 자기의 사냥터로 떠나버렸고(9월에 합류하겠다고 그녀가 어쩔 수 없이 반쯤 약속했던 곳), 공작과 브레켄리지를 비롯한 베네치아에 남은 사람들도 엥가딘이나 비아리츠로 흩어져 버렸다. 이제 그녀는 적어도 마음을 추스를 수 있었고, 스스로를 돌아보고, 앞으로 맞닥뜨릴 삶의 다음 막을 준비할 수 있었다. 하늘이여, 베르사유에 비가 내려 다행이었다!

문이 열리자, 거실에서 웃음소리가 흘러나왔다. 그리고 문간에 홀쭉하고 나른한 모습이 나타났다.

"자기야!" 바이올렛 멜로즈가 외치며 수지를 끌어안아, 어두우면서도 향기가 감도는 방 안으로 이끌었다.

"전 당신이 중국에 있는 줄 알았는데요!" 수지가 더듬거렸다.

"중국... 중국이라니." 멜로즈 부인은 몽롱한 눈길로 대꾸했다. 그제야 수지는, 늘 떠돌고 무계획적이며, 쾌락의 바람에 휘말려 다니는 그 어떤 덧없는 존재들보다도 설명이 불가능했던 그녀의 삶을 떠올렸다.

그때 뒤따라온 완벽한 가정부가 수지의 핸드백을 들고 덧붙였다.

"부인, 저도 어제 저녁 멜로즈 부인께서 보내신 전보를 받기 전까지는 그렇게 생각했습니다."

멜로즈 부인은 여윈 손으로 움푹 팬 관자놀이를 움켜쥐었다.

"그럼, 그렇고말고! 원래는 중국으로 아니, 인도로 가려 했지…. 하지만 내가 천재를 발견했거든. 천재라면, 알잖아…."

끝내 말을 맺지 못한 그녀는 폭신한 디반에 털썩 몸을 맡기더니 팔을 뻗어 외쳤다.

"풀머! 풀머!"

그 순간, 수지 랜싱이 방 한가운데서 눈을 크게 뜨고 서 있는 사이, 안쪽의 푹신하고 향기로운 어둠 속에서 한 남자가 걸어나왔다. 놀랍게도 그 남자는 뉴햄프셔의 오두막집에서 늘 자녀들에게 둘러싸여 지내던, 바로 그 착한 냇 풀머였다. 그러나 지금 그녀 앞에 선 풀머는 당당한 태도로 손을 주머니에 찔러 넣고, 입에는 담배를 문 채, 멜로즈 부인의 흰색 표범 가죽 위에 발을 단단히 딛고 서 있었다.

"수지!" 그가 두 팔을 벌리며 소리쳤다. 멜로즈 부인은 곁에서 나직이 말했다.

"몰랐구나? 그의 걸작들을 못 들어봤어?"

수지는 웃음을 터뜨리고 말았다.

"냇이 당신이 말하는 그 천재라는 거예요?"

멜로즈 부인은 그녀를 나무라듯 바라보았다.

풀머가 웃으며 말했다.

"아니, 난 그레이스의 천재지. 하지만 멜로즈 부인은 우리에게는 하늘이 내린 은총 같았어, 그리고…."

"은총이라니?" 멜로즈 부인이 끼어들었다. "기도 모임에 와 있는 것처럼 말하지 마! 뉴욕에서 전시회를 열었는데… 믿기 힘들 정도로 성공했지. 그는 지금 내 뉴욕 음악실 장식을 위한 자료를 준비하러 유럽에 온 거야. 우르슐라 길로는 그에게 로즐린에 있는 정원 별장을 맡겼고, 보크하이머(Bockheimer) 부인의 무도회장도 그렇고—오, 풀머, 그 밑그림들은 어디 있어?"

그녀는 벌떡 일어나 옻칠한 탁자 위에 쌓인 패션 잡지들을 이리저리 뒤적이다가, 그만 기운이 빠진 듯 다시 몸을 늘어뜨렸다.

"난 브린디시까지 갔었어. 밤낮을 달려 겨우 그를 맞으러 여기 도착한 거라니까." 그리고 수지에게 다정히 손을 내밀며 말했다. "그런데, 자기야, 정작 중요한 걸 잊었네. 차는 마셨어?"

한 시간 뒤, 찻잔을 앞에 두고 앉은 수지는 벌써 오래전부터 자신이 속해 있던 세계로 다시 흡수되는 듯한 기묘한 기분을 느꼈다. 엘리 밴더린이 베네치아로 가져온 그 공기의 한 자락을 수지는 이미 맛본 바 있었지만, 그때는 닉의 존재와 성격이 주는 다른 공기 속에 자신이 젖어 있었다. 그러나 이제는 닉이 곁에 없고 홀로 버려진 채, 도망쳐 나온 줄 알았던 바로 그 영향력 앞에 다시 무력하게 내맡겨지고 있음을 깨달았다.

얼마 전 자신이 벗어나려 했던 그 기묘한 사회적 소용돌이를 생각해보면, 주사위 한 번 던지듯 우연히 네트 풀머가 명성을 얻고, 바이올렛 멜로즈가 세상 끝에서부터 달려와 그 영광에 기대는 일이 조금도 이상하지 않았다.

수지는 멜로즈 부인이 이른바 '도덕적 기생자' 부류에 속한다는 것을 잘 알고 있었다. 그 낯설고 기묘한 세계에서는 때때로 역할이 거꾸로 되어, 부자가 가난한 이를 착취하기도 했다. 명성에 조금이라도 기대어 빛을 얻을 기회가 있다면, 어김없이 나타나는 멜로즈 부인은 진주를 두른, 해롭지 않은 흡혈귀에 지나지 않았다. 그녀가 가진 수많은 돈으로는 결코 만들어낼 수 없는 유명세를 빨아들이는 것, 그것이 그녀의 유일한 목적이었다. 겉만 보는 이라면 바이올렛 멜로즈를 불길

한 마녀로, 내트 풀머를 무력한 희생양으로 여겼을 것이다. 그러나 수지는 더 잘 알고 있었다. 불쌍한 바이올렛은 그조차도 아니었다. 잠시 타오르는 사소한 열정 속에서, 사랑과 사교적 욕망을 뒤섞어 나름대로의 목적을 좇던 엘리 밴더린조차도 최소한 '자신을 이루는 방식'을 지닌 여자였다. 하지만 바이올렛은 그마저도 없었다. 그녀는 그저 의미 없이 떠도는 물음표 같은 존재였다.

그렇다면 풀머는 어떤가? 수지는 새삼 그의 작고 단단한 체구, 특징 없는 수염 난 얼굴, 몽상에 잠겼다가도 불시에 상대를 꿰뚫듯 파고드는 눈빛을 다시 살폈다. 그리고 마침내, 오랜 세월을 버텨온 고집스러운 노력, 무시와 가난에도 굴하지 않은 태도, 늘 불어나는 가족의 필요조차 외면하며 지탱해온 삶의 비밀을 이해한 듯했다. 그렇다. 이제야 알겠다. 그는 겉보기에 너무 평범해 보여서 오히려 천재일 수 있었다—아니, 어쩌면 정말 천재일지도 몰랐다. 비록 그 사실을 확인해주는 이가 하필 바이올렛 멜로즈라 할지라도!

수지는 풀머를 똑바로 바라보았다. 두 사람의 시선이 마주쳤고, 그는 수염 너머로 옅은 미소를 지어 보였다.

"그래, 내가 그를 발견했어. 내가 한 거야."

바이올렛 멜로즈 부인은 검은 벨벳 안락의자 깊숙이 몸을 파묻은 채, 마치 한밤의 바다에 잠긴 창백한 바다 요정 네레이드처럼 앙상한 두 손으로 움푹 팬 관자놀이를 움켜쥐며 강변했다.

"우르슐라 길로가, 미국 미술가 전시회에서 그의 '봄의 눈보라(Spring Snow Storm)'를 어두운 구석에서 발견했다느니 뭐니 하는 말은 단 한 마디도 믿지 마! 그 그림이 걸린 자리? 위층, 저 위에 매달려 있었단 말이야. 사람들이 그를 매단 지가 고작 1년도 안 됐어! 그리고 솔직히, 우르술라는 평생 그림 전시회에서 첫 줄 이상 올려다본 적이 없어. 그런데 이제 와서는... 제발, 풀머, 그게 중요하지 않다고 말하지 마! 당신이 그렇게 말하면, 오히려 그녀 주장을 뒷받침해주는 꼴이 돼. 사실은, 그날 바니싱 데이[25]에 내가 전시회에서 본 사람이라면 누구든 알 수 있는 일이지…. 누구냐고? 그래, 에디 브레켄리지가 있었잖아. 뭐라고? 그때 이집트에 있었다고? 어쩌면 그랬을지도. 하지만 사람이 위대한 예술작품과 마주쳤을 때, 주위에 누가 있는지 일일이 기억하겠어? 성 바울이 그렇지 않았나—그의 눈에서 비늘이 떨어졌던 순간처럼. 바로 그날, 내게도 그 일이 일어났던 거야…. 그리고 모두가 알다시피, 우르술라는 그때 로즐린에 있었고 전시회 개막식에도 올라오지 않았어. 그런데 풀머는 여기 앉아 웃으면서, '중요하지 않다'고 하고, 아무 때나 또 하나 그려서 내가 발견하게 해주겠다고만 하잖아!"

수지는 초조하게 떨리는 손으로 초인종을 눌렀다. 오롯이 혼자가 되고 싶어서, 고요 속에 서서, 자신의 상황을 똑바로 마주보고 정리할 시간을 갖고 싶어서였다. 가방 사이에 몸을 웅크린 채, 바깥 세상의 눈부신 시선을 피하고 싶어 문이 열리기를 초조히 기다렸는데…. 지금은 바이올렛의 응접실, 바로 신혼여행을 보냈을지도 모를 그 집 안에 앉아, 벌써 한 시간이 흘렀다. 하지만 아무도 그녀에게 어

---

25 바니싱 데이(Varnishing Day): 영국·미국 미술 전시회 전통으로, 전시 개막 전날 화가들이 마지막으로 작품에 바니시(니스)를 칠하며 전시회를 준비하던 날. 예술계 인사들이 모여 사교를 즐기는 자리이기도 했다.

디서 왔는지, 왜 혼자인지, 그녀 얼굴에 쓰여 있는 비극의 이유가 무엇인지 묻지 않았다.

이것이 바로 그들이 살던 세상의 방식이었다. 아무도 묻지 않고, 아무도 의아해하지 않는다—사람들이 더 이상 기억할 시간이 없기 때문이다. 예전처럼 호기심이나 악의적인 소문에 시달릴 위험은 거의 사라졌다. 이제는 각자 자기 비극과 자기 드라마를 스스로 짊어져야 했다. 누가 그것을 들여다보거나 막아설 틈조차 없었으므로. 수지는 앞에 있는 두 사람을 바라보았다. 바이올렛 멜로즈는 오직 유명세에 매달려 있었고, 풀머는 성공의 황금빛 바다에 흠뻑 잠겨 있었다. 그들 앞에서 수지는 마치 산 자들의 무딘 감각에는 닿지 않는, 소리 없는 호소를 보내는 유령 같았다.

'혼자 있고 싶었는데, 이건 차고 넘치게 혼자네.'

수지는 이렇게 생각했지만, 그 고독함은 오히려 섬뜩하게 다가왔다. 그녀가 풀머 쪽으로 몸을 돌려 물었다.

"그레이스는요?"

그는 전혀 부끄러워하지 않고 활짝 웃었다.

"아, 당연히 여기 있어요. 우리 파리에 있거든요, 아이들도 다 같이. 하숙집에서 언어 공부도 하고요. 하지만 사실 난 거의 보질 못해요. 그녀는 음악에, 나는 그림에 파묻혀 있거든요. 그레이스에게도 내게 못지않게 큰 기회가 찾아온 거죠. 하루 종일 바이올린을 켜고 연주를 들으면서 시간을 보내요. 뭐, 뉴햄프셔 시절과는 엄청난 변화지."

그는 꿈꾸는 듯 그녀를 바라보았다. 마치 그 꿈에서 빠져나와, 수지를 바래져 가는 과거 속에 겨우 다시 놓아보려 애쓰는 듯했다.

"그 오두막 기억나요? 그리고 닉은… 아, 닉은 잘 있죠?" 그가 의기 양양하게 물었다.

"그래, 사랑하는 닉은?" 멜로즈 부인도 거들었다. 수지는 고개를 곧게 들고 얼굴을 붉힌 채 또렷하게 대답했다.

"아주 잘 있어요—아주 멋지게!"

"하지만 여기엔 없죠?" 풀머가 물었다.

"아니에요. 여행 중이에요—배를 타고요."

멜로즈 부인의 관심이 잠시 스쳤다.

"흥미로운 사람이랑 같이?"

"아니에요, 당신이 알 만한 사람들은 아니에요. 우리가 만난 사람들 이에요…." 더 설명할 필요도 없었다. 이미 그녀의 시선은 다른 데로 흘러갔으니까.

"옷 가지러 온 거겠지, 그렇지? 요즘 치마 폭 넓어진다는 말 다 소문일 뿐이야. 내가 새로 발굴한 천재적인 디자이너가 있는데, 그 사람이 당신을 완전히 새로운 스타일로 감싸줄 거야. 이름은 비밀이지만 곧 같이 가보자."

수지는 몸을 깊이 파묻었던 안락의자에서 일어섰다.

"방에 올라가도 될까요? 직행으로 와서 좀 피곤해서요."

"물론이지, 자기야. 아마 저녁에 몇 사람이 더 올 거야…. 매치 부인이 알려줄 거야. 기억력이 기막히거든…. 풀머, 음악실 도안은 도대체 어디 있는 거야?"

그들의 목소리는 수지가 매치 부인의 꼿꼿한 발걸음을 따라 흰 패 널이 둘러싼 방으로 오르는 내내 뒤를 쫓아왔다. 방은 알록달록한 리낸 장식으로 꾸며져 있었고, 낮은 침대에는 쿠션이 수북이 쌓여 있었다.

'만약 우리가 이곳에 왔다면, 모든 게 달라졌을까?'

수지는 속으로 중얼거리며, 팔라초 밴더린의 사치스러운 침실을 떠올리자 몸서리를 쳤다. 그곳은 그녀가 몰락을 맞은 무대였다.

매치 부인은 저녁은 아홉 시에 시작한다는 말과 함께, 필요한 건 다 있기를 바란다며 수지를 그 공포 속에 홀로 남겨두었다.

"다 있기를 바란다니?" 수지는 그 말을 곱씹었다. 그래, 모든 건 늘 다 있었다. 이제 문이 닫히고 목소리가 사라질 때마다, 그녀의 기억들이 어김없이 모습을 드러낼 것이다. 그 기억들은 언제나 거기서, 조용히, 집요하게 기다리고 있었다. 마치 병원 대기실에서 끝없이 기다리는 가난한 환자들처럼. 순서가 늘 맨 마지막으로 밀려도, 아무도 그들을 단념시키거나 내쫓을 수 없었다. 그들에게 시간은 아무것도 아니었고, 피로도, 허기도, 다른 약속도 아무 의미가 없었다. 그저 묵묵히 기다릴 뿐이었다.... 차라리 다행이었다. 집이 비어 있지 않아서. 만약 돌아올 때마다 그녀의 방에서 그 기억들과 맞닥뜨려야 한다면!

닉이 떠난 지 꼭 일주일이었다. 그 일주일 동안, 사람들과 질문, 짐 꾸리기, 설명, 회피로 꽉 들어찬 시간 속에서, 수지는 오직 고독 속에 구원이 있다고 믿었다. 하지만 이제 그녀는 알았다. 그 어떤 것도 준비되지 않았음을, 그리고 자신이 고독을 견딜 수 없는 사람임을. 살아오면서 단 한 번도 완전히 혼자였던 적이 없었던 그녀가, 이제 어떻게 이 사나운 기억들에 둘러싸인 채 버틸 수 있단 말인가?

저녁이 아홉 시라니? 그때까지 도대체 뭘 하란 말인가? 수지는 무룷을 꿇고 가방을 열어젖히며, 광기에 가까운 조급함으로 짐을 풀기 시작했다.

서서히, 눈에 보이지 않을 만큼 미묘하게, 그녀의 옛 생활의 영향이 다시 스며들고 있었다. 구겨지고 흐트러진 드레스를 꺼내면서 수지는 바이올렛의 단호한 경고를 떠올렸다.

"치마 폭이 넓어진다는 말을 믿지 마."

어쩌면 자기 치마는 이미 너무 넓은 건 아닐까? 침대와 소파 위에 쌓이는 늘어진 옷가지를 바라보며, 그녀는 닉이 한때는 참신하고 세련되다고 여겼던 그 드레스들이, 바이올렛의 기준이나 그 무리의 눈으로는 이미 흔하고 촌스러운 것으로 전락했음을 깨달았다. 친척에게 물려주거나 하녀에게 던져줄 정도로 가치 없는 옷들. 그리고 수지는 그 옷들이 닳아 해질 때까지 입어야만 했다. 아니면… 아니면 다시 옛 생활을 새로운 방식으로 시작해야 했다.

이런 생각에 수지는 큰 소리로 웃음을 터뜨렸다. 드레스라니! 불과 몇 주 전까지만 해도 그런 건 아무런 의미가 없었는데! 그런데 이제, 어쩌면 그것이 다시 그녀 삶에서 가장 중요한 문제가 될지도 몰랐다. 엘리 밴더린, 우르술라 길로, 바이올렛 멜로즈에게 다시 의지하는 생활로 돌아간다면 어쩔 수 없을 것이다. 그 끝에는 결국 보크하이머 부부 같은 사람들밖에 남지 않겠지….

노크 소리가 났다—얼마나 다행인지! 또 매치 부인이었다. 이번에는 전보를 들고 있었다. 수지는 숨가쁘게 봉투를 찢으며, 언제 새 주소를 알려줬던가 하고 자문했다.

"금요일 파리에 스물네 시간 머물러. 어디서 볼 수 있을지 편지 줘. 누보 뤽스 호텔로."

아, 맞다. 수지는 스트레퍼드에게 편지를 썼던 것이다! 이번이 그의 답신이었다. 그가 온다니. 그녀는 의자에 털썩 앉아, 도대체 자기가 편지에 무슨 말을 썼던가 기억해내려 애썼다. 주된 내용은 당연히 그의 불행한 사고에 대한 위로였지만, 급히 덧붙인 추신이 문제였다.

"네가 보낸 전언을 닉에게 전할 수 없겠네. 닉은 힉스 부부와 함께 떠났어. 어디로, 얼마 동안인지도 몰라. 물론 난 괜찮아. 애초에 우리 가 그렇게 합의했으니까."

그 마지막 구절은 쓰지 말았어야 했다. 하지만 편지를 봉인하려다 옆에 놓여 있던 닉의 짤막한 편지를 보고는 울컥해서 적어버린 것이 었다. 닉의 글 속에서 가장 수지를 쓰라리게 한 부분은 바로 스트레퍼 드에 관한 언급이었다. 그것은 마치 닉이 이미 자신의 미래를 다 정해 둔 듯 보였고, 그래서 더 당당하게 그녀의 앞길까지 걱정해주는 척하 며, 방향을 제시하는 듯한 느낌을 주었다. 그 생각이 들자, 질투로 읽 히던 말이 순식간에 냉정한 권고로 바뀌어버렸고, 수지는 눈물 속에 서 분노를 참지 못하고 그 추신을 휘갈겨 썼던 것이다. 비밀로 해달라 는 부탁조차 하지 않았다. 뭐 어떤가—이미 닉이 자신을 떠났다는 사 실을 사람들이 알아버려도. 어차피 오래 숨길 수 없는 일이었고, 오히 려 알려진 편이 담담한 태도를 유지하는 데 도움이 될 수도 있었다.

"애초에 합의했던 일이니까, 합의했던 일이니까…" 스트레퍼드의 전보를 다시 읽는 동안, 그 문장이 머릿속에서 울렸다. 그는 단 하루의 여정을 무리해서라도 자신을 만나려 한다는 것, 그것만으로도 수지의 눈에는 눈물이 고였다. 닉에 대한 원망이 깊어질수록, 스트레퍼드의 이 작은 증거가 더 큰 위안으로 다가왔다.

시계가 저녁 준비 시간을 알려주자 수지는 안도했다. 이제 곧 내려가 바이올렛과 풀머, 그리고 바이올렛의 다른 손님들과 이야기를 나눌 수 있으리라. 그들은 조금 별난 사람들이고, 그녀 세계와는 거리가 멀기에 괴로운 질문을 던질 일도 없을 것이다. 은은히 빛나는 등잔불 아래 앉아, 섬세한 향을 맡고, 정성껏 차려낸 음식을 먹으며, 다시금 옛 생활의 마력에 조금씩 휘말리면 된다. 혼자가 되는 것만은 피해야 했다.

그녀는 평소보다 더 정성껏 화장했다. 입술을 붉게 물들이고, 창백한 뺨에는 옅은 분홍빛을 덧입혔다. 그러나 계단을 내려가자, 쟁반을 들고 올라오고 있는 매치 부인과 마주쳤다.

"아, 부인, 너무 피곤하신 줄 알았어요. 직접 방으로 가져가려던 참이었답니다. 닭고기 조금 준비했어요."

수지는 그녀 어깨 너머로 거실을 흘긋 보았다. 등불이 켜져 있지 않았다.

"아뇨, 피곤하지 않아요, 고마워요. 멜로즈 부인이 저녁에 손님을 기다린다고 하셨던 것 같아서요."

"손님이요, 오늘 저녁에?" 매치 부인은 한숨을 내쉬었다. 그녀 표정은 주인에게 너무 무리한 기대를 걸었다는 듯 보였다. "아니에요. 멜로즈 부인과 풀머 씨는 파리에서 저녁 약속이 있으셔서, 한 시간 전에 나가셨어요. 멜로즈 부인께서 직접 말씀드렸다고 하셨는데…."

수지는 미소를 지켰다. "제가 잘못 알아들었나 봐요. 그렇다면… 네, 번거롭지 않다면 방으로 가져다주시면 되겠어요."

그녀는 천천히 몸을 돌려, 막 벗어났던 그 두려운 고독 속으로 다시 걸음을 옮겼다.

14장

    다음 날, 점심에는 예고 없이 많은 사람들이 몰려왔다. 멜로즈 부인이 요즘 몰두하던 기묘하고 이국적인 인물들이 아니라, 수지의 무리에 속하는 평범한 사교계 사람들—그녀가 무일푼으로 결혼한 흥미로운 로맨스를 익히 알고 있는 사람들이었다. 그들에게 수지는 닉이 지금 곁에 없는 이유를 설명해야 했다. 그는 친구들과 함께 에게 해로 크루즈 여행을 떠났고, 그 과정에서 책을 위한 자료를 모으고 있다고. 그건 전날 밤에 급히 꾸며낸 세부 사항이었다. 물론 아무도 제대로 귀 기울이지 않았지만.

    수지가 가장 두려워하던 상황이었지만, 막상 겪어보니 전날 밤 외로운 방 안에서 한밤중 내내 몸을 뒤척이며 보낸 끝없는 고통에 비하면 훨씬 견딜 만했다. 차라리 무엇이든, 누구와 함께든, 홀로 있는 것만은 피하고 싶었다.

    습관의 힘으로 조금씩 그녀는 다시 점심 식탁의 대화에 조율되었다. 부재한 친구들에 대한 언급, 작년의 연애와 다툼, 스캔들과 우스꽝스러운 이야기들에 관심을 보이며 웃음을 지었다. 창백한 여름 드레스를 입은 여인들은 우아하고 태평스러웠고, 남자들은 가볍고 친절했다. 수지는 아마도 이 세계가 자신이 속해야 할 곳인지도 모른다고 생각했다. 잠시 누렸던 꿈의 낙원은 이미 금빛 문을 닫아버렸으니. 하지만 점심 뒤, 테라스에 앉아 공원의 노란빛 나뭇꼭대기를 바라보다가, 한 여자가 무심코 던진 말 한마디—예전 같았으면 그냥 흘려들었을 농담—가 수지를 갑자기 깊은 혐오감으로 몰아넣었다. 그녀는 자리에서 일어나, 시들어가는 정원을 홀로 걸어 나갔다.

이틀 뒤, 수지와 스트레퍼드는 튈르리 정원의 테라스에 앉아 있었다. 수지는 사람들이 늘 북적이는 누보 릭스 호텔의 홀과 살롱을 피하고 싶어 그곳을 만나기로 했다. 그래서 두 사람은 창백한 햇살 아래, 발치에는 바래고 얼룩진 낙엽이 수북이 쌓인 벤치에 나란히 앉았다. 웅장한 길의 저편에는 절름발이 노동자와 초라한 여인이 함께 앉아 쓸쓸히 점심을 먹고 있을 뿐, 둘의 고독을 나누는 이는 아무도 없었다.

새로운 상복을 입은 스트레퍼드는 지나치게 단정하고 유복해 보였지만, 여전히 못생기고 흐트러진 얼굴과 기묘한 웃음은 예전 그대로였다. 그의 장래를 갑자기 바꾸어버린 거드름 피우는 삼촌과 병약한 사촌과는 다소 소원하지만 우호적인 사이였고, 그는 언제나 자신의 감정을 과장하기보다는 축소하는 쪽을 택했다. 하지만 농담 섞인 말투 아래에 변화를 감지하는 건 어려운 일이 아니었다. 그 비극은 그를 뿌리째 뒤흔들었다. 짧은 기간이었지만 가족과 새로 얻게 된 막대한 재산을 접하면서 잊고 있던 본능이 깨어나고, 옛 기억이 다시 그를 붙들고 있었다. 수지는 그로 인해 둘 사이에 생겨난 거리를 예감하며, 말없이 귀 기울였다.

"끔찍했어… 올트링엄의 흉측한 퓨진 예배당에, 둘이 나란히 누워 있는 걸 보는 건. 특히 그 불쌍한 아이가… 그게 아직도 날 괴롭히고 있어." 스트레퍼드가 거의 사과하듯 낮게 중얼거렸다.

"그것만이 아니야. 네가 아는 것보다 훨씬—" 수지가 말했지만, 그는 손사래를 치듯 물러섰다.

"아, 제발, 교훈 같은 얘기는 하지 마." 그러곤 호주머니 속에서 뒤죽박죽 든 물건 사이로 담배를 더듬었다.

""자, 이제 네 얘기. 사실 그게 내가 온 이유니까." 그는 갑자기 몸을 돌리며 말했다. "네 편지는 도통 무슨 말인지 알 수가 없더라."

수지는 잠시 목소리를 가다듬었다.

"그래? 아마 네가 닉과 내 약속을 잊은 모양이야. 닉은 잊지 않았어. 그리고 그걸 지키라고 했지."

스트레퍼드가 눈을 크게 떴다.

"뭐라고—그 어처구니없는 약속? 서로 좋은 기회가 생기면 자유롭게 놓아주자던 그거 말이야?"

수지는 고개를 끄덕였다.

"그리고 닉이 그걸 진짜 요구했다고?"

"사실상 그래. 힉스랑 떠났어. 가기 전에 우리 둘 다 자유라고 편지를 남겼고, 코럴은 그를 잘 돌보겠다고 엽서를 보냈어."

스트레퍼드는 담배 끝을 바라보며 중얼거렸다.

"도대체 왜 그렇게 된 거지? 하늘에서 뚝 떨어질 일은 아니잖아."

수지는 얼굴이 붉어지고 시선을 피했다. 사실은 모든 걸 털어놓으려 했다. 그게 그를 다시 찾은 가장 큰 이유 중 하나였고, 그의 너그러운 분위기 속에서 무너진 자존심을 되찾고 싶었는지도 모른다. 하지만 닉의 아내로서 저지른 일을 누군가에게 고백한다는 건 불가능했다. 그녀는 스트레퍼드가 머뭇거림의 이유를 눈치챘으리라 짐작했다.

"굳이 말하기 싫으면 안 해도 돼, 알지?"

"아니, 말하고 싶어. 다만 어렵네. 우린 가진 게 너무 없었어…."

"그래서?"

"닉은 책과 더 큰 꿈만 생각했지. 현실은 몰랐어. 모든 걸 나한테 맡겼지… 살림을 꾸리는 걸…."

그녀는 '살림'이라는 말을 내뱉다 잠시 멈췄다. 닉이 늘 싫어하던 표현이었으니까. 하지만 스트레퍼드는 개의치 않는 듯했고, 수지는 계속했다. 짧고 서툰 문장으로, 돈 문제와 닉이 그 현실을 이해하지 못한 사정을 털어놓았다.

"돈을 빌렸단 말이야?"

"그래… 그것도, 다른 것도. 닉은 결국 못 견디겠다고 생각했나 봐. 그런데 나한테 같이 버텨보자, 둘이서 작은 방 두 개에 하인 없이 살자, 난 그럴 준비가 돼 있었는데… 대신에 그는 편지를 남겼어. 처음부터 잘못된 결혼이었고, 이제 그만 인정하자고. 그리고 힉스네 요트에 올랐어. 네가 베네치아에 마지막으로 있던 날, 저녁에 돌아오지 않았을 때, 사실 그는 제노바로 가서 그들과 합류했지. 아마 코럴과 결혼할 생각인 것 같아."

스트레퍼드는 잠시 말이 없었다.

"뭐, 어쨌든 그건 네가 한 약속이잖아."

"맞아. 하지만—"

"그렇지. 아직 보낼 준비가 안 된 거뿐이지."

수지는 얼굴까지 붉혔다.

"정말 그게 다야, 스트레프?"

"시간 문제야. 하인도 없는 작은 방 두 개에서 한 번 살아봐. 금방 알게 될 거야. 사실 궁전이나 요트나 똑같아. 너랑 닉이 예외일 거라 생각했어? 너희가 티토누스[26] 부부처럼 영원히 살 수 있을 거라 믿었어? 세상 모든 열정이 무너지고, 네 조국의 이혼 법정들이 돈을 쓸어 담는 판에?"

수지는 고개를 숙였다. 앞으로 닥칠 긴 세월의 무게가 어깨 위에 납덩이처럼 얹히는 기분이었다.

"난 아직 젊어… 인생은 너무 길어. 그렇다면 뭐가 남지?"

"아, 네가 너무 어려서 내가 말해도 믿지 않겠지. 하지만 이해할 만큼은 충분히 영리해."

"그렇다면, 도대체 뭐가 남는 건데?"

"우리가 없어도 된다고 착각하는 것들이 실제로는 우리를 붙잡고 있는 거야. 습관이지—피라미드보다 오래 남는 것. 편안함, 사치, 여유로운 공기… 무엇보다도 지루함과 단조로움, 구속과 추함에서 벗어

---

26 티토누스(Tithonus): 그리스 신화의 인물로, 새벽의 여신 에오스가 불멸을 주었지만 영원히 늙어가며 죽지 못하는 운명을 겪었다. 스트레퍼드는 "영원히 함께한다"는 환상을 조롱하기 위해 비유하고 있다.

날 수 있는 힘. 넌 그 힘을 본능적으로 선택했어, 어른이 되기도 전에. 닉도 마찬가지였고. 차이라면 닉은 너보다 조금 일찍 그게 진짜 오래 가는 것, 삶의 필수 조건이라는 걸 깨달았다는 점이지."

"믿을 수 없어!"

"당연하지. 네 나이에는 자신의 물질적 욕망을 이성적으로 따져가 며 설명하진 않으니까. 게다가 네가 화가 난 이유는 닉이 너보다 먼저 그걸 깨달았고, 그걸 미사여구로 감추려 하지도 않았기 때문이잖아."

"하지만, 세상엔 분명히 다른 사람들도 있잖아—"

"그래, 성자와 천재, 영웅들 말이야. 다 광신자들이지! 그런데 우리 같은 물러터진 사람들이 그 부류에 속한다고 생각해? 그리고 영웅이 나 천재들이라고 해서 엄청난 약점과 탐욕이 없는 줄 알아? 그렇다면 우리야 어떻게 우리 안의 작은 약점들에서 벗어날 수 있겠어?"

그녀는 한동안 아무 말도 하지 않았다. 그러다 조용히 입을 열었다.

"그런데, 스트레프, 넌 어떻게 그런 말을 할 수 있어? 난 알아. 넌 신 경 쓰잖아. 적어도 나한테는."

"신경?" 그는 그녀의 손을 잡으며 말했다.

"바로 그 덧없음 때문에 인간의 애정이 그렇게도 찬란한 거야. 우리 가 그걸, 서로를, 그 무엇도 영원히 붙잡을 수 없다는 걸 알기 때문이 지…."

"맞아… 맞아… 하지만 제발 그만! 제발 더는 말하지 마!"

그녀는 목구멍까지 차오르는 눈물을 억누르며 벌떡 일어섰고, 그 도 따라 일어섰다.

"그럼 가자. 점심은 어디서 먹지?" 그가 미소 지으며 그녀의 팔을 끼었다.

"글쎄… 모르겠어. 어디든. 아니, 차라리 베르사유로 돌아가야겠어."

"내가 널 이렇게 역겹게 만들었단 거야? 운도 지지리 없군—난 널 보러 와서 청혼까지 하려고 했는데!"

그녀는 웃음을 터뜨렸지만, 그는 갑자기 진지해졌다.

"맹세코, 진심이었어."

"스트레프! 하지만 지금 그럴 수는 없잖아…."

"아니, 지금 말고—알고 있어. 네 나라에서 이혼 절차가 아무리 빠르다 해도—"

"그게 아니야. 스트레프, 내가 이미 말했잖아. 소용없다고. 베네치아에서 오래전에 말했어."

그는 빈정거리듯 어깨를 으쓱했다.

"지금 말하는 건 '스트레프'가 아니야. 스트레프는 결혼 같은 건 하지 않는 남자였지. 네 옆에서 장난이나 치던 사람일 뿐이었어. 지금의 제안은, 독립적인 재산을 가진 늙은 귀족이 하는 거야. 잘 생각해봐. 원하는 만큼 외출할 수 있고, 하인 다섯 명이 늘 대기할 거야. 서두를 필요는 없어. 하지만, 솔직히 말해, 닉조차 네게 그렇게 하라고 조언했을 거라고 생각해."

수지는 관자놀이까지 달아오르며 얼굴이 붉어졌다. 닉이 실제로 그랬음을 떠올렸기 때문이다. 그 기억은 스트레퍼드의 조롱 섞인 철학조차 조금은 덜 괴롭게 만들었다. 그렇다면, 그와 점심을 함께하는 게 무슨 문제일까? 애도의 첫 시기에 그는 파리까지 와서, 영국에서 가장 오래된 가문 중 하나의 이름과 가장 막대한 재산을 그녀에게 내밀지 않았는가. 수지는 우르슐라 길로, 엘리 밴더린, 바이올렛 멜로즈를 떠올렸다. 그들의 거만한 친절, 작년 유행이 지난 드레스, 성의 없는 크리스마스 수표, 주는 건 쉽지만 받기는 괴로운 온갖 시혜들…. "그 빚을 갚을 수 있다면 통쾌하겠지." 속으로 그녀는 악의 어린 속삭임을 흘렸다.

그녀는 스트레퍼드와 결혼할 생각이 없었다. 아직은 이혼조차 현실적으로 떠올리지 못했으니까. 하지만 부정할 수 없는 건, 이 갑작스러운 부와 자유의 가능성이 마치 숨결 속으로 신선한 공기를 들이마신 듯 느껴졌다는 사실이다. 그녀는 다시 웃었지만 이번엔 씁쓸함이 없었다.

"좋아, 그럼 오늘 점심은 함께하자. 하지만 오늘 내가 점심을 먹고 싶은 사람은 '스트레프'야."

"아, 그렇다면," 그가 동의하며 미소를 지었다. "단둘이라면 그가 훨씬 괜찮은 동반자일 거야."

그들은 센 강가 작은 레스토랑에서 식사를 했다. 수지는 자신이 "스트레프"와 먹고 있다는 이유로 가장 값싼 음식을 고집했다. 그와 함께 있는 동안 그는 다시 예전처럼 익살스럽고 편안한 동료로 돌아왔다. 그녀가 그의 달라진 미래와 새로운 의무에 대해 화제를 돌리려 했지만 그는 어깨를 으쓱하며 피해버리고, 대신 바이올렛 멜로즈의 집에 모여 있던 사람들 이야기를 꺼내며 그들 각각에게 우스꽝스럽거나 악의 어린 일화를 붙여 주었다.

커피를 마칠 무렵, 수지가 시계를 흘끗 보며 막연히 다음 기차를 타야겠다고 생각할 때, 그가 불쑥 물었다.

"그런데 넌 이제 어떻게 할 거야? 언제까지나 바이올렛 집에 있을 순 없잖아."

"그럴 순 없지!" 수지는 몸서리치듯 외쳤다.

"그럼 계획은 있겠지?"

"내가… 계획이 있긴 한가?" 그녀는, 잠시 현실로 돌려세워지며 스스로에게 물었다.

"언제까지나 표류할 수는 없어. 아니면 예전 방식으로 돌아가 버리든가."

수지는 얼굴이 붉어지고 눈가가 젖었다.

"그건 못 해, 스트레프. 난 절대 못 해!"

"그럼 뭔데—?"

그녀는 망설이다가 고개를 숙이며 내뱉었다.

"닉이 며칠 안에 다시 편지를 쓰겠다고 했어. 기다려야 해—"

"물론이지. 서두르지 마." 스트레퍼드도 시계를 보았다.

"가르송, 라디시옹!(계산서!) 오늘 밤 기차로 돌아가야 해서 할 일이 많아. 하지만 부탁이 있어. 네가 어떤 결정을 내리든, 알려줄 수 있겠니? 물론 내가 가장 바라는 그 문제는 접어두자. 하지만 다른 방식으로라도 도움이 될 수는 있잖아. 뭐, 돈을 빌려줄 수도 있어. 지루한 인생에 새로운 경험 아니겠어?"

"아, 스트레프… 스트레프…." 수지는 더 이상 말을 잇지 못했다.

그는 경쾌하게 밀어붙였다.

"받아들여 봐, 한번 해보라고. 이자는 필요 없고, 조건도 없어. 대신 네가 무언가 결정을 내리면 꼭 알려주겠다고 약속해."

수지는 그의 유쾌하게 찡그린 눈을 바라보며 웃었다.

"약속할게." 그녀가 말했다.

15장

스트레퍼드와 함께한 한 시간이 수지의 관점을 완전히 바꿔놓았다. 이제 그녀 앞에 보이는 것은, 예전처럼 눈치와 양보로 이어가는 기묘한 생존이 아니라, 원한다면 언제든 손에 넣을 수 있는 자유, 힘, 그리고 존엄이었다. 존엄이라니! 그 단어가 이렇게 큰 무게를 가지게 될 줄이야. 젊고 철없던 시절에도, 숭고한 가치들을 위해 별로 희생하지 않은 것처럼 보이던 때에도, 수지는 속으로는 그 필요성을 막연히 의식하고 있었다. 그리고 닉 랜싱의 아내가 된 이후로는 그것을 분명히 자각했으며, 스스로 그 기준에 미치지 못할 때마다 괴로움과 고통을 맛보았다. 그렇다. 스트레퍼드와 결혼한다면 그녀는 마침내 자기 자신에 대한 존중을 되찾을 수 있을 것이다. 그들이 속한 세계에서라면, 그것은 부와 지위만이 보장해줄 수 있는 것이었다. 정신적이거나 도덕적인 훈련을 통해 다른 방식으로 독립할 힘을 갖추지 못했다면, 부와 지위를 통해서라도 존엄을 찾으려는 게 잘못일까?

물론 닉이 돌아올 가능성도 있었다. 그녀 없이는 도저히 견딜 수 없음을 깨닫고, 다시 찾아올지도 몰랐다. 만약 그렇다면—아, 그렇다면!—그때는 더 이상 먼 미래를 내다보지 않고, 눈앞의 순간을 붙잡아 모든 걸 잊고 완전히 몸을 던질 것이다. 그때는 돈도, 자유도, 자존심도, 그 소중한 도덕적 존엄도 아무 의미가 없었다. 그저 닉의 품에 안길 수 있다면!

하지만 닉의 차가운 편지와 코럴 힉스가 보낸 무례한 엽서가 그 앞을 가로막고 있었다. 그것들은 그 바람이 이루어질 가능성이 거의 없음을 말해주고 있었다. 수지는 깨달았다. 닉은 엘리 밴더린과의 일로 자신에게 등을 돌리기 전부터, 아내에게 이미 지쳐 있거나, 아니면 결혼이 강요하는 삶에 싫증을 느끼고 있었다는 것을. 그의 열정은 결코 충분히 강하지 않았다. 애초부터 그의 편견이나 양심, 원칙—그 어떤 이름으로 불러도 좋은 것들—보다 강하지 않았다. 수지의 존엄은 사랑의 불길 속에서 언제든 재처럼 사라질 수 있었지만, 닉의 존엄은 쉽게 타버리지 않는 성질의 것이었다. 마지막 대화에서 그녀는, 자신이 둘 사이의 내적 조화를 영원히 파괴해버렸음을 분명히 느꼈다.

결국 이 모든 건, 아마도 그녀의 잘못도 닉의 잘못도 아니었다. 그들이 자라난 세계, 도덕적으로는 경멸하면서도 물질적으로는 의존할 수밖에 없었던 그 세계의 탓이었다. 닉의 반쪽짜리 재능과, 자신의 반쪽짜리 신념, 그리고 끝내 굳건히 버티지도 못하고 유연하게 굽히지도 못한 그 무언가의 탓이었다. 수지는 베르사유로 돌아가는 길과, 이어진 뜬눈의 밤 내내 이 사실을 곱씹었다. 그리고 다음 날 아침 하녀가 아침 식사 쟁반을 들고 들어왔을 때, 그녀는 확실한 길을 정했다는 것만으로도 얻을 수 있는 일시적 에너지에 사로잡혀 있었다.

그녀는 스스로 다짐했다. '다음 주 이맘때까지 닉에게서 편지가 오지 않으면 스트레프에게 편지를 써야지.' 그리고 한 주가 흘렀지만 닉의 편지는 오지 않았다.

닉이 떠난 지 벌써 3주가 지났다. 제노바에서 보낸 짤막한 쪽지 말고는 아무 소식도 없었다. 수지는 닉이, 자신이 곧 베네치아를 떠날 것을 짐작했기에 파리 은행 앞으로 편지를 보낼 거라 생각했다. 그래서 은행에 즉시 주소 변경을 알렸지만, 닉의 소식은 끝내 도착하지 않았다. 그녀는 그가 약속한 편지를 쓰며 애먹고 있을 게 분명하다고, 씁쓸한 미소를 지었다. 사실 그녀의 휴지통은 첫 며칠 동안 쓰다 찢어 버린 편지 조각들로 가득 차 있었다. 아마 두 사람 모두 글을 쓰기 힘들었던 이유는, 더 이상 서로에게 할 말이 남아 있지 않았기 때문일 것이다.

그동안 멜로즈 부인의 집에서의 날들은, 수지가 늘 부자들의 지붕 아래서 다음 사건과 그다음을 기다리며 보내던 위태로운 나날들과 다르지 않게 흘러갔다. 이런 생활이 어떤 결과를 주는지 수지는 익히 알고 있었고, 이번 경우에도 바이올렛은 그녀의 존재를 거의 의식하지 않는 듯했다. 하지만 최소한 불편함으로 느끼지 않는다는 건 분명했다. 여주인이 그녀를 잊는다는 건, 적어도 방해물은 아니라는 뜻이었으니까.

바이올렛은 늘 그랬듯 끊임없이 떠돌았다. 그녀의 깊은 나태함은 늘 산만한 활동으로 드러나곤 했다. 내트 풀머는 이미 파리로 돌아갔지만, 수지는 멜로즈 부인이 여전히 그와 함께 시간을 보내고 있으리라 짐작했다. 그녀가 소음 없는 자동차에 몸을 싣고 어디론가 떠날 때면, 대개는 풀머와 예술의 새로운 만남이 벌어지는 현장이었다. 이런 자리로 향할 때 그녀는 종종 수지를 태워 파리까지 데려다주었고, 두 사람은 여러 아수라장 같은 아침을 드레스메이커들 사이에서 보냈다. 수지는 점점 쌓여가는 화려한 옷더미의 마법에 다시 매혹되는 자신을 느꼈다. 모피, 레이스, 브로케이드[27]가 아무렇지 않게 내던져졌다가 다시 불려오고, 마침내 무심하게 선택되는 모습을 보노라면, 순간의 기분 외에 무엇이 중요할 수 있겠는가 싶었다. 이런 선택을 마음껏 할 수 있는 경제적 능력이 없으면, 어떤 여자든 눈길조차 끌 수 없는 것처럼 보였다.

혼자가 되어 거리로 나서면, 그 사악한 기운은 금세 흩어지고 햇살이 다시 수지의 영혼 속으로 스며들곤 했다. 그러나 그녀는 옛 독이 천천히 몸속으로 스며드는 것을 느꼈다. 그것을 떨쳐내기 위해, 하루는 그레이스 풀머를 찾아갔다. 풀머의 암울했던 시절을 함께 버텨낸 그 자유분방한 동반자가, 이제는 그의 번영의 무게를 어떻게 짊어지고 있는지 궁금했다. 무엇보다도 가난을 두려워한 적 없는 사람을 만나는 건 신선한 위안이 될 거라 막연히 생각했다.

그러나 숨 막히는 하숙집 응접실은 기대했던 효과를 주지 못했다. 게다가 시큰둥한 하녀가 집안을 돌아다니며 큰 소리로 '풀머 부인'을 부르는 모습은 오히려 더 우울하게 만들 뿐이었다. 물론 그레이스가 풀머와 함께라면 이런 답답한 공간도 기꺼이 감내했겠지만, 지금 그

27 브로케이드(brocade): 금사·은사나 색실로 무늬를 넣은 화려한 직물. 유럽 귀족 사회에서 고급 의복이나 장식에 자주 쓰였다.

가 베르사유의 영광을 즐기거나 멜로즈 부인의 자동차에 실려 성과 미술관을 전전하는 동안, 홀로 이런 방에서 지내는 건 수지로서는 감히 흉내조차 낼 수 없는 용기였다.

"수지! 올 줄 알았어." 계단 아래에서 울려오는 그레이스의 환한 목소리. 이내 그녀는 흐트러진 차림으로 수지를 껴안았다.

"내트가 네게 우리 주소를 알려줬는지 기억을 못 하더라. 마지막에 오면서 꼭 말하겠다고 했는데."

그레이스는 눈을 가늘게 뜨고 수지를 바라보며 두 팔을 뻗었다. 예전 그대로였다. 아름다움은 돌보지 않고, 젊음을 흘려보내며, 늘 덤벙대고 산만하고 계획성 없는 모습. 그녀와 함께 있으면 뉴햄프셔의 오두막에서 불어오던 활기 넘치는 바람이 이 답답한 응접실 안으로 스며드는 듯했다.

그녀가 내트의 갑작스러운 명성과 그 여파를 쏟아내듯 이야기하는 동안, 수지는 놀라움과 함께 몽상에 빠졌다. 혹시 그의 성공의 비밀은 긴 세월 보상받지 못한 노력, 대중적 인기와 물질적 안락을 멸시한 태도, 그리고 그 길을 기꺼이 함께 걸어온 아내의 용기 덕분이 아닐까? 그 대가로 그레이스 자신의 신선함과 재능, 아이들의 교육 기회—모든 걸 내주고도 남편과 아내라는 끈 하나만 붙잡고 살아온 게 아닐까? 그 희생은 값어치가 있었겠지만, 만약 지금 명예와 풍요 속에서 그 끈마저 끊어진다면? 그레이스는 폐허 속에 홀로 남게 되지 않을까?

하지만 그녀의 말이나 표정 어디에서도 그런 불안은 전혀 드러나지 않았다. 수지는 그녀의 어울리지 않는 옷차림이, 예전 오두막에서

입던 손수 만든 옷 대신 값비싸고 세련된 옷감으로 바뀌어 있다는 것을 눈치챘다. 분명 내트의 새로운 지위에 맞추려는 시도였다. 그러나 무엇보다 그녀는 그 성공을 진심으로 만끽하며, 숨결 하나하나로 그 성취를 들이마시고 있었다. 역경의 빵을 함께 나누던 사람이 이제는 번영의 케이크까지 몽땅 원할 수도 있다는 사실은 아직 떠올리지 못한 듯했다.

"수지, 정말 믿기지 않아! 내트가 원하는 만큼 음악회랑 오페라 표를 사도 된대. 아이들 모두 데리고 갈 수도 있어. 큰 음악회들은 좀 늦게 시작하지만, 오페라는 늘 열리고, 파리에선 계절마다 음악이 흐르잖아. 나중엔 뮌헨에서 일주일쯤 머물 수도 있대. 아, 수지!"

그녀는 두 손을 모으고, 눈에는 눈물이 고였다. 마치 새로운 삶의 포도주를 성스럽게 들이마시는 듯한 표정[28]이었다.

"기억나? 네가 닉이랑 우리 오두막에 왔을 때. 내트는 네가 우리 생활을 보고 기겁할 거라 했지만 난 아니라고 했잖아. 내가 맞았지? 우리를 보고 너희도 결혼을 결심한 거잖아!" 그녀는 그 추억에 눈빛이 반짝였다. "그런데 이제 너희 계획은 뭐야? 닉은 책을 거의 다 쓴 거지? 출판사를 찾을 때까지는 아끼며 살아야겠네. 그리고 아기 말이야, 수지! 언제쯤 가질 거야? 곧 집에 돌아올 거라면 우리 애들이 입던 옷을 많이 줄 수 있어."

"넌 늘 친절하구나, 그레이스. 하지만 우린 아직 뚜렷한 계획은 없

---

28 이 표현은 기독교의 성찬례(성만찬)에서 포도주를 마시는 장면을 연상시키며, 단순한 기쁨이 아니라 신성한 의식에 참여하는 듯한 경외와 숭엄함을 담고 있다.

어. 아기도 그렇고. 대신 네 이야기를 더 해줘."

풀머 부인은 기다렸다는 듯 말을 이어갔다. 수지는 유럽 생활 대부분이 아직 '될 법한 일'에 대한 이야기뿐임을 알아차렸다.

"내트는 하루 종일 미술관 다니고 중요한 사람들 만나느라 우리랑 같이 다닐 틈이 없어. 극장도 별로 안 열리고, 음악도 적으니까, 난 그 틈에 바느질을 하고 있어. 주니가 도와주고 있지—우리 맏딸 기억하지? 이제 훌쩍 커서 어른 같아졌어. 아마 곧 여행도 할 거야. 그리고 내트의 성공 다음으로 가장 놀라운 건 더는 아껴 쓰고 포기하지 않아도 된다는 거야. 봐, 내트가 하숙집에서 아이들이 뭐든 두 번씩 먹을 수 있게 특별히 신경 써줬어. 이제는 밤에 누워도 음악 생각만 해. 달마다 계산기를 두드리며 어떻게 살지 고민하지 않아도 돼. 수지, 그게 바로 천국이야!"

수지의 가슴이 조여들었다. 그녀는 물질에 구애받지 않는 삶의 교훈을 배우고 싶어 그레이스를 찾았는데, 돌아온 건 오히려 가난이 얼마나 무겁고 잔혹했는지의 고백이었다. 결국 뉴햄프셔 언덕에서의 빈곤과 싸움은, 그레이스와 내트가 늘 미소로 포장해온 것처럼 쉬운 일이 아니었던 것이다. 그럼에도, 그렇다 하더라도….

수지는 갑자기 벌떡 일어나 그레이스의 값비싼 모자를 바로잡았다. 모자는 그녀의 왼쪽 귀 위로 삐딱하게 걸쳐져 있었다.

"왜 그래? 주니랑 같이 고른 건데, 애가 감각이 좋거든." 그레이스가 당황하며 손을 허공에 흔들었다.

"모자가 아니라 네가 쓰는 방식이 문제야. 그리고 리본이 좀 무겁네. 잠깐 빌려줄래?" 수지는 친구의 머리에서 모자를 벗겨 장식을 다

듣었다. "마리아 가이나 수잔느라면 이렇게 했을 거야…. 자, 이제 내트 얘기 계속해봐."

그레이스가 신문 기사, 주문 쇄도, 세상 부인들의 '누가 먼저 풀머를 발견했는가'를 두고 벌이는 소란스러운 경쟁을 숨 가쁘게 쏟아낼 때, 수지는 잠자코 들으며 사색에 잠겼다.

"당연히 서로를 질투로 미치게 하지—멜로즈 부인이랑 길로 부인 특히 말이야. 두 사람 다 내트의 '봄 눈보라'를 제일 먼저 알아봤다고 우겨대거든. 하지만 사실은 아무도 아니었어. 우리가 몇 년째 알고 지내던 비평가, 불쌍한 빌 해즐릿뿐이었지. 그가 우연히 그림을 발견하고선, 새 화가를 찾던 화상에게 뛰어가 알려준 거야."

그레이스는 갑자기 근시로 반짝이는 눈을 들어 수지를 바라보았다.

"그런데 웃긴 건 뭔지 알아? 내트가 이 사실을 점점 잊고 있는 것 같아. 심지어는 마치 멜로즈 부인이 전시 첫날 그의 그림 앞에서 멈춰서서 '이건 천재야!' 하고 외쳤던 것처럼 믿기 시작한 거지. 그가 왜 그 말에 그렇게 목매는지, 사실 난 이해가 잘 안 돼. 난 늘 그가 천재라는 걸 알고 있었고, 그도 마찬가지였으니까. 그래도 다들 친절하게 굴고… 특히 멜로즈 부인은 더 그렇잖아. 새로운 목소리로 들으면, 예전 말도 새롭게 들리기 마련이겠지."

수지는 친구를 물끄러미 바라보다 조심스럽게 물었다.

"만약 내트가 멜로즈 부인의 말에 너무 빠져서, 네가 어떻게 느끼든 상관하지 않게 된다면… 넌 어떻게 하겠어?"

그레이스의 지친 얼굴이 순간 붉어졌다가 곧 창백해졌다. 수지는 곧 후회했지만, 풀머 부인은 차분한 품위로 받아넘겼다.

"넌 아직 결혼한 지 오래되지 않았으니까 몰라, 수지. 내트 같은 사람, 나 같은 사람이 그런 일을 어떻게 받아들이는지… 혹은 그런 게 결국 얼마나 사소한 건지. 인생의 추억과 저울질해 보면 말이야."

수지는 벌떡 일어나 친구를 끌어안으며 웃었다.

"그레이스, 넌 어떻게 그렇게 현명하면서도, 제대로 된 모자 하나 살 줄은 모르니?"

눈가에 눈물이 고인 채로 그녀는 친구를 꼭 껴안고 서둘러 떠났다. 결국 수지는 교훈을 얻었다. 하지만 그것은 애초에 찾고자 했던 교훈과는 달랐다.

그녀가 스스로 정한 '일주일'은 이미 지나갔지만, 닉에게선 아무 소식도 없었다. 하루를 더 기다렸으나, 역시 편지는 오지 않았다. 결국 그녀는 자존심이 그동안 허락하지 않던 일을 하기로 결심했다. 은행에 가서 닉의 주소를 물어보기로. 머뭇거리며 찾아간 은행에서, 우편 담당자를 거친 뒤 들은 말은 이랬다. 니콜라스 랜싱 씨는 3개월 전 밴더린 궁전 이후로는 아무 주소도 남기지 않았다는 것. 그날 오후 수지는 베르사유로 돌아가, 다음날 우편에도 소식이 없으면 스트레퍼드에게 편지를 쓰리라 마음먹었다.

다음날, 닉에게서는 여전히 아무 소식도 없었다. 대신 날아든 건 멜로즈 부인의 메모였다. 가능한 빨리 방으로 와 달라는 짤막한 부탁. 수지는 황급히 목욕을 끝내고 노크했다. 공원 쪽으로 난 거대한 침대에 몸을 파묻은 멜로즈 부인은 담배를 피우며 편지를 훑어보고 있었다. 그녀는 멍하니 웃으며 말했다.

"수지, 사랑스러운 친구, 앞으로 몇 달간 특별한 계획이 있어?"

수지는 얼굴이 붉어졌다. 그 말투가 무엇을 뜻하는지 그녀는 너무도 잘 알고 있었다.

"계획이라니, 물론 많죠. 사실 모레면 길로 부인의 영지로 가려 해요."

그러나 멜로즈 부인의 얼굴에 떠오른 건 안도감이 아니라, 기대가 꺾인 듯한 실망의 빛이었다.

"아, 정말? 너무 안됐네. 확실히 정해진 일이야?"

"적어도 제 쪽에선요." 수지가 딱 잘라 말했다.

"유감이네. 사실 널 조용히 여기에 두고 풀머 아이들을 맡기고 싶었거든. 다음 주에 풀머랑 스페인으로 갈 거야. 그가 첫인상을 받는 순간 곁에 있고 싶어서. 마치 벨라스케스를 처음 만나는 순간처럼 경이로울 테니까!" 그녀는 황홀한 상상 속에 잠겼다가 덧붙였다. "그런데 말이지, 그레이스 풀머가 꼭 따라가겠다네ー"

"아, 그렇군요."

"그럼 아이들 다섯이 문제지. 만약 네가 한가하다면, 닉도 친구들이랑 여행 중이니 네게도 괜찮지 않겠니? 네 수고에 보상은 충분히 해줄 수 있어…."

"고마워요, 바이올렛. 하지만 지금은 그럴 수 없을 것 같네요."

아, 이렇게 단호하고 솔직하게 말할 수 있다니! 풀머 아이들을 맡으라니! 수지는 그날 가을, 뉴햄프셔에서 닉과 함께 그 아이들 무리를 피해 달아났던 순간을 떠올렸다. 이번 제안은 그녀에게 중요한 깨달음을 주었다. 세월이 흐르고 신선함과 새로움이 사라지면, 자신도 결국은 다른 여자들처럼 '편리한 존재'로 전락하리라는 것. 심부름꾼, 가정교사, 심지어는 단순한 동행자로. 그녀는 이미 그런 여인들을 여럿 알고 있었다. 결코 그 무리에 끼지는 않으리라.

멜로즈 부인의 얼굴에는 이해할 수 없다는 듯한 당혹감이 떠올랐다. 억만금을 쥔 자에겐 돈으로 살 수 없는 것이 있다는 사실 자체가 낯설고 불가해한 듯했다.

"왜 계획을 바꾸지 못하는 거지? 네가 길로 부인 뜻대로 따라야 할 이유는 없잖아. 그때 네가 탐내던 비치 펜던트 있지? 줄게. 풀머 부부가 아이들을 안심하지 못하면 이번 여행은 무산돼. 수지, 넌 늘 남을 위해 희생했어. 길로 부인 때문에 스스로를 희생하는 건 보고 싶지 않아."

수지는 미소 지었다. 예전 같으면 그 보석을 기꺼이 받아들였을 것이다. 조금 전까지만 해도 모욕이라 여겼을 것이다. 그러나 이제는 이런 제안조차 자신이 마음만 먹으면 거리를 둘 수 있다는 자유가 그녀에게 힘을 주었다. 아, 부유함이 가져오는 이 도덕적 자유라니! 그녀는 그레이스 풀머의 외침을 떠올렸다. "가장 놀라운 건 더는 아껴 쓰거나 포기하지 않아도 된다는 거야!" 그래, 그렇게 해야만 비로소 영혼을 지킬 수 있는 거다. 그 확신이 그녀를 차분하게 만들었다.

"바이올렛, 제가 도울 수 있다면 굳이 선물은 필요 없어요. 말씀하신 대로, 전 누구에게도—길로 부인에게조차—제 자신을 희생할 생각은 없거든요. 사실은…" 수지는 잠시 숨을 고르며 결심을 다졌다. "영국에 가야 해요. 그곳에서 만나기로 한 친구가 있거든요."

그날 밤, 수지는 스트레퍼드에게 편지를 썼다.

16장

아이비스 호 갑판, 차양 아래에 몸을 뉘인 니콜라스 랜싱은 잠시 하늘로 솟았다가 사라져가는 몰타의 절벽을 올려다보다가 다시 책 속으로 눈을 파묻었다.

그는 아이비스 호에서 거의 삼 주 동안 마치 마약처럼 자신을 마비시키는 두 가지 환각에 젖어 있었다. 하나는 푸른 바다 위로 솟구쳤다가 이내 사라져가는 풍경들의 환영이었고, 다른 하나는 밤낮없이 팔꿈치 곁에 쌓아둔 책들에서 빨아들인 학문의 환영이었다. 몇 달 만에 처음으로 진짜 도서관을 가까이 두게 된 것이었다. 학구적이면서도 잡다한 구성이 그의 안절부절 못하는 성정에 꼭 맞았다. 하지만 그가 읽는 책들은 그가 바라보던 덧없는 풍경들과 다를 바 없는 진통제에 불과하다는 걸 그는 알고 있었다. 그는 그것들을 고통을 잠재우고 기억을 무디게 만들려는 환자의 탐욕스러운 조급함으로 삼켰다. 그러나 책들이 서서히 그에게 가져다주는 도덕적 나른함은 불쾌하기는커녕, 첫 며칠의 격렬한 고통에 비하면 오히려 쾌락에 가까웠다.그것은 바로 그가 필요로 했던 종류의 마약이었다.

　대부분의 평범한 사람들에게 있어 '차라리 쓰지 않는 게 낫다고 생각되는 편지'만큼 확고한 견해를 가진 주제도 드물다. 제노바에서 수지에게 보낸 짧은 편지 속에서, 니콜라스는 며칠 안에 다시 소식을 전하겠다고 썼다. 하지만 며칠이 지나고 막상 펜을 들어야 할 시점이 되자, 그는 그것을 미루어야 할 이유를 쉰 가지는 족히 찾아낼 수 있었다.

　차라리 돈과 관련된 문제라면 이야기가 달랐을 것이다. 수지가 금전 문제로 불안해한다는 생각은 그에게 하루도 견딜 수 없는 고통이었을 테니. 그러나 그 문제는 이미 오래전에 모두 정리되어 있었다. 처음부터 그들의 소박한 재정은 전적으로 수지가 관리해왔다. 결혼과 동시에 니콜라스의 얼마 되지 않는 수입—오랫동안 줄어드는 집안 재산을 맡아온 대리인이 띄엄띄엄 보내주는 불안정한 금액—은 그녀 앞으로 이관되었다. 그것이 그가 할 수 있는 유일한 결혼 선물이었고, 결혼 축의금 또한 모두 그녀 명의로 예치되어 있었다. 그러므로 '실무적인' 이유로 편지를 쓸 필요는 전혀 없었다. 문제는 다른 차원의 이유들이었는데, 그것들을 생각하는 것만으로도 그는 온몸이 마비되는 듯했다.

　처음 며칠 동안은 자신의 무기력함을 자책했지만, 곧 그것을 정당화할 구실을 찾기 시작했다. 어차피 두 사람 모두를 위해서라도 기다림의 태도를 유지하는 편이 가장 현명한 방책일지도 모른다. 그는 그들의 결혼 생활이 기초한 조건들을 더는 감내할 수 없었기 때문에 수지를 떠난 것이었고, 이미 그 사실을 그녀에게 분명히 밝힌 바 있었다. 그렇다면 더 이상 무슨 말을 할 수 있겠는가?

그들의 처지는 달라진 것이 전혀 없었다. 다시 만난다 해도 같은 삶을 반복할 수밖에 없었고, 시간이 흐를수록 그 가능성은 닉에게 점점 더 불가능하게 여겨졌다. 그는 아직 확실히 이별을 직면할 정도에는 이르지 못했지만, 함께했던 지난 결혼 생활을 떠올릴 때마다 그 삶으로 돌아가려는 생각만은 본능적으로 밀쳐냈다. 이런 상태가 지속되는 한, 그가 이미 쓴 편지에 덧붙일 만한 내용은 그저 힉스 부부와 함께 항해하고 있다는 사실뿐이었다. 그러나 굳이 그 사실을 알릴 필요는 느끼지 못했다.

닉은 힉스 부부에게 자신의 상황을 전혀 내비치지 않았다. 보름 전, 코럴 힉스가 뜨겁게 달궈진 제노바의 거리에서 그를 불쑥 발견해 아이비스 호로 데려갔을 때, 그는 그저 시원한 저녁 식사와 어쩌면 '달빛 아래의 항해' 정도만을 기대했을 뿐이었다. 그러나 그들의 다정한 권유에 그는 결국 몸이 좋지 않았다고, 잠시 바람을 쐬러 급히 나왔다고 고백했고, 그 말은 곧 "아이비스 호에서 요양하라"는 즉각적인 제안 앞에 아무런 방어책이 되지 못했다. 그들은 막 코르시카와 사르데냐로 향하는 길이었고, 이어 시칠리아를 거쳐 나폴리에서 기차를 타면 열흘 뒤에는 베네치아로 돌아갈 수 있었다.

열흘간의 휴식이라니―그 유혹은 거부할 수 없었다. 게다가 닉은 솔직하고 단순한 힉스 부부가 정말 마음에 들었다. 그들의 호화로운 생활 속에서도 여전히 대평원의 향기를 품고 있는 듯, 진실하고 꾸밈 없는 기풍이 풍겼다. 그런 사람들과 함께 있다는 사실만으로도 그는 마치 정화의 목욕을 하는 듯한 기분을 느꼈다. 그래서 요트가 나폴리에 닿았을 때, 힉스 부부의 다정한 권유에 못 이겨 시칠리아까지 동행하기로 했다. 그리고 수석 집사가 마지막으로 육지에 내려가 우편물을 부치려 하며 "부칠 편지 있습니까, 선생님?" 하고 물었을 때, 그는 그전 정박지들에서와 마찬가지로 "아니오, 고맙습니다. 없습니다."라고 대답했다.

이제 요트는 로도스와 크레타로 향하고 있었다. 닉이 한 번도 가보지 못했지만 오래도록 가고 싶어 하던 곳이었다. 여행철은 이미 지나갔지만 날씨는 기적처럼 온화했고, 구름 한 점 없는 하늘 아래 짧은 파도가 춤추듯 솟구쳤으며, 아이비스 호의 튼튼한 선수는 파도를 가르며 흔들림 없이 앞으로 질주했다.

요트에는 힉스 부부와 그들의 딸만이 타고 있었고, 당연히 엘도라다 투커와 벡 씨가 수행원으로 동행했다. 원래 나폴리에서 합류하기로 했던 저명한 고고학자는 막판에 전보로 불참을 알렸는데, 힉스 부인은 그 부재를 끊임없이 사과하는 반면, 코럴은 미소만 지을 뿐 아무말도 하지 않았다.

사실 힉스 부부는 다른 동행 없이 오직 그들만 있을 때 가장 매력적이었다. 사람들과 어울릴 때면 힉스 씨는 지나치게 환대를 베풀려는 인상을 주었고, 힉스 부인은 온갖 문화에 대한 대화를 참여하려는 욕심에 날짜와 이름을 자주 혼동하곤 했다. 하지만 오래전부터 여행 동반자로 함께해온 닉과 단둘이 있을 때, 그들은 본래의 꾸밈없는 단순함 속에서 빛났다. 힉스 씨는 투자에 대해 건전한 이야기를 풀어놓았고, 힉스 부인은 결혼 초 에이스킬로스 애비뉴[29]의 새 집에 들어섰을 때, 제일 먼저 '도대체 저 창문들을 어떻게 다 닦아야 하나' 걱정했던 이야기를 회상하며 웃었다.

버틀스 씨의 부재는 닉이 짐작한 대로 힉스 부부에게 큰 타격이었다. 벡 씨가 그를 대신할 수 있으리라 기대하는 건 애초에 불가능했다. 버틀스는 언어에 관한 신비로운 재능뿐 아니라, 이름난 인사들에게 어떻게 편지를 쓰고 어떤 식으로 끝맺어야 하는지에 관한 거의 초인적인 감각을 지니고 있었다. 게다가 고고학과 교양 지식에 관한 얕은 식견까지 갖추고 있었는데, 자기 관심사에 비해 불행하게도 기억력이 턱없이 부족했던 힉스 부인은 점점 그에게 의지하게 되었던 것이다.

딸이 도와줄 수도 있었겠지만, 힉스 양은 부모를 보살피는 식으로 행동하는 사람이 아니었다. 그녀는 부모에게 몹시 친절하긴 했지만, 결국은 그들이 스스로를 알아서 챙기도록 내버려 두고, 자기만의 자기계발 길을 고집스럽게 걸어갔다. 이 기묘한 소녀의 마음은 지식에 대한 어두운 열정으로 가득 차 있었고, 그녀는 오직 새로운 사실을 더해 나갈 기회에만 흥미를 보였다. 그 사실들은 상상력이나 시적 감수성의 빛은 거의 받지 못했지만, 차갑고 큰 머릿속에서 질서 정연하게 분류되어 최신식 공공도서관의 서가처럼 언제든 손쉽게 꺼내 쓸 수 있었다.

---

29 에이스킬로스 애비뉴(Aeschylus Avenue): 힉스 부인의 신혼 시절 집이 있던 미국 에이펙스 시티의 거리 이름. 고대 그리스 비극작가 아이스킬로스(Aeschylus)에서 따온 듯, 신흥 부자들의 '교양 과시'가 반영된 지명.

닉에게 이런 투명한 지적 호기심은 오히려 마음을 쉽게 해주었다. 그는 무엇보다 감정, 유혹, 변덕과 충돌, 그리고 눈부시게 모순되는 기질들—곧 수지의 세계—에서 벗어나고 싶어 했다. 수지는 독서가가 아니었고, 사실에 대한 지식도 많지 않았으며, 아이디어를 전염병처럼 두려워하는 사람들 틈에서 자라났다. 하지만, 특히 결혼 초기에 닉이 책을 쥐어주거나 시를 읽어주면 그녀의 빠른 지성은 즉각 주제에 새로운 빛을 드리웠고, 그 본질을 꿰뚫어 자기 것으로 만들어냈다. 안타까운 것은 이 섬세한 통찰과 직관적 분별력이 대부분 하찮은 사람들의 생각을 읽고 거기서 실리를 뽑아내는 데 쓰였다는 점이었다. 어린 시절부터 지금까지 그녀의 재능은 늘 '살림 꾸리기'라는 추악한 술수 속에서 허비되어온 것이다.

그리고 외적인 아름다움. 그녀는 그것에도 깊이 매혹되는 사람이었다! 닉은 한동안 그 사실을 짐작조차 하지 못했거나, 설령 짐작했다 해도 확신할 수는 없었다. 그러다 파리를 지날 때 그녀와 함께 루브르에 들렀고, 안드레아 만테냐의 작은 '십자가형'을 마주한 순간 깨달았다. 닉은 처음에 그림을 제대로 보지도 않았고, 수지가 어떤 반응을 보일지도 의식하지 않았다. 당시 그의 기분은 코레지오나 프라고나르의 웃음과 쾌락에 더 끌렸으니까. 그런데 어느 순간, 옆에서 그녀가 사라진 것을 깨닫고 찾아가 보니, 그녀는 만테냐의 그림 앞에 서 있었다. 닉을 잊은 채, 세상의 모든 것을 잊은 채 서 있던 그녀의 얼굴에는 그림 속 비극적인 하늘빛이 그대로 드리워져 있었고, 입술이 떨리고 속눈썹에는 눈물이 맺혀 있었다. 그것이 바로 수지였다.

닉은 책을 덮고 옆에 놓인 갑판 의자에 몸을 기댄 코럴 힉스의 옆모습을 흘끗 보았다. 거칠고 단단한 체격, 두꺼운 곧은 코 위에서 거의 맞닿을 듯 치솟은 검은 눈썹, 윗입술 위에 희미하게 드리운 가느다란 솜털에는 묘하게 강인한 기운이 배어 있었다. 의지의 기적과 부의 힘으로 살을 빼고 세련됨을 더한 덕분에, 닉이 기억하는 통통하고 누런 얼굴의 소녀는 지금 이렇게 당당한 젊은 여인으로 변해 있었다. 때로는 분명히, 그리고 위압적인 방식으로조차, 아름답게 보였다. 푸른 바다를 배경으로 한 그녀의 오만한 옆모습을 바라보며 닉은 갑자기 뿌듯한 자존심을 느꼈다. 두 번이나—스칼치 교회의 돔 아래서, 그리고 제노바의 거리에서—그 오만한 선들이 자신을 보자 순식간에 풀리며 여인다운, 간절하고 거의 겸손한 표정으로 변하던 순간을 그는 기억하고 있었다. 그것이 바로 코럴이었다.

갑자기 힉스 양이, 고개를 돌리지 않은 채 말했다.

"배에 타신 뒤로 편지를 한 통도 받지 않으셨네요."

닉은 놀란 듯 그녀를 바라보았다.

"없습니다—감사할 따름이지요." 하고는 웃어넘겼다.

"그리고 한 통도 쓰지 않으셨고요." 그녀는 여전히 딱딱하게, 마치 통계를 읊듯 말했다.

"네, 쓰지 않았습니다." 그는 다시 웃으며 동의했다.

"그건 곧 정말 자유로우시다는 뜻이에요—"

"자유롭다고요?"

그는 그녀의 뺨이 붉게 달아오르는 것을 보았다.

"정말 휴가를 온 거라는 말이에요. 속박된 게 아니라는 뜻이죠."

잠시 침묵이 흐른 뒤 닉이 대답했다.

"네, 특별히 묶여 있는 건 없습니다."

"그리고 책은요?"

"아, 제 책이라…." 닉은 말을 멈추고 잠시 생각에 잠겼다. 베네치아에서 도망치던 밤, 그는 《알렉산더의 행렬》을 가방에 쑤셔 넣었다. 그러나 그 뒤로 단 한 번도 펼쳐보지 않았다. 그 페이지 사이에는 너무 많은 기억과 환상이 끼어 있었고, 그는 정확히 어떤 장에서 엘리 밴더린이 뒤에서 몸을 기울이며 다가와 향기를 풍기던 순간을 떠올렸다. 그녀의 숨 가쁜 목소리, "당신께 감사해야 했어요!"라는 말을 들었던 바로 그 장이었다.

"집필은 멈췄습니다." 닉은 성가신 듯 퉁명스럽게 말했다. 힉스 양의 무신경한 질문이 못마땅했다. 저 소녀는 남의 감정을 세심하게 살피는 능력이 전혀 없었다.

"그럴 거라 생각했어요." 그녀는 담담히 받아쳤고, 닉은 흠칫 놀라 그녀를 흘깃 보았다. 그녀가 자기 세계의 두꺼운 껍질을 뚫고 남의 속을 헤아릴 수 있으리라곤 전혀 생각하지 못했기 때문이다.

닉은 쑥스러움을 감추려 애쓰며 말을 이었다.

"사실은 제가 책을 너무 몰아붙여 파고들었나 봅니다. 그래서 아마도 전환이 필요했던 것 같아요. 알다시피 저는 이제 막 시작하는 사람일 뿐이니까요."

그러자 그녀는 집요하게 물었다.

"하지만 나중에는… 물론 다시 이어가실 거죠?"

"글쎄요… 잘 모르겠습니다." 닉은 잠시 말을 끊고 반짝이는 갑판을 훑어보다가 눈길을 수평선 너머 반짝이는 바다로 돌렸다.

"요즘은 계속 꿈만 꾸고 있었습니다. 어쩌면 그 책은 완전히 내려놓아야 할지도 모르겠군요. 대신 돈이 되는 일자리를 찾아야겠지요. 제식의 문학은, 먼저 안정적인 수입이 보장되지 않으면 할 수 없는 거니까요."

말을 내뱉고는 곧바로 후회가 밀려왔다. 지금껏 힉스 부부와의 관계에서 그들의 시혜를 떠올리게 할 만한 말은 애써 피했었는데, 무의미하게 흘려보낸 나날들이 그를 무르게 만들었고, 결국 모호한 속내를 입 밖에 꺼내버린 것이다. 하지만 이렇게 말로 내뱉으면 오히려 더 구체화될지도 모른다고 그는 스스로를 위안했다.

다행히 힉스 양은 곧바로 대답하지 않았다. 그리고 이내 전과 달리 부드럽고 머뭇거리는 목소리로 말했다.

"당신처럼 재능 있는 분이 정작 진짜 일을 할 여유를 가질 만한 직업을 찾지 못한다니 안타까워요…."

닉은 냉소적으로 어깨를 으쓱했다.

"네—그런 직업을 찾고 있는 사람은 저뿐만이 아니겠지요."

그러자 그녀의 태도가 다시 단호해졌다.

"그게 어렵다는 건 알아요. 거의 불가능하다는 것도요. 하지만… 만약 그런 기회가 주어진다면, 정말 받아들이실 건가요?"

그녀가 살짝 고개를 돌리자 두 사람의 시선이 마주쳤다. 잠시 동안 닉은 이유 모를 공포에 사로잡혔다. 그러나 그가 그것을 마주할 틈도 없이, 그녀는 전혀 동요하지 않은 목소리로 말을 이었다.

"버틀스 씨가 맡던 자리 말이에요. 부모님은 반드시 믿고 맡길 사람이 필요하거든요. 아주 편한 자리라는 건 아시죠…. 급여도 아마 만족스러우실 거예요."

닉은 안도하듯 깊게 숨을 내쉬었다. 방금 전 그녀의 눈빛은 스칼치 성당에서 보았던 그 눈빛과 똑같았고, 그는 그 눈빛이 다시 깨어나는 것을 차마 보고 싶지 않을 만큼 이 소녀를 친구로서 좋아하고 있었다. 하지만 '버틀스 씨의 자리'라니—왜 안 된단 말인가?

"불쌍한 버틀스!" 닉은 시간을 벌 듯 중얼거렸다.

"아, 그렇다고 그가 일을 그만둔 이유가 선생님께도 해당되진 않을 거예요. 그는 예술적 신념 때문에 스스로를 희생한 거니까요."

닉은 곁눈질로 그녀를 바라보았다. 그녀는 자신이 제노바에서 버틀스를 만났고, 그의 고백을 들었다는 사실을 모를 것이다. 아마 버틀스의 이루어질 수 없는 사랑에 대해서도 알지 못할 것이다. 하지만 그녀의 얼굴은 여전히 담담했다.

"왜 고려해보지 않으세요? 최소한 몇 달만이라도요. 우리 메소포타미아 탐사 이후까지만이라도." 그녀는 조금 숨 가쁘게 덧붙였다.

"정말 친절하시군요. 하지만 잘 모르겠습니다—"

그녀는 특유의 갑작스러운 동작으로 벌떡 일어섰다.

"지금 당장 결정하실 필요는 없어요. 천천히 생각해 보세요. 아버지가 꼭 여쭤보라고 하셨어요."

닉은 자기 대답이 턱없이 부족하다는 걸 느꼈다.

"물론 저도 굉장히 끌리긴 합니다. 하지만 당분간은 기다려야겠지요—편지를 기다려야 합니다. 사실 지금 로도스에서 은행에 전보를 보내, 편지를 여기로 보내달라고 해야 하거든요. 몇 주 동안은 모든 걸, 심지어 편지까지도 다 내팽개쳤으니까요."

"아, 많이 지치셨군요." 그녀는 마지막으로 그를 내려다보며 속삭이듯 말하고는 돌아섰다.

닉은 로도스에서 파리 은행에 전보를 보내 편지를 캔디아로 보내 달라고 했다. 그러나 아이비스 호가 캔디아에 닿고 우편물이 배로 실려 왔을 때, 그에게 건네진 두툼한 봉투 속에는 수지의 편지가 단 한 장도 들어 있지 않았다.

왜 있어야 한단 말인가, 닉 자신이 아직 한 통도 쓰지 않았는데.

그렇다, 닉은 아직 쓰지 않았다. 그러나 은행으로 주소를 보내면서, 그가 원한다면 수지가 그에게 연락할 수 있는 기회를 준 셈이었다. 그런데도 그녀는 아무런 신호를 보내지 않았다.

그날 오후 늦게, 첫 탐사에서 돌아왔을 때 갑판 위 탁자에는 신문 묶음이 놓여 있었다. 닉은 런던에서 온 한 신문을 집어 들고, 무심히 사교 소식을 훑어 내려갔다.

그는 이런 글을 읽었다.

"다음 주 루안 성(이번 시즌 동안 뉴욕의 프레더릭 J. 길로 씨가 임차한 곳)에 도착할 예정인 방문객으로는 로마의 알티네리 공작, 올트링엄 백작, 그리고 지난주 파리에서 런던으로 도착한 니콜라스 랜싱 부인이 있다."

닉은 신문을 탁 던져버렸다. 그가 팔라초 밴더린을 떠나 밀라노행 야간 열차에 몸을 실은 지 겨우 한 달이 지났다. 한 달—그동안 수지에게서 편지 한 장 없었다. 불과 한 달—그런데 수지와 스트레퍼드는 벌써 함께였다!

17장

수지는 런던에서 스트레퍼드를 기다리기로 했다.

새로운 올트링엄 경은 북쪽에서 가족과 함께 지내고 있었고, 수지가 도착했을 때 그로부터 다음 주에 런던에서 합류하겠다는 전보가 와 있었다. 덕분에 그녀는 며칠 동안을 스스로 메워야 했다.

런던은 텅 빈 사막 같았다. 비는 끊임없이 쏟아졌고, 그녀는 쓸쓸한 가족 호텔에 홀로 앉아 있었다. 비수기임에도 불구하고, 그것이 그녀가 감당할 수 있는 가장 좋은 숙소였다. 이제야 비로소 자신과 마주 앉게 된 셈이었다.

바이올렛 멜로즈가 풀머 아이들을 위한 계획을 실행하지 못한 순간부터, 그녀의 수지에 대한 관심은 눈에 띄게 식어버렸다. 예전에도 수지 브랜치는 늘 이런 차가운 태도의 변화를 경험해왔다. 그리고 그럴 때마다 불화를 감수하기보다는 요구받은 역할을 기꺼이 수행하곤 했다. 하지만 다행히 이제는, 결코 그런 굴욕에 다시는 몸을 굽히지 않아도 되었다.

그러나 베르사유에서 서둘러 짐을 꾸리고, 매치 부인에게 적당한 팁을 쥐여주고, 역으로 향하는 그녀를 확인한 순간 갑자기 친절해진 바이올렛과 작별 인사를 나누며, 그 강요된 이별 의식을 되풀이할 때, 수지의 마음속에는 깊은 혐오감이 치밀었다. 이런 임시방편과 타협으로 얼룩진 삶에 대한 환멸이었다. 만약 바로 그 순간 닉이 나타나 두 팔을 벌렸더라도, 과연 자신에게 돌아갈 용기가 있었을까, 수지는 확신하지 못했다.

런던의 고독 속에서 그녀의 독립에 대한 갈망은 더 격렬해졌다. 물론 편안함을 전제로 한 독립 말이다. 오, 자신을 괴롭혀온 이 쓸모없으면서도 지독한 아름다움에 대한 애착이라니! 그것은 늘 그녀에게 저주였지만, 만약 충족시킬 수 있는 수단이 있었다면 축복이 될 수도 있었을 것이다. 그러나 그 애착은 오히려, 누렇게 빛바랜 빗물 속에 잠긴 초라한 호텔 방, 창문으로 스며드는 그을음과 양배추 냄새, 벗겨진 벽지, 유리 돔 속 먼지 낀 밀랍 꽃다발, 그리고 방 중앙의 희미한 전등을 켜면 침대 옆의 더 희미한 전등이 꺼져버리는 어이없는 전기 설비 같은 모든 것을 견디기 힘든 혐오로 바꾸어놓았다.

그녀와 닉이 함께한 몇 달은 얼마나 허망한 세계였던가! 긴 백색 저택이 동백나무와 삼나무 사이에 숨어 호수를 내려다보던 그 집, 혹은 지우데카 운하의 물결이 늘 천장 프레스코 위로 반짝이던 그 웅장한 방들. 그들 중 누구에게도 그런 호사로운 배경을 누릴 권리는 없었다. 그런데도 그녀는 마치 그것들이 원래 자신들의 것인 양 믿었고, 앞으로도 계속 남의 부 속에서 아무 거리낌 없이, 흠 잡히지 않게 살 수 있으리라 착각했던 것이다. 다시 한 번, 그것은 그녀의 '아름다움에 대한 집착'이라는 저주의 결과였다. 언제나 그것을 제 것인 양 받아들이고 말았던 것이다.

결국 현실을 깨닫는 순간은 올 수밖에 없었고, 어쩌면 이렇게 빨리 찾아온 것이 더 나았을지도 모른다. 어쨌든 부서진 그 어리석은 낙원을 다시 곱씹는 건 아무 소용 없었다. 그러나 스트레퍼드가 도착할 날을 세며 앉아 있자니, 도대체 무엇을 생각할 수 있단 말인가?

그녀의 미래, 그리고 그의 미래?

하지만 그 미래는 이미 손바닥 보듯 훤했다. 수지는 오랫동안 부유층과 사교계에서 지내며, 부자와 결혼한 여인의 생활이 어떤 장식들로 꾸며지는지 낱낱이 배워왔다. 저녁 드레스가 몇 벌, 티 드레스가 몇 벌, 레이스 속옷이 얼마나 필요한지까지 계산해본 적도 있었다. 심지어 장차 올트링엄 백작부인이 될 자신의 차가운 날씨용 의상까지 정해두었으니—그녀는 반드시 친칠라 망토를 가질 것이었다. 발끝까지 내려오는, 바이올렛이나 우르슐라보다도 더 부드럽고 풍성하고 사치스러운 망토를. 물론 실버 폭스나 세이블 모피야 말할 것도 없고, 올트링엄 가의 보석은 두말할 필요조차 없었다.

수지는 이 모든 걸 이미 훤히 꿰고 있었다. 늘 그래왔듯, 그것들은 그저 우아한 삶을 꾸며주는 장식품 같은 것들일 뿐, 새로울 게 전혀 없었다. 그녀에게 진정 새로운 것은 닉과 함께한 짧은 시간이었고, 겉모습은 비현실적이었으나 그 본질만큼은 그 어떤 것보다도 진실한 삶이었다. 그것이야말로 그녀가 살아온 인생에서 유일하게 '진짜'라 부를 수 있는 순간이었다. 되돌아보니, 그 시간은 단지 황금빛으로 물든 행복이나 마음과 육체가 동시에 꽃피운 관능적인 기쁨만을 안겨

준 게 아니었다. 그 안에는 더 깊고, 더 강하며, 앞으로의 가능성으로 가득 찬 어떤 것이 함께 있었다. 처음에는 가벼운 도취 속에 가려 잘 알아차리지 못했지만, 기쁨이 가라앉을 때마다 그것은 늘 되살아나 그녀의 고요한 영혼을 붙잡곤 했다. 그것은 닉과 사랑이 가르쳐준 무엇이면서, 동시에 사랑과 닉마저 넘어서는 더 큰 깨달음이었다.

빗물이 더럽게 얼룩진 창문을 쉼 없이 두드리는 소리, 창문을 닫으면 문틈으로 스며드는 석탄과 양배추 냄새에 그녀의 신경은 바싹 곤두섰다. 곧 내려가야 할 점심의 메스꺼운 전조였다. 축축한 커피룸, 검게 그을린 스미르나 카펫, 채광창 위로 떨어지는 비, 빗물에 젖은 듯한 맛을 풍기는 무기력한 여성 종업원들의 음식이 눈앞에 떠올라 견딜 수 없었다. 이런 물질적인 불편까지 자신의 우울을 더할 필요는 없지 않은가.

수지는 벌떡 일어나 모자를 쓰고 외투를 걸친 뒤 택시를 불러 호텔 누보 뤽스 런던 지점으로 향했다. 막 한 시가 되었으니 점심을 들기에 제격일 터였다. 런던이 비어 있었다 해도 그 웅장한 호텔만은 예외였다. 항상 그랬다. 진한 카펫이 깔린 복도와 꽃과 향기에 가득한 식당 안에는 언제나 갈 곳 없는 부유한 이들, 아무것도 하지 않으면서도 끊임없이 세계 곳곳을 좇아다니는 '바쁜' 사람들이 드나들고 있었다.

그러나 얼굴들은 얼마나 단조로운지—알고 있는 사람들이든 아니든 언제나 비슷비슷한 얼굴들이었다. 그녀는 이 익숙한 광경에 새삼 진저리를 치고는, 망설이다가 몸을 돌려 도망치듯 나왔다. 그런데 바로 그 순간, 더 익숙한 인물이 눈앞에 나타났다. 잡지 광고 속에서나 볼 법한 거대한 자동차에서 내리는, 과장된 진주 장식과 세이블 모피를 두른 여인. 알프스의 봉우리 위에서 보석 같은 미인과 가녀린 청년이 눈 덮인 풍경을 바라보는 광고 장면이 현실로 튀어나온 듯한 모습이었다.

그 여인은 바로 우르술라 길로—친근한 옛 친구, 우르술라였다. 스코틀랜드로 가는 길이었고, 수지와 그녀는 반가움에 서로를 껴안았다. 드레스메이커의 작업이 늦어져 다음 날 저녁까지 런던에 머물게 된 우르술라도 마찬가지로 할 일이 없어 시간을 죽이고 있었다. 두 사람은 곧 함께 점심을 하며 미소를 나눴다. 그 점심은 언제나 그렇듯, 수차례 미묘한 코스를 권위적으로 결정하는 메트르호텔의 손에 맡겨졌다.

그날 우르술라는 기분이 좋았다. 흔한 일은 아니었지만, 한 번 기분이 좋을 때면 그녀의 호의는 끝이 없었다. 멜로즈 부인이나 그 무리와 마찬가지로, 그녀도 늘 자기 일에 몰두하느라 다른 사람에게는 잠깐의 관심조차 주기 어려웠다. 하지만 그녀 같은 방랑자들에게는 동류의 방랑자를 우연히 만났을 때, 그 일이 더 큰 즐거움을 방해하지 않는 이상 반가움이 따르는 법이었다. 혼자가 아니라는 사실이 중요했으니까. 런던에서 이틀을 홀로 보낸 우르술라는 수지에게 남은 하루를 반드시 함께 보내달라고 약속을 받아냈다. 그러나 약속하자마자, 언제나 그렇듯 그녀의 관심은 다시 자기 일로 돌아갔고, 연이어 내오는 요리들 앞에서 자기 비밀들을 쏟아내기 시작했다.

우르술라의 고백은 언제나 비슷했다. 다만 이야기의 주인공만 바뀔 뿐이었다. 그녀는 연애와 감정을 끝내고 또 새롭게 시작하기를, 드레스메이커를 바꾸고, 응접실을 새로 꾸미고, 새 자동차를 주문하고,

보석의 세팅을 바꾸며, 삶의 무대를 새롭게 장식하는 것만큼 자주, 또 충동적으로 반복했다. 수지는 이미 어떤 이야기가 나올지 알고 있었다. 하지만 향기로운 커피와 호박 향의 담배를 즐기며 그것을 듣는 건, 곰팡내 나는 커피룸에서 혼자 차갑게 식은 양고기를 씹는 것보다는 훨씬 기분 좋은 일이었다. 그 극명한 대조는 오히려 마음을 진정시켜주었고, 그녀는 마지못해 친구의 이야기에 흥미를 느끼기 시작했다.

점심이 끝난 후, 두 사람은 자동차를 타고 웨스트엔드 상점들을 체계적으로 돌았다. 모피상, 보석상, 고가구 상점까지. 바이올렛 멜로즈가 마음에 드는 물건 앞에서 결정을 내리기까지 지루하게 끌던 모습과는 전혀 달랐다. 우르슐라는 넘쳐나는 감정을 쏟아내듯, 실버 폭스 모피나 옻칠 공예품에도 단호하고 재빠르게 달려들었고, 손에 넣은 뒤에야 그 가치를 더 높이 쳤다.

"그리고 있잖아—혹시 나 그랜드 피아노 고르는 거 좀 도와줄 수 있을까?" 마지막 골동품상이 고개 숙여 배웅하자 우르슐라가 말했다.

"피아노요?"

"그래. 루안 성에 보낼 거야. 그레이스 풀머를 초대했거든—얘기 안 했니? 난 사람들이 그녀의 연주를 들어야 한다고 생각해. 런던에서도 연주 기회를 잡게 하고 싶어. 얘야말로 천재야."

"천재라니—그레이스가요?" 수지가 놀라며 말했다. "저는 내트인 줄 알았는데요…."

"내트 풀머 말이지?" 우르슐라는 비웃듯 웃었다. "아, 그렇구나. 그 바보 같은 바이올렛 집에 있었구나! 불쌍한 것, 내트 때문에 정신이

나갔더라니까─정말 딱해. 물론 그에게 재능이 있는 건 사실이야. 내가 이미 작년 겨울, 아메리칸 아티스트 전시회 개막일에 봤거든. 그때 '봄의 눈보라'를 처음 발견한 사람은 나야. 왕자님이랑 같이 서 있다가 작품 앞에서 멈춰 섰지. 그리고는 '이 사람, 재능 있네'라고 말했어. 하지만 천재? 그건 아내 쪽이지! 자기는 그레이스가 바이올린 켜는 걸 들어본 적 없어? 불쌍한 바이올렛은 또 한 번 헛다리를 짚은 거야. 내가 풀머한테 정원 집을 맡긴 건 사실이야─바이올렛도 들었겠지─그를 돕고 싶었으니까. 하지만 그레이스는 내가 발굴한 사람이야. 반드시 세상에 알려야 해. 모두에게 그녀가 진짜 천재라는 걸 이해시키고 싶어. 그래서 루안에 꼭 오라고 했고, 최고의 반주자를 데리고 오라고 했지. 자기도 알잖아, 네로네는 사냥 같은 건 끔찍하게 지루해 해. 총을 들고 나가긴 하지만. 그래서 저녁에는 예술이 좀 있어야 하거든…. 아, 수지! 피아노 고를 줄 모른다고? 난 네가 음악 무척 좋아하는 줄 알았는데!"

"저도 음악 좋아해요. 하지만 잘 아는 건 아니라서요… 우리 같은 무의미한 무리들이 늘 그렇듯, 좋은 것들을 그냥 좋아하는 정도죠." 수지는 속으로 덧붙였다. 물론 이런 말은 우르슐라에게 해봐야 소용없다는 걸 알았기 때문이다.

"근데 그레이스가 정말 온다는 거 확실한가요?" 수지가 소리내어 물었다.

"물론이지. 왜 안 오겠어? 어제 전보까지 보냈어. 천 달러랑 모든 비용을 대준다고 했거든."

피카딜리의 찻집에서 차를 마실 때쯤 되어서야, 길로 부인은 동행의 계획에 약간의 관심을 보였다. 수지를 잃는다는 생각이 갑자기 견딜 수 없게 느껴진 것이다. 제철도 아닌 런던에 오래 머물 필요가 없다는 생각에 왕자는 이미 루안으로 떠났고, 우르슐라는 혼자 저녁과 다음날 하루를 보낼 자신이 없었다.

"그런데, 자기는 지금 런던에서 뭐 하고 있는 거야? 내가 물어봤던가 모르겠네." 그녀는 단단한 팔꿈치를 찻잔 옆 테이블에 괴고, 수지 담배에 불을 붙여 달라며 몸을 기울였다.

수지는 잠시 망설였다. 곧 자신에 대해 설명해야 할 순간이 올 거라는 걸 예감하고 있었기 때문이다. 그런데 우르슐라에게 뭘 어떻게 말해야 한단 말인가?

우르슐라는 수지의 침묵을 자신에 대한 책망으로 느낀 듯, 약간의 죄책감이 섞인 목소리로 말을 이었다.

"그럼 닉은? 닉은 자기랑 같이 있어? 나는 너희가 아직도 엘리 밴더린이랑 베네치아에 있는 줄 알았어."

"몇 주 동안은 그랬어요." 수지는 목소리를 가다듬었다. "아주 즐거웠죠. 하지만 지금은 잠깐 서로 각자예요."

우르슐라는 더 깊이 수지를 살피며 물었다.

"그럼 지금 여기 혼자야? 정말 혼자?"

"네. 닉은 지중해에서 친구들이랑 크루즈 여행 중이에요."

그 순간 우르슐라의 얕은 시선이 유난히 깊어졌다.

"그럼, 자기는 혼자고… 지금 일도 없는 거지? 잠깐이라도?"

수지는 웃으며 대답했다.

"글쎄요, 확실하진 않아요."

"아, 하지만 정말 그렇다면, 수지, 루안으로 같이 가면 안 돼? 프레드가 자기한테 물어봤을 텐데, 그렇지? 자기랑 닉 둘 다 거절했다고 나한테 얘기하던데. 그때 너희가 안 온다고 해서 프레드가 엄청 서운해했거든. 물론 그땐 닉이 다른 계획이 있었던 거겠지. 지금은 닉을 데려올 수 없어, 사냥 나갈 자리가 없으니까. 하지만 닉이 없고, 자기 혼자라면… 알잖아, 우리가 자길 얼마나 좋아하는지! 프레드도 엄청 좋아할 거야—자기도 프레드가 좀 추근대는 건 별로 신경 안 쓰지? 그리고 자기는 나한테 큰 도움이 될 거야… 그게 좀 설득력이 되려나? 집에는 남자들로 가득하고, 밤마다 손님들이 몰려와서 저녁 먹고, 프레드는 오직 사냥에만 관심 있고, 네로네 왕자는 사냥을 정말 질려 하고 비웃기만 하고, 나는 그를 기분 좋게 만들 여유조차 없거든… 아, 수지, 제발 거절하지 말고, 내가 당장 내일 밤 기차표부터 예약하게 해줘!"

수지는 몸을 뒤로 젖히며 담배 재가 길게 늘어지도록 두었다. 얼마나 익숙한, 또 얼마나 지긋지긋하게 익숙한 부탁인가! 우르슐라는 몇 주 동안 프레드의 흥미를 가볍게 떠받쳐줄 상대가 절실히 필요했고, 바로 그 사람이 여기 있었다. 수지는 그 생각에 소름이 돋았다. 그녀는 정말로 루안에 갈 생각이 없었다. 그저 바이올렛 멜로즈가 부드럽게 내보낼 때 핑계 삼아 '사냥터' 얘기를 꺼냈을 뿐이었다. 우르슐라의 부탁을 들어주느니 차라리 스트레퍼드가 제안했던 것처럼 몇 백 파운드를 빌리고 임시 일거리를 구해 버리리라—

언젠가 자신이 올트링엄 백작부인이 될 때까지? 글쎄, 그럴지도 모른다. 어쨌든, 우르슐라를 위해 고생하며 일하러 돌아갈 생각은 없었다.

수지는 가볍게 미소 지으며 고개를 저었다.

"정말 미안해요, 우르슐라. 물론 도와드리고 싶은 마음은 크지만…."

우르슐라의 시선이 다시 책망으로 변했다.

"자기라면 당연히 그럴 줄 알았는데…" 그녀가 낮게 중얼거렸다.

수지는 그 눈길 속에서, 길게 이어진 호의의 흔적과, 우르슐라가 지금까지 누구에게 베푼 호의를 절대 잊지 않는다는 사실을 읽었다.

수지는 잠시 망설였다. 그녀는 자신이 길로 부부의 결혼식 때 받은 수표 덕분에 얼마나 큰 행복을 누렸는지를 기억했고, 그런 자신이 이제 배은망덕해 보이는 것이 마음 아팠다.

"가능하다면 돕고 싶지만, 정말… 지금은 제가 자유롭지 않아요." 그녀는 잠시 숨을 고르고 단호히 말을 이었다. "사실은, 저는 여기서 스트레퍼드를 기다리고 있어요."

"스트레퍼드? 올트링엄 경?" 우르슐라가 눈을 크게 떴다. "아, 맞다―기억나. 자기랑 그는 예전부터 정말 친했지?" 그녀의 이리저리 흩어지던 시선이 갑자기 한곳에 모였다. 수지가 영국에서 가장 부유한 남자 중 한 명인 올트링엄 경을 기다린다는 걸 깨닫자, 우르슐라는 번쩍 가방을 열어 금망으로 된 미니어처 다이어리를 꺼냈다.

"잠깐만―맞아, 다음 주야! 그가 루안에 오는 게 다음 주인 걸 알았어! 그럼, 수지, 이제 모든 게 완벽해졌잖아. 그한테 전보 보내고, 내일 나랑 같이 가서 거기서 만나면 되잖아. 이런 지저분하고 눅눅한 런던에서 기다리느니 훨씬 낫지 않아? 아, 수지, 네가 내가 스코틀랜드에서 왕자랑 프레드 사이에서 얼마나 힘든지 알았다면, 절대 거절 못할걸!"

수지는 여전히 망설이고 있었다. 하지만, 결국 스트레퍼드가 정말로 루안에 간다면, 런던의 축축한 거리에서 지루하게 헤매거나, 시끄러운 레스토랑 악단 소리에 맞서 고함을 치며 대화하는 것보다는, 차라리 루안에서 여유롭게 그를 만나는 편이 낫지 않을까? 그가 런던에 머물러 자기와 함께 시간을 보내기 위해 방문을 미루리라고는 도저히 기대할 수 없었다. 그런 양보는 원래 그의 방식이 아니었고, 이제는 마음대로 철저히 자기 뜻대로 살 수 있는 처지가 되었으니 더더욱 그럴 리 없었다.

그제야 수지는 그의 운명이 얼마나 달라졌는지를 똑똑히 깨달았다. 이제 그의 하루하루는 당연히 이미 일정표로 꽉 차 있을 것이다. 초대장이 쏟아지고, 기회가 몰려들며, 그는 그저 원하는 것을 골라잡기만 하면 됐다. 그리고 무엇보다—여자들! 그녀는 지금까지 한 번도 그 사실을 생각해 본 적이 없었다. 영국의 모든 아가씨들이 그와 결혼하고 싶어 할 것이고, 심지어는 자기 나라에서 온 진취적인 여성들까지도 그 대열에 합류할 것이다. 게다가 유부녀들—그들이야말로 훨씬 더 두려운 존재였다.

스트레프는 당분간 결혼을 피해갈 수 있을지도 모른다. 하지만 그녀는 알았다. 가족의 압박, 설득, 그가 늘 비웃어왔지만 끝내 완전히 떨쳐내지 못한 온갖 전통적 영향력들이 그를 다시 얽어맬 수 있다는 걸. 올트링엄에 있는 그 조용하고 눈에 보이지 않는 여성들—삼촌의 과부, 어머니, 미혼인 자매들—그들은 언젠가 차근차근, 지극히 인내심 있게, 결국은 '의무'를 다해야 한다는 생각을 그에게 주입할지도 모른다. 그리고 때마침 꼭 맞는 젊고 아름다운 여인을 그의 앞에 데려다 놓을 수도 있을 것이다.

하지만 그 모든 건 나중의 일이다. 지금, 당장, 무섭게 다가오는 건 유부녀들이었다. 아, 그들은 기다려주지 않을 테고, 이미 덫을 놓고 있을 게 틀림없었다! 수지는 그 생각에 몸서리쳤다. 그녀는 그런 계략이 어떻게 짜이고 실행되는지를 너무나 잘 알고 있었다. 아니, 요즘은 계략조차 필요 없었다. 때가 오면 그냥 덮치고 움켜쥐는 식이었다. 그래도 그녀는 그 모든 과정, 그 사소한 술수와 길들이기의 전 과정을 너무나 잘 알고 있었다. 하지만 스트레프와는—감사하게도—그런 기술을 쓸 필요가 없었다! 그의 사랑은 그저 손을 뻗으면 닿을 만큼 가까이 있었다. 그렇다면, 그 사랑을 거절하는 건 어리석은 짓이 아닐까?

어쩌면. 하지만 그 점에 대해서만큼은 그녀의 마음이 여전히 흔들리고 있었다. 다만 확실한 건, 우르술라의 압력에 굴복하는 편이 훨씬 나을 거라는 사실이었다. 루안에서 그를 만나면, 더 알맞은 환경 속에서 방향을 잡을 시간이 있을 것이고, 그를 둘러싼 위험이 무엇인지 살필 수도 있으며, 결국 자신이 그를 다른 여자들로부터 '구원'해야 하는 것이 자기 사명인지 판단할 수도 있을 터였다.

"그럼… 우르술라, 당신이 원한다면 그렇게 할게요."

"아, 천사 같으니! 너무 기뻐! 바로 근처 우체국으로 가서 전보 보내자."

두 사람이 자동차에 오르자, 우르술라는 수지의 팔을 붙잡으며 간절하게 속삭였다.

"그리고 수지, 프레드가 조금만 추근대도록 놔두면 안 되겠니, 응?"

18장

"그런데 이해가 안 돼." 엘리 밴더린이 진지하게 말했다. "왜 이혼을 기다리지 말고 약혼을 먼저 발표하지 않는 거야? 요즘엔 다들 그렇게 해. 훨씬 안전하다고 내가 장담할 수 있어!"

밴더린 부인은 생모리츠에서 영국으로 돌아가는 길에 파리에 들러, 불과 두 달 전만 해도 수많은 트렁크를 가득 채웠던 옷장을 다시 보충하고 있었다. 전 세계에서 모여든 다른 숙녀들도 똑같은 목적으로 파리에 모여들어, 누보 뤽스 호텔의 루이 16세풍 스위트룸, 레스토랑의 분홍빛 촛불이 켜진 테이블, 디자이너 하우스의 피팅 시간을 두고 서로 다투었다. 그러나 모두가 동시에 같은 걸 원하고, 같은 순간에 쟁취하려 애쓰다 보니 오히려 들뜬 기분에 행복하고 편안해 보였다. 지금은 일 년 중 가장 중요한 시기, 바로 "드레스메이커 시즌"의 절정이었다.

밴더린 부인은 뤼 드 라 페(Rue de la Paix)[30]의 한 패션하우스 오프닝에서 수지 랜싱과 마주쳤다. 찌는 듯한 더위와 감정의 고조로 창백해진 숙녀들이 줄지어 앉아, 믿기 힘든 옷차림의 마네킹들이 아픈 발을 이끌고 끝없이 지나가는 광경을 몇 시간이고 황홀한 눈빛으로 바라보던 자리였다.

엘리는 진귀한 친칠라 망토의 위엄 넘치는 광채에 넋을 빼앗겨 다른 숙녀가 그것을 살펴보는 기척조차 느끼지 못하다가, 고개를 들어 수지가 털을 꼼꼼히 살펴보고 있는 것을 발견하고 놀란 듯 외쳤다.

"수지! 네가 여기 있는 줄은 몰랐어! 신문에서 길로 부부랑 함께 있다고 봤는데."

익숙한 포옹 인사가 오갔다. 그러자 밴더린 부인은 여전히 시선을 그 비할 데 없는 망토가 사라져가는 마네킹들의 행렬 뒤로 보냈다가, 날카롭게 물었다.

"혹시 우르슐라 대신 쇼핑하는 거니? 그 망토를 그녀 위해 주문하려는 거라면 미리 말해줬으면 해."

수지는 미소를 지으며 잠시 대답을 멈췄다. 그 잠깐의 사이에 그녀는 머리 위의 깃털 장식부터 에나멜 슈즈의 완벽한 아치에 이르기까지, 엘리 밴더린의 늘 젊음을 유지하는 모습의 세밀한 디테일들을 눈에 담았다. 마침내 조용히 말했다.

"아니, 오늘은 제 옷을 보러 나왔어요."

---

30 파리의 명품 거리가자, 고급 보석상과 패션 하우스들이 모여 있어 "패션의 성지"로 불림.

"네 옷? 네 옷이라고?" 밴더린 부인은 믿기 어렵다는 듯 눈을 크게 떴다.

"네, 그냥 기분 전환 삼아요." 수지는 태연하게 대답했다.

"그런데 그 망토 말이야—내가 말한 건 친칠라 망토인데… 안감이 에르민으로 된 거 말이야…."

"네, 정말 멋지죠. 하지만 결정하기 전에 다른 것도 더 보려고 해요."

아, 그녀는 얼마나 자주 이런 말을 친구들에게서 들어왔던가! 그런데 이번에는 자신이 똑같은 어투—지겨운 만족감이 묻어난 그 목소리—로 내뱉자, 당황하는 엘리의 반응이 오히려 우스웠다. 요즘 수지는 이런 소소한 즐거움에 점점 더 의지하게 되었다. 하루가 아무리 바쁘게 흘러가도, 이런 기분 전환이 없다면 지루하기 짝이 없을 터였다. 여전히 그녀는 유명 디자이너 숍에 가서 마네킹들이 차례로 지나가는 걸 지켜보고, 가장 값비싼 드레스들을 무심한 표정으로 살펴보며, 지인들에게 자신이 그 무리 속에 있음을 과시하는 게 즐거웠다.

이미 소문은 퍼져 있었다. 그녀와 닉이 이혼할 거라는 이야기, 그리고 올트링엄 경이 그녀에게 "몰두해 있다"는 이야기. 수지는 그 소문을 굳이 부정하지도, 인정하지도 않았다. 그저 호사스러운 물결 위에 몸을 맡기고 흘러가는 듯 살아갔다. 하지만 닉이 팔라초 밴더린을 떠난 지 벌써 석 달, 여전히 그녀는 그에게 편지를 쓰지 않았고, 닉 또한 마찬가지였다.

그렇게 바쁘게 일정을 채워 넣었음에도 불구하고, 날들은 점점 더 느리게 흘러갔고 기대했던 흥분도 더 이상 그녀를 들뜨게 하지 못했다. 스트레퍼드는 이제 자기 것이었다. 수지는 이혼만 끝나면 그가 반드시 자신과 결혼할 거라는 사실을 알고 있었다. 두 사람은 루안에서 열흘을 함께 보냈고, 그 후 그녀는 스트레퍼드와 함께 남쪽으로 자동차 여행을 하며 도중에 올트링엄에 들렀다. 그곳에는 지금 상중에 있는 그의 친척들이 모두 비워둔 상태였다.

올트링엄에서 두 사람은 헤어졌다. 몇 차례 더 영국 곳곳을 방문한 뒤, 수지는 다시 파리로 돌아왔고 스트레퍼드는 이제 곧 그곳으로 합류할 예정이었다. 올트링엄에서 보낸 몇 시간 동안 그녀는 확신했다. 그는 자신을 위해 얼마든지 기다려줄 것이라고. 그래서 이제는 다른 여자들에 대한 두려움이 더 이상 그녀를 괴롭히지 않았다. 그러나 어쩌면 바로 그 이유 때문에 미래가 생각보다 덜 흥미롭게 느껴지는지도 몰랐다.

어쩌면 그녀를 압도했던 건 바로 그 거대한 저택의 모습일지도 몰랐다. 올트링엄은 너무 방대했고, 너무 장엄했으며, 마치 오래된 영토적 전통과 의무로 쌓아 올린 거대한 기념비 같았다. 아마도 너무 오랜 세월 동안, 너무 많은 진지하고 성실한 여성들에 의해 지켜져 온 집이었기 때문일 것이다. 거기에 카드 게임과 빚, 불륜 같은 일들이 침범하는 장면을 그녀는 도저히 그려낼 수 없었다. 물론 결국 그래야만 하겠지만⋯. 스트레퍼드나 자신이 그곳에서 무거운 지역적 책임을 떠안고, 지루한 파티와 고된 의무, 매주 교회에 나가고, 각종 위원회를 주재하며 살아가는 모습을 상상하기란 쉽지 않았다. 차라리 그 집을 팔고 템스 강가에 아담한 집을 마련할 수 있다면 얼마나 좋을까!

그럼에도 불구하고, 올트링엄이 그녀가 마음만 먹으면 언제든 차지할 수 있는 집이라는 사실을 세상에 알리는 건 싫지 않았다. 때때로 그녀는 닉이 그 소식을 알고 있을지, 소문이 그의 귀에 들어갔을지 궁금해졌다. 만약 그렇다면, 그것은 전적으로 닉 자신의 편지 탓일 것이다. 그가 그녀에게 어떤 길을 가야 할지 이미 말해주었고, 그녀는 그대로 따르고 있었으니까.

엘리 밴더린과의 재회는 잠시 충격이었지만, 그녀는 다시는 엘리를 보지 않아도 되길 바랐다. 그러나 막상 얼굴을 마주하고 나니, 수지는 자신이 얼마나 무뎌져 있는지 깨달았다. 잠시 후 그녀는 엘리에도, 다시 돌아온 옛 생활의 모든 것에도 익숙해져 있었다. 뭐 하러 그렇게 호들갑을 떠나 싶었다. 두 사람은 드레스메이커 가게를 나와 새로 문을 연 모자점에서 넋을 잃고 시간을 보낸 뒤, 지금은 누보 뤽스 호텔의 엘리 응접실에서 차를 마시고 있었다.

응석받이 아이처럼 집요한 엘리는 다시 친칠라 망토 이야기를 꺼냈다. 그것 말고는 마음에 드는 게 하나도 없었고, 변변한 모피 하나 없는 자신으로서는 서둘러야 했기 때문이다. 물론, 그 망토가 수지의 친구를 위한 것이라면 몰라도….

수지는 쿠션에 몸을 기댄 채, 반쯤 감긴 눈으로 엘리 밴더린의 작고 세밀하게 다듬어진 얼굴을 살폈다. 그것은 언제나 그녀가 당대의 '젊은 데이비넌트'에 대해 이야기할 때와 똑같은 어린아이 같은 열정을 담고 있었다. 다시 한 번 수지는 깨달았다. 엘리의 요동치는 삶에서 모든 관심사는 똑같은 무게를 지닌 듯 보인다는 것을.

"그렇게 갖고 싶어 안달하는 걸 보니 꼭 추위에 떠는 아이 같네요." 수지가 웃으며 말했다. "그 망토는 당신이 가지면 되고, 전 다른 걸 고를게요."

"아, 자기는 정말 사랑스러워! 그렇게 해줄 수 있다니! 게다가 자기가 누구를 위해 고른 건지 그 사람은 영영 모를 테니까…."

"아쉽지만, 그 말로는 위안이 안 돼요. 아까도 말씀드렸듯, 이 망토는 제가 제 것이라며 주문한 거니까요." 수지는 엘리의 황망한 표정을 충분히 음미하며 잠시 말을 멈췄다. 그러나 이내 친구의 얼굴에 스쳐간 알 수 없는 변화가 그녀의 웃음을 거두게 했다.

"아, 정말이야, 수지? 몰랐어… 누군가 있는 줄은…."

수지의 이마까지 붉게 달아올랐다. 모욕감이 그녀를 압도했다. 엘리가 그런 식으로 무례하게 생각하다니—아니, 누가 감히 그렇게 생각할 수 있단 말인가!

"누군가가 내게 친칠라 망토를 사준다고요? 고맙네요!" 그녀가 날카롭게 쏘아붙였다. "적어도 그 생각이 곧장 떠오른 게 아니라, 잠시나마 의심의 여지를 두셨다니 다행이에요. 최소한의 예의는 남아 있었던 거군요…." 그녀는 비웃듯 다시 웃음을 터뜨리며 자리에서 일어나 방 안을 거닐었다. 벽난로 위 거울 속에는 분노로 붉어진 자신의 얼굴과, 당황해 시선을 피하는 엘리의 눈빛이 비쳤다. 수지는 몸을 돌려 친구를 마주했다.

"당신이 그렇게 생각한다면, 다른 사람들도 다 그렇게 생각하겠죠. 그렇다면 차라리 제가 직접 말하는 게 낫겠네요." 그녀는 숨을 고르고 말을 이었다. "닉과 저는 헤어지기로 했어요—아니, 사실 이미 끝났죠. 닉은 이 결혼이 애초부터 잘못이었다고 했어요. 아마 곧 다른 여자와 결혼할 겁니다. 그리고 저도 마찬가지고요."

수지는 친구를 바라보며 의아해했다. 그녀의 짧은 행복이 무너진 데 대해 위로 한마디 없었고, 그 원인에 대한 호기심조차 보이지 않았다! 분명 엘리 밴더린은 다른 친구들과 마찬가지로, 이미 오래전에 수지의 꿈이 짧으리라는 사실을 "계산에 넣고" 있었고, 어쩌면 수지 자신이 영광의 빛이 바래감을 느끼기도 전에 그 뒤이은 이야기를 미리 짜두었을지도 몰랐다. 수지와 닉이 함께 보낸 몇 주의 대부분을 엘리의 집에서 보냈지만, 엘리에게 그것은 그녀가 동시에 젊은 데이비넌트를 대신한 그 '속물'과 벌인 엉큼한 일탈과 다르지 않았다. 스트레퍼드조차 이름조차 언급하기를 꺼려했던 그 사내 말이다. 엘리에게 중요한 건 오직 하나, 친구인 수지가 마침내 그 상상을 초월한 "전리품"을 손에 넣는 것이었다.

적어도 그 점에서, 엘리는 같은 부류의 다른 여자들이 흔히 보이는 미소 띤 배신보다는 차라리 차갑고도 무심한 솔직함을 보여주고 있었다. 그녀의 충고는 진심이었고, 어쩌면 현명하기까지 했다. 왜 수지는 세상 모두에게, 자신이 이혼 절차만 끝나면 스트레퍼드와 결혼할 것임을 알리지 말아야 한단 말인가?

수지는 곧바로 대답하지 않았다. 그러자 엘리가 질문을 반복하며 못마땅하다는 듯 덧붙였다.

"당최 이해할 수가 없네. 닉도 동의한다면서—"

"네, 닉도 동의했어요." 수지가 말했다.

"그럼 뭐가 더 필요해? 아, 수지, 제발 내 본보기를 좀 따르렴!"

"당신의 본보기?" 수지는 말을 멈추고 그 단어를 곱씹었다. 그리고 친구의 얼굴에 어색함과 능청스러움, 또 반쯤 미안해하는 빛이 섞여 있음을 보고는 다시 물었다. "당신의 본보기라니? 설마… 넬슨과 헤어지려는 건 아니겠죠?"

밴더린 부인은 수지의 나무라는 듯한 시선을 마주하며 수정처럼 맑은 눈빛을 보냈다.

"난 원치 않아, 하나님도 아실 거야. 불쌍한 넬슨! 정말 끔찍하게 싫은 일이야. 그는 늘 클라리사에게도 천사 같았고… 또 우리는 서로에게 너무 익숙해졌잖아. 하지만 내가 어떻게 하겠니? 앨지는 너무 부자야, 끔찍할 정도로 부자라서 난 늘 다른 여자들이 그를 넘보지 못하게 경계해야 해. 그런데 그게 너무 지치거든….

"앨지?"

밴더린 부인의 완벽한 눈썹이 솟구쳤다.

"앨지. 앨지 보크하이머. 몰랐니? 아마 네가 그의 부모님과 저녁을 같이 한 적 있다고 했던 것 같은데. 이 세상에서 보크하이머 집안만큼 부자인 집은 없어. 알지는 그 집안의 외아들이고. 그래, 지난봄에… 그와 함께였어. 그때 난 끔찍하게 행복했지. 그런데 지금은 그를 잃을까봐 두려워 죽겠어. 정말이지, 그런 식으로 부유한 남자를 붙잡아 두는 방법은 이 길밖에 없어!"

수지는 몸을 일으켰다. 몸서리치듯 떨림이 지나갔다. 그녀는 문득 기억해냈다. 보크하이머 부부가 새로 지은 5번가의 대리석 저택에서 열린 첫 연회에서 알지를 본 적이 있다는 것을. 지나치게 흠잡을 데 없는 옷차림, 번들거리는 작은 얼굴, 그리고 어디서나 슬그머니 눈치를 보는 태도…. 그녀는 갑작스레 엘리를 향해 경멸의 눈길을 던졌다.

"당신, 정말 역겹군요."

엘리의 완벽한 작은 얼굴이 무너져 내렸다.

"역-겹-다? 역겹다고? 수지!"

"그래요. 넬슨과… 클라리사와… 당신들이 함께한 과거와… 이미 가진 돈만 해도 넘쳐날 텐데… 그런데 그 남자라니! 역겨워요."

엘리는 몸을 떨며 일어섰다. 그녀는 이런 장면에 익숙하지 않았고, 이런 상황은 그녀의 사고뿐 아니라 안색까지 뒤흔들었다.

"정말 잔인해, 수지. 너무 잔인하고 끔찍해서, 뭐라고 대답해야 할지 모르겠어." 그녀는 더듬거리며 말했다. "당신은 정말 아는 게 없어. 누군가 원하는 돈을 전부 가질 수 있다고 생각하다니!" 그녀는 검게 번진 눈가를 조심스레 손수건으로 닦고 거울을 힐끗 본 뒤, 관대하다는 듯 덧붙였다. "하지만 네가 한 말은 잊어줄게."

19장

　수지는 소녀 시절 느꼈던 바로 그 반발심, 주위 모두가 떠받드는 가치와 기준에 대한 환멸이 다시 가슴속에서 불타오르는 것을 느꼈다. 그 반발심이 한때 그녀를 닉과의 무모한 결혼으로 내몰았던 바로 그것이었다.

　어떻게 다시 그 세계로 돌아갈 수 있을까? 어떻게 그들의 삶에 대한 평가를 되풀이하고, 그들의 판단 앞에 머리를 숙일 수 있을까? 안타깝게도, 바로 그 사회의 기준에 맞는 결혼만이 그녀를 그 굴레에서 벗어나게 해줄 길이었다. 어쩌면 닉 역시 같은 생각을 했던 것일까? 어쩌면 그는 자신보다 더 일찍 깨달았을지도 모른다. 도덕적 자유를 얻으려면, 두 사람 모두 물질적 근심에서 벗어나야 한다는 것을. 아마도….

　엘리 밴더린과의 대화는 수지에게 깊은 굴욕과 우울을 남겼다. 그래서 다음 날 올트링엄과의 만남마저 내심 두려워졌다. 그는 최종적인 대답을 받기 위해 파리로 오고 있었다. 그녀가 이혼 절차에 즉시 들어가겠다고 동의만 한다면 그는 얼마든지 기다릴 준비가 되어 있었다. 수지는 포부르 생제르맹에 있는 소박한 호텔에 묵고 있었고, 다시 한 번 그의 제안—누보 뤽스 호텔이나 불르바르의 유명 레스토랑에서 점심을 하자는—을 단호히 거절했다. 대신, 룩셈부르크 근처의 한적하고 값이 적당한 식당을 고집했다.

"왜 꼭 이렇게 맛없는 데서 먹자고 고집하는 거야?" 스트레퍼드가 호텔 문 앞에서 그녀와 함께 걸어가며 불평했다. "게다가 너랑 같이 있는 걸 사람들이 보게 할 기회도 빼앗잖아. 우리가 결혼할 거라는 거, 이제 다들 아는 거 아니야?"

수지는 순간 움찔했다. 그의 입에서 나온 그 말—'결혼'이라는 단어—가 언제까지 이렇게 어색하게 들릴까 하는 생각이 스쳤다.

"아니, 지금은 그냥 사람들이 네가 나한테 진주 목걸이나 친칠라 망토를 사주고 있다고 생각하겠지." 그녀가 웃으며 말했다.

그는 인자하게 눈살을 찌푸렸다. "음, 사실이라면 난 지금 당장이라도 기꺼이 그럴 수 있어. 그러니 그 기회를 잡는 게 나을지도 모르지. 억지로 강요하고 싶진 않은데… 내가 이렇게 부유하다 보니 언젠가는 인색해질 거라는 게 눈에 보여서 말이야."

수지는 어깨를 가볍게 으쓱했다. "솔직히 말해서, 지금 내가 세상에서 제일 싫어하는 게 진주, 친칠라, 그런 값비싸고 남들이 부러워하는 것들이야…."

그녀는 갑자기 말을 멈추고 얼굴이 붉어졌다. 자신이 방금 한 말이야말로, 그를 노리는 다른 여자들이라면 누구나 내뱉을 상투적인 말이라는 걸 깨달았기 때문이다. 그러니 그는 당연히, 자신이 흔해빠진

'무심한 척' 연극을 벌이고 있다고 여길 터였다.

스트레퍼드의 반짝이는 눈길이 묘하게 그녀 얼굴 위를 스쳤다. 수지는 그 시선을 웃음으로 맞받으며 덧붙였다.

"그렇다고 해서, 내가… 만약 결정을 내린다고 해도, 그게 전적으로 네 아름다운 눈 때문일 거라고는 생각하지 마."

그는 다소 건조하게 웃으며 말했다.

"아니, 나한텐 다시는 그런 일 없을 거 같아."

"오, 스트레프…." 수지는 미안함에 잠시 말을 잇지 못했다. 예전에는 어떤 남자든, 어떤 대화를 원하든 그에 맞춰 바로바로 말해낼 줄 알았다. 결혼 전의 힘들던 시절에도, 얄팍한 감상적인 말들을 능청스럽게 늘어놓아 프레드 길로를 넋을 잃게 만들기도 했었다. 하지만 이제는 달랐다. 이제는 진짜 사랑의 언어를 알고, 그 눈으로 바라보고, 그 손으로 껴안아본 뒤였다. 그래서 옛 기술은 더 이상 쓸모가 없었고, 그녀는 초보자처럼 어설프게 더듬거리는 자신을, 아이러니한 눈길로 지켜보는 스트레퍼드 앞에서 똑똑히 의식했다.

그들은 목적지에 도착했고, 스트레퍼드가 문을 열어 안을 들여다보았다.

"꽉 찼네—자리 하나 없군. 게다가 답답하기도 하고! 어디로 가지? 우리만 쓸 수 있는 방을 달라고 해볼까?"

수지는 동의했고, 그들은 나선형 계단을 올라 층고가 낮은 작은 방으로 안내되었다. 높은 창의 아치 윗부분에서 들어오는 빛이 방 안을 비추고, 아래쪽 창문은 아래층과 이어져 있었다. 스트레퍼드는 창문을 열었고, 수지는 망토를 소파 위에 벗어 던진 채 발코니에 기대 섰다. 그는 점심을 주문했다.

전체적으로 보아, 단둘이 있게 된 게 오히려 다행이라고 수지는 생각했다. 스트레퍼드를 확신하고 있는 만큼, 그를 더 오래 애태우는 건 불공평했다. 결정을 내리고 분명히 이야기해야 할 순간이 왔고, 아래층처럼 북적이는 공간에서는 그럴 수 없었을 것이다.

웨이터가 첫 번째 요리를 내고 나가자, 스트레퍼드는 사적인 이야기를 꺼내지 않았다. 대신 언제나 그에게 가장 즐거운 화제로 옮겨갔다. 바로 자신이 속한 집단의 인간 희극, 그 아이러니와 풍자였다. 그의 악의 어린 논평은 늘 수지를 즐겁게 했는데, 그 속에는 종종 날카로운 철학적 통찰이 번득였고, 그들이 함께 지켜본 사교계의 익살스러운 모습들을 새롭게 비춰주곤 했다. 그는 실제로 수지가 아는 사람 중 유일하게(닉을 제외하면) 무대 위에 있으면서도 동시에 무대 밖에 서 있는 듯한 인물이었고, 그 점이 언제나 흥미로웠다. 그런데 이번에는 달랐다. 수지는 그의 잡다한 가십에도, 그에 대한 재치 있는 논평에도 거의 흥미를 느끼지 못하고 있는 자신을 발견했다.

속으로 낙담하며 그녀는 생각했다. 아마 다시는 어떤 것도 자신을 즐겁게 할 수 없을 거라고. 그러나 이내 깨달았다. 지금의 실망은 스트레퍼드가 실은 이 사람들을 없이는 살 수 없다는 사실에서 비롯된 것이었다. 그는 그들을 비웃고 풍자하면서도, 그 진부한 스캔들들에 깊이 의존하고 있었던 것이다. 그 깨달음은 수지를 두렵게 했다. 언젠가 올트링엄 백작부인의 호화롭게 치장된 삶의 가장 깊은 속살이, 지금 둘이 앉아 있는 이 낮고 답답한 작은 방처럼 궁핍하고 공허한 공간일지도 모른다는 생각에.

스트레퍼드가 이 사람들 없이는 살 수 없듯, 닉과 그녀 역시 그럴 수 없었지만, 이유는 전혀 달랐다. 만약 닉과 자신에게도 그런 기회가 주어졌다면, 그들은 전혀 다른 세계를 만들었을 것이다. 하지만 그런 상상은 허무했다. 그녀는 현재로 돌아왔다. 어쨌든, 올트링엄 백작 부인이 된다면 그녀는 닉과 꿈꾸던 그 세계를 스스로 만들어낼 수 있었다. 다만 혼자 힘으로 해야 한다는 차이가 있을 뿐이었다. 아마 그것이 세상의 법칙일지도 몰랐다. 모든 인간의 행복은 그런 제약 속에서만 존재했고, 자신의 행복 또한 늘 고독한 형태일 수밖에 없을 것이다. 물질적인 것이 필수적이긴 해도, 그것만으로는 결코 충분치 않았으니까. 그건 그레이스 풀머와는 달랐다. 그녀는 우르슐라의 제안에 굴복했고, 결국 스페인으로 남편과 멜로즈 부인과 함께 가지 않고 루안에 도착했지만, 그건 어디까지나 아이들을 위해서였다. 그리고 누구나 느낄 수 있었다. 그녀는 자유를 포기하면서도 자신만의 무언가는 결코 내어주지 않았다는 것을. 바로 거기에 모든 차이가 있었다.

"내가 너를 얼마나 지루하게 하는지!"

수지는 스트레퍼드가 그렇게 말하는 걸 들었다. 그제야 자신이 그의 이야기를 제대로 듣지 않았다는 걸 깨달았다. 바이올렛 멜로즈, 우르슐라, 알티네리 왕자, 그리고 그들 무리의 다른 사람들의 이름이 여기저기 흘러들어왔지만, 그녀의 닫힌 마음에 닿지 못한 채 부질없이 맴돌 뿐이었다. 그가 도대체 무슨 이야기를 하고 있었던 걸까? 그녀가 고개를 돌리자 두 사람의 시선이 마주쳤고, 그의 눈에는 씁쓸하면서도 아이러니한 빛이 어려 있었다.

"수지, 대체 왜 그래?"

그녀는 정신을 차렸다.

아까 내가 진주나 친칠라 같은 말만 들어도 질린다고 했잖아. 그게 당신한테는 도저히 믿기 힘들 거란 생각이 들었어. 사실 그렇게 말한 게 실수였지."

그는 미소 지었다. "왜냐하면 다른 여자들이 흔히 할 법한 말 같았으니까? 너무 뻔하고, 진부해서?"

그의 통찰력에 수지는 기쁨 섞인 웃음을 터뜨렸다. '생각보다 훨씬 쉬울 거 같아.' 그녀는 속으로 그렇게 중얼거리며, 소리 내어 말했다.

"아, 스트레프, 당신은 항상 날 꿰뚫어보잖아! 내가 대체 어디에 숨어야 당신한테서 벗어날 수 있겠어?"

"어디에?" 그가 그녀의 웃음을 따라하며 대답했다. 그리고는 그녀의 손 위에 가볍게 손을 얹으며 말했다. "내 마음 속에, 아마."

그의 말투는 웃고 있었지만, 어딘가 떨림이 섞여 있었다. 그 떨림이 그의 말에서 농담의 기운을 거두어버렸고, 수지의 입술에 떠올랐던 "뭐라고? 발렌타인 카드라도 쓰는 거야?"라는 농담은 끝내 삼켜졌다. 갑자기 그녀는, 만약 그가 두려워한다면 자신도 두렵다는 것을 느꼈다. 동시에 가슴이 울렸고, 혹시 자신 말고 다른 여자는 그의 목소리 속 그 낮고 깊은 울림을 알아차린 적이 없을지도 모른다는 생각에 은근한 환희가 스쳤다. 그녀는 지금까지 그를 이토록 좋아해본 적이 없었다. 그리고 마치 자신이 누군가의 마음을 설득하려 애쓰면서도 감히 다가서지 못하는 제3자처럼, 묘한 거리를 둔 채 숨을 고르며 생각했다.

"지금, 바로 지금 그가 고백한다면... 난 승낙할 거야."

그는 끝내 말을 하지 않았다. 그러나 갑자기, 마치 다른 세계에서 막 떨어져 내려와 그곳 사람들만의 낯선 방식으로 동정을 표현하는 것처럼, 그녀의 어깨에 팔을 두르더니 예리하고 못생겼지만 녹아내리듯 부드러워진 얼굴을 그녀에게 기울였다….

그건 가장 가벼운 스침에 불과했다. 그러나 곧 그녀는 자유로워졌다. 하지만 그의 팔과 입술이 떨어진 뒤에도, 그녀 안에서 뭔가가 여전히 헐떡이며 저항하고 있었다. 그는 지나치게 의도적으로 태연한 척 담배에 불을 붙이고, 커피를 저으며 그 공허한 침묵을 덮으려 했다.

그가 자신을 키스했다…. 그래, 당연히. 왜 안 그러겠어? 처음으로 키스를 받은 것도 아니지 않은가. 물론 스트레퍼드가 그런 행동과 쉽게 연결되는 인물은 아니었지만, 그렇다고 놀랄 만한 일도 아니었다. 사실 베네치아에 있을 때부터 그는 달라졌고, 손을 잡던 습관조차 피하려는 듯한 눈빛을 그녀는 눈치챘었다.

그래서 놀라서도 안 됐다. 키스 하나가 이렇게 그녀를 뒤흔들어서도 안 됐다. 수지 브랜치의 삶에서 이런 일들은 몇 번이고 반복돼왔으니까. 예전엔 프레드 길로의 서툴지만 성급한 포옹도 있었다. 하지만 그런 건 숲길에서 바람에 스치는 나뭇잎 소리처럼 가볍고 덧없는 일이었다. 사교라는 희극에서 누구나 연기하는 사소한 역할에 지나지 않았다.

그런데 이번 스트레퍼드의 키스는 달랐다. 그건 뉴햄프셔의 소나무 아래서 닉에게 받았던, 그들의 운명을 결정지은 바로 그 키스와 같았다. 미래가 담긴 키스였다. 마치 그녀 영혼에 끼워진 반지처럼.

그리고 이어진 그 무거운 침묵 속에서―스트레퍼드가 담배갑을 뒤적이고, 커피잔 속 스푼을 달그락거리는 동안―수지는 닉의 키스를 통해 본 광경을 기억해냈다. 그 푸르고 끝없는 원경, 발아래의 풍경이자 동시에 두 영혼 앞에 펼쳐진 미래의 공간을.

　어쩌면 지금 스트레퍼드의 예리하게 가늘어진 눈이 바라보고 있는 것도, 그녀가 영영 잃어버린 바로 그 끝없는 저 너머였을지 모른다. 어쩌면 그는 지금 속으로, 그녀가 닉과 입술을 떼며 스스로에게 했던 말과 같은 말을 되뇌고 있는지도 몰랐다.

　"우리가 입맞출 때마다, 다시 그 모든 것을 보게 될 거야…."

　그러나 그녀가 느낀 것은 스트레퍼드의 손길에서 벗어나려는 숨막히는 반발감뿐이었고, 그보다 더 강렬하게 눈앞에 떠오른 것은 그들이 함께 앉아 있는 초라한 방의 모습과, 서로를 껴안고 있으면서도 오히려 돌연 밀쳐낸 듯 더 멀리 떨어져 버린 두 사람의 모습이었다.

　그 순간은 길게 이어졌다. 얼마나 오래였을까? 불과 잠시 전만 해도 그녀는 "생각했던 것보다 훨씬 쉽겠구나"라고 했는데, 그때로부터 얼마나 지난 것일까? 갑자기 그녀는 스트레퍼드의 특유의 묘한 미소를 느꼈고, 그의 눈빛 속에서 비난이나 실망이 아닌 깊고도 애틋한 이해를 보았다. 화도 내지 않고, 상처받지도 않고, 그는 알아차렸고, 이해했고, 그녀를 안쓰럽게 여긴 것이다.

　순간적으로 수지는 그의 손을 잡았다. 그들은 잠시 더 침묵 속에 앉아 있었다. 곧 그가 일어나 소파에 놓여 있던 그녀의 망토를 집어 들며 말했다.

"이제 갈까? 페티 팔레[31]에서 열리는 레이놀즈 전시 프라이빗 뷰 초대장이 있어. 올트링엄에서 나온 초상화들도 있어. 재미있을지도 모르지."

택시에 오르자, 가벼운 잡담이 오가는 사이 그녀는 스스로를 가다듬고, 다시 그와 함께 있을 때의 익숙한 친근한 편안함 속으로 돌아갔다. 언제나 노골적으로 자기 만족만을 좇아왔던 그가, 이번만큼은 놀랍도록 사려 깊게 행동한 것이다. 하지만 그 사려 깊음조차 사실은 또 다른 방식의 자기만족 추구라 해도, 결국은 그만큼 그가 자신을 신경 쓰고 있다는 뜻이었고, 자기의 대답 하나가 그의 행복을 좌우한다는 사실을 증명하는 것이었다. 그 힘의 감각은 분명 짜릿했고, 무엇보다 기분 좋았던 건 누군가가 진정으로 자신을 필요로 한다는 느낌, 곁에 있는 이 남자의 행복이 자신의 대답에 달려 있다는 실감이었다. 수지는 그 감각에 몸을 맡기며, 그의 입맞춤이 남긴 심연 같은 간극을 잊어버렸다. 아니, 적어도 시간이 지나면 잊을 수 있으리라 스스로에게 말하며, 자신이 스트레퍼드를 그만큼 좋아하는데 그의 입맞춤이 뭐 그리 대단한 일일까 하고 애써 넘겨버렸다.

스트레퍼드가 왜 그녀를 레이놀즈의 그림을 보러 데려가려는지 그녀는 단번에 알아챘다. 패션과 예술을 좇는 파리 사교계는 최근 들어 영국 18세기 미술에 열광하고 있었다. 영국의 주요 소장품들이 대거 공개되어, 이 위대한 초상화가의 작품이 대규모로 전시되는 이번 프

---

31 페티 팔레(Petit Palais): 파리 샹젤리제 인근에 위치한 미술관으로, 1900년 파리 만국박람회를 계기로 지어졌다. 주로 회화, 조각, 장식예술 전시가 열렸으며, 당시 프랑스 사교계의 중요한 문화 공간이었다.

라이빗 뷰는 그날 오후의 가장 큰 사교 이벤트였다. 스트레퍼드가 사는 세계, 그리고 수지가 속했던 세계의 모든 사람들이 틀림없이 거기 모일 것이었다. 그에게 있어 이런 자리가 간헐적으로 일어나는 예술적 관심을 다시 불러일으키는 계기였음을 그녀는 잘 알고 있었다. 스트레퍼드는 경마만큼이나 그림 전시도 좋아했지만, 전제 조건은 늘 '얼마나 많은 사람들을 볼 수 있느냐'였다. 닉과 함께였다면 얼마나 달랐을까! 닉은 전시 개막식이나 화려한 사교의 장을 싫어했고, 그런 세속적인 미학에도 마음이 없었다. 그는 언제나 유행의 물결이 가라앉을 때까지 기다렸다가, 사람들이 다 빠져나간 조용한 아침에 수지와 단둘이 가서 그림을 보려 했을 것이다.

그러나 수지는 스트레퍼드가 그런 제안을 한 데에는 다른 이유가 있음을 짐작했다. 그녀는 아직 한 번도 스트레퍼드와 함께 공개적으로, 그들 무리 앞에 나서본 적이 없었다. 이제 그는 그것을 꼭 하겠다고 마음먹은 것이었고, 수지는 그 까닭을 알았다. 그녀는 그의 자존심을 상하게 했고, 그는 그것을 이해하고 용서했다. 하지만 수지는 여전히 그를 예전 그대로, 그저 찰리 스트레퍼드, 사랑스럽지만 대수롭지 않은 가난뱅이 스트레프로 대했다. 그가 보여주고 싶어 한 것은, 자연스럽고 교묘하게, 자신이 이제 더 이상 스트레퍼드가 아니라 올트링엄 경임을 알리는 것이었다.

행사의 문턱에 들어서자마자 대사의 인사가 먼저 그 차이를 알렸다. 이어서 그들이 어디로 향하든, 그들이 속한 세계의 지배자들이 환영의 외침을 보냈다. 부유하거나, 작위를 가졌거나, 혹은 똑똑하거나 멍청하더라도 어떻게든 사교의 요새 안으로 밀고 들어온 이들이 모두 그곳에 있었고, 성벽 위에서 깃발을 흔들고 있었다. 그들 모두에게 올트링엄 경은 이미 주목할 만한 인물이 되어 있었다. 인파가 가득 들어찬 전시장 안에서, 그림 가까이 다가서기 위해 발 디딜 틈 없는 군중 속을 더디게 나아가는 동안, 그는 한순간도 수지의 곁을 떠나지 않았고, 그녀로 하여금 자신이 그의 개선 행진의 일부임을 느끼게 했다.

그녀는 주변에서 자신에 대한 수군거림을 들었다.

"랜싱—랜싱 부인—미국인... 수지 랜싱? 아, 물론 알지.... 기억나지 않나? 뉴포트에서, 생모리츠에서? 맞아.... 벌써 이혼했대? 그렇게들 말하더군.... 수지, 사랑하는 내 친구! 여기 있을 줄은 몰랐네... 그리고 올트링엄 경! 저 기억나시죠? 알죠, 올트링엄 경.... 네, 작년에 카이로나... 아니면 뉴포트에서... 아니면 스코틀랜드에서.... 수지, 언제 올트링엄 경과 함께 저녁 먹으러 와줄래? 너희 둘이 시간이 되는 날이라면 언제든 내가 맞출게...."

'너희 둘.' 그들은 벌써부터 '너희 둘'이 되어 있었다!

"아, 저기 계시네—우리 증조할머니 중 한 분이야." 스트레퍼드는 마지막으로 밀어붙이듯 앞으로 나아가며 말했다. 그러자 그와 수지는 당당히 앞줄에 서게 되었고, 웅장한 조각 금빛 액자 속에서 마치 다른 그림들 위에 군림하듯 왕좌에 앉아 있는 듯한 한 장의 장대한 초상화 앞에 섰다.

수지는 그림 아래 두루마리에 적힌 글귀를 읽었다.

"올트링엄가의 열다섯 번째 백작부인, 다이애나 르패뉴."

그리고 스트레퍼드가 말했다.

"기억나지? 바로 네가 본채의 벽난로 위 빈자리를 눈여겨봤던 방,

반 다이크룸에 걸려 있던 거야. 레이놀즈가 처음부터 반 다이크 작품들 사이에 놓아야 한다고 조건을 걸었다고들 해."

그녀는 그가 자신의 소유물, 그것이 조상에게서 물려받은 것이든 단순히 물질적 재산이든 간에, 이렇게 충만하고 만족스러운 어조로 말하는 것을 한 번도 들어본 적이 없었다. 그것은 부자의 목소리였다. 그는 이미 그 자리를 감싸고 있는 분위기의 영향을 받고 있었고, 올트링엄 백작부인의 초상이 전시회의 중심 자리를 차지하고 있다는 사실에 만족하고 있었다. 또 그 그림 앞에 모여든 군중이 다른 어떤 작품 앞보다 빽빽하다는 사실에도 흡족해 하고 있었다. 무엇보다, 그가 바로 그 자리에 서 있는 자신과 수지의 모습을 통해, 그리고 그들 곁에 있는 모든 사람들이 짐작하도록 하려는 것이었다. 언젠가 수지가 마음만 먹는다면, 그 초상 속 여인과 똑같은 이름을 가질 수 있다는 사실을 말이다.

호텔로 돌아오는 택시 안에서 스트레퍼드는 더 이상 두 사람의 미래에 대해 언급하지 않았다. 그들은 마치 오래된 전우처럼, 각자 구석에 기대어 앉아 가벼운 대화를 주고받았다. 그러나 마차가 호텔 문 앞에 멈추자, 그는 이렇게 말했다.

"모레엔 영국으로 돌아가야 해. 운 나쁘게도 말이지! 오늘 저녁 누보 뤽스에서 나랑 같이 저녁 먹지 않을래? 대사 부부랑 애스컷 부인, 막내딸까지 오고, 또 우리 집안의 두네스 숙모, 그러니까 지금은 채권자들한테 쫓겨 다니는 과부 공작부인도 올 거야. 대신 분위기를 살릴 재미있는 남자 두세 명도 불러보려고. 혹시 지루하다면 그다음엔 작은 클럽(보와트)에 들를 수도 있고, 아니면 춤추는 게 더 낫겠다면 그

쪽으로 가도 좋고…."

그가 이제는 더 이상 불확실한 상태로 머무느니 차라리 서둘러 떠나기로 마음먹었음을 그녀는 알아차렸다. 또 애스컷 부인의 막내딸, 조앤 세네샬 양이 그 시즌에서 가장 아름다운 아가씨 가운데 하나라는 이야기를 들은 기억이 떠올랐다. 그리고 사교계 전람회에서 대사가 그녀를 맞이하던 그 과장된 따뜻함도 함께 떠올랐다.

"당연히 갈게, 스트레프!" 그녀는 억지로 들뜬 듯 대답했지만, 자기 귀에는 제법 성공적으로 들렸고, 그의 얼굴에 번진 환한 미소가 그 말에 반응하고 있음을 알아챘다.

그녀는 계단 위에서 손을 흔들며 작별 인사를 했고, 속으로는 이렇게 중얼거렸다.

'오늘 밤 그는 나를 집에 데려다줄 거야. 그때 난 승낙하겠지. 그리고 다시 그가 나를 키스할 거야. 하지만 이번에는 아까만큼 불쾌하지는 않을 거야.'

호텔 안으로 들어서며, 그녀는 언제나처럼 키가 걸려 있는 비어 있는 편지함을 흘끗 보고는, 계단을 오르며 같은 생각의 흐름을 따라갔다.

"그래, 오늘 밤에는 반드시 승낙할거야." 그녀는 자기 방 문손잡이에 손을 얹으며 단호히 되뇌었다. "물론, 만약 방으로 편지가 올라오지 않았다면 말이지…." 그녀는 호텔로 돌아올 때마다, 아래에서 발견하지 못한 편지가 혹시나 이미 위로 올라와 있지 않을까 상상하곤 했다.

방 문을 열고 불을 켠 뒤, 그녀는 재빨리 탁자로 달려갔다. 가끔 편지가 놓여 있던 자리였다.

편지는 없었다. 대신 읽히지 않은 아침 신문이 놓여 있었고, 그녀는 건성으로 사교계 소식을 다루는 난을 훑어보다가, 다음 문장을 읽었다.

"아이비스 호를 타고 에게 해와 흑해에서의 장기간 크루즈를 마친 모티머 힉스 씨와 부인, 그리고 그들의 딸이 로마의 누보 뤽스 호텔에 머물고 있다. 그들은 최근 테우토부르크-발트하인 공국의 현 군주[32]와 그의 모친인 공작 미망인 전하를 모시고 만찬을 열었다. 귀빈들을 맞이하기 위해 초대된 이들 가운데는 프랑스와 스페인의 대사, 비시 공작부인, 바니딜루카 공작 부부, 페넬로페 팬타일스 부인—" 수지는 긴 직함들의 나열을 조급하게 건너뛰다가 "그리고 뉴욕 출신 니콜라스 랜싱 씨가 있었다. 그는 지난 몇 달 동안 힉스 부부와 함께 아이비스 호로 크루즈 여행을 하고 있다."

---

32 군주(Prince): 원문에서는 Reigning Prince로, 실제 '왕'이 아니라 영토를 다스리는 독립적 지위를 가진 '군주'를 의미합니다. 한국어에서는 단순히 '왕자'로 번역하면 왕위 계승자처럼 오해될 수 있어 '군주'로 옮겼다.

20장

모티머 힉스 부부는 지금 로마에 머물고 있었다. 예전 같았으면 스페인 광장이나 포르타 델 포폴로 근처의 낡은 여관에 묵으며, 열병 같은 위험쯤은 대수롭지 않게 여긴 채 현지의 '색채'를 만끽했을 터였다. 그러나 이번에는 졸부 억만장자들의 전형처럼 호사스럽게, 높은 곳에 자리 잡은 어느 '팔라초'의 피아노 노빌레(2층 대형 접객 공간) 천장 아래 자리 잡았다. 힉스 부인은 거리낌 없이 이렇게 자랑했다. "이곳은 배관 시설이 믿을 만해요. 게다가 왕태후의 정원을 내려다보는 특권까지 있죠."

바로 그 발언—영원의 도시에 모여든 국제 귀족들이 둘러앉은 만찬 자리에서 뻔뻔스레 내뱉은 그 말이, 랜싱에게 힉스 부부의 관점에 일어난 깊은 변화를 단번에 드러내 보였다.

그는 제노바에서 뜻밖에 아이비스 호에 합류한 지 넉 달을 돌이켜보며, 그 변화가 언제 시작되었는지 깨달았다. 그것은 처음에는 은근하고 눈에 띄지 않았지만, 결국 불운하게도 힉스 부부가 여행길에서 한 소국의 군주를 만나게 된 날로 거슬러 올라간다는 사실이었다.

지금까지 힉스 부부는 그런 위험에는 흔들리지 않는 듯 보였다. 그들 부부는 언제나 지성의 귀족만이 자신들을 끌어당긴다고 공언해왔으니까. 그러나 이번 경우는 달랐다. 그 군주는 영토 몇 평방 마일과 화려한 야전원수 제복만 가진 사람이 아니었다. 그는 실제로 지성을 갖춘 인물이기도 했다. 사실 그는 전사가 아니었다. 허리가 굽었고, 온화했으며, 안경을 쓴 인물이었는데, 힉스 부인이 그의 제복을 처음 본 것도, 비스듬히 '아나스타시우스'라 서명된 전신 사진이 본드 스트리트[33]에서 구입한 액자에 담겨 선물로 전달되었을 때였다.

결국 힉스 부부의 파멸은 여기에 있었다. 그 군주는 고고학자였던 것이다. 성실하고, 불안할 만큼 열정적이며, 꼼꼼한 고고학자. 약한 건강 탓에(그의 수행원들은 그렇게 암시했다) 매년 일정 기간은 안개 자욱한 추운 영지를 떠나야 했고, 그는 열정적인 어머니인 왕태후와 함께 지중해의 해안을 옮겨 다녔다. 이집트 프톨레마이오스 왕조의 미라 발굴에 참여하기도 했고, 델포이 신전이나 북아프리카 바실리카 발굴 현장에 모습을 드러내기도 했다. 대개 겨울이 오면 그와 왕태후는 로마나 니스로 향했는데, 그렇지 않으면 베를린, 빈, 마드리드 같은 도시로 불려가곤 했다. 유럽 주요 왕가들과의 광범위한 친족 관계 덕에, 왕태후의 말대로라면 "언제나 사촌을 묻거나 결혼시키러 다녀야 했기" 때문이다. 그렇게 하지 않을 때만 그들은 궁정의 차가운

33 본드 스트리트(Bond Street): 영국 런던의 명품 상점가로, 당시 귀족과 부자들이 고급 액자·보석 등을 주문하던 곳.

공기를 피해 지냈고, 선호한 거처는 언제나 전통적인 왕궁보다는 오히려 현대식 '팔라초'였으며, 지금 힉스 부부가 머무는 곳도 바로 그런 종류의 집이었다.

그렇다. 군주와 그의 어머니는 (스스로도 거리낌 없이 고백했듯) 궁전 호텔에서 보내는 시간을 마음껏 즐겼다. 그러나 실제로는 그런 곳에 머무를 여유가 없어, 가능한 한 자주 친구들의 초대를 받아 그곳에서 저녁을 먹는 것을 좋아했다. "아니, 차만 대접받아도 좋다니까요, 친애하는 분," 왕태후는 웃으며 고백했다. "제가 버터를 바른 스콘을 너무나 좋아하는데, 아나스타시우스는 사막에서 제게 먹을 걸 거의 주지 않거든요."

이 떠돌이 군주 모자를 만난 것은—랜싱이 이제 깨달았듯—힉스 부인에게 치명적이었다. 그녀는 지금까지 수많은 고고학자들을 알았지만, 왕자처럼 매력적인 이는 한 명도 없었고, 무엇보다도 왕좌를 내려놓고 사막에서 천막을 치고 리비아의 무덤을 파헤친 고고학자는 단한 번도 본 적이 없었다. 그리고 이처럼 뛰어난 두 존재가, 때로는 세인트 제임스 궁이나 마드리드 궁에서 '사촌과의 결혼' 행사에 참석해야 한다며 불평하다가, 다시 숨가쁘게 사막으로 달려가 곡괭이와 삽을 내려놓던 자리로 되돌아가는 모습은 그녀에게 무한히 애처로워 보였다. 이 시대의 상속자들이 최신식 호텔 생활의 안락함조차 누리지 못하고, 초대받아 버터 스콘을 맛보고 탱고를 구경할 때 아이처럼 기뻐하는 모습을 그녀는 차마 외면할 수 없었다.

그들의 곤궁을 생각하는 것만으로도 견딜 수 없었다. 뒤이어 힉스 씨 역시 그렇게 느꼈다. 그는 왕자가 자신이 에이펙스 시티에서 만났던 누구보다도 민주적이라는 사실에 감동했고, 두 사람이 같은 안경 사에게서 맞춘 안경을 쓴다는 사실에 큰 흥미를 느꼈다.

그러나 무엇보다도 힉스 부부를 사로잡은 건 왕자와 왕태후의 예술적 성향이었다. 비아리츠에서 엥가딘까지 유럽 전역을 어지럽히며 도박과 탱고에 빠지고 서민들에게 기생하던 천박하고 무지한 왕족 무리들 사이에서, 이처럼 교양 있는 두 사람을 만난 건 힉스 부부에게 행운이었다. 그들은 제 스스로도 경박한 친족들을 은근히 조롱했으며, 취향 역시 지금까지 힉스 부부가 '고상한 삶'을 대표한다고 여겨 왔던 괴팍하고 변덕스럽고 때로는 돈을 꾸러 다니던 이들과 다르지 않았다.

힉스 부인은 이제야 비로소 '예술적이면서도 호화롭게' 지낼 가능성을 보았다. 현대식 배관 시설의 기쁨을 누리면서도, 대화는 가장 높은 수준으로 끌어올릴 수 있는 길 말이다. "불쌍한 왕태후께서 누보 뤽스에서 저녁을 드시고 싶으시다면, 우리가 그 즐거움을 드려야 하지 않겠어요?" 힉스 부인은 미소 지으며 말했다. "그리고 자신을 아이 같다고 하면서 버터 스콘을 즐기는 모습이라니, 그분의 가장 사랑스러운 면모라고 생각해요."

코럴 힉스는 그 열광적인 동조에 끼어들지는 않았지만, 부모의 생활 방식 변화는 특유의 공정한 태도로 받아들였다. 닉이 보기엔, 그녀가 처음으로 어머니의 치장에 신경을 쓰기 시작한 듯 보였고, 그 결과 힉스 부인의 외양은 훨씬 단정해졌다. 옷은 색감이 한층 절제되고 소재도 고급스러워져서, 만약 누군가 딸과 어머니의 닮은꼴을 발견한다 해도 예전처럼 불편한 인상을 주지는 않게 되었다.

랜싱이 눈여겨본 것처럼, 이런 조심성은 지금 힉스 부부가 드나드는 사회의 기준이 과거와 크게 달라졌기 때문에 더욱 필요했다. 흥미롭게도, 스스로를 왕족 사회의 '추방자', '이방인', '보헤미안'이라 부르던 군주와 왕태후의 가까운 교제권에 들어간다는 것은 단순히 궁전 호텔에서 묵는 것만이 아니라, 그곳을 드나드는 사람들과도 어울려야 한다는 것을 의미했다. 군주의 부관은 호의적인 미소와 함께, 두 분께서는 철저히 민주적이고 격식을 차리지 않는 분들이지만, 초대에 응하기 전 반드시 함께 자리할 인물들의 명단을 미리 확인하는 습관이 있다고 넌지시 귀띔했다. 실제로 랜싱은, 힉스 부인이 제출한 초대 명단이 늘 전하들의 손을 거쳐 더 길어져 돌아오는 것을 여러 차례 목격했다.

높으신 분들이 이름을 지우는 경우는 없었다. 오히려 힉스 부부가 데려온 가장 기이하고 이해하기 힘든 친구들에게도 열렬한 호기심과 환영을 보냈으나, 그들을 보다 사적인 자리에서 만나는 편이 아늑하겠다며 날짜를 미루는 정도였다. 하지만 항상 자기들 친구들을 명단에 덧붙였고, "이 훌륭한 분들이 힉스 부부를 알게 되는 건 큰 특권"이라는 우아한 말까지 덧붙였다. 이렇게 해서 10월의 거센 바람으로 아이비스 호를 묶어두고, 지난달 아테네에서 헤어졌던 존귀한 여행자들을 로마에서 다시 만나게 되었을 때, 힉스 부부는 이미 로마 사교계의 유력 인사들로 두터워진 방문자 명단을 손에 넣고 있었다.

랜싱이 놓치지 않았던 사실은, 왕태후가 선사시대 예술과 러시아 음악, 그리고 고갱과 마티스의 회화를 열광적으로 좋아한다는 점이었다. 하지만 그녀는 동시에, 전혀 균형 감각을 잃은 채 거대한 진주와 위풍당당한 자동차, 캐러밴에서의 차, 최신식 배관, 향기로운 담배와 사교계의 스캔들까지도 열렬히 사랑했다. 그리고 아들은, 자신은 그런 사치에 덜 민감한 듯 보이면서도, 어머니를 지극히 사랑해 기꺼이 그녀의 취향을 맞춰드렸다. "우리가 사막에서 고생할 때마다 어머니께서는 늘 용감하시니까요"라며 말이다.

이 모든 사정을 설명해주던 미소 짓는 부관은, 한층 더 깊은 미소를 지으며 덧붙였다. 군주와 왕태후는 사회적 혹은 친족적 이유로, 힉스 부인에게 초대를 부탁하는 대다수의 귀족들과 빚진 관계에 있다고. "전하들께서는," 그가 말하길, "친구들의 환대를 갚을 수 있는 가장 영광스러운 보답이, 그들에게 이렇게 지적 교류의 기회를 드리는 것이라 여기십니다."

그날 저녁, 전하들의 친구들이 둘러앉은 만찬 테이블은, 숫자상으로만 보자면, 지금껏 그들에게 주어진 최고의 지적 기회 중 하나였다. 꽃으로 장식된 식탁 주위에는 서른 명의 하객이 모였는데, 엘도라다와 백 씨는 왕태후가 '아늑한 저녁 자리'를 좋아한다는 이유로 배제되었다. 그녀는 주최자에게, 테이블에 앉는 인원은 결코 서른 명을 넘지 않게 해달라 간청했다고 전해졌다. 적어도 힉스 부인이 충직한 추종자들에게 설명한 이유는 그랬다. 하지만 랜싱은 최근 들어 힉스 부부의 사교계를 새롭게 재편한 그 노련한 손길이, 두 비서의 소심한 존재감을 교묘하게 제외하곤 한다는 사실을 눈여겨보고 있었다.

랜싱이 보기에 이들의 배제는 더욱 불쾌했다. 지난 석 달 동안 그는 버틀스 씨의 자리를 대신해, 사실상 힉스 부부의 고용된 동반자가 되어 있었기 때문이다. 하지만 일단 그 직책을 수락한 이상, 고용주의 요구에 맞게 임무를 수행하는 것이 당연한 도리였다. 심지어 엘도라다와 벡 씨조차도, 랜싱이 "버틀스 씨의 놀라운 사교적 재능을 어느 정도 지녔다"는 점을 기꺼이 인정할 수밖에 없었다.

항해 중일 때 그의 역할은 결코 불쾌하지 않았다. 아무리 사소한 일이라도 명확한 임무가 있다는 사실이 반가웠고, 호의만 받는 손님일 때보다 힉스 부부의 비서로 지내는 편이 오히려 독립적인 기분을 주었다. 게다가 매달 초마다 힉스 씨가 건네주는 거액의 수표는, 점점 시들어가던 그의 자존심을 기분 좋게 되살려주었다.

그는 자신이 우스꽝스럽게도 과하게 보수를 받고 있다고 생각했지만, 그것은 힉스 부부의 사정일 뿐이었다. 좋아하고 존중하는 사람 밑에서 일하는 것이 부끄러운 일이라고도 여기지 않았다. 그러나 방랑하는 높으신 분들을 불운하게 마주친 순간부터, 그의 위치는 고용주들과 마찬가지로 달라져버렸다. 이제 힉스 부부에게 그는 단순히 유능하고 믿을 만한 조수, 엘도라다와 벡 씨와 같은 급의 존재가 아니었다. 그는 뜻밖의 가치를 지닌 '사교 자산'이 되었고, 외국 예법의 수수께끼를 다루는 능력에서 버틀스를 능가했으며, 개인적 매력에서는 그를 훨씬 뛰어넘는 존재로 평가받았다.

힉스 부부는 놀라운 사실을 깨달았다. 니콜라스 랜싱은 왕태후의 부유하고 귀족적인 친구들 대부분을 이미 알고 있었던 것이다. 그들 중 많은 이들이 "우리 닉!"이라며 열광적으로 그를 반겼고, 그는 군주의 부관만큼이나, 아니 어쩌면 그보다 더 능숙하게, 로마의 만찬 문화를 과학으로 만드는 온갖 은밀한 애정과 증오의 얽힘을 꿰뚫고 있었다.

힉스 부인은 처음에 이 음험한 추문과 경쟁, 질투의 미로 속에서 완전히 길을 잃고 말았다. 하지만 그녀는 가까이에 있던 랜싱의 손을 붙잡고 안타까울 만큼 집요하게 매달렸다. 그러나 고용주들의 눈에 젊은이의 가치는 높아졌을지라도, 정작 그의 눈에는 스스로의 가치가 추락해 보였다. 그는 애초에 거래한 적 없는 역할을 강제로 떠맡게 된 셈이었고, 그것을 현금으로 받으니 오히려 고급 만찬과 호화로운 숙소만이 보상이었을 때보다 더 치욕적으로 느껴졌다. 미소 짓는 부관이 힉스 부인의 말실수 위로 랜싱의 시선을 마주친 첫 순간, 그는 얼굴이 붉게 달아올라 그날 밤 잠자리에 들며 이를 악물고 맹세했다. "내일 당장 이 일을 때려치우고 말겠다."

그로부터 두 달이 지났지만, 그는 여전히 급여를 받는 비서였다. 그는 애써 부관에게 자신이 유머 감각이 전혀 없어 눈빛조차 주고받을 가치가 없는 사람처럼 보이게 했지만, 그조차도 무너진 자존심을 되찾아주지는 못했다. 그리고 문제의 저녁, 길게 늘어진 식탁 주위를 둘러보면서 그는 백 번째로 스스로에게 다짐했다. "내일은 반드시 이 일을 그만두겠다."

하지만—대안은 무엇인가? 분명히 대안은 코럴 힉스였다. 그는 시선을 따라가며 만찬에 앉은 얼굴들을 훑었다. 곱슬거리는 머리 덮개 아래 다락창처럼 높게 박힌 작은 호기심 어린 눈과 닦이지 않은 다이아몬드로 이뤄진 장식의 박공지붕 같은 이마를 가진, 키 크고 마른 왕태후의 얼굴에서 시작해, 그 옆에 앉은 허영으로 공허하거나 과식으로 불어난 얼굴들, 혹은 유행에 시달려 초췌해진 얼굴들을 지나쳤다. 그리고 가지처럼 뻗은 난초 사이에서 멀리 코럴 힉스의 얼굴을 발견했다.

다른 이들과 대조적으로, 그녀는 놀랍도록 고결해 보였다. 그녀의 크고 진지한 이목구비는 마치 '궁전 호텔'이 늘어선 거리 한복판에 서 있는 고풍스러운 기념비처럼 보였다. 랜싱은 이 고대적인 얼굴이 어떻게 에이펙스 시티에서 나와, 유럽 최고의 사교계 한가운데에 그렇게 기묘하게도 현대적인 기운을 불어넣고 있는지 신기해했다.

랜싱은 옆자리에 앉은 부관 역시 힉스 양을 바라보고 있음을 눈치챘다. 그의 표정은 진지했고, 심지어 사색적이기까지 했다. 그러나 랜싱과 눈이 마주치자 그는 곧바로 관습적인 미소로 얼굴을 고쳐 썼다.

"저는 만찬 내내 주최 부인의 따님을 감탄하며 보고 있었습니다. 보석을 전혀 걸치지 않은 모습이랄까—아, 영감을 주더군요." 그는 랜싱이 점점 두려워하게 된 은밀한 어조로 말했다.

"힉스 양은 영감 덩어리죠." 랜싱은 퉁명스럽게 대답했다. 그러자 부관은 진주보다 영감이 더 귀한 보물이라도 되는 듯, 찬탄하는 태도로 고개를 숙였다. "그분은 어떤 상황에서도 빛을 발할 수 있는 분임이 틀림없습니다." 그는 그렇게 말하더니 언제나처럼 기계적인 화제로 자연스레 넘어갔다.

그러나 저녁 식사 후, 응접실 창가에 서 있던 그는 뜻밖에도 다시 그 화제를 꺼냈다. 이번에는 일부러 미소를 고쳐 쓸 필요조차 느끼지 않는 듯했다. 표정은 여전히 진지했지만, 태도는 조심스럽게 사적인 듯 보였다.

"만찬 때 다시 한번 느꼈습니다만, 힉스 양의 변함없는 '적절함의 감각[34]"은 놀랍습니다. 아마도 그 친구들은 그녀가 어떤 미래를 맞이 하든—그것이 아무리 고귀하다 해도—충분히 예견할 수 있을 겁니다."

랜싱은 잠시 머뭇거리며 불쾌한 기색을 억눌렀다. 이 남자가 속으로 무슨 생각을 하는지 확실하게 알고 싶었다.

"'고귀하다'라니, 무슨 뜻이죠?" 그는 옅은 비웃음을 띠며 물었다.

"글쎄요—그녀가 지닌 놀라운 공적(公的) 존재감에 걸맞은 미래라는 뜻입니다."

랜싱은 여전히 미소를 지었다. "문제는 아마도, 그녀가 빛나고자 하는 욕망이 그 능력에 걸맞은가 하는 점이겠죠."

그 소녀는 어떻게 할까? 랜싱은 짐작할 수 없었다. 다만 그녀의 태도는 상당 부분 자기 자신에게 달려 있다는 것을 어렴풋이 느꼈다. 그러나 그는 지금도, 네 달 전 베네치아에서 아내의 방을 뛰쳐나와 제노바행 심야 열차에 몸을 실었던 그날 밤만큼이나, 자신이 어떻게 행동해야 할지 알 수 없었다.

그의 지난날 전체가, 무엇보다도 그가 한때 자랑스러워했던 성향— 바로 '현재의 순간에 충실하며, 주어진 기회를 붙잡는 태도'—가 이제는 오히려 그를 옭아매는 족쇄가 되었다. 그는 비로소 인생의 가장 친밀한 관계 속에서조차 당장의 만족을 넘어서는 장기적인 미래를 내다본 적이 거의 없었다는 사실을 깨닫기 시작했다. 닉은 언제나 순간

---

34 적절함의 감각 (sense of appropriateness): 단순히 옷차림이나 태도만이 아니라, 상황마다 가장 '품위 있게' 보이는 감각을 뜻함. 부관은 이를 '고귀한 미래'와 연결시켜, 그녀가 왕족이나 귀족 사회의 일원으로도 손색없다는 뉘앙스로 말하고 있음.

에 깊이 몰입하지 못하고 더 나은 것, 혹은 다른 것을 좇느라 현재를 놓치는 사람들을 과도하게 소심하거나 상상력이 부족한 이들이라 여겼고, 심지어 동정했다. 그런 회피와 고민에서 자유로운 자신이야말로 더 훌륭하다고 믿었던 것이다. 그러나 수지와 삶을 함께한 이후, 그는 처음으로 '미래'를 간절히 갈망하기 시작했고, 그 미래를 자신이 원하는 모습으로 붙잡아 만들고 싶어 했다. 그 깨달음은 모르는 사이에 일어났고, 미래가 곧 그의 '현재'를 대체하는 놀라운 변화를 가져왔다. 이제 그의 모든 시간은 그 갈망했던 순간 속에 완전히 흡수되었다.

그러나 지금, 그 순간은 산산이 부서졌고, 다시 세울 힘도 그에게 남아있지 않았다. 그는 삶에서 무언가 부서졌을 때 그 조각들을 맞춰본 경험이 단 한 번도 없었다. 그는 마치 지진으로 무너진 집 앞에 덩그러니 선 사내 같았다. 숙련된 인부가 없어, 처음으로 흙손을 쥐고 벽돌을 날라 집을 재건하라는 요구를 받은 자처럼—그는 그 일을 어떻게 시작해야 할지조차 알지 못했다. 그는 '의지력'이란 단번에 스스로에게 명령해서 생겨나는 것이 아님을 깨달았다.[35] 그것은 눈에 보이지 않는 작은 노력들의 연속이며, 구체적인 목표를 향해 매일의 어려움과 정면으로 맞서 싸우며 조금씩 쌓아가는 것이어야 했다. 교묘하게 문제를 피해가거나 남에게 짐을 떠넘기는 대신, 스스로 짊어지고 건너는 과정에서 비로소 형성되는 것이다. 성격이라는 실체를 만드

---

35 원문은 단순히 '의지'가 아니라, 작은 노력들이 축적되어야 생기는 '성격(character)'의 형성과 연결시킨다. 이 점을 한국어에서는 "조금씩 쌓아가는 과정"으로 풀어 번역했다.

는 일은 피라미드를 쌓는 것만큼이나 느리고 고된 작업이었다. 그리고 그 실체란, 결국 먼 훗날 자손들이나 기거할 수 있는 무덤 같은 것이 될 뿐이었다. 하지만 바로 그 피라미드를 쌓는 본능이야말로 세상을 만들고, 인간을 만들었으며, 덧없이 사라질 기쁨들조차 사라지지 않는 벽 위의 퇴색한 프레스코화처럼 영원히 남도록 했던 것이다….

21장

누보 릭스에서의 저녁 만찬이 끝나고 호텔로 돌아오는 길 이후의
일들은 수지가 예견한 대로 진행되었다.

그녀는 스트레퍼드에게 이혼에 대한 법률 자문을 구하겠다고 약속
했고, 그는 그녀에게 키스했다. 그 약속은 예상했던 것보다 하기 쉬웠
고, 키스는 받아들이기 덜 어려웠다.

저녁 자리에 가기 전 수지는 남편이 여전히 힉스 부부와 함께 있다
는 사실을 알게 돼 수치심에 몸서리쳤다. 마음속으로는 이미 확신하
고 있었지만, 실제로 알게 되니 충격이었고, '두려움'과 '확신' 사이의
심연을 처음으로 실감했다. 남편이 편지를 보내지 않은 것도 당연했
다—요즘 남편들은 굳이 그럴 필요가 없었다. 그저 시간과 신문이 모
든 걸 알려주도록 내버려 두면 그만이었다. 수지는 닉이 예전에 자신
이 답장하지 않은 편지를 상기시킬 때처럼, 속으로 이렇게 말하고 있
을 것이라고 상상했다. "하지만 편지에 답장하는 방법은 여러 가지가
있어. 그리고 편지를 쓰는 것은 내 방식이 아니야."

음, 그는 그만의 방식으로 해냈고, 수지는 답을 받았다. 신문을 내려놓는 순간, 잠시 동안 어둠이 그녀를 잠식했고, 팔라초 밴더린에서의 그 끔찍한 감시 기간 동안 느꼈던 끝없는 고통의 심연으로 다시 떨어지는 듯했다. 하지만 그녀는 고통에 지쳤다. 그녀의 건강한 몸과 신경은 본능적으로 그것을 거부했다. 고통의 물결은 지나갔고, 그녀는 빛과 삶, 그리고 젊음으로 거부할 수 없이 다시 되돌아오고 있음을 느꼈다.

그는 그녀를 원하지 않았다! 그럼, 그녀도 그를 원하지 않으려 노력할 것이다! 오래된 방편들이 그녀 손에 준비되어 있었다. 창백해진 입술에 바를 루주, 흐릿한 눈에 넣을 아트로핀, 침대에 놓인 새 드레스, 그리고 자신을 기다리고 있을 스트레퍼드와 그의 손님들, 그리고 누보 뤽스의 식사하는 사람들이 그들을 함께 보며 내릴 결론에 대한 생각. 하늘에 감사하게도 아무도 "불쌍한 수지, 닉이 그녀를 차버린 걸 알아요?"라고 말하지 않을 것이다. 그들은 모두 "불쌍한 닉! 그래, 그녀도 그를 차서 미안했을 거야. 하지만 올트링엄이 그녀에게 미쳐 있는데, 그녀가 달리 어쩔 수 있었겠어?"라고 말할 것이다.

그리고 다시 한번 사건들은 그녀가 예견한 대로 진행되었다. 올트링엄 경의 식탁에서, 애스콧 부부, 듄스 공작부인과 함께 수지를 본 관심 있는 구경꾼들은 그 저녁 식사를 그녀의 결혼 소문을 확인하는 것으로 간주하지 않을 수 없었다. 엘리가 말했듯이, 요즘 사람들은 지긋지긋한 이혼 절차가 끝나기를 기다렸다가 '약혼'을 발표하지 않았다. 엘리 자신도 진주와 에르민을 호화롭게 두른 채 앨지 보크하이머를 뒤에 달고 늦게 등장하여, 눈에 띄게 단둘이 앉아 고개를 끄덕이고 수지에게 동정의 신호를 보냈다. 모든 눈에서 찬성이 빛났다. 수지 랜싱이 마침내 해내는 것을 보니 정말 흥분된다고 모두들 말하는 듯했다! 식사를 마친 일행이 레스토랑에서 홀로 이동할 때, 그녀는 자신을 에워싼 미소와 악수 속에서 공식적인 축하 인사가 터져 나오기 직전의 분위기를 감지했다. 구석에 풀머와 앉아 있던 바이올렛 멜로즈는 옥으로 장식된 수척한 팔로 그녀를 끌어당겨 다정하게 속삭였다. "보석을 하나도 착용하지 않다니. 자기 정말 영리해."

모든 여자들의 눈에서 그녀는 그녀가 선택했을 때 착용할 수 있는 보석들의 반사된 광채를 읽었다. 마치 그 반짝임이 그들이 올트링엄 금고에 봉인되어 있는 먼 은행에서 그녀에게 닿는 것 같았다. 스트레퍼드가 그녀가 그것들을 신경 쓰지 않는다고 믿을 것이라고 생각한 것은 얼마나 바보 같은 짓이었는가!

대사 부인은 밋밋하고 융통성이 없는 사람이었지만, 수지가 바랐던 것보다 덜 상냥했다. 하지만 그때 옆에는 조안 양이 있었다. 그 소녀는 잘생겼고, 놀랍도록 잘생겼다. 설명할 필요도 없이, 아마 방 안의 모든 사람들이 그 사실을 짐작했을 것이다. 그리고 늙은 둔스 공작 부인은 즐거웠다. 그녀는 가발과 가짜 진주를 한 스트레퍼드와 어딘가 닮아 보였는데 (수지는 그 진주가 그녀의 치아만큼이나 가짜일 것이라고 확신했다), 그녀의 친절함은 너무나 과시적이어서, 미래의 신부(수지)는 애스콧 부인의 냉담함보다 공작부인의 친절함을 이해하기가 더 어렵다고 느꼈다. 그들이 홀로 식당을 나설 때, 늙은 부인이 조카에게 "쉿!" 소리를 내며 속삭이는 것을 엿듣기 전까지는 말이다.

"스트레프, 얘야, 네가 시간이 좀 있을 때 내 초라한 하숙집에 들러

준다면, 저 끔찍한 고리대금업자들을 달래려면 내가 뭘 해야 하는지 두 마디로 가르쳐 줄 수 있잖니……. 그리고 네 그 멋진 미국인도 꼭 데려와야지, 알겠니?……. 아냐, 조안 세네샬은 내 취향엔 너무 밝은 금발이라서……. 좀 천박하달까……."

그래, 바로 그런 것들이 다시금 그녀의 입술에 달콤하게 느껴지기 시작했다. 며칠 뒤, 그녀는 어쩌다 스트레퍼드의 애무가 그렇게도 놀랍도록 쉽게 받아들여지게 되었는지 스스로 의아해하기 시작했다. 물론 그는 애정을 아끼지 않았다. 하지만 그가 그녀를 만졌을 때, 심지어 키스했을 때조차도, 그것은 이제 전혀 중요하지 않은 듯했다. 그녀의 신경을 처음 뒤흔든 격렬한 동요가 지나간 뒤에는, 축복처럼 거의 완벽한 무감각이 뒤따랐던 것이다.

그리고 의심할 여지 없이, 그녀의 새로운 삶의 다른 모든 것들도 그렇게 될 터였다. 만약 그것이 고통이나 즐거움 같은 날카로운 반응을 더 이상 불러일으키지 않는다면, 바로 그 무감각 속에서야말로 평화를 찾을 수 있을 것이다. 그리고 그 무렵 그녀는, 자신이 짐작하기 시작한 대로, 대부분의 아는 여자들이 최고의 행복이라고 여기는 것들을 맛보고 있었다. 약속으로 가득 찬 나날들, 유행하는 무리들 속에 섞여 얻는 흥분, 가장 친한 친구가 탐내던 보석이나 작은 장식을 먼저 손에 넣는 짜릿함, 혹은 그 친구가 갈 수 없는 사적인 전시회나 배타적인 오락에 초대되는 쾌감. 이제 그녀가 살 수 없는 것은 없었고, 갈 수 없는 곳도 없었다. 그녀는 단지 선택하고 차지하면 되었다. 그리고 잠시 동안은, 삶의 표면적인 흥분들이 그녀에게 진짜 즐거움 같은 환상을 안겨주었다.

스트레퍼드는 그녀가 예상했던 대로 영국으로 돌아가는 일을 미뤘고, 두 사람은 이제 거의 삼 주 동안 새롭고 사실상 공공연한 관계 속에서 지내고 있었다. 수지는 결국, 그 관계에서 가장 쉬운 부분은 단순히 스트레퍼드와 함께 있는 일이라는 걸 깨달았다. 낯섦을 지우기 위해 오래전부터 다져온 우정에 기댈 수 있었기 때문이다. 하지만 그가 건네는 애무에 금세 익숙해졌음에도 불구하고, 정작 그 자신은 여전히 묘하게 낯설게 느껴졌다. 그녀는 때때로, 지금 자신이 대화하는 사람이 과연 예전의 스트레퍼드가 맞는지 확신할 수 없었다. 그의 관점은 크게 달라지지 않았지만, 새로운 것들이 그를 차지하고 사로잡고 있었다. 그는 자신이 얻은 위대한 지위의 모든 사소한 면에서 어린아이 같은 만족을 드러냈다. 여전히 특권과 의무를 비웃긴 했지만, 이제는 그 웃음 속에 묘한 질투가 섞여 있었다.

그는 몇 가지 행동에서 끊임없는 즐거움을 얻었다. 예를 들어, 늘 자신을 못마땅하게 여기던 이들로부터 아첨을 받거나, 억지로 같은 식탁에 모여 앉아야만 하는 사람들이 불편한 기색을 감추는 모습을 보는 것은 그에게 큰 기쁨이었다. 그렇지 않았다면 그들은 애초에 초대조차 받지 못했을 테니까. 또 다른 재미는 화려하고 평판이 좋지 않은 사람들이 그의 관심을 기대하는 상황에서, 일부러 무뚝뚝하고 촌스러운 사람들을 편애하는 것이었다. 이를테면, 한 달 휴가를 떠나 스위스로 가는 길에 올트링엄의 교구 목사를 늙은 듄스 공작부인, 바이올렛 멜로즈와 같은 식탁에 불러 모으는 것이다. 그리고 공작부인이 마권업자와 고리대금업자와의 최근 어려움을 이야기하고, 바이올렛이 한때 존경과 둔함에만 속한다고 여겨졌던 모든 것에 대한 사랑과 천재의 권리를 선포하는 동안, 교구 목사의 아내의 얼굴이 경악으로 물드는 것을 지켜보는 것에 큰 매력을 느꼈다.

수지 역시 자신이 느끼는 즐거움이 그리 고상한 수준은 아니라는 걸 인정하지 않을 수 없었다. 다만 그녀는 다른 대안이 없었기에 그런 것들을 받아들였고, 스트레퍼드는 원하기만 하면 무엇이든 가질 수 있음에도 그러한 사소한 승리에 전적으로 만족해했다.

어쩐지, 명예와 기회가 늘어난 만큼 오히려 그는 작아진 것 같았다. 예전의 스트레퍼드가 훨씬 더 큰 사람이었다는 생각이 들었고, 수지는 물질적 번영이 언제나 인간을 경화시키는 출발점이 되는 건 아닌지 의문이 들었다. 스트레퍼드는 자신의 재치만으로 살아가던 시절 훨씬 더 매력적이었다. 가끔은, 이제 그가 정치 이야기를 꺼내거나 공공 문제에 대해 의견을 주장하려 할 때, 그의 한계가 드러나는 순간들이 있었다. 예전 같았으면 확신이 없는 주제에서는 유려한 농담이나 가벼운 아이러니로 상황을 모면했을 텐데, 이제는 오히려 무겁고, 때로는 거의 거만하게 느껴졌다.

게다가 그녀는 처음으로, 여러 사람이 동시에 이야기하는 자리나 극장에 앉아 있을 때 그가 늘 정확히 듣지 못한다는 사실을 알아차렸다. 그리고 그는 습관처럼 "저 사람이 말을 흐리는 건가? 아니면 내가 귀가 잘 안 들리는 건가?"라고 중얼거렸는데, 그런 말은 정신적인 쇠약을 드러내는 듯해 그녀의 신경을 거슬리게 했다.

그런 생각들이 그녀를 항상 괴롭히지는 않았다. 두 사람이 함께 미끄러지듯 몸을 맡기고 있던 무의미한 활동의 흐름은, 사실상 그녀에게도 그에게도 본래의 자연스러운 환경이었으니까. 그 조류는 그 어느 때보다도 빠르고, 파도는 한껏 들떠 있었다. 그녀와의 관계에서도, 그는 세심하고 사려 깊었다. 첫 키스 뒤에 서로 겁먹은 눈길을 주고받았던 일을 그가 여전히 기억하고 있음을 그녀는 보았고, 그의 마음 속에 숨은 작은 상상력의 샘이 있다는 그 감각만으로도 때로는 그녀의 갈증을 달래기에 충분했다.

수지는 늘 약속을 지키는 데 있어 다소 남성적인 시간 엄수를 가지고 있었고, 스트레퍼드에게 이혼 절차를 밟겠다고 약속한 뒤로 곧장 실행에 옮겼다. 그러나 엘리 밴더린처럼 이미 비슷한 협의에 휘말려 있는 친구에게 조언을 구하는 것은 이상한 꺼림칙함 때문에 주저하게 되었고, 대신 파리에 사는 젊은 미국인 변호사를 찾아가 보기로 했다. 그는 뉴욕 출신이 아니어서 자신의 과거를 알 리 없다는 점이 그녀에게는 한결 말하기 편할 것 같았다.

그녀는 그런 문제에 대한 절차에 대해 무지했기 때문에, 그가 개인적인 질문을 거의 하지 않는 것에 놀라고 또 안도했다. 하지만 단순히 별거나 성격 차이만으로는 뉴욕에서도 파리에서도 이혼을 할 수 없다는 사실을 알게 된 순간 충격을 받았다.

"전 요즘엔… 사람들이 각자 따로 살기를 원한다면… 언제든 가능하다고 생각했어요." 그녀는 지금껏 수많은 결혼 파탄 장면을 지켜보고도 자신이 이렇게 무지했다는 사실에 스스로 놀라며 더듬거렸다.

젊은 변호사는 미소를 지으며 살짝 얼굴을 붉혔다. 세련된 우아함과 더불어 세상 일에 서툰 순진함이 뒤섞인 이 매혹적인 여성 의뢰인은 분명 그를 압도하고 있었다.

"일반적으로는 가능합니다. 특히… 제가 이해한 바로는… 남편분도 같은 의사를 갖고 계신다면요."

"아, 물론 그렇죠!" 그녀는 갑작스러운 굴욕감을 느끼며 대답했다.

"그렇다면—제가 드리려는 제안은, 문제를 정리하기 위해 가장 좋은 방법은 남편분께 직접 편지를 쓰시는 겁니다."

그녀는 움찔했다. 변호사들이 그녀의 개입 없이 알아서 '처리해주는' 줄만 알았기 때문이다.

"편지를… 쓰라구요? 그런데 뭐라고 쓰라는 거죠?"

"글쎄요, 자유를 되찾고 싶다는 뜻을 밝히시면 될 것 같습니다. 나머지는, 제 생각엔, 랜싱 씨께 맡기셔도 되겠지요."

그녀는 그의 말뜻을 정확히 이해하지 못했고, 무엇보다 닉에게 직접 연락해야 한다는 생각에 너무나 동요되어 다른 생각은 전혀 따라갈 수가 없었다. 도대체 어떻게 그런 편지를 쓸 수 있단 말인가? 하지만 동시에, 자신이 그런 용기가 없다고 변호사에게 고백할 수도 없었다. 그는 분명 그녀에게 집으로 돌아가 남편과 화해하라고 말할 테니까. 그녀는 난처하게 머뭇거렸다.

"혹시… 변호사 사무실에서 대신 보내주시면 더 낫지 않을까요?" 그녀가 조심스레 제안했다.

그는 공손히 고개를 끄덕이며 곰곰 생각하다가 말했다. "전체적으로 보자면, 아니라고 봅니다. 원만한 합의—즉 필요한 증거를 확보하기 위해서도—부인께서 직접 한 줄 쓰셔서 면담을 제안하시는 게 더 바람직합니다."

"면담이요? 꼭 만남이 필요한 건가요?" 그녀는 어린아이 같은 무지함을 드러내 보이는 게 부끄러웠지만, 목소리에 담긴 떨림을 어찌할 수 없었다.

"제발, 제가 그에게 편지 쓰는 건 못 해요! 만나기도 싫고요! 변호사님이 대신 해주실 순 없나요?" 그녀는 간절히 호소했다.

그제야 그녀는 이혼이라는 것이 가게에서 사 오듯, 혹은 돈만 내면 스트레퍼드가 대신 마련해주는 구체적이고 휴대 가능한 물건이라고 생각해왔음을 깨달았다. 변호사는 얼마나 어리석게 여겼을까! 그녀는 몸을 똑바로 세우며 자리에서 일어났다.

"저희는 서로 보고 싶지 않아요…. 만나봤자 무의미할 뿐이고, 오히려 너무 괴로울 거예요."

"물론, 부인께서 가장 잘 판단하시겠죠. 하지만 어쨌든, 부인의 우호적인 편지가 더 현명해 보입니다…. 증거가 부족해 보이는 상황을 고려하면요."

"잘 알겠어요, 그럼. 제가 쓸게요." 그녀가 동의하고 서둘러 떠났다. 그녀의 편지 사본을 가져가라는 그의 마지막 지시를 거의 듣지 못하고.

그날 밤, 그녀는 결국 펜을 들었다. 아마 극장에서 브레켄리지가 그녀의 박스석으로 툭 튀어나오지 않았다면, 막판에 편지를 쓰는 건 불가능했을지도 몰랐다. 그는 막 로마에서 돌아온 길이었는데, 거기서 힉스 부부와 저녁을 함께했다며 자랑스럽게 떠들어댔다("정말 대단했어―이제는 완전히 귀족이더라니까! 알아보지 못할 정도였다니까!"). 그는 또 닉을 만났다고 했고, 닉이 "모든 게 정리되면 곧 코럴과 결혼할 예정"이라고 전했다. "너 완전히 맞췄잖아, 수지." 그는 낄낄대며 말했다. "작년 여름 베네치아에서 우리가 다들 그 약혼 얘기 듣고 농담인 줄만 알았을 때 말이야. 아쉽게도 네가 우리를 힉스네에 기습 방문을 못 하게 하고, 스트레프까지 보내서 막 끌고 오게 했잖아! 기억나지?"

그는 예전처럼 아무렇지 않게 "스트레프"라 부르며 내뱉었지만, 옆을 곁눈질로 살피는 기색이 있었다. 올트링엄 경은 수지 쪽으로 몸을 기울이며 냉랭하게 물었다.

"브레켄리지가 방금 내 얘기를 한 건가? 잘 못 들었는데. 그 친구 발음이 불분명한 건가, 아니면 내가 귀가 어두워진 걸까?"

그 후, 스트레퍼드가 그녀를 호텔에 내려주었을 때, 위층으로 올라가서 편지를 쓰는 것은 비교적 쉬워 보였다. 그녀는 날짜와 주소를 휘갈겨 쓰고, 그리고 나서 멈췄다. 하지만 갑자기 그녀는 브레켄리지의 비웃음이 생각나자 문장이 쏟아져 나왔다.

"사랑하는 닉,

당신이 베네치아를 떠난 건 7월이었죠. 그리고 '며칠 안에 다시 소식이 있을 거'라는 짧은 쪽지 이후, 지금껏 아무런 소식도 없었어요.

당신이 날 떠난 지 다섯 달이 지났어요. 그건, 결국 당신이 자유를 되찾고 싶어 하고, 동시에 내게도 자유를 주겠다는 뜻이겠죠. 그렇다면 차라리 솔직히 말해주는 게 더 친절하지 않나요? 지금처럼 이어지는 상황이야말로 무엇보다 견디기 힘들어요. 이런 말들을 어떻게 써야 할지 모르겠지만, 당신이 내게 편지 쓰기를 꺼리는 듯하니 차라리 파리에 있는 미국인 변호사 프레데릭 스피어먼 씨에게 답을 보내주면 좋겠어요. 주소는 불르바르 오스만 대로 100번지예요. 저는 희망하기를…"

그녀는 마지막 단어에서 펜을 멈췄다. 희망? 그에게든, 자신에게든 무엇을 바란다는 건가? 그의 행복을 빈다는 건 조롱처럼 들릴 것이고, 차라리 냉혹하게 보이는 편이 무정하게 보이는 것보다 나았다. 무엇보다 중요한 건, 이 일을 끝내는 것이었다. 단 몇 줄이라도 다시 고쳐 쓰는 건 고문이 될 테니까. 그래서 그녀는 "저는 희망하기를"에 이어 단지 이렇게 덧붙였다. "머지않아 당신의 결정을 들을 수 있기를 바랍니다."

그녀는 편지를 다시 읽고 몸을 떨었다. 과거에 대한 언급은 단 하나도 없었다. 두 사람의 삶이 신비롭게 서로 얽혀 하나의 꽃봉오리와 꽃잎처럼 감싸 안았던 그 시절을 암시하는 한 줄도 없었다. 그런 기억이 이런 편지에 들어갈 자리가 있을까? 그녀는, 닉이 한때 믿었던 그 '다른 수지'를, 그리고 그가 한때 보여주었던 '다른 닉'을 마음속 깊이 감춰두고 싶었다. 지금의 일이 그들과 무슨 상관이란 말인가.

편지를 다 쓰고 나자, 밀봉된 봉투가 방 안에 있는 것 자체가 견딜 수 없이 괴롭게 느껴졌다. 결국 그녀는 찢어버리거나 곧장 부치거나 둘 중 하나를 해야 한다는 걸 깨달았다. 그녀는 곧장 호텔의 적막한 홀로 내려가, 야간 포터에게 돈을 쥐어주며 가장 가까운 우체국에 당장 편지를 부치라고 했다. "이 집에서 없어져야 해요." 그녀는 단호히 말했다. 포터[36]가 아무 소용없다고 투덜거리자, 그녀는 가운 차림으로

---

36   포터(Porter): 호텔이나 역에서 손님의 짐을 날라다 주는 사람.

로비 책상 앞에 서서 그가 심부름을 마치고 돌아올 때까지 버텼다.

　방으로 돌아온 그녀는 흐트러진 책상을 보고, 변호사의 "사본을 남기라"는 말을 떠올렸다. "랜싱 대 랜싱 사건" 서류에 보관할 복사본이라니! 그녀는 그 생각에 웃음을 터뜨렸다. 도대체 변호사들이란 뭘로 만들어진 사람들일까? 그 남자는 그녀의 눈빛과 목소리만 들어도 알았어야 했다. 그녀가 평생 단 한 글자도 잊지 못할 거라는 사실을. 매일 밤 오늘처럼, 눈을 뜬 채 어둠 속에 누워, 뇌리 속에서 끊임없이 맴도는 목소리를 들을 것이다. "사랑하는 닉, 당신이 베네치아를 떠난 건 7월이었죠..." 그렇게 마지막 치명적인 음절까지, 단어 하나하나가 망치질처럼 울리며.

22장

스트레퍼드는 곧 영국으로 떠날 예정이었다.

수지가 스스로 자유를 되찾기 위한 첫걸음을 내디뎠다는 사실을 확인하자, 그는 더 이상 숨길 필요가 없다는 듯 그녀를 자신의 약혼녀로 대했다. 그는 사람들이 더 이상 간섭하지 않도록, 또 언제 들이닥칠지 모르는 결혼 적령기의 여성들의 위협으로부터 자신을 지키기 위해, 하루빨리 모든 계획을 확정짓고 싶어 했다. 새로운 상황의 흥분이 가라앉자, 그의 타고난 태만함이 다시 고개를 들었고, 그는 끝없는 '호의적 참견' 속에서 늘 경계심을 유지해야 하는 삶을 무엇보다도 두려워했다. 때때로 수지는, 그가 자신과 결혼하려는 이유가 단지 '저항이 가장 적은 길'을 택한 것뿐이라는 생각이 들기도 했다.

"결국 나랑 결혼하는 게 다른 모든 여자들과 결혼하지 않는 가장 쉬운 방법이겠지." 수지는 파리 불로뉴 숲의 한 조용한 산책로에서 그가 여러 가지 사전 준비를 다그치며 서 있는 모습을 보며 웃었다. "나는 그저 네 방패 같은 존재일 뿐인 것 같아."

스트레퍼드의 눈빛 뒤로 기묘한 빛이 스쳤다. 수지는 곧 그가 속으로 이렇게 중얼거리고 있음을 알아차렸다. '그리고 난 너에게 그 이상의 존재가 아니란 말이지?'

수지는 얼굴이 붉어졌고, 스트레퍼드는 그녀의 반응을 지켜보다가 웃으며 대꾸했다.

"그래, 최소한 그건 확실하지. 감사할 일이야."

수지는 잠시 생각하다 물었다. "하지만 그 사이엔? 앞으로 1년 동안은 어떻게 버틸 생각이야?"

"그건 네가 책임져야지. 런던에 작은 집을 얻어야 해. 나를 돌봐야 한다는 거 알잖아."

"그게 네 전부라면—!" 하고 쏘아붙이고 싶었지만, 바로 '마음'이란 주제를 대화에서 최대한 배제하려는 게 그녀의 속셈이었다. 그에게 얼마나 신경 쓰는지를 묻는 순간, 똑같은 질문이 되돌아올 게 뻔했고, 그건 두려움으로 이어질 테니까. 사실 스트레퍼드는 열정적인 구혼자라고 할 수는 없었다. 그것은 아마도 그의 기질 때문일 수도 있고, 오랫동안 모든 감정과 신념을 깎아내리며 서리두던 습관 때문일 수도 있었다. 하지만 수지는 그가 자신에게 할 수 있는 한도 내에서 분명 마음을 쓰고 있다는 걸 알고 있었다.

그 감정 속에는 습관이라는 요소도 크게 작용했다. 무엇보다도 그는 그녀와 함께하는 데 익숙했고, 그녀의 관점, 너그러움, 한계를 잘 알고 있었으며, 지루할 가능성은 거의 없고 오히려 자주 즐겁게 해줄 거라는 확신이 있었다. 불타는 열정은 아닐지라도, 그런 재료들이야말로 오히려 감정을 오래도록 편안하게 유지시켜주는 것인지도 몰랐다. 수지는 이미 열대 같은 사랑을 맛봤고, 이제는 좀 더 온화한 날씨를 원했다. 하지만 앞으로 1년 동안 그의 흥미를 유지시키고, 다른 여자들을 막아내며, 그를 지켜야 한다는 생각은 말로 할 수 없이 우울했다. 그러나 이런 건 차마 그에게 털어놓을 수 없었다.

"런던에 작은 집이라니—?" 그녀가 중얼거렸다.

"뭐, 그래도 네 머리 위에 지붕은 있어야 하지 않겠어?"

"그렇겠지."

그는 그녀 옆에 앉았다. "언젠가 올트링엄에서 나와 함께 살 만큼 날 좋아한다면, 그 전까진 내가 마련한 작은 집에서 지내는 걸 허락해주면 안 될까?"

수지는 여전히 망설였다. 그 대안이란, 결국 우르술라 길로나 바이올렛 멜로즈 같은 부유한 친구들의 집에 얹혀사는 것뿐이었다. 그들은 장차 올트링엄 백작부인이 될 그녀를 기꺼이 환대하겠지만, 그 또한 자존심을 무너뜨리고 독립심을 해치는 건 마찬가지였다. 그래서 그녀는 일단 시간을 벌었다. "12월에 런던에 가서 여기저기 머물며 지내다가, 그때 같이 알아보자."

"좋아, 네가 원한다면." 그는 그녀의 망설임을 우스꽝스럽다고 생각했지만, 수지가 이혼 절차를 시작했다는 사실에 흡족해 있어 차갑게 반응하지는 않았다.

"그리고 말이야, 내 사랑, 반지 하나쯤 선물해도 될까?"

"반지?" 그녀는 얼굴이 붉어졌다. "그게 무슨 소용이 있어, 스트레프? 런던 금고에 다 잠겨 있는 보석들이 있는데—"

"네 눈엔 구식으로 보일지도 모르지. 그렇다고 왜 내가 새 걸 못 주겠어? 어제 엘리랑 보크하이머를 루 드 라 페에서 만났는데, 사파이어를 고르고 있더군. 너는 사파이어가 좋아? 아니면 에메랄드? 그냥 다이아몬드? 내가 엄청난 걸 하나 봤어…. 네가 그걸 가졌으면 해."

엘리와 보크하이머! 그녀는 두 이름이 나란히 붙는 걸 끔찍이도 싫어했다. 그들의 관계는 언제나 자신의 처지를 희화화한 것처럼 보였고, 수지는 엘리가 하필 자신과 같은 시기에 결별과 재결합을 선택했다는 사실에 이유 없는 원망을 느꼈다.

"제발 그들 얘기는 하지 마, 스트레프… 마치 우리와 같은 사람들인 것처럼! 난 엘리 밴더린과 같은 방에 앉아 있는 것조차 견디기 힘들어."

"뭐야? 무슨 문제야? 클라리사를 버린 것 때문에?"

"그뿐만이 아니야…. 넌 몰라…. 말할 수도 없어…." 그녀는 몸을 떨며 앉아 있던 벤치에서 일어나 초조하게 움직였다.

스트레퍼드는 무심하게 어깨를 으쓱했다. "글쎄, 난 동의하기 힘들지, 내 사랑. 결국 엘리 덕분에 베네치아에서 너랑 그렇게 오래 단둘이 있을 수 있었으니까. 엘리랑 앨지가 빌라에서 신혼여행을 늘리지 않았더라면—"

그는 말을 멈추고 수지를 바라보았다. 수지는 자신의 얼굴에서 핏기가 완전히 사라진 걸 느꼈다. 피가 심장에서 빠져나가, 잘린 동맥을 통해 흘러나가는 듯했고, 남은 건 오직 돌이킬 수 없는 고통의 한 점뿐이었다.

"엘리가—네 빌라에 있었다고? 무슨 말이야? 엘리랑 보크하이머가—?"

스트레퍼드는 여전히 놀란 눈으로 바라봤다. "설마 몰랐던 거야?"

"닉이랑 내가 떠난 뒤에… 그들이 들어왔다는 거야?"

"그렇지 않으면 내가 널 내보냈겠어? 저 지독한 보크하이머가 돈다 발로 나를 질식시켰지. 뭐, 한 가지 좋은 점은 있어. 다시는 그 빌라를 세 줄 필요는 없겠지! 나도 그 집이 꽤 마음에 드니까, 가끔 우리끼리 이틀쯤 다녀올 수도 있겠지.... 수지, 무슨 일이야?"

수지는 그를 멍하니 바라봤지만 보이지 않았다. 모든 게 눈앞에서 빙글빙글 돌았다.

"그럼 내가 그녀 대신 부쳐줬던 그 많은 편지들이—?"

"편지? 무슨 편지? 왜 그렇게 심각하게 구는 거야?"

수지는 그의 말은 듣지 않은 듯, 생각을 밀고 나갔다. "닉이랑 내가 떠난 바로 그날, 엘리랑 알지 보크하이머가 도착했단 말이지?"

"아마도 그랬을 거야. 난 그녀가 이미 네게 말한 줄 알았지. 엘리는 뭐든 다 얘기하잖아."

"분명 말했겠지. 하지만 내가 듣고 싶지 않아 했을거야."

"내 사랑, 그건 내 잘못은 아니잖아? 난 정말 이해가 안 가는걸—"

그러나 수지는 여전히 눈앞에서 아른거리는 불꽃에 사로잡힌 채, 그의 말도 듣지 않고 계속 밀어붙였다. "그럼 우리를 밀라노까지 데려다준 그 자동차가... 엘지 보크하이머의 차였던 거야!" 그녀는 왜인지 그것이 가장 치욕적인 사실처럼 느껴졌다. 닉이 그 차를 타길 꺼리던 모습, 자신이 '능숙하게 처리했다'고 자랑했을 때의 닉의 표정을 떠올리자 구역질이 치밀었다.

스트레퍼드는 폭소를 터뜨렸다. "뭐라고—너희가 그 차를 빌려 썼다고? 그리고 주인이 누군지도 몰랐다고?"

"내가 어떻게 알았겠어? 기사에게 팁 좀 주고 부탁한 거야…. 밀라노까지 기차표 아끼려고… 짐값이 이탈리아에선 얼마나 비싼데…."

"역시 우리 수지답네! 잘했어! 그 모습이 눈에 선하다니까—"

"아, 끔찍해... 너무 끔찍해!" 그녀가 신음했다.

"끔찍해? 뭐가 끔찍하다는 거야?"

"네가 그걸 보지 못한다는 게… 느끼지 못한다는 게…."

그녀는 격하게 말하다가 멈췄다. 어떻게 설명할 수 있을까? 그녀를 역겹게 만든 건, 닉과 자신이 떠나자마자 그 달콤한 집을, 가장 원치 않는 두 사람에게 내주었다는 사실이 아니었다. 물론 그들이 그 은밀한 집, 플라타너스가 늘어선 테라스에 앉아 있는 상상을 하면 황금빛 추억 위로 진흙탕이 덮이는 기분이었지만, 진짜 문제는 거기에 있지 않았다. 그녀가 견딜 수 없었던 건, 스트레퍼드가 넬슨 밴더린의 집에서 호화롭게 지내면서 동시에 엘리 밴더린의 불륜을 뒤에서 돕고, 제 집을 돈 받고 내줬다는 사실이었다. 그녀의 입술 끝에서 비난이 터져 나오려 했지만, 이내 자신 역시 그 추잡한 일에 동참했다는 것을 떠올렸다. 닉이 자신을 떠난 이유가 바로 그것이었음을 고백할 수는 없었다.

그녀는, 그 사실을 스트레퍼드가 알더라도 자신을 평가절하하지는 않을 거라는 걸 알고 있었다. 그는 도덕 문제에 신경 쓰는 사람이 아니었고, 오히려 닉을 비웃었을 것이다. 하지만 바로 그것이 수지가 견딜 수 없는 일이었다. 닉의 신념의 진정성에 누군가 의문을 던지는 것, 그리고 자신이 그보다 얼마나 낮은 위치로 떨어졌는지를 그가 아는 것. 그것만은 차마 허락할 수 없었다.

수지는 침묵을 지켰고, 스트레퍼드는 잠시 후 그녀를 부드럽게 끌어내려 옆에 앉혔다.

"수지, 맹세코 난 네가 무슨 말을 하려는지 모르겠어. 내가 화나게 한 거야, 아니면 네가 스스로한테 화난 거야? 대체 뭐가 문제야! 내가 빌라를 혼인도 안 한 커플한테 세 줬다는 게 역겹다는 거야? 하지만 생각해 봐, 그런 사람들이 제일 비싼 값을 지불한다고. 난 어떻게든 살아야 했어! 매번 신혼부부를 만날 수 있는 것도 아니잖아…"

수지는 그의 혼란스러운 얼굴을 올려다보았다. 불쌍한 스트레프! 아니, 분노의 대상은 그가 아니었다. 그가 방금 털어놓은 경솔한 고백도, 사실 그녀가 이미 알고 있던 그의 본질 이상은 아니었다. 그것은 단지 다시금 확인시켜줬을 뿐이다. 자신들이 속한 세계의 진짜 사고 방식을—그가 결국 다른 이들과 똑같이 보고, 똑같이 판단하고, 똑같이 눈멀어 있다는 것을. 그리고 자신도, 다시 그 세계로 돌아간다면, 마찬가지로 그렇게 살아야 한다는 것을.

행운 덕에 그런 타협과 속임수 위에 서 있을 수는 있지만, 마음속에서조차 그것을 용인한다면 무슨 소용이 있단 말인가? 그녀도 결국은 그들처럼 무뎌지고, 지금 스트레퍼드가 그러하듯, 언젠가는 자신이 왜 이렇게 반발했는지조차 의아해하게 될 것이다. 그녀는 마치 막 얻은 어떤 소중한 보물을 잃어버릴 것 같은 기분에 사로잡혔다. 오직 자기만이 귀하게 여기는, 그러나 그 앞에서는 스트레퍼드가 주는 모든 것도, 자존심의 승리도, 미래의 보장도 하찮게 느껴지게 만드는 보물을.

"수지, 무슨 일이야?" 그가 여전히 어리둥절하면서도 다정한 목소리로 물었다.

아, 그가 결코 이해해주지 못한다는 고독! 닉의 분노라는 불타는 검이 그녀를 그들의 낙원에서 몰아냈을 때도 충분히 외로웠다. 그러나 그 고통 속에는 잔혹하지만 달콤한 황홀감이 있었다. 닉은 그녀의 눈을 새로운 진실로 뜨게 한 것은 아니었지만, 오랜 무관심 속에 잠들어 있던 무언가를 다시 깨워주었다. 그리고 그 다시 깨어난 감각은 결코 그녀를 떠나지 않았고, 닉과 함께 나눈 비밀처럼 그녀를 외로움에서 지켜주었다. 그것은 닉에게서 받은 선물이었고, 그가 떠나며 가져갈 수 없는 것이었다. 그녀는 문득, 그가 자기 안에 아이를 남기고 간 것처럼 느꼈다.

"내 사랑." 스트레퍼드가 시계를 힐끗 보며 체념한 듯 말했다. "오늘 저녁은 대사관에서 만찬이 있잖아…."

대사관? 그녀는 멍하니 그를 바라보다가 곧 기억해냈다. 그렇다, 오늘 밤은 애스콧 부부가 주최하는 저녁 자리였다. 스트레퍼드의 사촌인 뉸스 공작과, 흠잡을 데 없는 젊고 아름다운 공작부인, 또 영국에서 건너온 늙은 도박꾼 미망인 공작부인, 그리고 뉸스 가문에 어울릴 만한 영국과 프랑스의 귀빈들이 함께하는 자리였다. 수지는 이런 만찬에 자신이 포함되었다는 것이 단 하나의 의미만을 가진다는 걸 알았다. 그것은 바로 그녀가 올트링엄 경의 약혼녀로 공식 인정받는다는 뜻이었다. 이제 그녀는 "그 작은 미국 여자"로, 그가 초대될 때면 당연히 함께 불러야 하는 존재가 된 것이다. 가문이 그녀를 받아들였으니, 대사관도 따를 수밖에 없었다.

"벌써 늦었어. 나도 그 전에 일을 좀 봐야 하고." 스트레퍼드가 차분히 일깨워주었다.

"아, 스트레프—안 돼, 정말 안 돼!" 그녀는 자신도 모르게 외쳤다. "너와 함께 갈 수 없어. 대사관에도, 어디에도 더는 같이 갈 수 없어…." 그녀는 절망 어린 눈빛으로 그를 올려다보며 애원했다. "제발 이해해줘… 제발!" 하지만 말하면서도 그것이 불가능한 청이라는 걸 알았다.

스트레퍼드의 얼굴은 점점 창백해지고 굳어졌다. 누렇게 빛나던 얼굴은 칙칙한 창백함으로 변했고, 냉소적인 눈썹 사이와 늘 웃음을 머금던 약한 입가에는 고집스러운 주름이 새겨졌다.

"이해해달라고? 뭘 이해하라는 거지?" 그가 냉소적으로 웃었다. "벌써 날 내치려는 거야?"

"벌써"라는 말에 그녀는 움찔했지만, 곧 그가 할 수 있는 말은 그것뿐이라는 걸 깨달았다. 바로 그가 이해할 수 없기 때문에, 자신이 도망치려 한다는 사실을.

"아, 스트레프—네게 설명할 방법을 알기만 한다면!"

"방법은 중요하지 않아. 그게 네가 하려는 말이잖아?"

그녀는 고개를 떨구었고, 발치에는 차가운 돌풍에 휩쓸려 낙엽이 소용돌이쳤다.

그는 헛기침을 하며 억지 웃음을 지었다. "이유 같은 건 나에겐 사실 그렇게 중요하지 않아. 중요한 건 사실 그 자체니까."

그녀는 아무 말도 하지 못한 채 그의 고통에 짓눌렸다. 하지만 그 순간조차 그는 대사관 만찬을 기억하고 있었다. 그 생각이 그녀에게 용기를 주었다.

"스트레프, 안 되는 거야. 난 당신을 행복하게 해줄 사람이 아니야."

"그건 내게 맡겨주지 않겠어?"

"아니, 그럴 수 없어. 왜냐하면 나도 불행해질 테니까."

그는 발끝으로 낙엽을 차며 말했다. "꽤 오래 걸렸군, 깨닫는 데." 그녀는 그의 새로운 자의식이 다친 애정만큼이나 그를 괴롭히고 있다는 걸 보았다. 그 생각이 또다시 그녀에게 용기를 주었다.

"오래 걸렸다면, 그만큼 더 늦추면 안 되지. 내가 잘못했다면 그 고통은 결국 네가 짊어져야 했을 거야…."

"고맙군, 그렇게까지 배려해줘서."

그녀는 무력하게 그를 바라보았다. 두 사람은 서로의 마음에 도달할 수 없다는 절망감에 휩싸였다. 그러자 닉과의 마지막 대화가 떠올랐다. 닉 역시 그때는 멀고 닿을 수 없는 존재처럼 느껴졌다. 인간의 영혼이 서로 너무 가까워지려 하면 결국 서로의 시야에서 흐릿한 그림자로만 보이게 되는 걸까? 그녀는 그 말을 스트레퍼드에게 하고 싶었지만, 그 역시 이해하지 못할 게 뻔했다. 다시금 고독이 그녀를 감쌌고, 그에게 닿을 말을 찾으려 애썼지만 끝내 찾을 수 없었다.

"혼자 집에 가게 해줘." 그녀가 간청했다.

"혼자?"

그녀는 고개를 끄덕였다. "내일쯤이면 몰라도…."

그는 애써 용감하게 미소를 지었다. "내일은 됐어! 무슨 문제가 있든, 내가 널 집까지 바래다줄 수는 있잖아." 그는 저 멀리 기다리고 있는 택시를 가리켰다.

"아니, 제발. 당신은 바쁘잖아, 택시 타고 가. 난 혼자 오래, 아주 오래 걸어가고 싶어… 불이 켜지는 거리를 지나면서…."

그는 그녀의 팔에 손을 얹었다. "내 사랑, 어디 아픈 건 아니지?"

"아니, 아프진 않아. 하지만 오늘 밤 대사관에선 내가 아프다고 말해줘."

그는 손을 거두며 물러섰다. "좋아, 알았어." 그의 목소리는 차갑게 식어 있었고, 그 순간 그녀는 관계의 매듭이 끊겼음을, 그리고 그가 지금 자신을 거의 증오하고 있음을 느꼈다.

그녀는 돌아서서 텅 빈 길을 빠르게 걸어 내려갔다. 그로부터 달아나면서도, 뒤에 남아 서서 꼼짝하지 않고 자신을 바라보는 스트레퍼드의 모습, 상처 입고 굴욕당하고 이해하지 못한 채 서 있는 그의 눈길을 느끼고 있었다. 그것은 그녀의 잘못도, 그의 잘못도 아니었다.

23장

그녀가 거리를 향해 달려가자 얼굴에 자유의 바람이 스치듯 불어왔다.

지난 몇 달간 쌓여온 위선들이 한꺼번에 내려앉는 듯, 지친 짐처럼 떨어져 나갔다. 그녀는 다시 자신을 되찾았고, 이제 닉의 수지이지 다른 누구의 것도 아니었다. 라 뮈에트 구역의 장중한 파사드들, 앙상한 가로수들이 이어진 원근, 그리고 이제는 영영 사지 못할 것들이 반짝이며 유혹하는 상점 창가들을, 수지는 놀라움과 해방감에 젖은 눈빛으로 응시하며 달려갔다. 상점들이 이어진 한 길에서 그녀는 모자상 진열장 앞에 멈춰 섰다.

'내가 모자 장식을 하며 생계를 꾸리면 안 될 게 뭐람?'

그녀는 이렇게 속삭였다. 문간에서 쏟아져 나와 전차와 마차를 향해 흩어지는 여공들의 지친 얼굴들을 바라보며, 오히려 새삼 그들의 독립적인 표정에 끌렸다.

'나도 저 사람들처럼 내 힘으로 살아갈 수 있지 않을까?'

그녀는 다시 생각했다. 조금 더 걸어가자 이번에는 자선 수녀가 눈에 띄었다. 하얀 두건 아래 차분한 눈길을 하고, 느릿하지만 끊임없이 바쁘게 가난한 이들을 돕는 발걸음. 수지는 그 모습을 보며 문득, '차라리 나도 수녀가 되어 돈 걱정 없이 저렇게 누군가를 돕고 다니면 어떨까?'라는 생각에 사로잡혔다.

길에서 마주치는 낯선 이들, 심지어 그녀가 미소를 건네고 시샘 어린 시선을 돌려보낸 이들조차도, 그녀를 옭아매는 물질적 필요로부터는 자유로워 보였다. 만약 수지가 그들에게 "나는 드레스에 얼마, 담배에 얼마, 브리지 게임과 마차, 그리고 하인 팁에 얼마가 꼭 필요하다"고 고백한다면, 그들은 도무지 무슨 말인지 이해하지 못할 것이다. 하지만 바로 지금 이 순간, 그녀는 바로 그러한 사치를 영원히 보장받기 위해 영국대사관의 만찬 자리에 서야 했고, 그것이 공식적으로 인정받는 순간을 맞이하러 가야 하는 처지였다.

삶의 인위성과 비현실성이 갑자기 숨 막히는 연기처럼 그녀를 덮쳤다. 수지는 길모퉁이에 멈춰 서서, 마치 달리기 후처럼 헐떡이며 긴 숨을 들이켰다. 그러다 천천히, 별다른 목적 없이 작은 정원들이 늘어선 사립 주택가 골목으로 들어서서 아브뉘 뒤 부아(Avenue du Bois)로 이어지는 길을 따라 걸었다. 벤치에 앉자 저 멀리 개선문이 장엄한 실루엣을 드리우고 있었고, 그 너머로 파리의 불빛이 강물처럼 흘러내렸다. 도시의 심장이 뛰는 소리가 그녀의 가슴 속 고요를 잠시 흔들었지만, 그 감각은 오래가지 않았다. 그녀는 마치 무덤 저편에서 이 모든 것을 바라보는 듯했다. 다시 샹젤리제를 향해 발걸음을 옮길 때, 저 찬란한 가로수는 '그림자들의 들판'으로 변해버린 듯했고, 그녀 자신도 유령들 틈에 섞인 또 하나의 유령처럼 느껴졌다.

집으로 돌아오는 길 한가운데, 외로움의 무게가 다시금 그녀를 덮쳤다. 롱드 퐁 근처 가로수 아래에 주저앉았을 때, 사방으로 뻗은 길들이 자동차와 마차의 행렬로 활기를 띠기 시작했다. 보석과 흰 셔츠 앞자락, 지루함에 굳은 눈빛이 모피와 벨벳 물결 속에서 흘러나왔다. 그녀는 그들이 서로에게 던지는 말을 들은 듯했고, 저들이 향하는 응접실과 레스토랑, 무도회를 그려보았다. 끝없는 일정 속에 휩쓸리며, 시간이라는 오래된 청소기가 마차 바퀴 먼지와 함께 그들을 빨아들이고 있었다. 그러나 다시금 외로움은 사라지고, 그녀는 오히려 해방의 감각을 맛보았다.

콩코르드 광장 모퉁이에 이르렀을 때였다. 저녁 정장을 입은 한 남자가 택시를 잡으려는 모습을 알아보았다. 시선이 마주치자 넬슨 밴더린이 다가왔다. 그야말로 지금 가장 피하고 싶은 사람이었기에, 그녀는 반사적으로 몸을 움찔하며 물러섰다. 그의 아내의 불륜에 자신이 연루된 사실을, 그는 얼마나 알고 있을까? 어쩌면 엘리는 벌써 다 떠벌렸을지도 몰랐다. 보크하이머라는 '내어'를 낚은 지금, 남편에게 연애사를 털어놓는 것도 그녀에게는 아무렇지 않았을 테니까.

"오―이런, 여기서 다 만나다니! 반갑구만, 수지, 내 친애하는 친구." 어느새 그의 둥근 분홍빛 얼굴이 옛날처럼 상냥하게 그녀의 손을 움켜쥐고 있었다. 이 세상에 도대체 중요하지 않은 건 없는 걸까? 사람들이 사랑하거나 미워하거나, 기억하는 일은 정말 아무 의미도 없는 걸까?

"파리에 있는 줄은 몰랐어―나도 방금 도착했네." 밴더린은 그녀를 만나 기뻐 어쩔 줄 몰라 했다. "저기, 혹시 오늘 저녁 비어 있나? 외로운 홀아비 좀 달래주면 어때? 안 된다고? 된다고? 좋아, 이번엔 운이 좋군! 어디로 가지? 춤추는 데가 좋겠지? 응, 나도 가끔은 춤을 춰. 세상 흐름에 뒤처질 순 없잖아! 잠깐, 택시! 먼저 집에 데려다주고 옷 갈아입는 동안 기다릴게. 시간 넉넉하다고." 그녀는 그가 통풍에 시달리는 듯 절뚝이며 올라타는 모습을 보고서야, 힘겹게 마차 안으로 몸을 밀어 넣는 것을 알아차렸다.

"그냥 이대로 가면 안 될까요, 넬슨? 춤출 기분은 전혀 아니예요. 차라리 보르스 광장 근처의 작은 식당에 가서 조용히 저녁 먹어요."

그는 놀란 기색을 보였지만 안도한 듯했고, 두 사람은 함께 마차를 타고 출발했다. 보주의 식당 구석, 다른 손님들 시선에서 가려진 조용한 자리에 자리를 잡자, 밴더린은 안경을 고쳐 쓰며 메뉴를 살폈다. 수지는 그 틈을 타 그를 유심히 바라보았다. 그는 평소보다 더 단정하게 차려입고 있었고, 납작한 손목시계와 은근히 값비싸 보이는 조끼 단추에서 새삼스럽게 '멋'을 내려는 흔적이 보였다. 얼굴도 마찬가지였다. 익숙했던 낙관적 표정은 옷차림에 맞춰 다시 단장한 듯 더 반짝이고 더 분홍빛을 띠었으나, 그것은 어디까지나 일종의 '도덕적 화장'에 불과했다. 기운찬 생기라기보다는 얇은 막을 덧씌운 듯, 대머리를 감추려 공들여 빗어 넘긴 머리카락처럼 얄팍했다.

"여기! 와인 리스트 좀, 웨이터! 샴페인은 어떤 걸로 할까, 수지?"

그는 까다롭게 고르더니, 셀러에서 꺼낼 수 있는 가장 좋은 것을 주문했다. 음식에 대해서는 조금 투덜댔다.

"훌륭한 음식이긴 한데, 좀 투박하지 않나? 뭐, 상관없어. 뢱스 호텔 요리만 먹다가 이렇게 변화를 주니 꽤 즐겁네. 새로운 경험이지. 난 늘 새로운 걸 원하거든, 수지도 그렇지?"

그는 샴페인 잔을 다시 채우고 의자에 팔을 걸치며 흐릿하게 인자한 미소를 지어 보였다.

샴페인이 돌자 그의 비밀도 흘러나왔다.

"알다시피 내가 여기에 온 건 이혼 문제 때문이야. 조용히, 소란 없이 처리하고 싶었거든. 파리가 제격이지. 간섭 없는 나라잖아. 저속한 신문도 없고, 위선도 없고… 여기 사람들은 인생을 알아!"

수지는 가만히 듣고 있었다. 사람들은 넬슨이 아내의 일로 난리를 칠 거라고들 생각했었다. 그는 늘 불륜 아내들에 대한 험담을 즐겼고, 그의 상투적인 말버릇 "들켰군, 그렇지?"조차 그런 집착을 드러내는 듯 보였으니까. 하지만 이제 보니, 그는 다른 이들처럼 결국 '약을 삼킨 것'이었다. 분노에 치솟아 평소의 자리를 벗어나기는커녕, 여전히 작은 사람으로 남아 있었다. 다만 예전의 낙관적인 표정 그대로 인생을 다시 꾸려가려는 열망이 그를 지탱하고 있었다. 그것은 수지에게, 무너진 개미집을 묵묵히 다시 쌓아 올리는 개미의 끈질긴 인내를 연상시켰다.

"이 자유라는 게 참 대단한 거야! 세상이 다 변했는데 결혼만 그대로일 필요가 있니? 사업 파트너도 원하면 갈라설 수 있는데, 목사들은 우리가 어느 날 교회에 들어가 '예' 한마디 했다는 이유로 평생을 매여 있으라잖아. 너무 단순하지 않아? 우리는 그 단계를 넘어섰지. 과학, 새로운 발견들... 십계명은 인간을 위해 있는 거지, 인간이 계명을 위해 있는 게 아니잖아. 게다가 이혼 금지라는 말은 십계명 어디에도 없어! 내가 우리 어머니께도 그렇게 말씀드리지. 성경에 '이혼 소송하지 말라'는 구절이 어디 있냐고. 어머니는 그 말에 화를 내시지만, 찾을 수가 없거든. 모세가 인간 본성을 현대 목사들보다 더 잘 알았던 게지. 물론 그들도 완벽하지는 않지만, 그건 상관없어. 서로 살고, 서로 살게 두는 것, 그게 인생 아니겠니, 수지? 우리 모두 각자의 운명적인 짝을 만날 권리가 있는 거야. 듣자 하니, 너도 우리를 본받으려는 것 같다면서? 훌륭한 생각이지. 사실 작년 여름 베네치아에서 이미 눈치챘어. 내가 말하자면 '들킨 셈'이지! 넬슨이 그렇게 둔한 사람은 아니야. 자, 스트레프와 스트레프 부인의 건강을 위해 한 병 더 따자고!"

그가 소믈리에를 부르려 하자, 수지는 얼른 그의 손을 잡았다. 이처럼 얼굴이 달아오른 채 수다스러운 넬슨은 오히려 영웅적인 인물보다 더 깊은 동정심을 자아냈다.

"샴페인은 그만해요, 넬슨. 게다가." 그녀는 갑자기 덧붙였다. "그건 사실이 아니에요."

그는 눈을 크게 떴다. "사실이 아니라니? 올트링엄과 결혼한다는 게?"

"아니에요."

"그렇다면 도대체 왜 닉을 버린 거지? 자네도 맞는 짝이 없었단 말이야?"

수지는 웃으며 고개를 저었다.

"그럼 전부 닉의 선택이라는 거니?"

"저도 잘 모르겠어요. 차라리 넬슨 이야기나 하죠. 이렇게 기운이 좋아 보여서 다행이에요. 사실 저는—"

그는 재빨리 말을 가로막았다. "사람들이 다들 내가 난동을 부릴 거라고 생각했지? 총질이라도 할 줄 알았을 거야. 나도 알아."

그는 콧수염을 비틀며, 그 명성에 스스로 흡족한 듯했다.

"뭐, 처음 며칠은 분명 화가 났어. 하지만 난 결국 철학자야. 은행에 들어오기 전, 서부에서 두 번이나 재산을 잃고 다시 일군 사람이라고. 어떻게 다시 일어났을 것 같아? 누굴 쏴 죽여서가 아니야. 묵묵히 허리띠 졸라매고 다시 시작해서지. 그게 전부야. 그리고 지금도 마찬가지야. 다시 시작하는 거야."

그의 목소리는 자랑에서 서글픈 빛으로 가라앉았고, 억지로 꾸민 활기가 얼굴에서 마스크처럼 떨어져 나갔다. 잠시 동안 수지는 진짜 넬슨을 보았다. 늙고, 망가지고, 고독한 사람. 그렇다, 그는 외로웠다. 절망적으로 외로웠다. 깊은 바다 속에서 허우적대다 과거에서 만난 어떤 존재라도 잡고 매달릴 수밖에 없는 사람. 그가 자신의 불행에 그녀가 얽혔다는 사실을 얼마나 알든 짐작하든, 그녀를 이렇게 따뜻하게 맞이한 건 냉담해서가 아니었다. 그것은 늘 그를 짓누르던 작고 보잘것없는 존재감, 그리고 외로움 때문이었다. 그 순간 수지는 자신도 문득 늙은 듯한, 이루 말할 수 없이 지친 기분을 느꼈다.

"만나서 반가웠어요, 넬슨. 하지만 이제 집에 가야겠어요."

그는 반대하지 않고, 계산서를 요청하고, 웨이터들 사이에 후하게 팁을 뿌린 후, 택시를 부른 후 그녀 뒤를 따라 어슬렁거리며 나갔다.

그들은 한동안 침묵 속에서 차를 달렸다. 수지는 속으로 "클라리사 이야기를 꺼내야 하나?" 생각했지만 차마 물을 용기가 나지 않았다.

밴더린은 담배에 불을 붙이고 홍얼홍얼 춤곡을 홍얼대며 창밖을 바라보고 있었다. 그러다 갑자기 그의 손이 수지의 손을 덮었다.

"수지… 자네, 가끔이라도 그녀를 만나나?"

"그녀라니… 엘리를 말씀하세요?"

그는 고개만 끄덕였고, 눈길은 여전히 창밖에 두고 있었다.

"자주는 아니고… 가끔이요…."

"혹시 만나면, 제발… 내가 행복하다고 전해주게. 왕처럼 행복하다고… 자네 눈으로 봤다고 말해주게…." 그의 목소리는 순간 가늘게 끊겼다. "난… 난, 맹세코… 그녀가 나 때문에 불행해지는 일은 절대 없게 할 거야… 내가 막을 수 있다면…." 담배가 그의 손가락 사이에서 떨어졌고, 그는 흐느끼며 얼굴을 두 손으로 가렸다.

"불쌍한 넬슨… 불쌍한 넬슨…." 수지는 숨을 내쉬듯 중얼거렸다. 마차 소리가 카루젤 광장을 건너 다리를 지나며 요란하게 울려 퍼지는 동안, 그는 여전히 얼굴을 감싼 채 그녀 옆에 앉아 있었다. 마침내 향기로운 손수건을 꺼내 눈을 닦더니, 또 다른 담배를 더듬어 찾았다.

"괜찮아! 내가 괜찮다고 꼭 전해주게, 수지. 우리 지난 시절의 기억 중 몇 가지는 아마 평생 잊지 못할 거야. 하지만 그 기억이 나로 하여금 그녀에게 화를 내기보다 오히려 따뜻한 마음을 갖게 만들어. 미리 알았더라면 믿지 못했을 거야… 하지만 지금은 그래…. 이제 일이 이렇게 정리됐으니, 난 이제 아주 멀쩡하다고 꼭 전해주게…." 택시가 수지의 호텔 앞에 멈추자 그는 그녀 팔을 붙잡았다. "그리고… 내가 이해한다고 꼭 전해주게. 그녀가 그걸 알아줬으면 해…."

"전해줄게요, 넬슨." 수지는 약속하듯 대답하고는 홀로 계단을 올라가 쓸쓸한 방으로 들어섰다.

수지가 두려운 건 단 한 가지였다. 혹시 스트레퍼드가 다음 날 돌아와 전날 밤의 이야기를 그저 신경이 예민해진 발작쯤으로 치부하고 농담거리로 삼지 않을까 하는 것이었다. 어쩌면 그는 그녀의 태도에 불쾌해져 곧장 만나려 하지 않을 수도 있었지만, 생활과 신념에 대해 가볍게 여기는 그의 태도로 보아 그럴 가능성은 크지 않았다. 수지는 그가 가장 불편하게 여겼을 부분이 따로 있음을 짐작했다. 바로 자신이 영국 대사관 저녁 만찬 자리를 그렇게 불쑥 빠져나와버린 일이었다.

하지만 다시 그를 만나야 할 이유가 뭐가 있을까? 그녀는 지난 몇 달 동안 설명을 충분히 들어서, 그것들이 거의 아무것도 설명하지 않는다는 것을 배웠다. 상대가 첫 마디, 아니 첫 눈빛에서조차 이해하지 못한다면, 그 뒤의 모든 해명은 오히려 어둠을 더 짙게 만들 뿐이었다. 무엇보다도―그리고 특히 넬슨 밴더린과 함께한 한 시간이 있은 후로는―그녀는 스스로를 자유롭게, 한 걸음 떨어진 채, 간신히 되찾은 자아를 붙들고 싶었다. 그래서 그녀는 스트레퍼드에게 편지를 썼다. 닉에게 보낸 편지보다 조금 덜 고통스러웠을 뿐, 여전히 쓰기 괴로운 편지였다. 그것은 그녀의 감정이 같은 정도로 깊이 얽혀 있어서가 아니라, 스트레퍼드를 포기하기로 마음을 굳히자 그의 친절, 그의 인내, 그의 좋은 성품, 그녀가 언제나 좋아했던 모든 점만 떠올랐기 때문이었다. 그리고 바로 그런 망설임이 그에게 큰 고통과 굴욕을 안겨주리라는 사실 때문에 부끄러웠던 것이다. 그렇다. 무엇보다 굴욕이었다. 어떤 식으로 거절을 포장하든, 그의 자존심은 상처 입을 수밖에 없음을 그녀는 알았다. 펜끝은 그 사실을 미워하듯 망설였다.

그러다 그녀는 밴더린이 아내에 대해 했던 말—"지난 시절의 기억 중 몇 가지는 아마 평생 잊지 못할 거야."—을 떠올렸고, 또 그레이스 풀머가 했던 말을 반쯤만 이해했던 기억이 되살아났다—"당신은 아직 결혼한 지 오래되지 않아서, 그런 일들이 결국은 추억의 저울에서 얼마나 사소하게 여겨지는지를 모르는 거예요."

이 두 사람은 그녀보다 훨씬 더 깊숙이 결혼이라는 미로를 헤쳐 나갔고, 그 가장 가시 돋힌 길목들을 통과한 이들이었다. 그런데도, 하나는 분명히, 또 다른 하나는 어렴풋이 깨닫지 못한 채, 똑같은 사실을 증언하고 있었다. 이제 막 그녀에게도 드러나기 시작한 신비로운 사실을—곧 서로 이해 속에서 시작된 결혼의 영향력은 너무 깊어서, 도망치고 부정하는 순간조차 다시금 고개를 들지 않을 수 없다는 것.

"진짜 이유는 네가 닉이 아니기 때문이야."만약 그녀가 진실을 적나라하게 쓸 용기가 있었다면 스트레퍼드에게 그렇게 썼을 것이다. 그리고 무엇을 적든, 그가 그 속에서 바로 그 말을 읽어낼 만큼 예리하다는 것도 알고 있었다.

"그는 내가 아직 닉을 사랑한다고 생각하겠지… 어쩌면 사실일지도 몰라. 하지만 설령 그렇다 해도, 그 차이는 거기에 있지 않아. 그보다 더 깊은 곳, 우리가 함께 나눴고, 사랑을 넘어 오래 지속되거나 다른 무언가로 변해가는 듯한 것들 속에 있는 거야." 만약 스트레퍼드가 그것을 이해해줄 거라는 희망이 조금이라도 있었다면, 편지를 쓰는 일은 훨씬 수월했을 것이다. 하지만 그녀는 그의 상상력이 딱 어디에서 멈추게 될지, 어떤 피상적이고 단순한 추측에 안주하게 될지를 너무도 잘 알고 있었다.

"불쌍한 스트레프… 그리고 불쌍한 나…." 그녀는 편지를 봉하면서 그렇게 생각했다.

편지를 부치고 나자, 그녀에게는 텅 빈 공허가 내려앉았다. 쓸데없는 망설임, 의심, 자기 되새김을 모두 쫓아내는 데는 성공했다. 그녀의 건강한 본성은 그것들을 자연스레 밀어냈다. 하지만 남은 건 기묘한 공허뿐이었다. 그 속에서 그녀의 생각들은 마치 죽음 직후의 첫 순간처럼 이리저리 공허하게 부딪히는 듯했다—아직 그 상태에 익숙해지기 전까지. '죽은 상태에 익숙해진다'—그게 지금 당장 자기 앞에 놓인 과제처럼 보였다. 그런데 그녀는 그것을 배우기에는 너무 초보 같았다. 아직도 끔찍할 만큼 살아 있다는 느낌만 드는 것이다! 다른 이들은 어떻게 삶을 놓고도 살아남을 수 있었던 걸까? 넬슨은—그는 아직 몸부림치고 있었고, 아마 끝내 이해하지 못할 것이며, 설령 이해한다 해도 그 깨달음을 남에게 전할 수는 없을 터였다. 하지만 그레이스 풀머는… 그녀가 지금 파리에 있다는 게 문득 떠올랐다. 그러자 그녀는 곧장 그레이스를 찾아 나섰다.

24장

닉 랜싱은 한참을 걸어 캄파냐까지 나와 있었다. 요즘 그의 시간은 좀처럼 자기 것이 아니었다. 힉스 부부가 점점 더 즉흥적이고 다소 권위적인 요구로 그의 시간을 빼앗곤 했기 때문이다. 그러나 이날만큼은 점심 식사 후 슬그머니 자리를 빠져나와, 포르타 살라리아까지 전차를 타고 간 뒤, 폰테 노멘타노 쪽으로 발길을 옮겼다.

그는 혼자 벗어나 생각을 정리하고 싶었다. 하지만 막상 그렇게 해보니, 그것은 베네치아를 떠난 뒤 그가 손댄 모든 일처럼 헛되기만 했다. 생각이라니—도대체 무엇을? 두 달 전 수지가 자유를 달라며 몇 줄 적어 보낸 편지를 받고 난 뒤로, 그의 미래는 더 이상 생각할 가치조차 없는 일이 되어 있었다.

그 편지는 충격이었다—그가 스스로 충분히 대비했다고 믿고 있었음에도 불구하고. 그러나 또 다른 의미에서는 일종의 안도감이기도 했다. 마침내 자신이 그녀에게 편지를 써야 할 상황이 되었고, 동시에 무엇을 써야 할지도 명확해졌기 때문이다. 그래서 그는 가능한 한 짧고 간단하게 썼다. 그녀의 해방을 가로막지 않겠다고, 변호사를 통해 필요한 연락이 있으면 응하겠다고, 그리고 그들과 함께한 날들을 결코 잊지 않을 것이며 늘 그녀를 축복하겠다고.

그게 전부였다. 그는 로마의 은행 주소를 적어 보냈고, 다른 편지를 기다렸다. 그러나 아무것도 오지 않았다. 아마도 '절차'라는 것이, 그가 생각했던 것보다 더 오래 걸리는 것이겠지. 그는 자신의 자유를 되찾는 데 조급하지 않았으므로, 지연의 이유를 따져볼 마음도 없었다. 다만 그 순간부터 그는 스스로를 사실상 자유로운 몸으로 여기게 되었고, 그와 동시에 자기 미래에 대한 관심도 완전히 사라졌다. 그의 삶은 마치 열병이 가신 뒤 환자가 맞는 첫날들처럼 평평하고 무미건조했다.

단 한 가지 확실한 것은 힉스 부부의 고용인으로는 더 이상 남아 있지 않으리라는 점이었다. 그들이 로마를 떠나 중앙아시아로 갈 때, 그는 결코 동행할 생각이 없었다. 버틀스 씨의 후임 역할은 점점 더 견딜 수 없게 변하고 있었는데, 바로 그 점이야말로 버틀스 씨에게는 가장 만족스러웠을지도 모르는 이유 때문이었다. 힉스 부부에게서 사례를 받으며 조언을 해주되, 마치 '전시된 오라클[37]' 혹은 애지중지되는 장식품처럼 취급받는 일은, 원래 인정 많던 이들과의 관계에서 이토록 불쾌하게 느껴질 줄은 예상치 못한 일이었다. 게다가 그들의 관심사가 노골적으로 사교적인 쪽으로 기울면서, 그의 일은 초기에 비

---

37 오라클(oracle): 고대 그리스나 로마에서 신탁(神託)을 내리는 장소나 그 말을 전하는 사람(무녀, 제사장)을 뜻함.

해 덜 벅차긴 했지만 훨씬 더 불쾌한 것이 되었다. 그는 차라리 힉스 부인에게 사산 왕조와 사라센이 같은 것이 아니라는 사실을 백 번 설명하는 편이, 그녀의 저녁 만찬 손님들 족보를 풀어주고, 만찬 자리를 배치할 때 공작이 군주보다 상석이라는 걸 일깨워주는 것보다 훨씬 견딜 만했다. 아니—이 일은 확실히 견딜 수 없는 것이었고, 그는 생계를 위한 다른 방법을 찾아야 했다. 하지만 그것 때문에 오늘 이곳에 나온 건 아니었다. 그가 굶주리며 죽을 일은 없을 것이라 믿었고, 그의 책에 대한 신념도 다시 조금씩 살아나고 있었다. 그가 진정으로 생각하려던 건 수지였다—아니, 정확히 말하면, 어떤 생각의 길로 들어서든 결국 수지로 귀결되고 마는 자신을 어찌할 수 없었다.

닉은 거듭거듭 과거와 휴전을 맺었다고—패배와 실패라는 조건으로라도 그 눈부신 적, 곧 행복이라는 것과 타협했다고—스스로를 속이곤 했다. 사실 그는 더 이상 자신과 수지가 함께 시작했던 그 방식의 삶으로는 결코 돌아갈 수 없음을 분명히 알게 된 지점에 와 있었다. 비극은 바로 거기에 있었다. 그녀를 사랑한 것이 오히려 그녀가 결코 채워줄 수 없는 이상을 자기 안에 불러일으켰다는 점. 닉이 그녀에게 빠져든 것은 그녀가 자기와 마찬가지로 재미를 추구하고, 편견이 없으며, 환상에서 깨어 있던 사람이었기 때문이었다. 그러나 그가 계속 그녀를 사랑하려면, 그녀는 더 이상 그런 사람이 아니어야 했다. 그 모순의 원 안에서 빠져나올 길은 없었고, 그는 그 안을 절망적으로 맴돌았다.

만약 그녀가 올트링엄 경과 재혼한다는 집요한 소문을 듣지 않았다면 닉은 아마 다시 그녀를 만나려 했을지도 모른다. 그러나 그런 만남이 위험하고 무망하다는 걸 알기에, 그는 대체로 피할 이유가 생긴 것을 다행으로 여겼다. 적어도 그는 자신이 그렇게 생각한다고 믿었다. 하지만 이렇게 홀로 사색을 끝까지 따라가 보면, 끝에 가닿는 건 언제나 수지였다. 결점과 장점을 따로 떼어내 비판적으로 분류하려던 의식이 아니라, 오직 그녀만의 정체성, 인격, 눈과 머리칼과 입술, 웃음소리, 말투와 몸짓의 습관 같은 것들—행동이나 말, 생각과는 알 수 없는 방식으로 독립적으로 존재하면서도, 철저히 그녀 자신의 것이었던 그 흐릿하면서도 생생한 이미지였다.

그는 한때 그녀가 자신에게 "결국, 날 당신의 애인으로만 두려고 했던 게 옳았던 거예요"라고 말했을 때를 떠올렸다. 그때 닉은 믿을 수 없다는 듯 분노 어린 시선을 보냈었다. 그러나 이 모든 시간 속에서도 그를 가장 끈질기게 사로잡는 것은 언제나 그녀의 실체였다. 결국 그의 생각은 예외 없이 원을 그리듯 그녀에게로 돌아왔고, 마침내는 그녀를 다시 가슴에 품고 싶고, 나아가 영혼으로까지 함께하고 싶다는 갈망으로 이어지곤 했다.

그런 모든 것을 포괄하는 사랑은 인간이 경험할 수 있는 가장 드문 것일 터였다. 닉은 다른 어떤 것도 원하지 않는 자신이 오만하다고 자조 섞인 미소를 지었다. 그는 피곤한 발걸음을 돌려 겨울의 황혼이 짙게 깔린 거리를 헤치며 호텔로 향했다.

호텔 문 앞에서 그는 토이토부르크 군주의 부관을 우연히 마주쳤다. 며칠 동안 보지 못했던 터라 닉은, 만약 군주의 혼인 계획이 구체화된다면 자신은 그 일에서 결국 배제될 것이라는 막연한 예감을 갖고 있었다. 왕태후[38]의 다정한 시선 속에서 가끔 드러나는 불신과 냉담함을 포착한 적이 있었는데, 아들을 둘러싼 희망에 닉이 걸림돌이될지 모른다고 의심하는 듯 보였다. 닉은 실제로 그런 방해꾼 역할을할 생각은 없었지만, 그렇게 비치는 것도 딱히 싫지는 않았다. 그는코럴 힉스를 진심으로 아꼈고, 그녀가 아나스타시우스 군주의 배우자가 되는 운명보다는 더 인간적인 삶을 살길 바랐기 때문이다.

그런데 이날 저녁, 부관의 환한 인사에서 닉은 뜻밖의 변화를 감지했다. 두 사람 사이를 가로막던 그 어떤 구름이 사라진 듯, 토이토부르크 일가는 더 이상 그를 두려워하거나 의심하지 않는 눈치였다. 그변화는 단순히 손을 맞잡는 압력과 짧은 말 몇 마디에 불과했지만, 부관은 곧 로마 구세계의 이름난 귀부인을 부축해 왕관 문장이 새겨진커다란 마차에 태우느라 서둘러 떠나갔다. 그 마차는 마치 의례를 위해 역사적 차량 박물관에서 꺼낸 것처럼 보였다. 그 순간 닉은 번개처럼 깨달았다. 바로 저 여인이 군주의 청혼을 힉스 양에게 전할 인물이라는 사실을.

그 사실은 닉의 호기심을 자극했다. 그는 곧장 자기 방으로 가지 않고 힉스 부인의 응접실로 올라갔다.

방은 비어 있었으나, 정성 들인 다과의 흔적이 곳곳에 남아 있었고, 커다란 장미 꽃다발이 탁자 위에 놓여 있었다. 닉이 몸을 돌리려던 순간, 얼굴이 달아오르고 눈물 자국이 남은 엘도라다 투커가 갑자기 들

---

38 왕태후(Princess Dowager): 군주의 어머니로, 본래는 '왕대비/대공비' 등의 표현도 가능하지만, 원문 뉘앙스에 맞게 '왕태후'로 번역했다.

어섰다.

"아, 랜싱 씨—우린 온통 당신을 찾고 있었어요."

"절... 찾으셨다고요?"

"그래요. 특히 코럴이... 당신을 만나고 싶어 해요. 자기 응접실로 와달라고 했어요."

엘도라는 닉을 앞세워 전실을 건너 복도를 지나, 힉스 양이 쓰는 별도의 스위트룸까지 안내했다. 문턱에서 엘도라는 감정을 억누르지 못한 채, "곧 보실 거예요, 얼마나 아름다운지—"라고 내뱉고는, 닉이 들어서는 순간 흐느끼며 몸을 홱 돌려 떠나갔다.

코럴 힉스는 본래 '아름답다'는 말과는 거리가 먼 인물이었지만, 지금은 유난히 빼어나 보였다. 흑색 벨벳 드레스의 긴 선이 은은한 조명 아래 그녀의 강인한 체격을 오히려 날렵하게 보이게 했는지, 아니면 그을린 듯한 뺨에 번진 붉은 기운 덕분인지 알 수 없었다. 분명한 건, 이제 막 여성스러움의 기운이 그녀를 감싸고 있었고, 그녀는 그것을 감추려 하지 않았다는 점이었다. 오히려 자신을 지배하는 감정을 언제나 정직하고 용기 있게 드러내는 것이 그녀의 특이한 면모였다.

"정말 멋지게 보이네요!" 닉은 미소를 지으며 말했다.

코럴은 고개를 젖히고 그의 눈을 똑바로 바라보았다. "그게 제 미래의 일이 될 거예요."

"멋지게 보이는 게요?"

"그래요."

"그리고 왕관을 쓰는 게요?"

"왕관도 쓰고…."

둘은 말없이 서로를 바라보았다. 닉의 가슴은 동정과 당혹감으로 조여들었다.

"코럴... 아직 결정된 건 아니죠?"

그녀는 마지막으로 날카롭게 그를 살피더니 시선을 돌렸다. "저는 오래 망설이지 않아요."

닉은 망설였다. 서로 충돌하는 충동에 목이 막힌 채, 무엇 하나 제대로 말할 수 없었다. 어떤 말도 그녀를 속이거나 상처 입힐까 두려웠기 때문이다.

"왜 제게 말하지 않았어요?" 그는 궁색하게 물었고, 곧 자신의 실수를 깨달았다.

코럴은 자리에 앉아, 긴 속눈썹 아래로 그를 올려다보았다—닉은 그 속눈썹이 이렇게 짙었던가 하고 문득 놀랐다.

"제가 말했더라면, 뭐가 달라졌을까요?"

"달라졌냐니—?"

"이쪽에 앉아요." 그녀가 명령했다. "당신이 일찍 말했어야 한다고 생각한 게 있으면 지금 말해도 돼요. 아직 결혼한 건 아니니까, 전 여전히 자유예요."

"아직 대답하지 않은 거예요?"

"대답했더라도 상관없어요."

그 대꾸는, 그녀가 여전히 닉에게 기대를 걸고 있다는 암시처럼 들려 닉을 겁먹게 했다. 그가 도저히 줄 수 없는 것을, 그녀는 바라는 듯했다.

"그럼 '승낙'했다는 뜻인가요?" 닉은 시간을 벌기 위해 물었다.

"그건 상관없어요. 어쨌든 대답은 해야 했으니까. 내가 원하는 건 당신의 조언이에요."

"이제 와서—마지막 순간에?"

"아니면 그보다 더 늦게라도." 그녀는 잠시 멈췄다가 물었다. "저, 어떻게 해야 하죠?" 갑자기 무력감이 배어 나온 목소리였다.

닉은 똑같이 무력한 눈빛으로 그녀를 바라보았다. '스스로에게 물어보라, 부모님께 물어보라'는 따위의 위선적인 말은 그녀의 다음 한마디에 무너질 터였다. 그녀가 묻는 "어떻게 해야 하죠?"의 진짜 의미는 "당신은 어떻게 할 건가요?"였고, 닉도 그것을 알고 있었으며, 그녀도 닉이 알고 있다는 걸 알고 있었다.

"저는 누군가에게 결혼 조언을 해줄 만한 사람이 못 돼요." 닉은 억지 미소를 지으며 말했다. "하지만, 당신을 위해선 전혀 다른 그림을 그리고 있었어요."

"어떤 그림이요?" 그녀는 가차 없었다.

"사람들이 흔히 말하는 행복... 그런 거였죠."

"'사람들이 말하는'이라니—그러니까 당신 스스로는 믿지 않는 거잖아요! 저도 그래요, 적어도 그런 형태의 행복은."

닉은 잠시 생각에 잠겼다. "그래도 시도해보는 건 믿어요. 비록 그 시도가 전부일지라도."

"저도 해봤어요. 하지만 실패했죠. 전 스물두 살이고, 한 번도 젊었던 적이 없어요. 아마 상상력이 부족한 탓일 거예요." 그녀는 깊게 숨을 내쉬었다. "그래서 전 다른 걸 원해요." 그녀는 단어를 찾듯 잠시 머뭇거리더니 선언했다. "전 '두각을 나타내고' 싶어요."

"두각을 나타내고 싶다고요?"

그녀의 검게 그을린 얼굴에 붉은 기운이 번졌다.

"비웃는군요—어리석다고 생각하죠. 당신에겐 대수롭지 않게 보일 거예요. 왜냐면 당신은 늘 그런 것들을 갖고 있었으니까. 하지만 전 아니에요. 아버지가 밑바닥에서부터 올라온 걸 알고 있어요. 그래서 저도 끝까지 올라가고 싶어요—아니, 더 높이. 전 상상력이 많지 않아요. 언제나 사실을 좋아했죠. 그리고 저는 '공주'라는 사실을 좋아할 거예요. 내가 만날 사람을 고르고, 지금 부모님이 비웃으면서도 부러워하는 유럽 귀족들 위에 서는 거죠. 당신은 그냥 있는 그대로로도 그런 사람들보다 위에 설 수 있어요—당신은 그럴 줄 알잖아요. 하지만 저는 무대가 필요해요, 마치 마천루 같은 무대. 아버지와 어머니는 제 교육에 평생을 바쳤어요. 그들은 교육이 중요하다고 믿었죠. 하지만 우리 셋 다 평범한 머리를 가진 탓에, 결국 평범한 사람들 속에 묻혔을 뿐이에요. 우리가 둘러싸인 가짜 학문, 가짜 예술, 가짜 모든 걸 내가 못 알아볼 것 같아요? 그래서 전 맨 꼭대기의 자리를 사서라도, 제 주변에 원하는 사람들—진짜 큰 인물들, 올바른 사람들을 모을 거예요. 그리고 그들을 돕기 위해 문화를 진흥할 거예요. 당신이 늘 말하던 르네상스 시대 여성들처럼요. 전 그걸 에이펙스 시티를 위해 하고 싶어요. 이해하시나요? 그리고 아버지, 어머니를 위해서도요. 제 묘비에는 온갖 작위가 새겨질 거예요. 그건 분명한 '사실'이니까요! 비웃지 말아요…." 그녀는 서툰 미소를 짓고 말을 멈추더니 방 맞은편으로 몸을 옮겼다.

닉은 묘한 감탄을 느끼며 그녀를 바라보았다. 그녀의 거친 현실주

의는 냉소에 젖은 자신의 마음에 오히려 강한 자극이 되었고, 그는 생각했다. '안타까운 일이야….'

그는 소리 내어 말했다.

"우습지 않아요. 당신은 위대한 여성이라 생각해요."

"그럼 나는 위대한 공주가 되겠죠."

"하지만—당신은 훨씬 더 큰 사람이 될 수도 있었을 텐데요!"

그녀의 얼굴이 다시 불타올랐다.

"그런 말은 하지 말아요!"

그는 저도 모르게 자리에서 일어나 그녀에게 가까이 다가갔다.

"왜요?"

"당신만이 내가 그 '다른 종류의 위대함'을 상상할 수 있는 유일한 남자니까요."

그 말은 뜻밖에도 그를 움직였다. 그는 속으로 이렇게까지 생각했다.

'세상에, 그녀가 그렇게 끔찍하게 부자가 아니었더라면—'

그리고 잠시 동안 자신이 두려워하던 바로 그 재산으로 그녀와 자신이 해낼 수 있을지도 모를 모든 일을 설득력 있게 그려보았다.

결국 그녀의 이상에는 비열한 구석이 없었다. 그것들은 거칠고 물질적이었지만, 그녀의 원초적이고 거대한 인물과 잘 어울리는 것이었고, 동시에 어떤 엄숙한 고결함까지 지니고 있었다. 그리고 그녀가 '다른 종류의 위대함'을 말할 때, 그는 그것이 단순히 그를 끌어들이려는 말장난이 아님을, 그녀가 자신이 말하는 것을 진심으로 이해하고 있음을 알았다. 그녀에겐 교활함이라곤 없었고, 굳이 꼽자면 그것조차도 그녀의 정직함이 빚어낸 것이었다.

"그 '다른 종류의 위대함'이라는 게 뭔가요?" 그가 되물었다.

"그게 바로 당신이 말한 '행복' 아니었나요? 나도 행복해지고 싶었어요… 하지만 사람은 선택할 수 없잖아요."

그는 그녀에게로 다가갔다.

"그래요, 선택할 수 없죠. 그리고 스스로 행복하지 않은 사람이 어떻게 당신에게 행복을 줄 수 있겠어요?"

그는 그녀의 두 손을 잡았다. 그 손이 얼마나 크고, 힘이 있고, 스스로의 의지가 담겨 있는지―그러면서도 그의 손바닥 안에서 부드럽게 녹아드는지를 느꼈다.

"가엾은 코럴, 난 당신에게 무슨 도움이 될 수 있겠어요? 당신이 필요한 건 사랑받는 거예요."

그러자 그녀는 한걸음 물러서더니 특유의 곧고 강한 눈길로 그를 바라보았다.

"아니에요." 그녀는 당당히 말했다. "내게 필요한 건 그저 사랑하는 거예요."

3부

25장

　안개 섞인 가랑비가 내리는 파리의 어느 겨울 아침, 수지 랜싱은 막 네 명의 큰 풀머 아이들을 학교에 맡기고, 두 달째 머물고 있는 파시의 작은 집으로 혼자 걸어 돌아오고 있었다.

　그녀의 발에는 기성품 장화, 몸에는 낡은 방수 외투, 머리에는 작년 유행의 모자가 얹혀 있었다. 하지만 그녀는 그 사실들에 전혀 신경 쓰지 않았다. 그것들을 특별히 자랑스럽게 여긴 것도 아니었으나, 바쁘기만 한 나머지 아예 생각할 겨를조차 없었던 것이다. 부모가 이탈리아에 간 동안 풀머 아이들의 보호자가 된 뒤, 그녀는 어머니로서의 고된 도제를 치르듯 하루하루를 살았다. 깨어 있는 매 순간은 동시에 해치워야 할 일들로 꽉 차 있었고, 또 훗날을 위해 반드시 기억해야 할 일들이 꼬리를 물었다. 풀머 집안 아이들은 다섯뿐이었지만, 때로는 깃발을 든 군대처럼 요란스러웠고, 동시에 그만큼 신기하게도 순식간에 사라지거나 잠잠해져, 어느새 집 안 구석의 의외의 장소—다락방 하녀의 방이나 여행가방을 쌓아둔 지하 창고 같은—에서 책에 얼굴을 파묻고 있는 갈색 머리 한 줌으로 뭉쳐 있곤 했다.

몇 달 전만 해도, 이런 도처에 있다가 순식간에 자취를 감추는 성질은 수지를 미치게 할 만큼 괴상하고 피곤한 아이들의 버릇처럼 보였을 것이다. 하지만 지금은 달랐다. 그녀는 아이들에게 흥미를 느끼게 되었고, 그들의 집단적이거나 개별적인 행동 방식 속에서 단서를 찾는 일이 탐정 소설의 전개만큼 흥미진진하게 다가왔다.

가장 흥미로운 사실은 아이들에게 나름의 '체계'가 있다는 발견이었다. 부모의 불안한 삶에 휘말려 갈팡질팡하는 파도 위에 던져진 듯한 이 작은 존재들은 어떻게든 거칠고 즉흥적인 자치 제도를 만들어낸 것이었다. 열두 살이 된 맏딸 주니는 이미 어머니의 모자를 골라주고 옷장을 정리하려 드는 아이였다. 그녀는 국가의 수장처럼 인정받았고, 피마자유(蓖麻子油) 복용법에서부터 플란넬 속옷, 우표와 구슬의 공정한 분배, 쌀푸딩이나 잼의 1인분 양에 이르기까지 중요한 사안에 대해 권위를 갖고 말했다.

그녀의 판결에는 거의 이의 제기가 없었으나, 다른 아이들 하나하나는 각자 독립적인 궤도로 움직였고, 주니는 그것을 인정하며 존중했다. 이 권리와 특권의 불문율을 해석하는 일은 수지에게도 쉽지 않은 일이었다.

그 밖에도 물질적인 문제들이 있었다. 아이들 다섯과 숨이 가쁜 하녀 한 명, 그리고 수지까지 여섯 명이 한정된 예산으로 살아야 했다. 주니의 말대로라면, "애들이 신발까지 먹는 것 같아, 사라지는 걸 보면." 실제로 그들은 정말 많은 음식을 먹었고, 그것도 영양가 있으면서 값비싼 음식들을 원했다. 그들은 자신들의 식사 양과 질에 대해 분명한 의견을 가지고 있었으며, 수지가 준비한 음식이 그 기준에 미치지 못하면 집단적으로 반란을 일으킬 기세였다. 이 모든 것은 수지의 삶을 분주하고 고달프게 만들었지만, 그녀가 가장 두려워했던 것—즉 지루하거나 우울한 생활—만은 결코 아니었다.

솔직히 그녀도 인정했듯, 풀머 아이들과의 생활이 그녀 안에서 어떤 추상적인 '아이 사랑' 같은 감정을 일으킨 것은 아니었다. 그녀는 이미 닉의 첫 키스 이후, 닉과 자신의 아이라면 무조건 사랑하게 되리라는 사실을 알고 있었다. 또 그녀는 가엾은 클라리사 밴더린을 보살필 때도 늘 조심스러운 연민으로 마음을 썼다. 그러나 이 거칠고 활달한 풀머 아이들에게서 그녀는 진정한 기쁨을 느꼈다. 그 이유는 점점 분명해지고 있었다. 무엇보다도 그들은 모두 총명했고, 그 총명함이 허튼 것들이 아니라 진정 가치 있는 것으로 길러져 있었다. 그레이스 풀머가 끊임없이 늘어나는 자녀들을 완벽히 돌보진 못했을지라도, 아이들은 그녀 곁에서 결코 하찮거나 따분한 것들을 배우지 않았다. 좋은 음악, 좋은 책, 그리고 좋은 대화가 그들의 일상적인 양식이었고, 그래서 어떤 때는 다른 아이들처럼 고래고래 소리 지르고 집안을 쿵쾅거리며 뛰어다녔지만, 다른 때는 시의 빛을 발하며 지혜의 목소리로 말하곤 했던 것이다.

그것이 수지가 발견한 점이었다. 처음으로 그녀는 깨어나는 정신들, 그것도 오직 아름다움에 의해 깨어난 정신들 사이에 있었다. 비좁고 불편한 가정 속에서도 그레이스와 내트 풀머는 비열한 질투, 천박한 동경, 초라한 불만을 멀리 밀어냈다. 무엇보다도 그 소란과 혼돈 위에 아름다움의 위대한 형상들이 마치 가장 가난한 로마 가정의 선

반 위에 따로 모셔져 있던 조상들의 형상처럼 그윽하게 자리 잡고 있었다.

아니, 더 나은 일이 없어서 떠맡은 이 임무가 수지에게 어떤 잃어버린 소명을 상기시키지는 않았다. 그녀는 대규모로 '어머니 역할'을 하는 일이 결코 자기 몫이 아님을 분명히 깨달았다. 오히려 이 경험은 묘한 방식으로, 그녀가 돌보는 것이 아니라 자신이 돌봄을 받는 듯한 감각을 주었고, 물질보다 훨씬 더 실질적인 것처럼 여겨지기 시작한 무형의 가치들 속에서 첫발을 내딛는 경험이 되었다.

상담과 위로를 얻기 위해 그레이스 풀머를 찾아갔던 날, 수지는 그것이 이런 방식으로 다가오리라고는 조금도 짐작하지 못했다. 그곳에서 그녀는 여느 때보다 산만하면서도 여전히 활기가 넘치는 친구를 만났다. 거칠고 어수선한 삶의 물결을 마치 양서류처럼 능숙하게 헤쳐 나가는 모습이었다. 그레이스는 수지의 친구들 가운데 유일하게, 왜 그녀가 올트링엄과의 결혼을 결심하지 못하는지를 이해할 만한 사람이었다. 그러나 그 순간 그레이스는 자신의 문제에 너무 몰두해 있었고, 늘 그랬듯 곧바로 자기 고민을 "꺼내놓기" 시작했다.

내트는 유럽 체험에서 기대했던 바를 얻지 못하고 있었다. 물론 그레이스 자신도 예술가이기에, 창작에는 휴지기가 있다는 것, 새로운 인상들이 즉각적으로 결실을 맺지는 않는다는 것쯤은 충분히 알고 있었다. 하지만 과거 내트의 기분과 상태를 경험해온 그녀는, 언제 그가 인상을 흡수하고 그것을 숙성시켜나가는지를 누구보다 잘 알고 있었다. 그런데 지금은 전혀 그렇지 않았고, 내트 자신도 그 사실을 알고 있었다. 너무 많은 여행과 흥분, 그리고 불모의 아첨이 문제였다. 멜로즈 부인? 맞다, 한동안은… 스페인 여행이 분명 사랑의 여행이었을 것이다. 그레이스는 담담하게 말했지만, 얼굴의 주름은 날카로워졌다. 그가 자신을 두고 스페인에 갔을 때 그녀는 끔찍하게 고통받았다. 그러나 아이들을 위해 루안에서 보낸 이주일 동안 우르슐라 길로가 준 거액을 포기할 수는 없었다. 그 연주가 사람들의 주목을 받았고, 돌아오는 길에 런던의 개인 살롱에서 두세 건의 유익한 연주 기회로 이어졌다. 사교계가 그녀를 두고 "약간의 화제"를 만들어냈고, 그것은 내트를 놀라게 하고 기쁘게 했으며, 그녀를 그의 눈에 새롭게 보이게 했다.

"그는 내가 단순히 아이 돌보미만은 아니라는 사실을 잊어가고 있었는데, 이번 일로 그걸 다시 상기시켜 준 거야. 하지만 가장 중요한 건, 내가 번 돈으로 그랑 같이 남부 이탈리아랑 시칠리아에서 석 달을 보낼 수 있게 된 거지. 내가 어떻게 꾸려가는지는 알잖아. 나랑 단둘이 있게 되면, 낮은 차분히 앉아 관찰하고, 느끼고, 온몸으로 흡수할 거야. 그게 유일한 방법이야. 멜로즈 부인이 다시 모든 비용을 내겠다고 나섰지만… 절대 그렇게 두지 않을 거야. 내가 낼 거야." 그녀의 지친 뺨이 승리감으로 붉게 물들었다. "그러면 어떤 기적이 일어나는지 보게 될 거야. 다만 문제는 아이들이지. 주니도 우리랑 같이 갈 수 없다는 데 동의했어…."

그리고 그녀는 생각을 펼쳤다. 만약 수지가 한가하고 또 곤궁하다면, 왜 부모가 이탈리아에 가 있는 동안 아이들을 맡지 못하겠느냐는 것이었다. 길어야 석 달―그 이상은 절대 되지 않을 거라고 그레이스는 약속했다. 많은 돈을 줄 수는 없지만, 적어도 머물 곳과 끼니는 제

공할 수 있다는 것이다.

"게다가, 나중에는 흥미를 느끼게 될 거야—반드시 그럴 거라고 확신해." 그녀는 특유의 꺼지지 않는 희망으로 그렇게 덧붙였다. 수지는 망설이는 미소를 지으며 그녀의 말을 듣고 있었다.

풀머 집안 아이들 다섯을 석 달 동안 돌본다니! 그 전망은 그녀를 주눅 들게 했다. 만약 장녀 주니와 막내 조디뿐이었다면 망설임이 덜했을 것이다. 그러나 둘째인 냇, 바로 그날 그녀와 닉을 언덕으로 내몰았던 경적의 주인공, 그리고 거의 비슷하게 불안한 기억을 남긴 쌍둥이 잭과 페기도 있었다. 이 떠들썩한 무리를 통솔하는 일은 클라리사 밴더린의 점잖은 여가를 달래주는 일보다 훨씬 더 벅찰 터였다. 그녀는 예전처럼 곧장 거절했을 것이다. 그러나 다른 선택지는 더 견딜수 없게 여겨졌고, 그레이스가 주니를 불러와 의견을 묻자, 작고 평범하지만 유능한 모습으로 선 아이가 차분하고 어른스러운 목소리로 이렇게 말하는 것이었다.

"네, 제가 보기엔 랜싱 부인과 제가 함께라면 충분히 해낼 수 있을 거예요—특히 부인께서 책을 잘 읽어주신다면요."

소리 내어 읽어준다는 조건은 수지를 매료시켰다. 그녀는 이전에 아이들이 책을 읽어주기를 원한다는 것을 본 적이 없었다. 클라리사를 가십이나 유행 말고 다른 것에 흥미를 가지게 하려 애썼던 기억을 떠올리며 몸서리쳤다. 클라리사가 스트레퍼드의 장신구를 아버지에게 보여주며 했던 말투도 생생했다. "왜냐하면 책보다는 이게 더 갖고 싶다고 했으니까요."

하지만 여기 있는 아이들은 부모가 석 달 동안 집을 비우는 것을 받아들이면서도, 좋은 책 읽어주는 사람이 함께 있어야 한다는 조건을 내걸고 있었다.

"좋아, 내가 해줄게! 그런데 뭘 읽어줘야 할까?" 수지가 명랑하게 묻자, 주니는 특유의 진지한 생각 끝에 대답했다. "꼬마 애들은 웬만한 건 다 좋아해요. 근데 냇이랑 저는 특히 시를 듣고 싶어요. 저희가 혼자 읽으면 어려운 단어들을 잘못 발음하는 경우가 많아서, 그러면 듣기에 너무 끔찍하거든요."

"아, 내가 제대로 발음할 수 있으면 좋겠네." 수지는 자신 없는 목소리로 중얼거렸다.

아마도 그녀는 잘 해낸 듯했다. 왜냐하면 그녀의 낭독은 성공적이었고, 쌍둥이와 조디조차도 그녀의 읽기에 익숙해지고 나서는, 자신들의 전공 분야와도 같은 책보다 헨리 5세의 힘찬 장면이나 《한여름 밤의 꿈》 속 요정들의 장면을 더 좋아하는 듯 보였기 때문이다. 물론 가끔은 그들의 특별한 요구도 맞춰줘야 했지만.

실제로 풀머 집안에서의 삶은 잠시도 고요하지 않았다. 그러나 그 소란은 수지에게 올트링엄이나 우르술라 길로, 엘리 밴더린 같은 이들과 함께 있을 때의 공허한 소란보다 훨씬 의미 있게 느껴졌고, 그래서 덜 지치게 했다. 파시의 좁고 불편한 집은 아이들의 수업을 오가며 돌아올 때면 점차 그녀를 집처럼 맞이하는 듯했다. 적어도 그녀는 작지만 필요하고 유익한 일을 하고 있다는 감각을 가졌고, 아주 소박한 수준이지만 자신의 생활비를 벌고 있다는 만족감도 있었다. 그리고 아이들이 조용한 기분이 되어 책이나 음악을 원할 때, 혹은 놀랍게도 주니의 제안으로 루브르에 단체로 간 날처럼, 그들이 예상 밖의 그림들을 알아보고 둘째와 셋째가 놀라운 전문적 평을 내놓으며 수지가 미처 보지 못한 세부 사항을 가리킬 때, 그녀는 닉과 함께한 짧은 삶으로 다시 끌려 들어가는 듯한, 아니면 더 깊이, 닉 자신의 어린 시절의 환영 속으로 들어가는 듯한 놀라운 감각을 맛보았다.

만약 닉과 자신이 함께 살았더라면, 그리고 아이까지 있었다면—그 비전은 그녀가 불면의 시간에 조그만 조디가 침대 곁 요람에서 자는 모습을 보며 자주 떠올린 것이었다—지금의 생활은 그와 다르지 않았을지도 모른다. 바깥세상에는 작은 일에 불과했겠지만, 두 사람에게는 얼마나 넓고 깊고 충만했을까.

그녀는 그 순간 자신이 놓쳐온 삶과 맺은 이 신비한 연관을 포기한다는 생각을 견딜 수 없었다. 매일의 분주함과 피로, 모든 것이 낡고 불편한 현실, 아이들이 여느 아이들처럼 끔찍하게 굴며 그녀의 호소를 모두 거부하는 얼굴을 하고 있을 때조차도, 그녀는 그들을 떠나고 싶지 않았다. 그래서 부모가 돌아오면 함께 미국으로 돌아가자고 부탁하기로 마음먹었다. 어쩌면 낫이 계속 성공을 이어가고, 그레이스가 음악 작업을 계속할 수 있다면, 그들은 일종의 가정교사이자 동반자가 필요할지도 몰랐다. 적어도 그녀가 상상할 수 있는 미래 중 가장 덜 견딜 수 없는 모습이었다.

수지는 스피어먼 씨에게 닉의 답장을 보내지 않았다. 그에게 편지를 쓰고 답장을 받기 전, 그녀는 스트레퍼드와의 관계를 끊었다. 그러므로 더 이상 자유를 구할 이유가 없었다. 만약 닉이 자신의 자유를 원한다면, 그저 요구하기만 하면 될 일이었다. 그러나 시간이 지나도록 그의 침묵이 이어지자, 그녀 안에서 희미한 희망이 피어났다.

그러던 어느 날 신문에서 애매하지만 분명 의도적으로 흘린 기사 한 줄을 보았을 때, 그 희망은 활활 타올랐다. 테우토부르크-발트하인 공국의 군주인 황태자가 에이펙스 시티의 코릴 힉스 양과 혼인할지도 모른다는 내용이었다. 그러나 며칠 뒤 그녀는 "그 보도는 사실이 아니다"라고 발표한 모티머 힉스 부부의 성명을 보게 되었고, 희망은 한순간에 재가 되었다.

이 두 기사 위에 수지는 또 하나의 망루를 세웠고, 그 위태로운 망루는 세상에서 흘러나오는 닉과 힉스 일가의 이름이 담긴 작은 힌트 하나하나에 따라 무너지고, 다시 세워지기를 반복했다. 그럼에도 불구하고, 시간이 흘러도 닉에게서나 변호사에게서 아무 소식이 없었음에도, 그녀의 깃발은 여전히 흔들리는 그 탑 꼭대기에서 휘날리고 있었다.

아이들을 돌보는 일을 제외하면, 수지는 끊임없이 되풀이되는 생각들에서 마음을 돌릴 만한 일이 거의 없었다. 그녀는 가끔 사교계 친구들이 얼마나 손쉽게 자신을 시야에서 지워버렸는지를 떠올리며 쓰라린 기분을 느꼈다. 끝없는 무의미한 분주함 속에서, 겨울 계획을 세우느라 부산 떨고, 리비에라나 장크트모리츠, 이집트나 뉴욕으로 서둘러 떠나는 그들의 삶에는 사라진 이를 찾거나 뒤처진 이를 기다릴 틈이 없었다. 혹시 그들이 그녀가 스트레퍼드와의 "약혼"(그 말이 얼마나 싫었던지!)을 깨뜨린 것을 알았던 걸까? 그래서 그녀가 다시금, 필요할 때만 붙잡히고 그 외에는 무시당하는 불쌍한 주변인으로 전락했다는 사실이 이미 퍼진 걸까? 그녀는 알 수 없었다. 다만 이제 막 싹튼 스트레퍼드의 자존심이, 그와 그녀 사이에 있었던 일을 다른 이에게 털어놓는 것을 막았으리라 짐작했을 뿐이었다.

그녀가 갑작스럽게 달아난 뒤 며칠 동안, 그는 아무런 기별도 보내지 않았다. 그녀는 용서를 구하는 편지를 쓰고 싶었지만, 차마 쓸 말을 찾을 수 없었다. 마침내 편지를 보낸 쪽은 그였다. 올트링엄에서 온 짧막한 편지였는데, 예전 스트레퍼드의 가장 좋은 면모가 드러난 글이었다. 그는 그곳으로 내려가, 지난 대화를 차분히 곱씹으며 그녀가 무슨 뜻으로 말했는지를 이해하려 애쓰고 있다고 썼다. 하지만 끝내 알 수 없음을 인정할 수밖에 없었고, 아마 그것이 자신의 잘못의 본질일 것이라고 했다. 무엇이 그녀를 불쾌하게 했든 유감스럽게 생각한다면서, 그 무지함이 영원한 결별에 이를 이유로 삼지 말아 달라고 간청했다. 만약 그렇게 된다면 자신이 예상했던 것보다 훨씬 더 불행해질 것이라고 했다. 그는 언제나 자기 행복을 삶의 최우선으로 여겨왔으니, 그녀의 결정을 잠시만 미뤄 달라고 부탁했다. 앞으로 두 달 안에 파리에 갈 예정이며, 도착하기 전에 다시 편지를 보내 만나자고 하겠다고 했다.

그 편지는 그녀를 움직였지만, 마음을 흔들지는 못했다. 수지는 단지 그의 친절에 감동했으며, 나중에 파리에 오면 기꺼이 만나겠다고만 답했다. 그러나 아직 마음이 변하지 않았고, 변한다고 해서 그의 행복이 증진되리라 믿지 않는다는 점도 분명히 밝혔다.

그는 답장을 보내지 않았다. 그렇게 그녀의 생각은 오직 자신 안에 자리한 희망과 두려움을 끝없이 되새기며 맴돌 뿐이었다.

비 오는 어느 날 오후, 아이들 수업에서 집으로 돌아오며(저녁 여섯 시에 다시 돌아가야 했다) 그녀는 마음속으로 이렇게 중얼거렸다.

'오늘로 닉이 내가 그를 자유롭게 해줄 준비가 되어 있다는 걸 안 지 꼭 두 달이 됐어. 그런데 이렇게까지 아무 일도 없는 걸 보면, 닉은 더는 어떤 행동도 하지 않을 거야.'

그 생각은 그녀를 알 수 없는 황홀감으로 물들였다. 고통의 끝을 스스로 정해야 한다는 압박 속에서 임의의 날짜를 기한으로 삼았고, 이제 마침내 자신이 옳았다고 믿을 수 있었다. 그의 침묵이 의미하는 건 다른 게 아니었다. 그 역시도….

현관 탁자 위에는 파리 소인이 찍힌 타자 봉투가 놓여 있었다. 그녀는 무심히 열어보았고, 편지 머리글에는 스피어먼 씨의 사무실 주소가 적혀 있었다. 그 아래의 문장들이 눈앞에서 빙글빙글 돌았다. "귀하의 뜻에 따라… 전적으로 귀하의 처분에 맡기겠다고… 파리에 도착하는 대로… 변호사와의 면담 일정을 정하겠다…."

닉―그 문장이 말하는 이는 닉이었다! 닉이 파리에 돌아왔다는 사실이 바로 그 터무니없는 문구들 속에 담겨 있었던 것이다! 그녀는 젖은 우산꽂이 옆 벤치에 털썩 주저앉아 멍하니 앞을 응시했다. 마침내 그것이 떨어진 것이다. 자신이 마음속 깊이 믿지는 않았던 그 일격이! 그녀는 대비했다고, 예상했다고, 이미 미래를 그렇게 정해놓았다고 생각했었다. 남의 아이들을 돌보며 살아가는 희미하고 비인격적인 삶을―그러나 그 모든 체념과 수용의 얇은 껍질 밑에서는, 오래된 희망들이 여전히 뜨겁게 타오르고 있었다!

그 어떤 자기 절제나 철학, 경험이 무슨 소용인가. 그 밑바닥의 제멋대로인 자아가 단 한순간에 그것들을 마른 장작처럼 집어삼켜버릴 수 있다면.

수지는 자신을 다잡으려 애썼다. 방금 무슨 일이 벌어진 건지 이해하려 했다. 닉이 파리에 오고 있었다. 그녀를 만나러 오는 게 아니라 변호사를 만나러! 그것은 곧 그가 확실히 자유를 요구하기로 결심했음을 뜻했다. 여섯 달이 넘는 무위와 무심함 끝에 이 최종적인 단계를 밟기로 한 것은, 그에게 어떤 뜻밖의 결정적 사건이 일어났음을 의미하는 것이었다.

수지는 지난 몇 달 동안 흘러들어온 뜬소문과 신문 단편 기사들을 조급하게 한데 모아 다시 짜맞추었다. 힉스 양이 테우토부르크-발트하인 공국의 황태자와 추진하던 결혼이 막판에 깨졌다는 사실은 분명했다. 그리고 그것은 그녀가 닉과 결혼하려 했기 때문이라는 것도. 닉이 파리에 도착했다는 발표와 힉스 부부가 딸의 약혼을 부인하는 공식 성명이 거의 동시에 나왔다는 사실은 다른 추측의 여지를 남기지 않았다.

수지는 이 사실들을 현실로 받아들이려 애쓰며 그 결과를 상상했다. 코럴 힉스가 닉 랜싱의 아내, 곧 '닉 랜싱 부인'이 되어―그 이름은 곧 수지 자신의 이름이기도 했다―닉과 함께 응접실에 들어서고, 불과 몇 달 전 자신을 열렬히 맞아주었던 그 사람들에게 똑같은 환영을 받는 모습을. 닉이 점차 사교계를 싫어하게 되었고, 코럴이 지적 우월감을 내세운다 해도, 그들의 부가 결국 닉을 그의 습관과 인맥으로 얽혀 있는 세계로 끌어당길 것은 불가피했다. 그리고 틀림없이 닉은 그 세계로 다시 들어가 손님이 아닌 주인으로 환대를 베푸는 일에 재미를 느낄 것이다. 마치 수지가 언젠가 자신이 '올트링엄 부인'으로 그곳에 들어가면 즐거울 거라 상상했던 것처럼….

그러나 수지가 아무리 애써도, 이제 현실이 눈앞에 다가왔는데도, 그것을 뚜렷이 그려내거나 자기 삶에 대입할 수가 없었다. '코럴'과 '닉'이라는 두 이름의 단순한 나열이, 과거엔 웃으며 자주 짝지어 부르던 그 이름들이, 지금은 그녀의 뇌를 흐릿하게 만들 뿐이었다.

그녀는 현관 탁자 곁에 무력하게 앉아 눈물을 흘리고 있었다. 그때 가정부가 나타났다. 막내 조디는 이틀째 열이 있었는데, 조금 나아졌지만 여전히 아이 방에 머물러야 했다. 조디는 수지가 현관문을 여는 소리를 듣고, 왜 곧장 자기에게 오지 않는지 이해하지 못한 채 격렬한 울음으로 분노를 터뜨리기 시작했다. 수지는 넋을 잃은 상태에서 깨어나 망토와 우산을 내던지고 황급히 위로 올라갔다.

"아, 저 애 좀!" 그녀는 신음했다.

풀머 집안의 지붕 아래서는 사적인 슬픔에 빠져 있을 틈이나 여유가 거의 없었다. 아침부터 밤까지 늘 즉각적인 현실적 요구가 주의를 붙잡았고, 수지는 이제 깨닫기 시작했다. 좁은 살림집에서 아이들은 소설에서처럼 낭만적인 존재는 아니지만, 부모에게 돌이킬 수 없는 불행을 곱씹을 겨를조차 주지 않는다는 단순한 사실만으로도 충분히 쓸모 있는 존재가 될 수 있다는 것을. 비록 가정생활에 대한 그녀의 수련은 짧았지만, 이미 마음을 재빨리 다잡는 법을 터득했고, 아이 방으로 뛰어오르는 사이 온도와 식사, 약과 관련된 수많은 문제들이 그녀의 사적인 근심을 몰아냈다.

물론 이런 전환은 잠깐뿐이었다. 그러나 매번 그런 일이 있을 때마다 그녀는 더 단단해지고 유연해지는 기분을 느꼈다. "불과 여섯 달 전만 해도 나는 애 같았구나." 닉의 영향과 그들의 비극적인 결별조차도, 이 집에서 몇 주간 아이들과 보낸 시간이 해준 것만큼 그녀를 성숙하게 만들지도, 다잡아주지도 못했음을 생각하며 놀랐다.

조디를 달래는 일은 쉽지 않았다. 그는 이미 오래전부터 자신의 불평을 핑계 삼아, 끊임없는 이야기와 노래와 놀이를 요구하며 상대를 붙잡아 두는 법을 터득했기 때문이다. 처음에 주니는 수지에게 이렇게 경고했었다. "절대 조디한테 잘못하면 안 돼요. 얘 기억력이 엄청나서, 전에 들려준 동화 다 해줄 때까지는 화해 안 해줄 거예요."

하지만 이번에는, 그녀가 모습을 보이자 조디의 분노는 곧 녹아내렸다. 그녀가 문간에 서서 죄책감에 사로잡혀 그의 좋아하는 이야기를 떠올리느라 애쓰고 있을 때, 조디의 입술이 펴지고 눈빛이 갑자기 고요해지는 걸 보았다. 그는 이제 착한 아이가 되어줄 준비를 하고 있었다.

그는 그녀가 요람 곁에 무릎 꿇자 곰곰이 얼굴을 살피더니, 작은 손가락을 내밀어 그녀의 눈물 자국에 톡 하고 대었다.

"수지도 아파서 울었네." 그는 그녀의 뺨에 팔을 두르며 말했다. 그리고 그녀가 그를 꼭 끌어안자, 철학자처럼 덧붙였다. "수지, 조디한테 새 이야기 하나 해줘. 그러면 다 잊을 거야."

26장

닉 랜싱은 변호사가 스피어먼 씨에게 그의 도착을 알린 지 이틀 뒤 파리에 도착했다.

로마를 떠날 때 수지와 자신을 자유롭게 하겠다는 분명한 목적을 품고 있었다. 비록 코럴 힉스와 약속된 사이는 아니었지만, 이번 여행의 목적을 그녀에게 숨기지는 않았다. 그러나 그는 자신의 앞날에 조금도 흥미를 느낄 수 없었다. 수지와의 관계에 마침표를 찍어야 한다는 절실한 필요 이상으로는 상상력이 더 뻗어나가지 못했다. 다만 코럴의 고백에 마음이 움직였고, 이성적으로 생각할 때 두 사람은 아마 함께 행복할 수 있으리라 믿었다. 기질이 맞고, 취향을 공유하며, 기회가 넓어지는 데서 비롯되는 온건한 행복이었다. 로마로 돌아가면 그녀에게 청혼할 작정이었고, 코럴 또한 그것을 알고 있었다. 떠나기 전까지 입을 열지 않았던 것은 운명을 피하거나 그녀를 더 오래 불안에 떨게 하려는 의도가 아니라, 수지의 편지를 받은 뒤 그를 사로잡은 알 수 없는 무감각 때문이었다. 그는 끊임없이 자신과 대화하면서 이 무감각을 신중함이라고 꾸몄다. 자신의 앞날이 확실해지기 전까지는 코럴의 미래를 묶어두어선 안 된다고. 그러나 실제로는 이미 그녀의 미래가, 그리고 자신의 미래도 함께, 묶여 있다는 것을 알고 있었다. 로마에서는 그 사실이 자연스럽고 심지어 불가피하게 느껴졌다.

하지만 파리에 오자 그것은 단숨에 가장 희박한 비현실로 변해버렸다. 파리가 로마가 아니어서도, 단지 파리이기 때문도 아니었다. 그보다는, 저 광대하고 무심한 미로 어딘가에 수지라는, 반쯤 잊혀진 자신의 일부가 숨어 있었기 때문이었다. 몇 주 그리고 몇 달 동안 그의 마음은 수지로 가득 차 있었다. 그들의 이별이 길어지고 재회의 가능성이 줄어들수록 그녀는 더욱 가까이 있는 듯했다. 마치 오래 잠복해 있던 병이 갑자기 발작을 일으켜, 추억이라는 네소스의 셔츠[39]에 그를 휘감은 듯했다. 실제로 함께했던 포옹조차도, 그 깊고 의도적인 그녀 영혼의 흔적에 비하면 형식적이고 우연한 것처럼 느껴졌다.

그러나 지금은 갑자기 달라졌다. 이제 그와 그녀가 같은 도시에 있고, 언제든 우연히 마주칠 수도 있으며, 눈을 맞추거나 목소리를 들을 수도 있고, 혹은 손길을 피해야 할 수도 있는 상황이 되자, 그와 함께 살아온 듯한 그녀의 망령 같은 그림자는 그림자 속으로 빨려 들어갔다. 이별 이후 처음으로 그녀의 실제 존재 앞에 다시 서 있는 듯했다. 파리에 도착한 아침, 호텔 창문에서 내려다보는 거리—그녀가 오늘 걸어갈 수도 있는 거리—와 끝없이 이어진 지붕들—그중 하나가 지금 그녀를 덮고 있을지도 모를 지붕—을 바라보며 그 사실을 깨달았다.

---

39 그리스 신화에 나오는, 입으면 죽음에 이르는 독이 묻은 옷.

그 갑작스러운 전환은 그를 전율케 했다. 단순한 지리적 근접이 이렇게까지 그의 목을 죄리라고는 알지 못했다. 만약 그녀가 문을 열고 들어온다면, 그때는 어떻게 될까?

다행히 그럴 일은 결코 없을 것이다! 그는 프랑스의 이혼 절차에 대해 충분히 알고 있었기에 아내와의 대면은 필요하지 않으리라는 것을 알았다. 약간의 운과 몇 가지 주의만 기울인다면, 멀리서 스치는 모습조차 피할 수 있을 터였다. 그는 파리에 며칠 이상 머물 생각이 없었고, 그 기간 동안 그녀와 올트링엄의 취향을 잘 아는 만큼, 그녀가 있을 만한 곳은 쉽게 피해 다닐 수 있었다. 어디에 살고 있는지는 몰랐지만, 아마 멜로즈 부인이나 다른 부유한 친구와 함께 있거나, 아니면 '누보 뤽스' 호텔이나 예쁜 아파트에 머물고 있으리라 짐작했다. 믿을 만한 수지—아, 그 믿음이 주는 아픔—늘 상황을 '꾸려갈' 테니까.

그가 가장 먼저 찾은 곳은 변호사 사무실이었다. 그러나 익숙한 거리를 걷는 동안 마주치는 얼굴마다, 멀리서 보이는 모습마다 수지 같아 보였다. 그 집착은 견디기 어려웠다. 물론 오래 가지는 않을 것이다. 하지만 그동안 그는 악몽 속 도망자처럼, 유령 같은 군중 가운데 홀로 드러난 존재라는 노출된 감각에 사로잡혀 있었다. 마치 대도시의 눈 전체가 한순간도 깜박이지 않고 자신에게만 고정된 것 같았다.

변호사에게서 그는 자유를 얻기 위한 첫 단계로 파리에 거주지를 마련해야 한다는 말을 들었다. 물론 그는 이미 이 필요성을 알고 있었다. 여러 나라에서 이혼 소송을 겪는 친구들을 지켜본 경험이 있어 절차에 대해 익숙했기 때문이다. 하지만 그 사실을 자신과 수지의 일에 대입하자 전혀 다른 모습으로 다가왔다. 마치 수지라는 인격이 아직도 사건들에 빛을 덧씌워 다른 색으로 바꾸어 놓는 매개체인 듯했다.

그는 그날 바로 거처를 구했다. 천박하게 꾸며진 1층 아파트로, 원래는 전혀 다른 용도로 쓰였을 법한 곳이었다. 관리인이 첫 분기 치집세를 받아 조용히 물러간 뒤, 닉은 그 천박한 벨벳 장식의 방을 둘러보다가 웃음을 터뜨렸다. 이제 이곳이 법의 눈에는 '가정'으로, 그것도 자기 손으로 더럽혀진 가정으로 비치게 될 것을 생각하니 기막힌 것이었다. 수지와 자신이 불안정한 행복을 키워왔고, 결국 자신의 불충실과 잔인함이라는 거친 손길에 무너져버린 바로 그 가정 말이다—그는 수지에게 불충실할 뿐 아니라 잔인하게 굴어야 한다는 말까지 들었던 것이다! 그는 값싼 감상적 석판화들, 번드르르한 청동 나체상들, 좀먹은 짐승 가죽과 요란하게 장식된 침대를 둘러보며, 다시금 지금 자신에게 벌어지는 모든 일이 비현실적이고 불가능하다는 감각을 마치 약물이 혈관을 타고 스머드는 듯 느꼈다.

정신을 추르르기 위해 그는 자리에서 일어나 흉한 방에 열쇠를 채우고 변호사 사무실로 돌아갔다. 건조하고 딱딱한 사무실 공기 속에서 아파트 주소를 알려주는 행위가, 이 허깨비 같은 절차에 어쨌든 현실감을 불어넣으리라는 것을 알았기 때문이다. 그리고 그는 변호사가 태연하게 종이에 거리명과 번호를 연필로 적어넣는 모습을 놀란 눈으로 지켜보았다. 그 종이는 그의 이름이 정성스럽게 적힌 서류철 속에 끼워졌다.

자리를 뜨려던 그는 문득 수지가 어디에 살고 있는지 물었다. 적어도 그는 지금 막 그런 생각이 떠올라, 혹시라도 그녀를 피하려면 어느 구역을 조심해야 하는지 알기 위해 물어본 것이라고 스스로 여겼다.

그러나 실상 그 질문은 아침에 역을 나온 순간부터 마음속에 숨어 있었고, 사무실에 들어서자마자 입술 끝에 맴돌던 것이었다. 그녀가 어디에 사는지 모른다는 사실 때문에 파리 전체가 의미 없고 이해할 수 없는 곳이 되어버린 듯했다. 시침이 떨어져 버린 거대한 시계판처럼.

그녀가 파시의 주소에 머문다는 소식은 뜻밖이었다. 그는 수지가 샹젤리제나 에투알 광장 근처에 있을 거라고 짐작하고 있었다. 아마 멜로즈 부인이나 엘리 밴더린이 파시에 집을 얻었을 것이다. 멀리 떨어져 있다는 사실은 오히려 안도감을 주었다. 트로카데로 너머 거의 교외에 해당하는 그 지역에는 자신을 부를 만한 일이 없으니, 그녀를 마주칠 가능성도 훨씬 적을 터였다.

그날 하루 종일 그는 파리의 번화가를 피해 다녔다. 다섯 줄로 늘어선 자동차들이 반짝이는 거리, 모피와 깃털을 두른 여인들이 차에서 내려 찻집과 화랑, 보석상으로 들어가는 거리들을 피해 걸었다. 분명 그곳 어딘가에서 수지가 나타나고 있을 것이다. 다른 사람들보다 더 날씬하고, 세련되고, 생기 있어 보이면서도, 그들의 몸짓을 흉내 내고, 그들의 은어를 지껄이며, 그들과 똑같이 진주와 모피를 손끝에 감고. 닉은 센강을 건너 시테 섬을 지나, 옛 파리의 그물망 같은 골목과 생트외스타슈의 거대한 회색 돔, 마레 지구의 북적이는 거리를 거닐었다. 기념비를 바라보고, 상점 진열창 앞에 서성이고, 광장과 강둑에 앉아 흥정하거나 말다툼하거나 희롱하는 사람들을 지켜보았다. 일터로 향하는 여공들이 무리를 지어 지나가고, 거지들은 다리 위에서 구걸하며, 부랑자들은 창백한 겨울 햇빛 아래 졸고 있었다. 상복 차림의 어머니들이 아이들을 학교에 데려가고, 거리 여인들은 카페 앞을 지치도록 돌고 있었다.

하루가 흘렀다. 저녁 무렵 그는 고독이 두려워지기 시작했다. 누보 뤽스 호텔이나 또 다른 고급 레스토랑에 가서 저녁을 먹을까 생각했다. 그러면 지인들을 만나 연극이나 클럽, 댄스홀로 끌려갈지도 몰랐다. 이제는 무엇이든 좋았다. 광란처럼 맴도는 생각에서 벗어날 수만 있다면. 그는 몇 달 전 제노바에서와 똑같은, 텅 빈 고독의 공포를 느꼈다…. 설령 수지와 올트링엄을 마주친다 한들 무슨 대수인가? 차라리 일이 끝나버리는 게 나을 것이다. 이제 사람들은 이혼을 비극적으로 여기지 않았다. 갈라지는 부부들은 마지막까지 함께 저녁을 먹었고, 이후에도 서로의 집을 오가며 새로운 결혼으로 생겨난 두 개의 새로운 사교 중심을 즐겼다. 물론 그렇게 태연하게 다시 짝을 이룬 부부들조차 한때는 사랑의 불멸성을 믿는 황홀한 시절을 누렸을 것이다. 하지만 그와 수지는 단순히 서로의 이익을 위한 사업 계약을 맺었을 뿐이었다. 이 사실은 그가 겪는 고뇌와 고양을 더욱 우스꽝스럽고 시대착오적인 것으로 만들어, 자신을 마치 낭만 소설의 늙고 우스꽝스러운 주인공처럼 보이게 했다.

그는 뤽상부르 공원 벤치에서 일어나 택시를 불렀다. 어둠이 내려앉은 뒤였고, 호텔로 돌아가 잠시 쉰 다음 저녁을 먹으러 나갈 생각이었다. 그러나 그는 운전사에게 호텔 주소 대신 수지의 주소를 불러주었다. 그리고 마치 지루하지만 끝내야 할 의무를 처리하는 사람처럼, 양손을 우산 손잡이에 얹고 정면을 응시한 채 차에 몸을 맡겼다.

"이게 가장 쉬운 방법이야." 닉은 자신도 모르게 그렇게 중얼거렸다.

그는 그녀가 사는 거리 모퉁이에서 택시를 멈추게 하고, 차가 덜컹거리며 멀어져 가는 동안 꼼짝 않고 서 있었다. 거리는 생각보다 훨씬 멀리 떨어져 있었고, 어슴푸레한 광고판과 그 위로 늘어진 나무들에 가려져 끝은 희미하게 사라져 있었다. 가는 비가 내리기 시작했고, 불충분한 가로등 불빛 속 그 교외 같은 구역은 이미 어둠에 잠겨 있었다. 랜싱은 텅 빈 거리를 걸어 내려갔다. 집들은 몇 미터 간격으로 서 있었고, 앙상한 나무와 덤불이 사이를 메우며, 대문과 난간이 인도를 가르고 있었다. 처음에는 집 번호가 잘 보이지 않았으나, 가로등 하나에 이르렀을 때, 그 희미한 빛에 드러난 낡고 초라한 외관이 바로 자신이 찾던 곳임을 알아차렸다. 그는 놀랐다. 파시나 라 뮈에트의 외곽에서 흔히 그러하듯, 이렇게 초라한 길 끝에는 오래된 영지에 세운 호화 저택이 나올 것이라 상상했기 때문이다. 최근 부유층은 여전히 나무와 정원을 확보할 수 있는 파리 변두리에 집을 짓는 것이 유행이었다. 닉은 수지가 기둥이 늘어선 집의 현관에 서 있고, 반질거리는 잔디 위로 불빛이 흘러 조각된 대문 기둥까지 뻗어 나가는 모습을 그려왔던 것이다. 그러나 그의 눈앞에 나타난 것은 같은 양식의 집들 틈에 끼어 있는, 창 여섯 개 달린 작은 집이었고, 마른 덤불 사이에는 빨랫줄이 나부끼고 있었다. 가로등 불빛은 그것의 전면을 비추며 마치 지친 여인의 얼굴처럼 초라한 인상을 드리웠고, 랜싱은 맞은편 난간에 몸을 기대어 서서 수지의 모습을 이처럼 누추한 풍경에 맞추려 애썼다.

아마 변호사가 잘못된 주소를 알려준 것일지도 몰랐다. 단순히 숫자뿐 아니라 거리 이름 자체를. 닉은 주소가 적힌 종이를 꺼내 가로등 아래서 다시 확인하려고 길을 건너려는 순간, 심부름 소년 하나가 어둠 속에서 나타나 집 쪽으로 다가갔다. 닉은 뒤로 물러섰다. 소년은 대문을 열고 계단을 뛰어올라 초인종을 눌렀다.

거의 즉시 문이 열렸다. 그곳에 수지가 서 있었다. 불빛은 그녀를 비추고, 그녀 어깨에 기댄 붉은 격자무늬 옷을 입은 아이의 얼굴까지 밝혀냈다. 그 뒤 공간은 어둡고 희미해 그녀의 생생한 모습이 오히려 또렷이 도드라졌다. 그녀는 놀라는 기색 없이 소년이 건네는 소포를 받아들고, 그가 돌아서자 잠시 문가에 서서 텅 빈 거리를 바라보았다.

그 순간은 닉의 눈에는 한순간 같으면서도 한평생처럼 길게 느껴졌다. 그녀는 불과 몇 걸음 앞에 있었지만, 그의 존재를 전혀 알지 못했다. 그의 수지, 그토록 익숙했던 수지, 그러나 또 낯설 만큼 새로운 수지—묘하게 달라지고, 어쩌면 성스럽게 변모한 모습이었다.

첫 충격 속에서 그는 그녀가 왜 이런 집에 있는지, 그 아이는 누구의 아이인지 묻는 것조차 잊었다. 잠깐 동안 그녀는 어둠 속에서 도드라져, 겨울밤의 장막을 뚫고 서 있는, 어떤 조건에도 속하지 않는 순수한 환영처럼—영원한 모성과 아이의 형상처럼 보였다. 그 순간 그의 내면은 송두리째 바뀌고 새로워졌다. 그의 눈은 여전히 그녀를 삼키듯 바라보고 있었다. 익숙한 가녀린 몸매의 곡선, 아이를 떠받친 가느다란 팔의 여위어 드러난 선, 아이의 무게로 기울어진 어깨, 시선을 다른 곳으로 두면서도 뺨을 아이에게 기대는 그 응시까지. 그러다 그녀는 안으로 물러섰고, 문이 닫히자 거리의 불빛은 다시 허공을 비추었다.

"하지만 그녀는 내 사람이야!" 닉은 격렬한 환희 속에서 외쳤다.

그의 눈은 그녀의 모습으로 가득 차 있었고, 그는 그 환영을 붙들어 두려는 듯 눈을 감았다.

처음에는 그 모습이 온전한 한 장면으로 남았다. 그러나 곧 차츰 흩어지며 조각나기 시작했다. 아이는 사라지고, 낯선 집도 사라지며, 수지만 홀로 그의 앞에 남았다. 오직 그의 수지, 그의 수지뿐. 그러나 변해 있었다. 닳고, 단련되고, 더 나이 들어 보였다. 뺨뼈 밑 그림자는 짙어졌고, 미간은 좁혀졌으며, 가느다란 손목의 관절은 도드라졌다. 그의 기억 속 수지와는 달랐다. 그리고 그는 뼈저린 후회와 함께, 그녀의 모습과 옷차림, 지쳐 늘어진 태도가 가난과 의존을 암시한다는 사실을 깨달았다. 처음 보았을 때는 집과 어울리지 않는다고 느꼈지만, 어쩌면 그녀 자신이 그 초라한 집의 일부일지도 모른다고.

"하지만 그녀는 가난해 보여!"

닉은 심장이 조여드는 것을 느꼈다. 그리고 곧 이것이 풀머 부부가 이탈리아로 여행하는 동안 수지가 그들의 아이들을 돌보고 있기 때문이라는 생각에 이르렀다. 내트 풀머가 갑작스러운 성공을 거두었다는 소문은 닉도 들었고, 부부가 최근 나폴리와 팔레르모에서 목격되었다는 얘기도 있었다. 아무도 그들과 수지를 연결해 말하지는 않았지만, 그가 이런 결론에 다다른 것은 어쩌면 너무도 자연스러웠다. 수지가 곤경에 처한다면 언제나 옛 친구 그레이스를 찾으리라는 생각이.

하지만 곤경이라니? 무슨 곤경? 무엇이 그녀의 승승장구를 막아선 걸까?

"그건 내가 반드시 알아내야 해!" 닉은 소리쳤다.

그의 가슴은 새로운 희망과 오래된 기억이 뒤섞인 소란스러운 박동으로 뛰고 있었다. 아내의 모습—그가 그녀가 다시 흡수되었으리라 상상했던 세계와는 너무도 동떨어진 태도와 기색—은 눈 깜짝할 사이에 그의 삶에 대한 태도를 바꿔놓았고, 그가 가장 확고하고 실질적이라 여겨온 모든 생각 위에 비현실의 안개를 드리웠다. 이제 그에게 실체로 느껴지는 것은 자신이 서 있는 거리의 돌바닥, 그녀를 숨기고 있는 집의 정면, 그리고 이미 손아귀에 쥐고 있는 듯한 초인종 손잡이뿐이었다. 그는 앞으로 나아가 문지방에 거의 다다랐을 때, 한 대의 자동차가 모퉁이를 돌아 들어왔다. 두 개의 전조등 불빛이 번쩍이며 젖은 거리를 황금빛으로 깔아 수지의 문 앞까지 비추었다.

랜싱은 그림자 속으로 물러섰다. 자동차가 집 앞에 멈추자 한 남자가 내렸고, 빛은 스트레퍼드의 느슨한 몸짓을 드러냈다. 모피 코트에 감싸인 채였지만, 그 느릿하고 삐걱거리는 듯한 움직임은 번영의 새로운 무대 위에서도 여전히 예전 그대로였다.

랜싱은 꼼짝 않고 문을 바라보았다. 스트레퍼드는 초인종을 눌렀다. 기다렸다. 수지가 다시 모습을 드러낼까? 아까 나온 것도 혹시 누군가를 기다리고 있었기 때문이었을까….

그러나 그렇지 않았다. 잠시 지체가 있은 뒤, 분주한 집안의 숨 가쁜 하녀가 나타났다. 그녀는 곧 몸을 낮추듯 사라지며 손님을 안으로 들였다. 랜싱은 단 한마디의 질문도, 단 한마디의 동의도 오가지 않았음을 확신했다. 스트레퍼드 경은 분명히 기대된 방문자였다.

문이 그의 뒤에서 닫히고, 인접한 창의 블라인드 뒤에서 불빛이 켜졌다. 하녀가 손님을 응접실로 안내하고 등을 켠 것이다. 그동안 위층에서는, 분명 수지가 능숙한 손길로 흐트러진 머리를 정리하고, 창백한 입술에 붉은 빛을 덧칠하고 있을 터였다. 랜싱은 그 익숙한 의식의 모든 동작을 너무도 잘 알고 있었다. 찡그려지는 미간, 불룩 내밀어지는 아랫입술까지도. 그 기억된 몸짓들이 눈앞에 밀려들자, 그는 갑작스러운 육체적 메스꺼움에 휩싸였다. …그리고 다른 남자? 그 집 안에 있는 다른 남자도, 바로 그 순간 같은 장면을 떠올리며 미소를 짓고 있는 건 아닐까!

그 생각이 스치자 랜싱은 밤 속으로 몸을 던졌다.

27장

  수지와 올트링엄 경은 작은 응접실에 마주 앉아 있었다. 두 사람 사이에는 그을린 램프와 너덜너덜해진 학교 교재들이 쌓인 탁자가 놓여 있었다.

  반 시간 뒤면 아이들을 데리러 보낸 하녀가 무리를 이끌고 돌아올 터였다. 언제든 조디의 고집스러운 울음소리가 수지를 아이들 방으로 불러 올 수도 있었다. 제한된 시간 속에서 두 사람은 앉아 서로 무슨 말을 해야 할지 눈에 띄게 망설이고 있었다.

  스트레프는 들어서자마자 음울한 방 안을 둘러보았다. 낡은 악보가 잔뜩 얹은 피아노, 망가진 소파에 흩어진 아이들 장난감, 염색한 풀과 꽂아둔 나비 표본이 청동 시계를 양쪽에서 받치고 있었다. 그는 수지를 보며 간단히 물었다.

  "대체 왜 여기 있는 거야?"

  수지는 설명하려 하지 않았다. 처음부터 설명할 수 없음을 알고 있었다. 그리고 닉이 이제 확실히 자유를 얻기 위한 조치를 취했다는 걸 알게 된 지금, 닉에게 돌아가고 싶다는 비밀스러운 마음을 드러낼 수는 없었다. 혹시 스트레프가 그 사실을 알고 닉의 결혼 계획 소식과 함께 전할까 봐, 그리고 자신의 두려움이 확인되는 순간 감정을 주체하지 못할까 봐, 그녀는 무심한 목소리를 내려고 애쓰며 말했다.

"그 '절차'인가 뭔가, 변호사들이 부르는 그게 시작됐어. 그게 진행되는 동안에는 혼자 조용히 지내는 게 좋아…. 왜 그런지는 나도 몰라…."

스트레프는 그녀를 날카롭게 바라보았다.

"아." 그는 중얼거리며 입가에 예전 그대로의 조롱 섞인 미소를 지었다.

"절차 얘기가 나와서 그런데, 엘리 건은 지금 어느 단계일까? 오늘 라뤼에서 그녀랑 밴더린, 보크하이머가 다 같이 즐겁게 점심 먹더라."

수지의 이마로 피가 확 몰렸다. 불과 두 달 전 넬슨 밴더린과의 비극적인 저녁을 떠올리며 속으로 생각했다.

'그렇다면 언젠가는 나랑 닉도….'

하지만 겉으로는 이렇게 말했다.

"넬슨이랑 엘리가 어떻게 다시 서로를 보고 싶어할 수 있는지 모르겠어. 그것도 식당에서라니!"

스트레프는 계속 웃었다.

"수지, 넌 정말 구식이야. 제때 서로의 길을 피해준 게 서로 해줄 수 있는 최고의 호의였는데, 왜 영원히 원수처럼 굴어야 해? 그건 말도 안 되잖아. 위선이 너무 노골적이고. 우리 세대가 뭐는 못했어도, 적어도 위선만큼은 없었어. 그것만으로도 불멸의 가치가 있지. 난 넬슨이랑 엘리가 지금이야말로 서로를 가장 좋아하고 있을지도 모른다고 생각해. 20년 전이라면 그걸 고백하는 걸 두려워했겠지만, 지금은 왜 안 되겠어?"

수지는 스트레프를 바라보았다. 그의 말 뒤에는 자신 때문에 느끼는 실망의 아픔이 숨어 있음을 알았다. 하지만 그 감정은 그가 바라듯 압도적이고 깊은 감정이 아니라, 수많은 고통 중 하나에 불과했다. 그는 그것을 느끼는 동시에 언젠가 잊게 되리라는 것도 예감하고 있었다. 수지는 이 망각의 확실성이 오히려 어떤 고통의 확실성보다 더 쓰라릴 것이라 생각했다.

잠시 침묵이 흘렀다. 스트레프가 자리에서 일어나 어깨를 으쓱하며 말했다.

"결국 너 때문에 내가 조안 세네샬이랑 결혼하게 될지도 모르겠네."

수지는 웃었다.

"왜 안 돼? 그녀 예쁘잖아."

"그래, 하지만 금방 질릴 거야."

"불쌍한 스트레프! 나도 그러겠지―"

"아마도. 하지만 그녀보단 훨씬 늦게겠지―" 그는 빈정거리듯 웃었다. "여유가 좀 더 있잖아." 그는 그녀가 말을 잇기를 기다리는 듯했다.

"그럼 넌 앞으로 대체 뭘 할 거야?" 그녀가 여전히 침묵하자 그렇게 덧붙였다.

"아, 스트레프, 그런 이유로는 널 못 만나." 수지는 낮게 말했다.

"그럼 나랑 만나고, 이유는 나중에 찾으면 되잖아."

수지는 고개를 저으며 말없이 작별 인사를 위해 손을 내밀었다. 그는 그것을 잡고는 돌아서려다, 문턱에서 멈춰서 애틋하게 그녀를 바라보았다.

그 시선에 마음이 흔들린 수지는 황급히 덧붙였다.

"내가 찾을 수 있는 유일한 이유는, 널 만나지 않아야 하는 이유야. 아직 내가 충분히 '혼자가 됐다'는 느낌을 못 받았거든."

"충분히 혼자라고? 하지만 닉이 널 그렇게 느끼게 해주려고 애쓰고 있는 줄 알았는데."

"맞아. 하지만 닉이 그래도… 가끔은 그마저도 아무 차이 없을 것 같아."

그는 여전히 그녀를 주저하며 바라보았다. 그의 무심한 얼굴에선 본 적 없는 가장 진지한 눈빛이었다.

"수지, 그게 바로 내가 너한테 느끼는 거야." 그는 그렇게 말하며 돌아섰다.

그날 저녁, 아이들이 잠들고 난 뒤에도 수지는 을씨년스런 응접실에서 늦도록 자리를 지켰다. 그녀의 생각은 스트레퍼드가 아니라 닉에게 가 있었다. 그는 파리에 올 예정이었다. 어쩌면 이미 도착했을지도 몰랐다. 바로 지금 이 순간, 같은 도시에 그가 있는데도 자신은 모를 수 있다는 생각은 너무 낯설고 고통스러워, 기쁨을 사랑하던 그녀의 젊음이 격렬하게 몸부림칠 정도였다. 왜 이렇게 참을 수 없을 만큼, 이렇게 비굴하고 비참하게 고통을 계속 겪어야 한단 말인가. 그저 그를 보기만 할 수 있다면, 그의 목소리만 들을 수 있다면—심지어 베네치아의 그 끔찍한 날에 그가 내뱉었던 잔인하고 모욕적인 말들을 다시 듣는 한이 있더라도—지금 이 공허, 그의 삶에서 완전히 배제되어버린 이 마지막의 공백보다는 나을 터였다. 그는 그녀에게 잔인했다. 상상할 수 없을 만큼 잔인했다. 냉혹하고, 거만하고, 불공정했다. 어쩌면 이미 자유를 원하고 있었기 때문에 일부러 그랬는지도 모른다. 하지만 설령 그렇다 하더라도 그녀는 그 가능성을 맞대고 싶었다. 그가 그녀를 낮추어 세웠던 것보다 더 낮아질 각오가 되어 있었다. 단 한 번만이라도, 다시 그를 볼 수 있다면 무엇이든 할 준비가 되어 있었다.

그녀는 지끈거리는 이마를 두 손에 괴고 생각에 잠겼다. 무엇이든 한다고? 하지만 무엇을 할 수 있단 말인가. 그를 상처 입히거나 그의 자유를 방해하거나, 둘 사이의 약속 정신을 배반하는 일은 아무것도. 그 점에 대해서만큼은 예전보다 더 굳게 마음먹고 있었다. 그녀는 거래를 했고, 그 거래를 지킬 생각이었다. 어떤 추상적인 이유 때문이 아니라, 단지 그를 그런 방식으로 사랑해버렸기 때문이었다. 그렇지만—단 한 번만이라도 다시 그를 보고 싶었다.

문득 그녀는 스트레퍼드가 넬슨 밴더린과 그의 아내에 관해 했던 말을 떠올렸다.

"제때 서로의 길을 피해준 게 서로 해줄 수 있는 최고의 호의였는데, 왜 영원히 원수처럼 굴어야 해?"

만약 그녀가 닉에게 자유를 내준 일이 정말 그런 호의였다면, 아마 그는 더는 그녀를 미워하지 않을 것이고, 그녀를 만나는 일을 꺼리지도 않을지 모른다…. 그렇다면 그 가정을 전제로, 담담한 친구의 마음으로 편지를 써서 만나 '정리하자'고 제안할 수 있지 않을까. 그녀가 질색하는 그 사무적인 단어, '정리'라는 표현이야말로 그에게 그녀가 그의 자유를 은밀히 넘보지 않는다는 증거가 될 것이다. 게다가 닉은 편견이 없고, 현대적이며, 스트레퍼드의 말대로 위선에서 자유로운 사람이니, 그런 제안을 이해하고 받아들일 사람이었다. 결국 스트레퍼드가 옳을지도 모른다. 비록 그 과정에서 많은 섬세한 것들이 함께 떨어져나간 듯 보일지라도, 인간관계에서 위선을 걷어낸 것만으로도 의미가 있으니….

그녀는 방으로 달려 올라가 쪽지를 휘갈겨 쓴 뒤, 비와 어둠 속을 헤치고 모퉁이의 우체통까지 서둘러 나갔다. 텅 빈 거리로 돌아오면서도 그녀는 이상하게도 거리가 텅 빈 듯 느껴지지 않았다. 닉이 이미 와 있어서, 어둠 속 가까운 어딘가에서 그녀를 따라 문간까지 와서는, 집 안으로 들어와 예전처럼 그녀와 함께 침실로 올라갈 것만 같았다. 그에게 보내는 그 작은 쪽지 하나가, 그를 이렇게 가까이 불러오는 것이 놀라웠다.

침실에서는 조디가 요람에서 불그스름한 얼굴로 잠들어 있었다. 그녀는 촛불을 불어 끄고, 아이가 깰까 조심스레 옷을 벗었다.

다음 날, 닉 랜싱은 변호사 사무실에서 호텔로 전달된 수지의 편지를 받았다.

그는 조심스레, 두세 번 거듭 읽으며 그 절제된 문구 하나하나를 저울질했다. 그녀는 만나서 "정리하자"고 제안하고 있었다. 무엇을 정리하자는 것인가? 왜 그가 그 청에 응해야 한단 말인가? 무슨 은밀한 의도가 그를 향해 작동한 것일까? 요즘 들어 수지에 관해 생각할 때마다, 언제나 그녀에게 다른 속셈이 있을지 의심하고, 어디 숨어 있을지 모를 비틀린 계산을 찾아내려는 비열한 경계심이 스며드는 것이 끔찍했다. 도대체 그녀는 지금 또 무엇을 '꾸미려' 하는 걸까, 그는 생각했다.

불과 몇 시간 전만 해도, 그녀를 보자 그의 완고함은 녹아내렸고, 그는 자신이 저지른 잔인함과 불공정, 온갖 오만의 죄를 스스로에게 돌리고 있었다. 그러나 그 늦은 시각에, 그것도 분명 기대되고 환영받는 손님으로 도착한 스트레퍼드의 등장은, 막 치워 오르던 연민의 물결을 다시 밀어냈다.

하지만 따지고 보면 무엇이 그리 새삼스러울까. 둘의 처지는 아무것도 달라지지 않았다. 그는 아내를 떠났다. 신중히 내린 결정이었고, 이후의 어떤 경험도 그 결정을 수정하게 만들지 못했다. 그녀는 그의 결정을 받아들인 듯했고, 정당한 권리로서 자신의 앞날을 보장하는 데 그 결정을 활용했다.

이 모든 일에 대해, 사실을 정면으로 보고 군말 없이 최선을 다한다고 자부하던 두 사람이 통곡하고 가슴을 치며 한탄할 자리가 어디 있겠는가. 그들의 결혼이 광기였다는 그의 첫 생각은 옳았다. 그녀의 매력이 그의 판단을 압도했고, 그들은 그들만의 한 해—광기의 한 해—를 보냈다. 적어도 두어 달을 빼고는. 그러나 맨 처음의 직감이 옳았던 이상, 이제 그 광기에 대한 값을 함께 치러야 한다. 운명은 자신과 맺은 거래를 좀처럼 잊지 않으며, 복리를 붙여 대가를 요구하는 법이다. 그렇다면 때가 온 지금, 기꺼이 값을 치르고, 그 대가를 치를 만치 그 해를 빛나게 만들었던 것들만 기억하면 되지 않는가.

그는 니콜라스 랜싱 부인에게 진공 우편 전보를 보냈다. 그날 오후 네 시에 찾아가겠다고.

'그럼 충분하겠지.' 그는 건조하게 생각했다. '그녀 말대로 '정리'하기엔—스트레퍼드의 오후 방문을 방해하지 않을 만큼.'

28장

남편이 보낸 쪽지에는 짤막하게 이렇게 적혀 있었다.

"오늘 오후 네 시에. N.L."

수지는 하루 종일 그 말을 붙들고 간절한 갈망 속에 곱씹었다. 그 속에서 회한, 감정, 추억, 자기 가슴 속의 격랑과 닿는 어떤 울림이라도 읽어내려 애썼다. 하지만 그녀는 "수지"로 서명했고, 그는 "N.L."이라고 썼다. 그 차이가 둘 사이에 깊은 심연을 만든 것 같았다. 결국 그녀는 자유로웠고 그는 그렇지 않았다. 어쩌면 그런 처지를 생각하면, 이번처럼 관습을 깨고 만남을 청한 것이 오히려 둘 사이의 거리를 더 멀게 만든 것인지도 몰랐다.

수지는 작은 응접실에 앉아 있었고, 청동 시계가 분침을 톡톡 세어가고 있었다. 그녀는 창밖을 보지 않았다. 그를 기다리는 눈길이 불운을 부를지도 몰라서였다. 보이지 않는 수천의 영혼들, 선과 악의 숨은 악령들이 그녀를 둘러싸서 생각을 엿보고, 심장 박동을 헤아리며, 자신감을 조금이라도 내비치면 그것을 조롱으로 바꿀 준비를 하는 듯했다. 오, 속죄의 제물을 바칠 제단이 있다면 좋으련만! 하지만 그들이 원하는 것은 그녀가 억누른 심장 박동과 삼켜버린 눈물보다 더 달콤한 것이 있을까.

초인종이 울렸다. 그녀는 스프링에 튀기듯 자리에서 일어났다. 말린 풀 사이의 거울에 비친 얼굴은 길고 창백하고 생기 없었다. 아, 그가 그녀를 너무 변했다고 생각한다면—! 위층으로 뛰어올라 붉은빛을 조금만 더 엎을 시간이 있다면….

문이 열리고 그가 들어왔다.

그는 말했다. "날 만나고 싶다더니?"

그녀가 대답했다. "그래요." 그리고 그녀의 심장은 멎는 듯했다.

처음엔 그에게 어떤 알 수 없는 변화가 일어났는지 알 수 없었다. 왜 그를 보면서 마치 낯선 사람을 보는 듯한 느낌이 드는지도. 그러다 그의 목소리가, 예전 그가 다른 사람들에게 하던 것처럼 들린다는 걸 깨달았다. 그리고 병든 듯한 전율과 함께 그녀는 이해했다. 자신이 이제 그의 눈에는 '다른 사람'이 되었다는 것을.

숨 막히는 침묵이 흘렀다. 그녀는 자신도 모르게 이렇게 더듬거렸다. "닉… 앉을래요?"

그는 "고마워"라고 했지만, 듣지 못한 듯 여전히 방 한가운데 서 있었다. 그리고 그가 거기 있다는 것이 얼마나 무의미하고 절망적인가 하는 생각이 그녀를 덮쳤다. 그들 사이에 거대한 화강암의 벽이 세워진 듯했다. 그는 그 벽 너머를, 그녀가 아니라 그 벽을 보고 있는 것 같았다. 그녀는 문득 이렇게 생각했다. '그는 나보다 더 고통스러워하고 있어. 왜냐하면 나를 불쌍히 여기고, 자신이 결혼할 거란 사실을 나에게 말하기 두려워하니까.'

그 생각은 그녀의 자존심을 찔렀다. 그녀는 고개를 들고 미소 지으며 그의 시선을 마주했다.

"생각해보면." 그녀가 말했다, "이렇게 우리 삶이 달라진 뒤에 친구로서 만나는 게 더 현명하지 않아요? 나 때문에 조금도, 전혀 불행하다고 느낄 필요 없다는 걸 알려주고 싶었어요."

그의 이마에 깊은 홍조가 올랐다. "알아—알고 있어—" 그는 급히 말했다. 그리고 일부러 밝은 표정을 지으며 덧붙였다. "그래도 말해줘서 고마워."

"우리 이렇게 만나는 게, 서로에게 조금도 난처하거나 고통스러운 일이 될 필요 없잖아요. 서로가 이미…" 그녀는 말을 끊고 손을 내밀었다. "당신과 코럴 얘기 들었어."

그는 그녀의 손끝만 차갑게 스치고는 내려놓았다. "고마워." 그는 세 번째로 말했다.

"앉지 않을래요?"

그가 앉았다.

"생각해보세요. 이렇게 새로운 방식으로, 친구로서 만나서 서로 미움 없이 이야기 나누는 게, 결국은 더 즐겁고 더 현명한 거 아니겠어요?"

그가 미소 지었다. "당신이 그렇게 느껴줘서 정말 고마워."

"저는 정말 그렇게 느껴요." 수지는 말을 멈추고, 자신이 방금 무슨 말을 하려 했는지, 왜 갑자기 맥이 끊겼는지 의아해했다.

잠시 침묵이 흘렀다. 그가 살짝 기침을 하고 목을 가다듬었다.

"그럼 나도 말할게. 나도 기뻐—당신 앞날이 그렇게 잘 정리되어 있다니."

그녀는 조금도 흔들림 없는 그의 얼굴을 다시 올려다보았다.

"그래요… 그게 당신에겐 모든 걸 더 쉽게 만들어주겠지요?"

"당신한테도 그러길 바라." 그가 잠시 멈추더니 말을 이었다. "또 하나, 내가 완벽히 이해하고 있다는 걸 전하고 싶어—"

"나도 그래요." 그녀가 끼어들었다. "당신 입장을 말하는 거라면, 나도 이해해요."

다시 침묵이 흘렀다.

"닉, 우리 친구가 될 수 없을까요? 진짜 친구. 그게 더 쉽지 않겠어요?" 마침내 그녀가 입술을 떨며 터뜨렸다.

"쉽다고…?" 그는 되물었다.

"제 말은… 이야기 좀 해보자는 거예요. 정리해야 할 일들이 있잖아요. 그렇죠?"

닉이 잠시 머뭇거리며 대답했다.

"그렇지. 난 그냥 변호사들이 하라는 대로 하고 있어. 겉으로는 절차가 간단해 보이더라. 필요한 조치들을 밟고 있지—"

수지는 얼굴이 붉어지며 숨을 몰아쉬었다.

"필요한 조치라니, 그게 뭐예요? 변호사들이 하는 말은 전부 너무 복잡해요…. 아직 어떻게 되는 건지 잘 모르겠어요."

"내 몫 말하는 거야? 아, 아주 간단해." 닉은 잠시 멈췄다가, 애써 태연한 듯한 목소리로 덧붙였다.

"내일 퐁텐블로에 내려갈 거야—"

수지는 눈을 크게 뜨며 이해하지 못했다.

"퐁텐블로에… 간다고요?"

그녀의 당혹스러운 반응이 그의 첫 솔직한 미소를 끌어냈다.

"응, 내가 퐁텐블로를 골랐어. 왜인지는 몰라… 우리가 거길 함께 가본 적이 없어서인 것 같아."

그 순간 수지는 모든 걸 깨달았고, 피가 얼굴로 확 몰렸다. 그녀는 제정신이 아닌 채 벌떡 일어나, 목구멍이 조여드는 걸 느꼈다. "얼마나 우스꽝스럽고—얼마나 역겨운지 몰라요!"

닉은 어깨를 가볍게 으쓱했다. "내가 법을 만든 건 아니잖아…."

"하지만 두 사람이 헤어지겠다고 했을 때 왜 이런 바보 같고 비참한 절차가 필요하죠—?" 수지는 말을 멈추었다. '헤어지겠다고' 한 그 치명적인 말이 메아리치자 입이 다물어진 것이다….

닉은 더 이상 법적인 의무에 대해 이야기하고 싶어하지 않는 듯했다.

"아직 얘기 안 해줬네." 닉이 말을 돌렸다. "당신이 여기서 어떻게 지내게 됐는지."

"여기… 풀머 아이들이랑요?" 수지가 애써 그의 가벼운 어투를 따라잡으려 했다. "아, 그냥 몇 주 동안 그 아이들 가정교사처럼 지내고 있어요. 내트랑 그레이스가 시칠리아에 가 있어서요." 그녀는 '스트레프와 갈라섰기 때문이에요'라고는 말하지 않았다. 불안정한 독립의 비밀을 숨기는 것이 자존심에 작은 위안이 되었기 때문이다.

닉은 놀란 듯 물었다. "그 허둥대는 하녀와 단둘이서? 그런데 애들이 몇이더라? 다섯? 세상에!" 그는 시계를 멍하니 바라보다 다시 수지에게 눈길을 돌렸다.

"아이들이 많으면 너한텐 오히려 신경에 더 거슬릴 줄 알았는데."

"아니에요, 이 아이들은 달라요. 저한테 정말 잘해줘요."

"아, 뭐… 오래 가는 일은 아니겠지."

닉의 시선이 다시 방 안을 훑었다. 그의 무심한 눈길 아래 방은 을씨년스럽게 쪼개져 보였다. 그는 억지로 대화를 이어가듯 덧붙였다. "풀머 부부가, 내트가 성공하고 나서 사이가 좋지 않다던데. 바이올렛 멜로즈랑 결혼할 거라는 말도 있던데 사실이야?"

수지의 얼굴이 붉게 달아올랐다. "아니에요, 절대 아니에요! 지금도 그레이스랑 같이 여행 중이에요."

"아, 몰랐네. 사람들이 워낙 말이 많아서…." 닉은 눈에 띄게 당황한 기색을 보이며, 괜히 그런 얘기를 꺼낸 걸 후회하는 듯했다.

"사람들이 하는 말 중에 사실인 것도 있죠. 하지만 그레이스는 개의치 않아요. 그녀는 자기와 내트가 서로에게 속해 있다고 말해요. 함께 그렇게 많은 일을 겪었으니 어쩔 수 없다고 생각하는 거예요."

"아, 그레이스는 참 좋은 친구야."

닉은 자리에서 일어섰고, 이번에는 수지가 그를 붙잡으려 하지 않았다. 그는 이미 마음의 균형을 되찾은 듯했고, 수지에게는 그것이 오히려 쓰라리고 굴욕적으로 느껴졌다. 그가 퐁텐블로로의 '필요한 조치'를 가볍게 이야기하는 모습을 보니 말이다…. 남자들은 원래 그런가 보다, 수지는 생각했다. 닉에 대해 예전에 느낀 적이 있는 바로 그 생각이었다.

'기다려줘요, 제발! 스트레프랑 결혼하지 않을 거예요!'라고 외치고 싶었다. 하지만 그렇게 말하는 건 그의 동정과 관용에 호소하는 꼴일 터였다. 그리고 그녀가 원하는 건 그것이 아니었다. 그는 그녀가 '꾸몄다'는 이유로 자신을 떠났고, 이번 만남이 그런 목적 때문이라고 그에게 생각하게 하고 싶지 않았다.

'그가 겉모습만 보고도 내가 달라졌다는 걸 못 느낀다면… 그날 그가 말한 여자가 내가 아니었다는 걸 깨닫지 못했다면… 석 달 동안 한 번도 그것을 느끼지 못했다면, 지금 와서 억지로 그에게 알리려는 게 무슨 소용이람?' 그녀는 생각했다. 그리고 곧 이어진 생각은 이랬다. '아마 그도 고통받고 있을 거야. 확실히 그래. 적어도 나 때문에, 나로 인해 고통받고 있을 거야. 하지만 그가 코럴에게 약속되어 있다면 어쩔 수 없잖아. 내가 그 약속을 깨게 한다면, 그는 나를 어떻게 볼까?'

그는 거기 서 있었다. '내일 퐁텐블로에 간다'고 말했던 남자, 그것을 '필요한 조치'라고 부르던 남자. 무심하게 웃으면서도 그 얘기를 했던 남자. 이미 그들 사이엔 세계가 갈라져 있는 듯했다. 이미 관계는 끝난 것 같았다. 그녀 마음속에서 웅웅 울리던 모든 말, 절규, 논쟁이 한순간에 침묵 속으로 가라앉았다. 오직 남은 생각은 단 하나. '그는 도대체 얼마나 더 저기 서 있을까?'

아마도 그는 그녀 얼굴에서 그 질문을 읽은 듯, 창문 커튼을 멍하니 바라보다가 돌아서서 말했다.

"다른 얘긴 없어?"

"다른 얘기요?"

"응. 당신이 정리할 게 있다고 했잖아—"

수지는 갑자기 자신이 그를 불러내기 위해 둘러댔던 구실이 떠올라 얼굴이 달아올랐다.

"아… 잘 모르겠어요… 그냥 뭔가 있을 거라고 생각했는데…. 아마 변호사들이 알아서 하겠죠…."

그녀는 닉의 수척한 얼굴이 놓이는 안도감을 보았다. "그래, 맞아. 난 늘 변호사들에게 맡기는 게 제일 낫다고 생각했어. 약속할게." 닉은 순간 억지 미소를 지으며 덧붙였다. "나는 절대 일을 지연시키는 짓은 안 할 거야."

수지는 꼼짝 않고 서 있었다. 자신이 돌처럼 굳어져버린 것만 같았다. 그는 이미 멀리 사라져가는 인물처럼 보였다.

"그럼… 잘 있어." 그의 목소리가 멀리서 들려왔다.

"아… 잘 가요." 그녀는 마치 그 말이 준비되어 있지 않다가, 그가 대신 해줘서 겨우 따라 한 듯 중얼거렸다.

그는 문턱에서 다시 멈췄다. 뒤돌아보며 무언가 말을 시작했다. "내가—"라고 하더니, 이내 "잘 있어"를 되풀이했다. 혹시 잊을까봐 다짐이라도 하듯. 그리고 문이 닫혔다.

모든 게 끝났다. 그녀의 마지막 기회는 사라졌다. 이제 무슨 일이 일어나든, 그녀가 살아온 목적, 갈망했던 단 하나는 결코 이루어지지 않을 것이다. 그는 왔었고, 그녀는 그를 다시 떠나보냈다….

어쩌다 이렇게 된 걸까? 그녀는 앞으로도 이 일을 스스로 설명할 수 있을까? 어떻게 자신이, 그렇게 기지 넘치고 여인의 술수에 능하던 자신이, 그의 앞에선 한마디 변명조차 못하고, 첫사랑에 질식하는 여학생처럼 서 있었던 걸까? 만약 그가 떠난 것이고, 다시 돌아오지 않을 거라면, 그건 전적으로 그녀의 잘못이었다. 무엇을 했는가? 무엇으로 그를 움직이고, 붙잡고, 그의 심장을 뛰게 하고, 그의 머리를 어지럽게 만들 수 있었단 말인가? 그녀는 자신의 무력함, 돌처럼 굳은 표현력 없는 모습을 두려움 속에 바라보았다….

그리고 갑자기 그녀는 맥박 치는 이마에 두 손을 대고 외쳤다.

"이게 사랑이야! 이건 진짜 사랑일 수밖에 없어!"

그녀는 그를 사랑해왔다고, 아마도, 믿고 있었다. 아니면 어떻게 그에게 끌렸고, 그의 주저함을 극복하게 만들었으며, 그를 휘말리게 했던가. 하지만 그게 사랑이었다면, 지금 느끼는 이 감정은 훨씬 더 크고 깊은 것이었다. 예전의 그것은 단지 그녀의 피가 그의 리듬에 맞춰 춤추던 청춘의 충동일 뿐이었다….

아니, 진짜 사랑, 위대한 사랑, 시인들이 노래하고, 축복받고 고통받는 이들이 그 삶을 걸었던 그 사랑은 자신만의 표현력을 지니고 있었다. 강력한 힘, 확실한 방법, 목적을 아는 지혜를 지니고 있었다. 연애의 작은 기교는 그 사랑에서 한참 멀리 떨어져 있었고, 동시에 배운 적 없는 소녀의 무력함만큼이나 그것과 거리가 있었다. 위대한 사랑은 지혜롭고 강하며, 천재와 같은 힘을 가진 인간의 또 다른 지배적 능력이었다. 그것은 자신을 알고, 원하는 바를 알고, 그 목적을 성취하는 방법까지 알고 있었다.

그렇다면 그녀가 가진 건 위대한 사랑이 아니었다. 그저 보통 사람들에게 주어지는, 소박하고 평범한 사랑일 뿐이었다. 그러나 그것조차도 그녀에게는 너무도 새롭고 압도적이어서, 무겁고 진지한 얼굴로, 놀라운 손길로 다가와 그녀를 굳어버리게 하고, 첫 시선에서부터 겸허히 무릎 꿇게 만들었다. 이제야 깨달았다. 자신이 사랑이라 부르던 것은 단지 쾌락, 봄, 젊음의 향취에 지나지 않았음을.

"하지만 내가 어떻게 알았겠어? 그리고 이제는 너무 늦었어!" 그녀는 울부짖었다.

29장

파시의 작은 집에 사는 이들은 어쩔 수 없이 모두 일찍 일어났다. 그러나 다음 날 아침 수지가 침대에서 벌떡 일어났을 때는 아직 아무도 깨어 있지 않았고, 가정부의 자명종이 울리기까지도 거의 한 시간이 남아 있었다.

잠시 동안 수지는 어두운 방에서 더 어두운 밤으로 몸을 내밀었다. 차가운 이슬비가 얼굴에 흩뿌려져 그녀는 몸을 떨며 물러났다. 그러고는 촛불을 켜고, 늘 그렇듯 곁에서 자는 아이를 깨우지 않으려 손으로 불빛을 가린 채 가운을 걸치고 문을 열었다. 문턱에 서서 시계를 확인하니 아직 다섯 시 반이었다. 그녀는 주니 풀머의 단잠을 깨우는 게 너무 가혹한 일이라는 생각이 스쳐 지나갔지만, 그 따위 망설임은 결심 앞에서 한낱 티끌에 불과했다. 불쌍한 주니는 그저 일요일에 한껏 늦잠을 자면 될 터였다.

수지는 복도를 살금살금 지나 주니의 방 문을 열고 촛불을 비추며 소리쳤다.

"주니! 사랑하는 주니, 지금 일어나야 돼!"

주니는 어린 나이의 무심한 잠에 푹 잠겨 있었지만, 이름을 부르는 소리에 오래 집안일의 무게를 견뎌온 어른처럼 재빨리 몸을 일으켰다.

"이번엔 누구예요?" 벌써 한쪽 발을 침대 밖으로 내밀며 물었다.

"아니야, 주니야. 아이들도, 아무도 아픈 건 아니야…." 수지는 침대 곁에 무릎을 꿇은 채 더듬거리며 대답했다.

촛불 아래서 주니의 걱정스러운 이마가 나무라듯 어두워졌다.

"그럼, 수지… 왜 그래요? 방금 아버지, 어머니랑 다 같이 로마를 큰 자동차 타고 달리는 꿈을 꾸고 있었는데!"

"미안해, 정말. 너무 멋진 꿈인데 내가 망쳤네. 내가 바보야―"

그녀는 주니의 깨어난 눈길이 자신을 뚫어보는 걸 느꼈다.

"누구도 아픈 게 아니라면, 왜 울고 있어요, 수지? 수지한테 무슨 일이 생긴 거예요?"

"내가 울고 있니?" 수지는 무릎에서 일어나 이불 위에 털썩 앉았다. "그래, 맞아. 나 때문이야. 그래서 널 깨웠어."

"오, 수지, 대체 왜 그래요?" 주니는 눈 깜짝할 새에 그녀의 목을 끌어안았고, 수지는 그 두 팔을 불타는 손가락으로 꼭 움켜쥐었다.

"주니, 들어. 난 지금 당장 떠나야 해. 오늘 하루 종일 너희 곁을 비워야 해. 아마 늦게, 아주 늦게 돌아올지도 몰라. 네 엄마에게 절대 너희를 두고 가지 않겠다고 약속했는데, 하지만 가야만 해. 가야만 해."

주니는 완전히 깨어난 눈으로 격앙된 그녀의 얼굴을 뚫어지게 바라보았다.

"오, 걱정 마세요. 전 아무한테도 안 말할 거예요. 비밀은 잘 지켜줄 게요."

수지는 그녀를 끌어안았다.

"주니, 주니, 착한 아이! 하지만 그게 아니야. 말해도 돼, 당연히 말해야지. 내가 직접 네 엄마께 편지를 쓸 거야. 다만 내가 걱정하는 건 파리를 하루 종일 떠나야 한다는 거야. 조디가 아직 기침을 좀 하는데, 네가 나가 있는 동안은 멍청한 앙젤밖에 곁에 없고, 네가 다른 아이들과 학교에 가는 것도 네 혼자 감당해야 하잖니. 하지만 주니야, 그래도 가야만 해!" 그녀는 흐느끼며 아이를 더 세차게 끌어안았다.

주니 풀머는 기이할 만큼 성숙한 통찰력으로, 운명이 던져줄 어떤 경우라도 헤아릴 준비가 된 듯, 잠시 가만히 앉아 있었다. 그러다 재빠르게 손목을 비틀어 빠져나오더니, 베개에 기대앉아 신중하게 말했다.

"수지, 이렇게 다른 집 아이들 일에 매번 이러다가는 자기 가족은 평생 못 건사할 거예요."

수지는 혼란스러운 마음결에도 그 말에 웃음이 터졌다.

"아, 내 가족이라니—난 네 가족한테 이렇게 못난 짓만 하는데 그런 자격은 없지."

주니는 여전히 사려 깊은 눈빛으로 그녀를 살폈다.

"수지, 변화가 필요해요. 기분 전환 말이에요. 꼭 필요하잖아요."

수지는 웃음을 섞은 한숨을 내쉬며 일어섰다.

"정말 도움이 되는지는 모르겠네! 그래도 어쩔 수 없지. 다만 마음이 너무 불안해. 게다가 널 두고 어디 가는지도 알려줄 수 없다는 게—"

주니는 여전히 상황을 꼼꼼히 따지는 눈치였다.

"어디로 가는지조차 말해줄 수 없어요?" 조심스럽게 물었다.

"그래, 돌아오기 전까진 말 못 하겠어. 설사 말해도 별 소용이 없을 거야. 거기서 주소를 남길 수도 없으니까. 나도 모르는 곳이라."

"하지만 오늘 밤 돌아오실 거잖아요?"

"당연하지! 어떻게 하루 이상 너희를 두고 떠날 수 있겠니?"

"그럼 난 별로 겁 안 나요. 아니, 사실 좀 무섭겠지만… 장작 집게랑 내트의 물총도 있잖아요." 주니는 여전히 현명한 듯 덧붙였다.

수지는 다시 한 번 주니를 세차게 끌어안고는 더 실질적인 문제로 돌아섰다. 그녀는 가능하다면 리옹 역에서 8시 30분 기차를 타야 하고, 그러려면 아이들을 입히고 먹이고, 주니와 앙젤에게 줄 세세한 지시 사항을 모두 적어놓은 뒤 급히 지하철로 달려가기 전까지 단 한순간도 허비할 수 없다고 설명했다.

수지는 조디를 씻기고 서둘러 옷을 갈아입으면서도, 자신이 이렇게까지 아이들을 돌보는 일에 애정을 쏟고 있는 게 놀라웠다. 그녀는 클라리사 밴더린을 종종 하루 종일, 아니 이틀, 사흘 연속 내버려두었던 기억을 떠올리며 가슴이 아려왔다. 불쌍한 작은 클라리사, 아무런 보호도 받지 못한 채 나쁜 영향에 고스란히 노출되어 있던 그 아이. 그때 수지는 자기 욕망의 황홀에 빠져 아이를 간헐적으로만 신경 썼을 뿐이었다. 하지만 이제는 깨달았다. 아무리 참혹한 슬픔이든, 아무리 압도적인 행복이든, 다시는 자신을 타인에게서 고립시키지 못하리라는 것을.

게다가 풀머 집 아이들은 너무도 달랐다. 섬세한 클라리사는 이미 환경의 희생자가 될 운명을 지닌 듯했고, 그 어린 영혼과 수지 사이에는 뺀더린 부인과 자신을 갈라놓았던 것과 똑같은 장벽이 놓여 있었다. 클라리사가 수지에게 가르쳐준 건, 자신을 갉아먹는 탐욕스러운 욕구의 공포뿐이었다. 하지만 시끄럽고 토론하기 좋아하는 풀머 아이들과 함께하는 일상은 지혜와 자기희생의 학교와도 같았다.

수지는 조디의 반짝이는 머리에 빗질을 하고 콧물 나는 코에 손수건을 대다가, 갑자기 그 아이에게 느껴지는 빚의 무게에 사로잡혀 그를 품에 꼭 안아버렸다.

"오늘 하루 내내 착하게 굴겠다고 약속하면, 내가 밤에 돌아와서 멋진 이야기를 해줄게." 그녀는 흥정하듯 말했다. 조디는 늘 그렇듯 영리하게 받아쳤다.

"약속하기 전에, 어떤 이야기인지부터 말해줘야죠."

마침내 모든 준비가 끝났다. 수지가 남긴 세세한 지시 사항에 주니는 충분히 이해했지만, 앙젤은 압도당한 듯 어리둥절해했다. 우비를 걸치고 튼튼한 신발을 신은 수지는 현관을 나서며 위층 창문에서 애타게 내려다보는 아이들의 머리 무더기에게 손을 흔들었다.

아직 날이 밝지 않았고, 비는 여전히 내리고 있었다. 황량한 거리를 돌던 그녀는 모퉁이에서 망설이는 택시 한 대를 보았다. 짐이 운전사 옆에 쌓여 있었으니, 아마 막 도착한 여행객이 곧 내릴 모양이었다. 그러면 자신이 그 차를 잡아타 지하철까지 걸어갈 일도, 출근 인파 속에 매달릴 일도 피할 수 있을 것이다. 수지는 택시를 향해 달려갔다. 택시는 망설임을 이겨내고 그녀 쪽으로 움직이기 시작했다. 그녀는 어디에서 손님을 내려줄지 보려고 걸음을 멈췄다. 그 순간 택시가 멈춰 섰고, 짐과 함께 내린 이는 다름 아닌 닉 랜싱이었다.

빗속에서 두 사람은 서로를 뚫어져라 바라보았다. 마침내 닉이 외쳤다.

"어디 가려고 한 거야? 난 당신을 데리러 왔어."

"날 데리러? 나를 데리러?"

그녀는 되묻다가, 운전사 옆에 놓인 낡은 여행가방을 보았다. 그건 그녀의 남편이 코모를 떠날 때 스트레퍼드의 시가를 꺼내라고 했던 바로 그 가방이었다. 그 기억이 주는 아픔과 황홀 속에서, 그 이후의 모든 일이 한순간에 사라져버린 듯했다.

"그래, 물론 당신을 데리러지." 닉의 말투는 거의 명령처럼 단호했다. "어디 가려고 했어?" 그는 거듭 물었다.

수지는 대답하지 않은 채 집 쪽으로 몸을 돌렸다. 닉은 그녀를 따라붙었고, 짐을 실은 택시는 그 뒤를 바짝 뒤따랐다.

"이런 날씨에 왜 우산도 없이 나온 거야?" 닉은 여전히 엄한 어조로 말하며 그녀를 자기 우산 아래로 끌어당겼다.

"주니의 우산이 다 찢어져서요. 제가 종일 집을 비워야 해서 제 우산을 주니에게 주고 나왔어요." 그녀는 마치 최면에 걸린 사람처럼 말했다.

"종일? 이 시간에? 어디로?"

그들은 현관 앞에 서 있었다. 수지는 습관처럼 열쇠를 더듬어 문을 열고 안으로 들어가 거실로 안내했다. 방은 전날 밤 이후로 치워지지 않은 채였다. 아이들의 학교책이 탁자와 소파 위에 흩어져 있었고, 벽난로는 잿빛으로 식어 있었다. 창백한 빛 속에서 그녀는 닉을 돌아보았다.

"당신을 만나러 가려던 길이었어요." 그녀는 더듬이며 말했다. "필요하다면 퐁텐블로까지 쫓아가서라도 당신께 말하고… 막아야겠다고…."

그는 여전히 공격적인 어조로 되물었다.

"뭘 말한다는 거야? 뭘 막는다는 거지?"

"우리가 다른 방법을 찾아야 한다는 거예요. 좀 더 단정한 방법으로… 당신이 다른 여자와 떠난다는 그 끔찍한 방식 말고…."

그는 그녀를 똑바로 바라보다가, 이내 웃음을 터뜨렸다. 수지의 얼굴에 핏기가 확 올랐다. 그 웃음 속에 담긴 익숙한 울림이 그녀의 가슴을 찔렀다. 이런 순간에 예전처럼 웃을 자격이 그에게 있는가?

"미안하지만, 다른 방법은 없어. 아니, 단 하나의 방법만 있지."

그녀는 고개를 번쩍 들었다.

"뭐예요?"

"그 여자가 당신이 되는 거야.—아, 내 사랑!" 그는 비웃음을 거두고 그녀 곁으로 다가와 손을 붙잡았다. "보이지 않아? 우리 둘 다 똑같은 걸, 똑같은 시간에 느끼고 있었다는 걸. 당신도 밤새 잠 못 이루며 생각했잖아? 나도 그랬어. 시계 종이 울릴 때마다 '지금 수지도 듣고 있겠지'라고 생각했어. 그래서 날이 밝기도 전에 짐을 싸 버렸지. 지난 사흘 동안 내가 지옥처럼 지낸 그 끔찍한 호텔엔 다시는 발을 들이고 싶지 않아. 첫 기차라도 잡아타고 어떤 여자와 함께 떠나리라 맹세했는데… 그 여자가 바로 당신이야."

그녀는 멍하니 그의 앞에 서 있었다. 그래, 멍했다. 그것이 가장 끔찍했다. 감정의 반전이 너무 거세어, 그가 무슨 말을 하는지도 잘 이해할 수 없었다. 대신 그녀의 눈길은 창문의 블라인드 술이 또 뜯겨 있는 걸 발견했다(아, 저 아이들!), 그리고 어렴풋이 택시에 실린 그의 짐이 안전한지도 궁금해졌다. 요즘 그런 이야기가 많았으니까….

그의 목소리가 다시 다가왔다.

"수지! 들어줘!" 그는 간청하고 있었다. "우리 스스로도 알잖아, 이렇게 될 수밖에 없다는 걸. 우린 부부야―그게 전부 아닌가? 그래, 나도 알아. 난 짐승처럼 굴었지. 저주받을 오만한 바보였어! 당신이라면 그런 놈을 차버리고도 남았을 거야. 하지만 그게 중요한 게 아니야. 중요한 건 우리가 결혼했다는 사실이야. 결혼… 그게 당신한테 아무 의미도 없어? 내겐 있어. 이렇게 느끼리라곤 꿈에도 몰랐지만, 어쨌든 지금 알았어. 그걸 느끼지 못하는 사람들은 진짜 부부가 아닌 거야. 그런 사람들은 갈라서는 게 맞지. 하지만 우리라면―"

수지는 눈물 속에서 숨을 몰아쉬며 말했다.

"나도 그렇게 느꼈어요… 스트레프에게도 그랬다고 말했어요…."

그는 그녀를 힘껏 끌어안았다.

"내 사랑! 당신이 그에게 말했구나?"

"네." 그녀는 헐떡이며 대답했다. "그래서 여기서 지내고 있는 거예요." 잠시 머뭇거리다 덧붙였다. "그리고 당신은 코럴에게 말했나요?"

그의 품이 느슨해졌다. 그는 여전히 그녀를 안은 채 고개를 숙였다.

"아니… 아직… 말 못했어."

"오, 닉! 하지만 그렇다면―?"

그는 다시 그녀를 끌어안으며 거칠게 대꾸했다.

"그렇다면 뭐? 그게 뭐가 문제라는 거야? 그게 무슨 차이를 만든다는 거지?"

"하지만, 당신이 그녀와 결혼하겠다고 했다면—" (아무리 억누르려 해도 그녀의 목소리에는 은빛 종소리 같은 울림이 번졌다.)

"결혼? 내가 그녀와 결혼한다고? 말도 안 돼! 결혼이 무슨 뜻인지 알아? 그게 뭔가 의미가 있다면, 그건 바로 당신이야! 내가 코럴 힉스에게 그냥 '나랑 같이 살자'고 말할 수는 없잖아?"

수지는 울다 웃다 하며 그의 가슴에 몸을 기대었고, 그의 손은 그녀의 머리칼을 쓸어내렸다.

잠시 침묵이 흘렀다. 그러다 그가 다시 입을 열었다.

"당신도 어제 그렇게 말했잖아."

그녀는 환한 빛 속에서 멀리 길을 잃었다가 돌아오듯 물었다.

"어제?"

"그래. 그레이스 풀머가 말했잖아. 많은 일을 함께 겪은 두 사람은 갈라설 수 없다고—"

"아, 함께 겪은 거죠. 중요한 건 일이 아니라, 함께라는 거예요." 그녀가 말을 끊었다.

"함께라는 것—그거야!" 닉은 마치 그 단어가 두 사람의 상황을 표현하기 위해 새로 만들어진 것처럼 붙잡았고, 그 안에 머무르며 더 이상 애써 생각하지 않아도 된다는 듯 안도하는 표정을 지었다.

초인종이 울렸다. 두 사람은 놀라서 몸을 떨었다. 창문 너머로 택시 운전사가 짐을 어떻게 해야 할지 손짓으로 묻는 모습이 보였다.

"짐을 여기 두라는 건지 물어보나 봐요." 수지가 웃었다.

"아니—아니! 당신은 나랑 같이 가야지." 닉이 단호하게 말했다.

"같이 가자고요?" 그녀는 그 터무니없는 제안에 또 웃음을 터뜨렸다.

"물론이지. 지금 당장. 내가 당신을 두고 떠난다고 생각했어? 올라가서 짐 싸." 그는 명령하듯 말했다.

"제 짐이요? 제 짐? 하지만 전 아이들을 두고 갈 수 없어요!"

닉은 분노와 우스움이 섞인 얼굴로 그녀를 바라봤다.

"아이들을 두고 못 간다고? 말도 안 돼! 당신 스스로 나를 퐁텐블로까지 쫓아가겠다고 하지 않았어—"

수지는 이번엔 조금 고통스러운 듯 얼굴을 붉혔다.

"제가 무슨 짓을 하는지도 모르고 그랬던 거예요…. 당신을 찾아야 했으니까요…. 하지만 무슨 일이 있어도 오늘 밤엔 돌아올 생각이었어요."

"무슨 일이 있어도?"

그녀는 고개를 끄덕이며 그의 시선을 똑바로 마주했다.

"그래도… 정말—"

"정말이에요. 내트와 그레이스가 돌아오기 전까지는 아이들을 두고 갈 수 없어요. 그러지 않겠다고 약속했어요."

"그랬다 해도 그땐 몰랐잖아…. 왜 애들 보모가 못 돌보는 거야?"

"저 말고는 보모가 없어요."

"세상에!"

"하지만 이제 겨우 이 주만 더 있으면 돼요." 그녀가 애타게 말했다.

"이 주요! 당신은 내가 당신 없이 얼마나 오래 있었는지 알아요?" 닉은 그녀의 두 손목을 움켜쥐고 자기 가슴에 끌어당겼다.

"그럼 최소한 이틀만이라도 나랑 같이 가자—수지!" 그가 간절히 말했다.

"오," 그녀가 외쳤다. "지금이야말로 당신이 처음으로 제 이름을 부른 거예요!"

"수지, 수지, 나의 수지—수지! 당신도 내 이름 딱 한 번밖에 안 불렀잖아."

"닉!" 그녀는 그의 이름을 한숨처럼 내쉬었다. 마치 그 한 음절이 거대한 가지를 뻗어 두 사람을 감싸는 마법의 씨앗인 듯.

"그럼, 수지, 이성적으로 좀 생각해봐. 가자!"

"이성적이라니—아, 이성적이라니!" 그녀는 웃음 속에서 울었다.

"그럼 비이성적으로라도! 그게 더 낫지."

그녀는 몸을 빼 부드럽게 물러섰다.

"닉, 난 아이들을 두고 갈 수 없다고 맹세했어요. 그리고 정말 갈 수 없어요. 그건 그 아이들 엄마와의 약속 때문만이 아니라, 그 아이들이 나한테 준 것들 때문이에요. 당신은 몰라요… 상상도 못 해요, 그 아이들이 나에게 얼마나 많은 걸 가르쳐줬는지. 가끔 너무 영리해서 심하게 말썽을 부리지만, 착할 때는 내가 아는 사람 중 가장 지혜로워요."

그녀는 잠시 멈췄다가 번뜩 떠오른 생각에 얼굴이 환해졌다.

"그런데 아이들을 함께 데리고 가지 않을 이유가 어디 있겠어요?"

닉의 팔이 그녀에게서 풀리며 그는 어리둥절한 표정으로 서 있었다.

"아이들을 데리고 가자고?"

"왜 안 되죠?"

"다섯 명을 전부?"

"물론이죠—저는 절대 그 아이들을 떼어놓을 수 없어요. 주니와 내트가 어린 애들 돌보는 걸 도와줄 거예요."

"도와준다고?" 그가 신음하듯 말했다.

"곧 보게 될 거예요. 그 아이들이 당신을 귀찮게 하지 않을 거예요. 저한테 맡겨두세요. 제가 알아서—" 그녀는 그 단어에서 말이 끊겼고, 이마에서 목까지 핏기가 쏟아져 내려왔다. 두 사람의 눈이 마주쳤고, 닉은 말없이 몸을 숙여 그녀의 목에 번진 붉은빛에 입술을 부드럽게 댔다.

"닉…." 그녀는 그의 손을 잡은 채 숨을 내쉬었다.

"하지만 그 아이들은—"

그녀는 대답 대신 물었다.

"우린 어디로 가는 거죠?"

닉의 얼굴이 밝아졌다.

"당신이 원하는 곳 어디든지, 내 사랑."

"좋아요—전 퐁텐블로로 갈래요!" 수지가 환희에 차 외쳤다.

"나도 그래! 하지만 그 많은 아이들을 퐁텐블로 호텔에 데려갈 순 없잖아?" 닉은 힘없이 되물었다. "생각해 봐, 여보. 그 비용만 해도—"

수지의 시선은 이미 그보다 훨씬 앞서 달려가 있었다.

"비용은 별로 들지 않을 거예요. 지금 막 생각났는데, 앙젤, 그 하녀

있잖아요, 그녀 언니가 퐁텐블로에 있는 오래된 작은 여관에서 요리사로 일해요. 이맘때면 거의 손님도 없을 테니 분명히 쉽게 자리를 마련할 수 있을 거예요." 그녀는 또다시 그 불길한 단어에 걸려 넘어질 뻔하며 서둘러 말을 이어갔다. "그리고 아이들한텐 얼마나 좋은 일이겠어요! 오늘은 금요일이니까 오후 수업은 빠지게 하고 월요일까지 시골에서 지내게 하면 되죠. 불쌍한 아이들, 몇 달째 파리를 떠나본 적이 없잖아요! 아마 공기 좋은 곳에 다녀오면 조디의 기침도 나을 거예요—조디는 막내예요." 그녀는 재회로 들뜬 순간에도 풀머 아이들의 안위를 이렇게 깊이 생각하고 있는 자신을 새삼 의식했다.

그녀는 닉도 놀란 기색임을 알아챘다. 그러나 그는 더 이상 논쟁을 이어가지 않고 다만 물었다.

"그럼 그날 밤 당신이 현관문 열었을 때 품에 안겨 있던 게 그 조디였어?"

그녀는 되물었다.

"제가 그날 밤 현관문을 열었다고요?"

"택배 소년한테."

"오." 그녀는 울먹였다. "당신 거기 있었어요? 지켜보고 있었군요?"

그는 그녀를 끌어안았다. 두 사람 사이에 흐르는 전류는 코모 호수 위 달빛 속에서처럼 따스하고 충만했다.

그 순간 이후 모든 일이 눈 깜짝할 새 정리되었다. 택시 요금은 치르고, 닉의 짐은 현관에 내려놓았으며, 이제 막 아침을 먹으러 내려오던 아이들이 불려 들어와 소식을 듣게 되었다.

뜻밖의 일들에 익숙한 아이들이었지만, 닉의 갑작스러운 등장은 그들조차 놀라게 했다. 그러나 웃음과 포옹 속에서 그의 정체와, 그가 이 자리에 있을 권리가 분명히 밝혀지자, 주니는 현실적인 태도로 이렇게 정리해버렸다.

"그럼 이제부턴 우리가 수지 앞에서 당신 얘길 해도 되겠네요?"— 그리고 그때부터 다섯 아이들은 다가오는 휴가에 대한 환상에 몰두했다.

그 순간부터 작은 집은 회오리바람의 중심이 되었다. 풀머 집 아이들에게는 감히 상상도 못 할 엄청난 즐거움이 불시에 닥쳐왔고, 주니의 침착한 지휘가 아니었다면 수지가 맡은 아이들은 분명 손을 쓸 수 없었을 것이다. 하지만 닉은 내트에게 '같은 남자끼리'라는 명분을 내세워, 한때 뉴햄프셔의 계곡을 뒤흔들었던 악명 높은 모터 혼(자동차 경적)으로 이번 사건을 축하하려던 계획을 접게 하고, 대신 동생들을 통솔하도록 설득했다. 마침내 혼란 속에서 하나의 계획이 뚜렷한 모습을 드러냈고, 아이들 한 명 한 명은 그림 퍼즐 조각처럼 제자리를 찾아갔다.

수지는 회오리 속에서도 특유의 단호함으로 아이들을 다스렸지만, 마음속에는 여전히 근심이 남아 있었다. 아직 닉과 돈 이야기를 할 틈이 없었고, 가진 것이 거의 없는 상황에서 돈은 더더욱 중요한 문제였다. 그렇기에 아이들과 떨어지지 않겠다는 자신의 대담한 결심이 속으로는 놀랍고 두려웠다. 다섯 아이를 동반한 사흘짜리 신혼여행이라니—게다가 풀머 아이들의 왕성한 식욕을 생각하면—분명히 만만찮은 비용이 들 터였다. 그녀는 세부 계획을 세우고, 아이들을 학교로 보내고, 집에 있는 온갖 애매한 짐꾸러미를 찾아내며 여전히 익숙한 재정적 문제를 곱씹었다.

그래, 잔혹한 일이었다. 새로운 봄의 꽃망울을 터뜨리듯 행복이 부풀어 오르는 순간에도, 그 끔찍한 재정 문제가 고개를 쳐드는 건. 그것은 그녀의 에덴동산 속에서 기어 다니는 영원한 뱀이었고, 그녀는 그 뱀을 달래고 먹이고 재우기 위해 구걸하고 빌리고 훔칠 수 있는 자투리를 던져줄 수밖에 없었다. 그녀는 이것이 축복의 대가라 믿었다. 그리고 축복이 그만한 값을 치를 만한 것임을 그 어느 때보다 확신했다. 다만, 새로운 원칙들과 이 문제를 어떻게 조화시킬 수 있을지가 의문일 뿐이었다.

아이들의 짐을 싸고, 점심을 준비하고, 퐁텐블로의 작은 여관으로 전화를 걸어야 하는 일이 쌓여 있었기에, 도덕적 고민에 시간을 낭비할 겨를은 없었다. 수지는 냉소 섞인 생각을 했다. 어쩌면 그간의 돈 문제도 늘 이렇게 다룰 시간이 없었던 탓에 저지른 실수일지 모른다고. 그러나 이번에도 시간을 들일 수 없었다. 결국 할 수 있는 건, 휘몰아치는 계획과 준비의 바람 속으로 몸을 던지는 것뿐이었다. 그녀는 닉을 시장으로 내몰아 점심용 소시지와 햄을 사오게 하고, 퐁텐블로에 전화하게 했다.

그가 떠나 모퉁이를 돌아 사라지는 걸 지켜본 뒤, 수지도 외투를 걸쳤다. 그러고는 화장대에서 작은 꾸러미 하나를 꺼내 주머니에 넣고는, 반대 방향으로 성급히 걸음을 옮겼다.

30장

니콜라스 랜싱 부부의 두 번째 신혼여행을 위해 역까지 가는 데는 가득 찬 택시 두 대가 필요했다. 첫 번째 택시에는 닉과 수지, 그리고 온 일행의 짐이 실려 있었다(내트의 모터 혼도 포함되었는데, 그동안은 참아왔으니 마지막으로 허락해 준 셈이었다). 두 번째 택시에는 풀머 아이들 다섯 명과 막판에 도저히 빠질 수 없다며 따라나선 하녀, 그리고 그녀가 돌보는 카나리아 새장과 그것들을 노리는 고양이 한 마리까지 실려 있었다. 하녀가 같이 오지 않으면 그 누구도 새와 고양이를 챙길 이가 없었으니, 모두 함께 데려올 수밖에 없었다.

모퉁이에 다다르자 수지는 닉의 품에서 몸을 떼어내고 행렬을 세운 뒤, 하녀가 집 열쇠를 가져왔는지 확인하러 두 번째 택시로 달려갔다. 물론 하녀는 열쇠를 챙기지 않았고, 다행히 주니가 가지고 있었다. 그러자 카라반은 다시 출발해, 막 떠나려는 기차에 간신히 올라탔다. 기적 같은 일처리 덕분에, 기차 안내원이 신혼부부를 알아보고 친절을 베푼 게 분명하다며 수지는 웃었다. 모두가 텅 빈 객실 하나에 함께 실릴 수 있었던 것이다.

처음에 아이들은 주니의 감시 아래 초인적인 얌전함을 약속했지만, 곧 흥분이 터져 나와 네트가 정차할 때마다 혼을 불고, 쌍둥이가 역 이름을 외치며, 조디는 카나리아와 고양이를 안고 환승 놀이를 해야만 진정이 되었다. 다행히 정차는 많지 않았으나, 닉이 경솔하게 챙겨온 초콜릿을 과하게 먹은 탓에 여행의 흥분과 맞물려 조디가 갑자기 울적해졌다. 그는 수지가 이야기를 들려줄 때까지 좀처럼 진정되지 않았다.

날씨는 온화했고, 스산히 시든 나뭇잎 위로 햇살이 비쳤다. 짐과 동물들을 작은 여관에 내려놓은 뒤, 수지는 아이들과 숲속에서 한바탕 뛰놀고 난 뒤 찻집에서 빵을 사주기로 약속했음을 고백했다. 닉은 순순히 동의했고, 날이 어둑해지고 빵도 실컷 먹고 난 뒤에야 일행은 숙소로 돌아왔다. 닉이 잠든 조디를 어깨에 멘 채 선두에 서고, 다른 아이들은 지쳐 수지에게 몸을 기대며 걸었다.

하녀가 함께 있으니 아이들을 맡기고 닉과 수지가 근처 호텔에 묵기로 했다. 닉은 찻집에서 돌아오는 길에 곧장 짐을 옮길 수 있으리라 생각했지만, 수지는 아이들을 저녁 먹이고 재운 뒤에야 갈 수 있다며 놀란 듯 말했다. 닉에게 호텔로 먼저 짐을 가져가 달라 부탁하고, 조디가 잠들면 합류하겠다고 약속했다.

그녀는 한참이 지나서야 나타났다. 하지만 기다림조차 달콤했다. 인적 없는 호텔의 음울한 난로 옆 독서실에서도, 파리에서 챙겨온 아침 우편물을 대충 훑어본 뒤 닉은 몽롱한 행복감에 잠겼다. 이것은 세상에서 가장 기묘한 모험이었지만, 처음 신혼여행처럼 꿈만 같진 않았다. 그는 이제 삶에 뿌리내린 습관의 안도감 속에서 기다리고 있었다. 풀며 아이들의 존재조차 자연스럽고 당연하게 느껴졌다. 마침내 도착한 수지는 창백하고 피곤해 보였으나, 아이들을 재우고 나온 엄마 같은 표정을 짓고 있었고, 그 역시 이 새로운 질서의 일부처럼 보였다.

그들은 값싼 식당에서 저녁을 먹고, 12월의 젖은 밤거리를 함께 걸어 호텔로 돌아왔다. 이미 다 할 말을 나눈 듯하면서도, 동시에 시작조차 못 한 것처럼 끝없이 이어지는 대화가 있었고, 발걸음마다 무거운 행복이 실려 있었다.

호텔의 불빛은 대부분 꺼져 있었다. 그들은 간신히 3층에 있는, 수지가 간신히 감당할 수 있다고 고른 방에 올랐다. 창문 틈으로 가로등 불빛이 스며들었고, 닉이 불을 다시 피운 뒤 두 사람은 나란히 의자에 앉아 한동안 조용히 있었다.

그 침묵은 너무도 달콤해 닉은 깨뜨릴 수 없었다. 영원처럼 느껴지는 시간 속에서, 기쁨을 충분히 맛보며 그 달콤함에 젖는 것 같았다. 그러나 마침내 그는 말을 꺼냈다.

"참 묘해. 오늘 아침 편지에서 좋은 소식이 있었어."

수지는 태연히 받아넘겼다.

"당연히 그렇겠죠. 오늘 같은 날을 놓칠 리가 없잖아요."

"맞아." 닉은 자랑스러운 기색으로 말을 이었다. "여행 중에 크레타에 관한 글 두 편을 썼는데, 그냥 여행 감상문일 뿐이야. 그런데 〈뉴 리뷰〉 편집장이 그걸 받아주고 다른 원고도 부탁했어. 이건 원고료 수표야! 그러니까, 사실 아래층에 분홍 커튼 달린 좋은 방을 잡았어도 됐는데 말이지. 게다가 내 책에 대한 희망도 커졌어."

그는 아내의 환호를 기대했지만, 수지는 갑자기 벌떡 일어나 간절하게 외쳤다.

"닉, 닉—얼마나 받았는지 보여줘요!"

닉은 불빛 속에서 수표를 흔들었다.

"200달러[40]야, 이 탐욕스러운 아가씨!"

"오, 오—" 수지는 숨을 몰아쉬며 그의 무릎에 얼굴을 묻었다.

"수지, 내 수지." 닉은 그녀의 떨리는 어깨에 손을 얹었다. "왜 그래, 울고 있는 거야?"

"닉, 닉—200달러라니! 그럼 이제 말해야 해요—지금, 당장!"

그의 등골에 한기가 스쳤다.

"지금? 왜 하필 지금? 무슨 상관이 있어?"

"아니에요, 있어요. 생각보다 훨씬 중요해요."

수지는 무릎 꿇은 채 고개를 들어 불빛 속에서 머리칼을 빛냈다.

"닉, 그 팔찌—엘리의 팔찌…. 아직 돌려주지 못했어요."

닉은 움찔했다. 순간, 그녀의 말보다 '엘리 밴더린'의 이름이 차갑게 그들 사이에 가로놓였다. 그는 그제야 그 기억을 떠올리며 입술까지 식어감을 느꼈다.

"팔찌라니—아, 그래."

"그래요, 그 팔찌…. 닉, 곧바로 돌려주려고 했어요. 그런데 당신이

40　현재 가치로 환산하면 약 3,000~3,500달러 정도. 1920년대에 200달러는 일반 노동자 몇 달 치 월급에 해당할 만큼 큰돈이다.

떠난 날엔 정신이 없었고, 몇 주 뒤 가방 바닥에서 발견했을 땐 이미 모든 게 끝난 줄 알았죠. 그 무렵엔 엘리를 다시 만나기 시작했고, 그녀가 친절했으니 도대체 어떻게 돌려줄 수 있었겠어요? 그래서 오늘 아침, 당신이 아이들 때문에 비용 걱정하는 걸 보고, 또 아이들을 버릴 수도 없고 당신도 버릴 수 없어서, 그 팔찌가 떠올랐어요. 그래서 당신을 전보 치러 보낸 틈에, 전에 가본 보석상에 들러 전당포에 맡겼어요. 그래야 당신이 아이들 비용을 내지 않아도 되니까…. 하지만 이제, 닉, 이렇게 돈이 생겼으니 바로 찾아서 엘리에게 돌려보낼 수 있잖아요?"

그녀는 팔을 그의 목에 감았고, 닉은 말없이 안아 주었다. 그녀의 눈물인지 그의 눈물인지 알 수 없는 뜨거움이 번졌다. 그리고 수지는 특유의 아이러니로 덧붙였다.

"물론 엘리가 이해할 리는 없을 거예요. 당신이 예전에 스카프핀 돌려줬을 때도 왜 그랬는지 전혀 몰랐으니까."

오랫동안 그녀는 그의 무릎에 얼굴을 묻은 채 있었다. 닉은 조용히 머리칼을 쓰다듬으며 생각에 잠겼다. 그녀의 고백은 그의 마음을 무너뜨렸고, 동시에 묻어두었던 기억과 양심을 불러냈다. 이제 그는 알았다. 둘은 영원히 서로에게 속해 있었다. 이성이나 자존심 따위로는 거스를 수 없는, 본능 같은 힘이 그들을 묶고 있었다.

그러나 닉은 동시에 스트레퍼드와 코럴 힉스를 떠올렸다. 자신은 코럴에게 비겁했지만, 수지는 스트레퍼드 앞에서 진실하고 용감했다. 그는 아직 코럴에게 미안함과 연민을 느끼고 있었고, 수지는 이미 스트레퍼드를 완전히 마음에서 지웠을 것이다. 그 차이가 어쩌면 남자와 여자의 사랑하는 방식의 차이일지도 몰랐다.

닉은 몸을 숙여 그녀의 머리를 두 손으로 감싸고 속삭였다.

"이제 그만, 잘 시간이야."

그녀는 일어나 불을 키려 했으나, 닉은 손을 잡아 창가로 이끌었다. 어둠 속에서 둘은 창턱에 기대 섰고, 빗방울이 떨어지는 구름 사이로 달이 잠시 얼굴을 내밀어 그들을 비추다 다시 숨어버렸다.

작품 해설

이디스 워튼이 1922년에 발표한 소설 《달빛이 머문 순간》은 제1차 세계대전 직후, 미국과 유럽 상류사회의 근본적인 가치관 변화를 배경으로 삼는 작품이다. 이 시기는 '재즈 시대(Jazz Age)'라 불리며, 전쟁의 공포가 가신 후 쾌락주의와 물질주의가 만연했던 때이다. 전통적인 도덕관은 해이해지고, 이혼이 사회적으로 용인되기 시작하면서 결혼은 사랑보다 경제적 이득을 위한 계약이라는 인식이 상류층에 깊이 자리 잡았다. 돈이 새로운 권력이 되면서, 오래된 귀족의 품위보다는 새로 부를 축적한 신흥 부자들의 사치가 주목받는 시대였다.

이러한 시대적 분위기는 주인공 닉 랜싱과 수지 브랜치의 계약 결혼에 직접적으로 반영된다. 서로 사랑하지만, 뉴욕 상류층의 화려한 생활을 포기할 수 없었던 이들은, '더 좋은 조건이 생기면 이혼한다'는 냉소적인 약속을 하며 결혼한다. 이 계약은 당시 상류층의 가볍고 거래적인 결혼관을 극단적으로 보여준다. 가진 돈은 없지만 매력과 사회적 기술을 가진 닉과 수지는 부유한 친구들의 호의에 기대어 유럽을 떠도는 기생적인 삶을 시작한다. 이들의 모습은 전통적인 부가 아닌 개인의 매력과 인맥이 자본이 되는 새로운 상류사회의 단면을 적나라하게 보여준다. 워튼은 소설 속에서 돈은 많지만 세련되지 못한 '힉스(Hicks)' 가문 같은 신흥 부자와 도덕적으로 해이한 유럽 귀족 친구들을 대비시키며, 돈으로도 살 수 없는 진정한 품위와 도덕성에 대한 근본적인 질문을 던진다.

소설의 주요 무대가 뉴욕이 아닌 코모 호수나 베네치아 같은 유럽의 호화로운 휴양지인 것도 중요하다. 이 장소들은 1920년대 미국 부호들이 유럽의 낭만을 소비하며 지위를 과시했던 '해외 거주 미국인(Expatriates)'의 생활 방식을 반영하며, 동시에 미국 본토의 엄격한 도덕률에서 벗어난 도덕적 자유지대 역할을 한다. 유럽은 미국보다 이혼과 자유로운 관계에 대해 훨씬 관대한 곳이었기 때문에, 워튼은 유럽을 계약 결혼과 기생적 생활이 용인되는 일종의 도덕적 실험장으로 설정했다. 그리고 그곳에서 벌어지는 상류층의 위선과 공허함을 신랄하게 풍자한다. 그들은 막대한 부를 가졌음에도 불구하고 삶의 의미를 찾지 못하고, 닉과 수지 같은 매력적인 인물을 일시적인 장식품처럼 취급하며 위선적인 태도로 일관한다. 닉이 결국 수지를 떠나기로 결심하는 결정적인 이유 역시, 이러한 상류사회의 위선과 그들에게 의존하는 자신의 모습에 대한 혐오감 때문인 것이다.

작품의 핵심 메시지는 제목 《달빛이 머문 순간》에 집약되어 있다. 여기서 이는 소설의 낭만성과 비판성을 동시에 담고 있는 워튼의 정교한 비유이다. '달빛(The Moon)'은 스스로 빛을 내지 못하고 태양의 빛을 빌려 빛나듯, 닉과 수지의 빌린 행복, 즉 남에게 의존하는 불안정한 풍요를 상징한다. 그들의 결혼은 코모 호수에서 달빛 아래 시작되었지만, 이 달빛처럼 언제든 사라질 수 있는 조건적인 행복 위에 세워져 있었다. 이는 영원할 수 없는 낭만을 의미하며, '순간(Glimpses)'은 이들이 잠시 누리는 화려함이 오래가지 못할 것임을 암시한다. 소설은 이 짧게 스쳐 지나가는 '순간'들을 통해, 두 주인공이 물질적 조건이나 사회적 지위의 허상에서 벗어나 진정한 사랑만이 영원한 가치임을 깨닫는 과정을 그린다. 결국, 닉과 수지가 모든 화려함을 버리고 '어둠 속에서' 재회하는 결말은, 그들이 더 이상 남에게 의존하는 달빛이 아닌, 스스로 빛을 내는 진정한 사랑의 가치를 선택했음을 보여주는 것이다.

비록 워튼의 초기작들처럼 비극으로 끝나지는 않지만,《달빛이 머문 순간》은 결혼과 돈이라는 영원한 딜레마를 다루며 현대에도 여전히 유효한 메시지를 던진다. '돈 없는 사랑은 가능한가?'라는 질문은 현대 청춘들에게도 현실적인 고민이다. 나아가, 소셜 미디어 시대에 남에게 보여주기 위한 화려한 삶, 즉 '빌린 행복'을 추구하는 현대인의 모습은 부유층에게 기생하며 겉치레를 유지했던 닉과 수지의 초기 모습과 크게 다르지 않다. 이 소설은 물질적 조건을 우선시한 결혼이 결국 진정한 행복을 가로막을 수 있다는 보편적인 진리를 다루며, 물질적 조건보다 진실한 관계의 소중함을 되찾는 여정은 독자들에게 희망적인 구원을 선사한다. 이처럼 워튼의 통찰력과 대중적인 매력이 결합된 이 작품을 읽는 독자들이 진정한 사랑의 가치와 삶의 순수함을 되돌아보는 따뜻한 울림을 느낄 수 있기를 바란다.

2025년 10월
마이너스

달빛이 머문 순간

초판 1쇄 발행 2025년 10월 27일

지 은 이	이디스 워튼
옮 긴 이	마이너스
펴 낸 이	송누리
편 집	강영은
디 자 인	강영은
마 케 팅	김경래, 최승윤
펴 낸 곳	해밀누리
등록번호	제2024-000196호
등록일자	2024년 8월 16일
주 소	서울, 마포구 성지길 25-11, 지층 1190호 (합정동)
메 일	haemilnuli@gmail.com
I S B N	979-11-7505-205-5 03840